KB080361

테라피스트

TERAPEUTEN by Helene Flood

ⓒ Helene Flood 2019

First published by Aschehoug & Co.(W. Nygaard) AS

Korean translation ⓒ 2020 by PRUNSOOP PUBLISHING CO., LTD.

All rights reserved.

The Korean language edition published by arrangement with Oslo Literary
Agency through MOMO Agency, Seoul.

이 책의 한국어판 저작권은 모모 에이전시를 통해

Oslo Literary Agency와 독점 계약한 (주)도서출판 푸른숲에 있습니다.

신 저작권법에 의하여 한국 내에서 보호를 받는 저작물이므로

무단 전재 및 복제를 금합니다.

Terapeuten

테라피스트

헬레네 플루드
장편소설

강선재 옮김

푸른숲

일러두기

1 모든 주는 옮긴이의 것입니다.

2 이 책은 Alison McCullough가 노르웨이어를 영어로 번역한 원고를 저본으로 삼고, 노르웨이어 원본을 참조하여 번역했습니다.

English translation copyright ⓒ 2020 by Alison McCullough

차례

메시지

그가 떠날 때 밖은 어두웠다. 나는 그가 몸을 숙여 이마에 입을 맞출 때 잠에서 깼다.

"나 갈게." 그가 속삭였다.

나는 반쯤 잠든 채로 그를 보았다. 그는 코트를 입고 한쪽 어깨에 가방을 메고 있었다.

"알았어." 나는 웅얼거렸다.

"그냥 다시 자." 그가 말했다.

나는 계단을 내려가는 그의 발소리를 들었지만, 그가 나가고 현관문이 닫히는 소리를 듣기 전에 다시 잠든 것이 분명하다.

*

잠에서 깨니 나는 침대에 혼자 누워 있다. 블라인드와 창문턱 사이로 들어온 약한 햇빛 줄기에 눈이 부셔 몸을 뒤척인다. 오전 7시 반—그만 일어나도 되겠다.

맨발로 욕실로 간다. 복도에 깔린 수지 합판과 욕실의 흙바닥을 덮고 있는 축축한 목재 팰릿들은 무시한다. 욕실 천장에 등은 없지만 시구르가 타일을 뜯어낼 때 설치한 작업등이 아직도, 위태로운 붙박이처럼 서 있다. 다행히 작업등을 켤 필요가 없을 만큼 주위가 밝다. 본분에 충실하게 극히 기능적인 이 작업등이 방출하는 맹렬한 백색광 아래에서는 무자비하게 밝은 고등학교 탈의실에서 샤워하는 기분이 든다. 물을 틀어두고 온수가 나오기를 기다리며 나이트가운을 벗는다. 보일러를 교체해야 하지만, 시구르는 샤워를 얼른 해치우는 사람이고 나는 오늘 머리를 감지 않을 거니까 괜찮겠지.

샤워 부스는 플라스틱이다—이것 역시 임시로 쓸 계획이었다. 시구르가 구상한 건 유리문이 달린 벽돌 샤워실이었다. 타일은 작은 파란색 무늬가 있는 하얀색이고. 이 집의 모든 공간이 반쯤만 완성된 상태이긴 하지만 그중에서도 욕실은 미완성 상태임이 가장 확연한 곳이다. 원래 있던 타일은 뜯어냈지만 아직 새 타일을 붙이지 못했다. 조명도 없고 샤워 커튼이라고 할 만한 것도 없으며 바닥 손상을 막기 위해 깐 팰릿들 위로 다녀야 하고 벽에는 물이 새는 구멍까지 있다. 임시 샤워 부스는 시구르의 할아버지가 쓰던 고릿적 물건이다. 나는 이 방치된 건축 부지를 둘러보며 수리가 끝난 이 집을 떠올려본 적이 있다. 파란 무늬가 들어간 타일, 반짝이는 유리벽돌, 매립형 조명―발밑에 느껴지는 난방 타일 바닥의 온기, 분사 방식이 여러 가지인 모던한 샤워헤드에서 힘차게 뿜어 나오는 뜨거운 물을. 지금 내가 떠올리는 건 집이 완성되려면 도대체 얼마나 더 기다려야 하는지뿐이다. 물줄기 속에 손을 넣어 온수가 나오는지 확인하다가 문득, 언젠가부터 나는 이 집이 완성되는 날이 오리라는 믿음을 잃었음을 깨닫는다.

뜨거운 물을 맞고 있으니 잠이 달아난다. 욕실은 춥다. 침실의 실내 온도는 괜찮지만 욕실은 얼 듯이 춥다. 길었던 올해 겨울 내내 나는 아침마다 알몸으로 여기 서서 손에 닿는 물줄기가 뜨거워지기를 기다렸다. 이제 계절은 천천히 봄으로 바뀌고 있다. 닭살이 돋은 차가운 살갗을 때리는 물줄기가 기분 좋다. 손 우물에 물을 받아 얼굴을 담그자 밤이 재빨리 내게서 물러나고 낮이 자리 잡는 느낌이다.

금요일. 환자 세 명―원래 금요일에 오는 사람들. 먼저 베라, 크리스토페르, 마지막으로 트뤼그베. 트뤼그베를 금요일의 마지막에 보는 건 좋은 생각이 아니지만, 상담을 끝낼 때쯤 다음 주 같은 시간으로 예약을 잡는 게 너무 간단해서 그렇게 하게 된다. 다시 두 손에 물을 받아 얼굴을 담근 후 손으로 볼을 문지른다. 시구르는 일요일까지 친구들과 누레피엘에 있을 터다. 이번 주말 내내 나는 혼자일 것이다.

추운 욕실에서 볼일이 끝나자마자 1초도 더 머무르지 않고 침실로 돌아가 옷을 입는다. 침대 위의 이불은 한 덩어리로 구겨져 있다. 공기는—적어도 나의—잠의 냄새로 가득하다. 어쩌면 그의 것도 섞여 있겠지. 나는 그가 나갈 때 몇 시인지 확인하지 않았다. 이미 수 시간 전의 일일 수도 있다. 우리는 옷장이 없지만, 굴뚝과 벽 사이에 시구르가 설치해둔 금속 행어에 옷을 보관한다. 시구르의 옷은 너저분하게 마구 걸려 있는 반면 내 원피스와 셔츠와 재킷은 색깔별로 깔끔하게 정리되어 있다. 시구르의 옷들이 좀 없어진 것 같기도 하지만, 그는 곧바로 산으로 간다고 했으니까. 바닥에 놓여 있던 가방이 없는 걸 보니 그가 나갈 때 어깨에 메고 있던 것이 기억난다. 나는 오늘의 말끔하고 중립적인 복장으로 고른 은은한 비둘기 빛의 푸른색 셔츠와 바지를 입으면서, 몇 시간만 지나면 다시 이곳으로 돌아와서, 스포츠센터에 간다면 운동복을 챙기고 아니면 파자마 바지에 헐렁한 티셔츠를 입을 수 있다고 생각한다. 환자 셋만 보고 나면.

사실 환자 세 명은 너무 적다. 하루에 네 명, 최소한 일주일에 하루나 이틀은 다섯 명을 봐야 한다. 그것이 프리랜서 생활을 시작할 때 내가 계산한 숫자였다. "개인 상담실을 하면 서류 업무가 줄어." 예전에 살던 토르쇼브공원 옆의 아파트 주방에서 시구르와 함께 앞으로의 계획을 구상하던 나는 엑셀 스프레드시트로 예산을 짜며 그렇게 말했다. "하루에 환자 네 명은 볼 수 있어, 다섯 명도 가능해. 다섯 명을 보는 날이 더 많을 거고. 아니면 일주일에 하루만 그렇게 하든지—하지만 가욋돈을 좀 번다고 나쁠 건 없겠지." 우리는 웃었다.

"지금은 과로사 하면 안 돼." 시구르가 말했다.

"설마." 내가 대꾸했다.

시구르도 같은 시기에 혼자서 일하기 시작했고, 이미 그 엑셀 스프레드시트에서 계산을 마친 상태였다. 동시에 최소 여덟 명의 클라이언트, 바라건대 열 명. 파트너들이 요청하면 도와주되 시간당으로 계산해 돈을 받을 생각이었다.

"초과근무를 좀 해야겠지." 우리는 서로에게 말했다. "대신 돈을 많이 벌어서 돼지저금통에 여윳돈을 좀 넣을 수 있을 거야." 지금까지 나는 하루에 보통 환자 세 명만 받았고 다섯 명을 보는 날은 거의 없었다. 왜 이렇게 됐을까? 예상보다 환자를 찾는 일이 어렵고 청소년 환자들은 상담을 자주 취소하는 탓도 있지만 그것이 전부는 아니다. 나는 깔끔하고 단정하게 셔츠의 마지막 단추까지 채운다. 토르쇼브 아파트의 주방에서, 시구르의 오래된 탁상용 스탠드가 내 컴퓨터와 우리가 끼적인 메모를 비추던 그곳에서, 나는 중요한 요소를 하나 빠트렸던 것이다. 인적 요소를. 나는 혼자 있기를 좋아하지만, 그런 나조차도 다른 사람들이 필요하다. 동료들의 이름에 줄을 쓱쓱 그으며 지우던 그때의 나는 내가 엄청나게 외로워할 것임을 짐작조차 하지 못했다. 소극적으로 변하게 되리라는 것도. 1년 전에 누군가가, 광고를 해서 환자를 더 끌어오는 일을 내가 얼마나 어려워하게 될지—그 일을 얼마나 꺼리게 될지—말해줬다면 나는 믿지 않았을 것이다.

나는 아침이 최고의 식사라고 생각한다. 주방의 아일랜드 식탁에 앉아 신문을 보면서 빵 한 조각과 커피를 먹는다. 혼자 먹는 게 더 좋다. 언제나 조리대 옆에 선 채로 커피를 죽 들이켠 후 서둘러 나가는 시구르와 달리 나는 여유를 즐긴다. 〈아프텐포스텐〉의 사설과 영화평을 읽는다. 남은 하루를 찬찬히 생각한다.

시구르는 개수대 옆의 조리대에 컵을 올려두고 나갔다. 주방의 작업대들은 이 집에서 대충이나마 완성된 몇 안 되는 것들 중 하나로, 그 조리대는 반짝이게 광이 나서 멀찍이 떨어져 있는 내 눈에도 컵 밑의 반원형 커피 얼룩이 보인다. **그럼 그렇지.** 어쩌면 남자와 여자의 생물학적인 차이일지 모른다. 컵 밑의 고리 모양 커피 얼룩을, 토스터 밑의 빵 부스러기를, 조리대에 마구 튄 물방울을 보는 능력의 차이는. 모든 것을 제대로 매듭짓길 좋아하는 시구르는 집의 세세한 부분까지 계획하고 공들여 도면을 그리고 인상적으로 시각화한다—그러나 사소한 일들에는 태만하다. 사용한 컵 식기세척기에 넣기. 조리대를 구석구석 닦기. 사용하고 난 랩톱 컴퓨터를 케이스에 넣어두기. 대수롭지 않은 일들이다. 그런데 나는 왜 계속 그것들에 대해 얘기해서 스스로를 짜증나게 할까? 하지만 또 한편으로는, 하나같이 몇 초 만에 할 수 있는 일들이다—그런데 그는 왜 해버리지 않는 걸까?

여기까지 생각하다가 나는 시구르가 평소에 도면통을 걸어놓는 벽에 달린 걸이를 쳐다본다. 도면통은 딱딱한 회색 원통이고 양쪽 끝에 검정 어깨끈이 연결돼 있다. 시구르는 거기에 도면을 넣고 집과 회사를 오간다. 그가 집에 있을 때 그 통은 늘 저기에 걸려 있다. 나는 빈 걸이를 보며 얼굴을 찌푸린다. 시구르는 곧장 토마스를 태우러 간다고 하지 않았나? 그가 분명 그렇게 말하지 않았나? 어제 저녁에는 도면통이 저기 걸려 있지 않았나?

　나는 언제나 모순을 그냥 넘기지 못했다. 나와는 달리 그냥 넘길 수 있는 사람들이 있다는 것을 알고, 그런 사람들이 부럽다. 시구르는 일터로 갈 계획이 없었다―아니, 내가 잘못 이해한 걸 수도 있다. 나는 시구르가 곧장 토마스의 집으로 갈 거라고 말했다고 생각했다―뭐, 내가 잘못 들었을 수도 있고, 시구르는 일단 사무실에 들를 생각이었을 수도 있다. 아니면 시구르가 도면통을 사무실에 놓고 왔고 어제 도면통이 벽에 걸려 있었다는 내 기억이 사실은 그저께의 기억일 수도 있다. 그냥 넘길 수 있다면 훨씬 편할 텐데. 나보다 기억력이 나쁜 사람들은 세상을 훨씬 덜 의심하고 덜 까다로운 것처럼 보인다. 최근의 예를 들자면, 나는 어제 시구르와 그의 일정에 대해 대화한 일을, 구석에 놓인 소파에서 일어나 주방으로 가서 내가 마시던 찻잔에 남은 차를 싱크대에 붓고 티백을 쓰레기통에 버리고 컵을 식기세척기에 넣던 모습을 또렷하게 기억한다. 내가 지금 내 앞의 아일랜드 식탁에서 1미터쯤 떨어진 데 서서 그를 돌아보며 "그래서, 내일 언제 출발할 거야?"라고 말한 것도 기억한다. 그때 시구르의 모습도 생생하다. 그의 사진을, 피부의 모든 결점까지 보여주는 수십 억 메가픽셀의 초고해상도 사진을 보고 있는 것처럼. 그가 저녁에 자주 입는 낡은 점퍼와 찢어진 바지를 기억한다. 그가 부스스한 곱슬머리에 한 손을 집어넣은 채로, 마치 나 때문에 잠을 깬 것처럼 가늘게 뜬 피곤한 눈으로 나를 보며 이렇게 대답한 것도 기억한다.

"아, 일찍 나갈 거야. 6시 반까지 토마스네로 가려고."

"6시 반?"

"응. 그래야 오전 중에 도착해서 온종일 슬로프에 있지."

그는 그렇게 말한 것을 잊고 습관대로 도면통을 가져간 것일지도 모른다. 산장에서 일을 좀 하기로 했을 수도 있고. 마지막 순간에 마음을 바꿔 사무실로 갔을지도 모른다.

나의 기억은 지나치게 구체적이다. 그때 시구르의 모습이 지나치게 또렷하게 떠오른다. 그는 옷깃이 검은색이고 핏이 좋지 않은 베이지색 점퍼를 입고 있었다. 엄마가 사줬을 법한—실제로 엄마가 사준—옷이다. 내가 처음으로 용기를 내 그 옷이 얼마나 끔찍한지 지적했을 때 그는 나와 만나기 전에 어머니가 사준 점퍼라고 말했다. 그건 중요하지 않은 디테일이다. 떠올릴 필요가 없는 것이다. 적어도 다음과 같은 기억은 중요치 않다. 내가 "알았어." 하고 몸을 돌려 찻잔을 내려놓은 뒤 다시 소파 쪽을 봤을 때 시구르는 이미 랩톱 컴퓨터를 넓적다리에 올려두고 앉아 입을 반쯤 벌리고 미간을 좁히고 실눈을 뜬 채 컴퓨터 화면을 보고 있었고, 나는 이렇게 말하고 싶은 충동을 억눌렀다. "불 켜, 시력 나빠지잖아. 넓적다리에 컴퓨터 올리지 마, 정자의 질이 떨어질 거야. 언젠가 너의 건강한 정자가 필요하게 될 수도 있어. 그리고 소파에서 그렇게 구부정하게 앉아 있으면 안 돼, 허리 나간다고." 하지만 실제로는 그냥 이렇게만 말했다.

"난 자러 갈게. 안녕."

하나같이 사소한 것들이다. 중요한 건 중요한 디테일을 가려내는 능력이다. 모든 걸 다 기억하면 중요한 것들을 떠올리기 어렵다―기억**해야만 하는** 것들을.

욕실 창문 너머로 오늘의 첫 번째 환자가 차고 위에 마련한 내 상담실 쪽으로 걸어가는 모습이 보인다. 베라는 고개를 약간 숙이고 걷는 걸음걸이가 독특해 알아보기 쉽다. 몸이 다 자라지 않은 10대 여자아이의 걸음걸이. 하지만 누가 묻는다면 베라는 자기가 다 컸다고 하겠지. 나는 횡격막까지 깊이 숨을 들이쉬며 베라가 상담실 문을 여는 모습을 지켜본다. 환자 세 명만 보면 돼― 그러면 주말이야. 방금 일어났는데 벌써 피곤한 느낌이다.

나는 시구르가 예전에 작업하던 공사장에서 가져와 욕실 바닥에 깐 팰릿들 중 하나에 서서 균형을 잡으며 이를 닦는다. 세면기도 샤워 부스처럼 시구르의 할아버지 토르프가 쓰던 것이다. 1970년 이전에 설치된 뒤 토르프 옹翁이 부분적으로 직접 손본 것 외에는 달라진 게 없다는 뜻이다. 수도꼭지에는 냉수와 온수를 트는 둥근 손잡이들이 있다. 그것들을 볼 때마다 관절염으로 굽은 토르프 옹의 손이 수도꼭지를 돌리는 모습이 보이는 듯하다. 시구르의 조부는 속세의 상품을 믿지 않았다. 그에 따르면 노르웨이는 얼마 못 가 공산주의자들에게 넘어갈 운명이었다—1950년대부터 기다려온 그로서는 그날이 오기까지 그토록 긴 세월이 걸리는 게 분명 실망스러웠을 테지만. 그가 다락방에 설치한 작전 본부에서 마지막 숨을 쉴 무렵, 소비에트연방이 몰락하고 중국이 세계경제의 주체로 부상하는 것을 목도한 후에도 그의 신념은 바위처럼 단단했다. 하지만 그 영악한 늙은 여우도 공산주의 국가들이 자본주의적 이상에 굴복하는 와중에 건강이 나빠지기 시작했을 때 분명 낙심했을 것이다. 냉전 시기는 그의 전성기였고, 그는 들어줄 사람만 있으면—보통 시구르의 어머니거나 시구르와 나였다—자부심에 찬 얼굴로, 정보부가 1970년대 내내 당신에 관한 정보를 수집했다고 말했다. 그러나 작년에 그의 통신은 '오버, 교신 끝'이 되었고 이제 남은 건 이 집에 있는 기념품들뿐이다. 낡은 라디에이터와 수도꼭지, 그리고 아직도 그대로인 작전 본부. 거기엔 책장 가득 읽을거리가, 공산당과 노동자공산당의 회원용 잡지들이 있고 벽에 걸린 지도에는 토르프 옹이 중요한 표적이라 여긴 곳들에 작은 압정이 꽂혀 있다. 러시아혁명 때 누군가의 무기였다는 오래되고 녹슨 리볼버도 하나 있는데, 1970년대에 토르프 옹이 호신용으로—또는 정보부가 그를 예의 주시할 이유를 만들어주려고—마련한 것이었다.

토르프 옹의 죽음으로 시구르와 나는 주택 마련의 꿈을 이룰 기회를 얻었다. 1950년대에 노르베리는 시의 다른 구역들과 다르지 않았지만 세월이 흐르면서 인기 지역이 되었다. 2014년에 우리 같은 젊은 커플이 노르베리의 주택을 살 돈을 마련하기란 절대 불가능했다. 우리는 옹의 낡아빠진 집을 둘러본 후 역으로 돌아가는 길에 한숨을 쉬며 말하곤 했다. 하지만 **전망**을 봐, **시골**이랑도 엄청 가까워, 전철 타면 도심까지도 금방이지, **바다**도 보여. 하지만 더 얘기할 필요도 없었다. 우리의 선택지에는 전망이랄 것도 없는 외곽의 테라스하우스*밖에 없었으니까. 그런데 토르프 옹이 발견되어 사망 선고를 받고 필요한 절차를 위해 영안실로 옮겨진 지 이틀 후 시구르의 어머니 마르그레테한테서 전화가 왔던 것이다.

"들어보렴. 콩글레베이엔 거리의 할아버지 집이 너희한테 완벽하지 않을까?" 마르그레테는 토르프 옹의 유일한 자식이고 뢰아의 현대적인 집에서 산다. 시구르의 형 하랄은 샌디에이고에 살아서 오슬로의 집은 필요하지 않다. 돌아가신 시구르 아버지의 소유였던 크록스코겐의 산장은 하랄이 물려받았다. 하랄은 그의 어머니가 연로해서 갈 수 없게 되기 전에는 산장을 팔지 않겠다고 약속했고, 언젠가 마르그레테의 집이 팔리면 그것 역시 하랄이 상속할 터였다. 그런 상황이라 토르프 옹의 집은 우리 것이 되었다.

그러나 토르프 옹이 죽은 지 거의 3주 후에 발견됐다는 불편한

---

* 세대마다 테라스가 있는 경사지 연립주택. 아랫집의 지붕이 윗집의 테라스가 된다.

17

진실이 있었다. 그는 지금 시구르와 나의 침실 위에 있는 다락방 작전 본부에서 커피가 담긴 보온병을 옆에 두고 앉아 동독과 서독이 존재하던 시기의 지도를 살펴보다 죽었다. 멈춰버린 건 그의 심장이었다―아흔에 가까운 나이를 생각하면 놀라운 일도 아니지만. 그다지 사교적인 사람도 아니었기에 직계 가족 말고는 찾아오는 사람도 없었다. 그 일이 벌어졌을 때 마르그레테는, 종종 그러듯이, 두 달 일정으로 따뜻한 지역으로 여행을 가 있었고, 시구르와 나는 매주 한 번 토르프 옹의 집에 가서 그가 괜찮은지 확인하기로 되어 있었다. 하지만 우리는 집 안팎의 일로 바빠서 방문을 건너뛰곤 했다. 결국 두 주를 거르고 옹의 집에 간 우리는 시구르가 열쇠를 돌리는 순간 적막을 감지했다.

"할아버지?" 시구르가 불렀다.

우리는 그 연로한 공산주의자를 그렇게 오래 혼자 둔 것 때문에 미안해하는 듯한 웃음을 지으며 서로를 쳐다보았다. 당시 시구르의 표정을 지금 떠올려보니, 양쪽 입가에 옷핀을 꽂아 당긴 것처럼 긴장한 표정이다. 지나치게 극적이긴 하지만, 우리는 그때 이미 다 알았다고 말하고 싶다. 어쩌면 가책을 느낀 우리의 양심 때문에 뭔가 잘못됐다고 의심했을 것이다.

"할아버지?"

결국 토르프 옹을 발견한 건 나였다. 그는 지도에 얼굴을 박고 쓰러져 있었다. 질긴 회색 피부는 가죽처럼 메말라 생기라고는 없었고 오래 방치된 시신이 대개 그렇듯 혈종이 생겨 얼룩덜룩

했다. 보지 않았더라면 좋았을 광경. 누런 손톱은 쑥 빠질 것 같았고 목의 뼈는 금방이라도 양피지 같은 죽은 피부를 뚫고 나올 듯했다. 그리고 숨 막히게 지독한 살 썩는 냄새. 그날 이후 지금까지 나는 작전 본부에 거의 들어가보지 않는다. 어쩌면 마르그레테가 우리에게 이 집을 주기로 한 건 토르프 옹이 비참하게 죽은 탓도 있을 것이다.

시구르와 나는 최대한 빨리 집을 개조하고 싶었다. 그 노인을 벽에서 뜯어내고 집 안에서 몰아내어 우리 집으로 만들고 싶었다. 시구르는 도면을 그리고 나는 예산을 짰다. 우리에게 새로이 주어진 재정적 자유는 여러 기회를 주었다. 시구르의 대학 친구들이 건축회사를 세우면서 동업을 제의한 상태였다. 우리는 이제 대출금도 수수료도 낼 필요가 없었고 원래 살던 아파트를 팔자 시구르의 동업 자금이 생겼다. 나는 보건소에서 청소년 정신질환자들을 담당하는 일에 만족하지 못하고 있었는데, 이제 상담실을 만들 공간이 있는 집이 생겼다. 이 집은 시구르와 나에게 어떤 새로운 시작이었다. 우리는 이사하기 나흘 전에 오슬로 법원에서 결혼했고, 근처 베이커리에 가서 내 언니와 시구르의 절친한 친구 두 명과 그들의 파트너들과 함께 케이크를 먹었다. 결혼으로 바뀌는 건 없었지만—우리는 계속 우리일 터였다—시구르와 나는 서류를 정리하고 싶었다. 이 집에서 보낸 첫날 밤에 우리는 거실에 에어 매트리스를 놓고 잤다. 프로세코 와인으로 우리끼리 축배를 들며 서로에게 말했다. "우리의 남은 인생이 이제 시작됐어."

그러나 토르프 옹은 우리가 상상했던 것보다 없애기가 힘들었다. 집수리도 새 일터에서의 적응도 시간이 걸렸다. 시구르는 자주 초과근무를 했다. 집수리의 주축은 시구르였다—그의 전문 지식과 노련한 솜씨가 필요했다. 우리는 지나칠 만치 열정적으로 기운 넘치게 시작했다. 벽지를 마구 벗겨내고 욕실 타일을 거침없이 뜯어냈다. 주방 가구를 새로 짜 넣고 차고 위에 내 상담실을 만드는 등 완성된 부분도 있었다. 그러고 나자 가속도가 떨어지기 시작했다. 시구르는 클라이언트가 늘었고 더 오래 제도판 앞에 구부정하게 앉아 일했다. 겨울이 와서 나날이 춥고 어두워지면서 우리는 진이 빠졌다. 더는 퇴근 후에 페인트칠을 하거나 막스보*에서 샤워기 헤드나 수도꼭지, 타일을 구경할 의욕이 생기지 않았다. 충전물을 혼합하지도 못하고 나머지 벽지를 벗겨내지도 못한 채, 토르쇼브의 아파트에서 가져온 낡은 소파에 주저앉아 텔레비전을 봤다. 시구르는 밤늦게 집에 오는 일이 잦았다. 지쳐서 구부정한 자세로 어깨에 도면통을 메고.

"여름에 하자." 우리는 말했다. "여름휴가를 집수리 하는 데 쓰자." 휴가는 약 세 달 후고, 나는 내가 믿음을 잃었다는 사실이 걱정스럽다. 또 뭔가 일이 생길 것이고 우리는 "가을에 하자."고 말하겠지. 다시 추워지고 나는 또 한 번의 겨울 동안 맨발로 까치발

---

* Maxbo. 건축 관련 공구를 파는 체인형 상점.

을 하고 돌아다니게 될 것이다. 욕실 바닥의 팰릿을 짚고 선 내 다리는 곤봉처럼 뻣뻣하고 무겁겠지.

내가 환자를 보는 차고 위층은 구두 걸이, 등받이가 곧은 의자, 잡지들이 놓인 작은 탁자가 있는 대기실과, 거기서 문을 열고 들어가면 나오는 상담실로 나뉘어 있다. 베라는 대기실 의자에 앉아 무릎 위에 잡지를 펼쳐놓고 있지만 읽고 있지 않은 것 같다. 내가 들어가자 아이는 고개를 든다.

"안녕하세요, 닥터." 아이는 생기발랄해 보이고 머리를 새로 잘랐다.

"안녕. 잠깐만, 좀 이따 내가…… 내가 나와서 부를게."

"네." 아이는 순순히 대답하고 한쪽 눈썹을 구부리며 내게 자주 지어 보이는—아이가 하는 거의 모든 말처럼 빈정대는 기미가 있는—표정을 짓는다.

나는 상담실로 들어간 후 베라의 시선이 따라 들어와 내가 하는 모든 일을 오염시키지 못하도록 문을 닫는다.

시구르가 멋지게 완성한 상담실이다. 별로 넓지 않고 천장이 경사져서 공간 활용을 최적화하는 것이 관건이었다. 시구르는 진입로 쪽의 낮은 벽을 과감하게 뜯어낸 후 유리로 막았다. 그 앞에 내 의자 두 개—아르네 야콥센의 안락의자 두 개—가 작은 탁자를 사이에 두고 놓여 있다. 환자와 함께 앉는 그곳은 상담실에서 가장 밝은 곳인데, 그 위쪽 천장에 시구르가 설치한 벨룩스 창문에서도 자연광이 들어온다. 스탠드를 두세 개 두어 가을의 돌풍과 겨울의 혹한에도 아늑하고 환영받는 느낌을 줬다. 시구르는 대기실과 상담실을 구분하는 반대편의 낮은 벽에 작고 흰 내 책상을 붙이고, 문 양쪽에 천장까지 선반을 여럿 달아 내 책과 링바인더를 보관할 공간을 확보했다. 낮은 벽과 바닥에는 엷고 따뜻한 색의 목재를 댔고 높은 벽 두 개는 하얗게 칠해 전체적으로 매우 모던하고 편안한 느낌이다. 나는 경사진 천장이 바닥으로 이어지는 곳에 화분을 두어 개 놓았다. 사실 식물이 살아남기 어려운 환경이지만—전기 히터를 끄면 매우 춥다—식물이 주는 특정한 분위기가 있기 때문이다. "여기서는 숨 쉴 수 있어요." 하고 이 방은 말한다. "이 안에서는 당신 자신이 되어도 돼요. 여기서 한 어떤 말도 심판하거나 곱씹거나 조롱하지 않을게요." 내가 원했던 그대로다—환자들에게 들어오라고 초대하는 상담실. 시구르는 정확히 내가 원한 것을 주었다. 그건 인정해야 한다.

하지만 베라가 밖에 앉아 나를 기다리고 있는 지금, 나의 목 깊숙한 곳을 피로감이 옥죈다. 베라를 상담실로 불러들이기 싫다. 나는 책상 앞에 앉아 컴퓨터를 켠다—지난번 베라와 상담한 후에 작성한 노트를 읽을 거지만 사실 그럴 필요가 없다. 나는 그때 우리의 대화 내용을 기억하고 있으니까. 난 그저 시간을 벌고 있다—나가서 그 애에게 들어오라고 말해야 하는 순간을 늦추고 싶다. 왜 이러는지 잘 모르겠다—혹은, 어쩌면 그것에 대해 생각하고 싶지 않은 거겠지. 심리치료자는 담당 환자에게 마음을 쓴다.

나도 베라에게 마음을 쓴다. 하지만 우리의 대화가 힘든 일임은 부정할 수 없다.

부모와의 문제. 지난 상담 때 작성한 노트의 내용이다. **남자친구와의 문제.** 베라의 문제는 인간관계에 있다. 아이는 크리스마스 직후에 우울 반응 때문에 도움을 받기 위해 처음으로 나를 찾아왔다. 베라의 지능은 평균을 크게 웃돌고—영재일지도 모른다—그래서 모든 것이 지겹다. "그냥 전부 다 지겨워요." 첫 상담 때 이곳에 와야 했던 이유를 묻자 아이는 그렇게 대답했다. "더 이상 아무것도 중요하지 않고 다 무의미한 것 같아요." 듣자니 베라의 남자친구는 유부남이다. 부모는 연구자들로, 이 세상에서 극소수만 아는 수학 정리를 푸는 중인데 늘 바쁘고 출장이 잦다. 형제자매는 오래전에 성인이 되어 집을 떠났다. 또래보다 영리한 열여덟 살 베라는 자신이 태어났을 때 자기 가족이 이미 완벽했다고 말한다. 부모는 자식을 더 원하지 않았다고. 자신은 그냥 사고였다고.

풀어낼 것이 많은 지점이다—베라의 삶에는 진짜 고통이 있다. 하지만 다루기가 몹시 까다로운 문제다.

나는 베라를 들이기 전에 시간을 때우려고 이메일을 확인한다. 대부분 광고고 개인적인 편지는 없다. 아주 잠깐 시구르에게 전화를 걸고 싶다고 생각하지만, 어리석은 일이다. 지금은 9시 5분 전이고 그는 아직 친구들과 차를 타고 있을 것이다. 나는 숨을 깊이 들이쉰다. 환자 세 명만 보면 주말이다. 저녁 내내 혼자 있을 수 있다. 일요일에 언니와 점심을 먹는 것 말고는 계획이 없다. 어쩌면 스포츠센터에 갈 수도 있겠지.

"준비됐어요, 닥터?" 베라는 내가 나가서 들어오라고 하자 그렇게 묻는다.

나를 이렇게 '닥터'라고 부르는 건 아이가 두 번째 상담 중에 시작한 행동이다. 베라는 심리학자와 신경정신과 의사의 차이를 물었고 나는 내가 의사가 아니라 심리학자라고—병리학적 측면만이 아니라 전체로서의 인간이 어떻게 기능하는지를 전문으로 한다고—말했지만 아이는 내 대답을 물고 늘어졌다. "그럼 진짜 의사는 아닌 거네요?" 나는 좀 짜증이 났고 그 말에 괴로워했던 것 같다. 나한테 있는지도 몰랐던 열등의식이 자극받은 것도 같다. 왜냐하면 나는—약간 방어적으로—내가 사람들의 머릿속에서 벌어지는 일에 대해 여느 의사만큼 잘 안다고 대답했던 것이다. 그러자 아이는 웃더니 이렇게 말했다. "괜찮아요, 이제 선생님을 '닥터'라고 부를게요." 아이가 그렇게 부를 때마다 나는 찔리는 듯 불편하다. 목 안이 따끔따끔한 걸 보니 내가 지나치게 나 자신을 내보인 것 같다. 가끔 나는 베라가 그 말이 나를 괴롭힌다는 걸 아는지—아이가 수동 공격적으로 행동하는 것인지—자문하지만 아무래도 악의는 없어 보인다. 그냥 짓궂게 구는 거다.

나는 베라를 앞세우고 상담실로 들어간다. 베라는 평균보다 키가 조금 더 크고 날씬하며 골반이 좁다. 손은 꽤 커서 몸 옆에 늘 어뜨린 진자 같다. 아이를 보며 속으로 묻는다—여자가 다른 여자를 보면 늘 하는 질문이다—예쁜가? 그래, 그런대로 귀엽다.

어리고. 하지만 베라만의 특징도 있다. 동그랗고 작은 얼굴, 기다란 몸.

"있죠." 베라가 의자에 앉으며 말한다. "엄마, 아빠랑 싸웠어요. 라르스랑도 다퉜고요."

"그래." 나도 의자에 앉으며 말한다. "어떻게 된 건지 말해보렴."

베라가 말하는 동안, 깨어나는 중인 해가 벨룩스 창 안으로 들어오는 것이 보인다. 아이의 머리카락이, 매끈하게 뒤로 넘기려 했지만 산만하게 삐져나온 수백 가닥의 부스스한 머리카락이 햇빛을 받아 후광처럼 보인다. 나는 여자라면 누구나 그렇게 제멋대로인 부스스한 머리칼이 있다고 생각한다. 나도 많다, 베라보다 더 많다.

베라가 하는 이야기 속의 패턴은 파악하기 쉽다. 베라는 중요한 일이 너무 많아서 시간을 내주지 못하는 부모에게 거부당하고 있다고 느낀다. 얼마나 화가 나는지 부모에게 말할 수 없는 베라로서는 부모와의 충돌만큼 만족스러운 것이 없다. 그러고 나서 거부당한 느낌이 더 강해지면 남자친구에게 전화해서 또 다른 언쟁을 시작한다. 유부남 남자친구는 이랬든 저랬든 통화가 끝나면 아내가 있는 가정으로 돌아가니, 그 이유 없는 언쟁에서도 베라는 거부당했다고 느낄 것이 틀림없다. 그런 식으로 베라는 자신이 부모의 우선순위가 아니라는 용납할 수 없는 감정을, 그나마 견딜 만한 남자친구와의 경계 안으로 다시 짜 넣는다. 상담이 시작되고 30분쯤 지났을 때 나는 베라에게 나의 그런 생각을 들려준다.

"글쎄요." 베라는 코를 찡그리며 말한다. "좀 뻔하지 않나요? 그, 프로이트인가 뭔가 하는 것처럼?"

"그럼 너는 그렇게 생각하지 않는다는 얘기니?"

베라는 마치 내 해석을 시험하기라도 하듯 책꽂이를 훑어보며 손가락으로 팔찌를 잡아당긴다. 진주가 한 알 매달려 있는 가느다란 은팔찌다. 아이는 검지와 엄지로 진주알을 굴린다. 베라가 차기엔 너무 어른스러운 느낌의 장신구라고 나는 생각한다. 나를 보러 오는 여자아이들은 대개 문자가 들어간 액세서리를 착용한다. 'LOVE'나 'TRUST'나 'ETERNITY' 같은 단어들로 자기를 꾸민다.* 베라의 팔찌는 중년 여성에게나 어울릴 것 같다.

"모르겠어요. 선생님 말씀이 틀린 거라면 좋겠어요. 내가 단지 기분이 나빠지기 위해 라르스에게 전화한 것 같지는 않거든요. **실제로** 기분은 나빴지만, 내가 원했던 건 기분이 나아지는 거였어요."

"알아." 나는 말한다. "그리고 그 결과 원래보다도 기분이 훨씬 더 나빠졌지."

"네." 베라가 대답한 뒤 한숨을 쉰다. "그러니까 별로 좋은 전략은 아니었다고 말할 수도 있겠네요."

"무엇이 좋은 전략일 수 있을까?"

"기분이 나아지게 돕는 전략요? 모르겠네요. 나는 늘 나쁜 전략

---

*   각각 '사랑', '믿음', '영원'이라는 뜻.

만 떠올리거든요."

"예를 들면?"

"자해요. 그게 고전적인 전략 아닌가요? 우리 반에 자해하는 여자애가 있어요. 그걸 블로그에 올리기까지 하죠—상처를 찍어서 인터넷에 올려요, **미친** 거죠. 하지만 그건 내 스타일이 아니에요. 선생님이 라르스를 자해로 여기지 않는다면 말이죠."

베라의 마지막 말은 초대 같은 것이지만 나는 응하지 않는다. 아이는 남자친구에 대해 말하고 싶어 하고, 누군가와 그와의 관계에 대해 상의하고 싶은 욕구를 느끼며, 나 말고는 그 비밀을 털어놓을 사람이 아무도 없다. 하지만 베라의 고통은 라르스 때문이 아니다. 내가 볼 때 그는 증상이며, 베라가 우울감을 느끼는 원인은 더 깊은 곳에, 아이가 말하고 싶어 하지 않는 것들에 있다. 그것들을 우리는 탐구해야 한다. 내 몸은 아직도 느른하다. 나는 앉은 채로 기지개를 펴고 싶은 충동과 싸운다. 베라 뒤의 창밖으로 안개가 걷히는 것이 보인다—오늘은 날씨가 좋을 것이다.

"너는 부모님과 싸운 후 화가 났어." 나는 말한다. "그리고 기분이 나아지고 싶어서 자해나, 다른 똑같이 어리석은 뭔가를 하는 대신, 효과적일 **수도** 있었을 뭔가를 하기로—누군가의 지지를 얻고자 했지. 문제는 이미 널 거부할 거라고 알고 있는 사람을 골랐다는 거야. 그래서 말인데, 혹시 다른 사람에게 손을 내밀어보는 건 어떨까?"

"누구한테요?"

"글쎄, 네가 신뢰할 수 있는 사람. 친구라거나."

"친구." 베라가 가라앉은 목소리로 되뇐다.

"친구가 있니, 베라?"

아이가 나를 쳐다본다─날 가늠하는 중인가? 도전하는 듯한 기색이 아이의 눈에 휙 스친다.

"친구 많아요. 맙소사, 쌔고 쌘 게 친구예요─필요 이상으로 많죠. 그런데 문제가 뭔지 아세요?"

"아니, 뭐가 문젠데?"

"걔들이 바보라는 거죠. 한 명도 빠짐없이 전부 다."

"그렇구나." 나는 그렇게 대꾸하면서 잠시 아이의 대답을 되새긴다. "별로 좋은 친구들은 아니라는 말처럼 들리네."

아이는 숨을 들이쉬며 표정을 누그러뜨린다.

"좋아요, 정확히 말해 바보는 아닐 수도 있죠. 하지만 걔들은 이해를 못 해요. 우리 반 여자애들─선생님은 상상도 못 해요. 걔들은 뷰티 블로그를 보고, 연말 파티 계획을 짜고, 세상에서 제일 중요한 기술은 눈썹을 딱 **그렇게** 뽑는 거라고 생각하죠. 아세요? 걔들한테 사랑에 대해 물으면 파티에서 같이 뒹군 다른 반 남자애에 대해 조잘대기 시작해요. 걔들한테 내가 무슨 도움을 받겠어요?"

"주위에 사람은 많은데 지지해주리라고 기대하는 사람은 별로 없다는 얘기처럼 들리네."

"나한텐 라르스가 있어요."

"그래. 하지만 라르스를 친구라고 할 순 없지. 어떤 면에서는 조금 외롭게 들리는데?"

아이가 그런 시각을 마음에 들어 하지 않는다는 것이 느껴진다. 베라는 라르스로 충분하기를 원한다. 스스로가 동급생들보다 우월하다고 느끼지만 그것 때문에 나한테서 동정을 받기는 싫은 것이다.

"근데 꼭 사람이 타인과 늘 빌어먹게 **사사로운** 관계를 맺어야 해요?"

"나는 모든 사람은 사사로운 대화를 나눌 타인이 필요하다고 생각해."

아이는 그 말도 마음에 들지 않는다.

"뭐, **선생님은** 대화할 친구가 있어요?" 아이의 말투가 푹 찌르듯이 심술궂고 신랄하게 변해 나는 속이 얼얼하고, 표적이 되어 불편한 기분이다. "아니, 친구가 있기는 해요?"

아이가 다시 한쪽 눈썹을 치켜 올린다. 내가 만난 수많은 여자아이들이 학교 운동장에서 살아남기 위한 이런 싸움에 대해, 골육상쟁의 세계에서 고군분투하기 위한 무자비한 전략들에 대해 이야기한다. 베라는 나를 그런 식으로 대한다─반에서 여왕 노릇을 하는 아이가 뒷줄의 제일 말없는 여자애를 깔보는 것처럼.

"응, 있어." 내가 말한다. 너무 빨리 대답한 것 같기도 같다. "늘 내밀하고 사사로운 얘기만 하지는 않지만, 나는 속을 털어놓을 수 있는 사람들이 있어. 누구나 그런 것이 필요하다고 생각해."

우리는 서로를 재면서 바라보고, 나는 이미 내 전술이 실패했음을 느끼고 있다.

"너도 그런 관계를 맺도록 해보렴." 나는 좀 더 건설적인 방향으로 대화를 돌리려 한다.

아이의 눈에 내가 판독할 수 없는 뭔가가 있다―아이는 나를 재고 있다. 하지만 곧 흥미를 잃은 것처럼 보인다.

"네, 뭐." 아이는 팔찌의 진주를 내려다보며 만지작거린다. "선생님한텐 그런 게 필요할지 모르지만 난 다른 것 같아요."

나는 접근법이 틀렸음을 깨닫는다. 베라는 화가 났다. 아이들이 으레 그러듯이 내게 분풀이를 했다. 나는 화를 다른 곳으로 돌리지 못했고 이 애한테 필요한 것을 주지 못했다. 결국 나 자신을 방어하고 말았다. 베라는 지친 어른처럼 두 손으로 머리카락을 쓸어 올린다. 그러나 손을 내리고 다시 나를 보는 아이는 열여덟 살도 안 되어 보인다.

"난 속마음을 털어놓을 사람이 필요 없어요." 베라는 말한다. "사랑만 있으면 돼요."

고집 센 어린아이의 말투다―두 손으로 베라의 볼을 감싸 쥐어줄 뻔했다. 이것이 베라의 맹점이다. 베라는 자기가 너무 똑똑하고 친구들보다 훨씬 성숙하고 현명하다고 확신한 나머지 본인이 아직 경험하지 못한 것들이 얼마나 많을지 짐작조차 못 한다. 아마도 아이가 그것을 이해하도록 돕는 게 나의 일이겠지. 하지만 피곤하다. 오늘은 금요일이다―어쨌거나 상담 시간도 거의 끝났고.

시계를 흘끗 보는 나를 보고 베라가 말한다.

"포기할 시간인가요, 닥터?"

나는 나중에 노트를 작성하기 위한 골자를 휘갈겨 쓴다. **부모와 다툼, 남자친구와 다툼. 부모에게 거부당한다고 느낌, 남자친구와의 다툼 유발.** 쓴 것을 훑어본다. '유발'에 줄을 긋고 고친다. **남자친구와 다툼 시작. 평가.** 그리고 숙고한다—나는 베라를 어떻게 평가하는가? **거부에 대한 두려움, 외로움이라는 주제가 약점. 치료: 해석, 스스로의 반응에 대한 성찰 강화 시도. 주변 사람들과 공통점 전무하다는 감정 추적.**

창밖으로 크리스토페르 어머니의 베엠베가 이미 도착해 있는 것이 보인다. 나는 노트 작업을 멈추고 앉은 채로 스트레칭을 하며 상담을 준비한다.

대기실로 나가자 크리스토페르가 다리를 벌리고 당당하게 앉아 있다.

"안녕하세요, 선생님, 잘 지내셨어요?" 크리스토페르는 일어서서 상담실로 들어가자마자 앉고 싶은 의자로 직행한다. 이것은 첫 상담에서 환자를 시험하는 리트머스지다. 나는 새로 온 환자가 나보다 먼저 상담실에 들어가게 한다. 대부분의 아이들은 내가 앉으라고 할 때까지 기다린다—내가 두 의자 중 하나를 가리키기를 기다린다. 당연한 행동이다—내 상담실이고 그들은 손님이니까. "어디 앉을까요?" 하고 묻는 아이들도 있고 크리스토페르처럼 직접 고르는 아이들도 있다. 첫 상담에서 크리스토페르는 잠시 서서 두 개의 의자를 쳐다본 후 왼쪽 의자에 털썩 주저앉아 다리를 꼬았는데, 자기 집에 있는 듯 편안해 보였다.

나는 남은 의자에 앉는다. 어쩌다 보니 크리스토페르와 베라는 서로 다른 의자를 골랐고, 내가 앉은 의자는 베라의 온기가 아직 남아 따뜻하다.

"좋아요." 크리스토페르는 흰 이가 전부, 양쪽 어금니까지 보이도록 활짝 웃으며 말한다. "준비됐어요. 시작하죠."

아이는 윙크를 한 것 같기도 하다. 윙크를 한 건 아니지만 했다고 해도 나는 놀라지 않을 것이다.

"잘 지내니, 크리스토페르?" 나는 중립을 추구한다. 친근하지만 차분하게 대하려고 한다. 아이의 웃음에 현혹되지 않으려고 애쓴다.

"네, 기막히게 잘 지내죠."

아이의 거대한 치열을 둘러싸고 있는 얼굴은 면도가 안 되어 있고 정 가르마를 탄 앞머리는 거의 턱까지 내려와 있다. 머리카락은 검게 염색했고 목에는 나로서는 개목걸이 같다고 할 수밖에 없는 징 박힌 목걸이를 하고 있다. 지금 아이는 가죽재킷을 벗어 티셔츠 차림이다. 두 팔에 문신이 있고 허리와 양쪽 손목에도 비슷한 징이 박힌 액세서리를 하고 있다. 이 아이를 안아보려는 사람이 있을까 싶다. 내가 보기에 크리스토페르는 단지 스스로 원해서 이렇게 아웃사이더 행세를 하는 매력적이고 호감 가는 사내아이라 여자아이들이, 주변에 떼로 몰려드는 건 아닐지 몰라도, 적어도 관심은 가질 것 같다. 하지만 저 가시들 때문에 포옹을 하려 할지는 모르겠다.

"학교생활도?"

"네, 겨우겨우 지내고 있는 것 같아요, 하하. 그래도 낙제할 것 같은 과목은 없어요. 엄지 척이죠, 선생님?"

"집에서는 어때?"

크리스토페르는 더 활짝 웃어서, 몇 년 안에 사랑니가 날 곳까지 드러낸다.

"끝내줘요. 아빠는 브라질에 가서 돌아올 생각을 안 하고 엄마는 **이거** 때문에 무서워서 떨고 있죠."

아이는 가시 목걸이를 손마디로 톡톡 두드린다.

"선생님이 엄마가 말하는 걸 들었어야 하는데." 아이는 만화영화 캐릭터처럼 입가를 우스꽝스럽게 아래로 당기고 가성으로 말한다.

"크리스토페르 알렉산데르, 너 정말 그런 걸 목에 두르고 학교에 갈 거니? 천박한 창녀 같구나."

나는 웃음이 나려는 걸 참는다. 크리스토페르는 고개를 뒤로 젖히고 호쾌하게 웃는다.

"그 말이 재미있니?" 내가 묻는다.

"당연하죠." 아이가 의기양양하게 대답한다.

"저기, 개성적인 스타일에 네가 들인 갖은 노력을 높이 평가하지 않는 건 아니지만, 엄마를 화나게 할 다른 방식을 찾을 수는 없을까, 그러니까, 자해와 거리가 더 먼 쪽으로?"

크리스토페르는 더 큰 소리로 웃는다.

"이래서 선생님이 좋다니까요. 개성적인 스타일에 내가 들인 **갖은 노력.** 네, 그렇게 말할 수도 있겠네요. 맞는 말씀 같아요. 하지만 전 자해는 한 적이 없어요."

"알아." 그렇게 대꾸하면서 보니 아이는 진지한 표정을 짓고 있다. 입가의 웃음기가 반쯤 가셔 있다. "하지만 그 스타일 자체에 자해의 기미가 있거든."

"거기에 대해선 우리가 동의하지 않기로 동의할 수밖에 없다고 생각합니다."

크리스토페르는 가끔 성인의 화법을 쓴다. 알고 지낸 반년 동안 아이는 악마숭배자 같은 모습을 하고 있었지만 그 껍데기 속에는 탈출을 기다리는 예의바른 소년이 있다. 처음 만났을 때 아이는 나와 악수를 하고 이름을 말하며 반갑다고 말했다. 크리스토페르가 상담을 받는 건 아이의 어머니가 그래야 한다고 믿기 때문이다. 아이의 부모는 이삼년 전에 눈물짓고 문이 쾅 닫히는 과장된 드라마를 연출하며 이혼했고, 그 후 모친은 무감각한 상태로 지내다가 아이의 이런 옷차림과 음악 취향, 다소 건방진 태도와 뚝 떨어진 성적 때문에 정신이 번쩍 들었다. 그녀는 히스테리 상태로 내게 전화를 걸어 자신의 아들이 즉시 도움을 받아야 한다고 했다.

하지만 사실은 달랐다—첫 상담에서 이미 나는 크리스토페르에게 앞으로 아무런 문제가 없을 것임을 확신했다. 아이는 어머니를 화나게 할 수 있는 한 계속 반항할 것이다. 자신의 변화에 충격을 받은 아버지가 브라질에서 집으로 돌아오리라는 희망도 품고 있을 것이다. 하지만 언젠가 그리 멀지 않은 시기, 기말고사 준비 기간이 되기도 전에 크리스토페르는 검은 옷과 징 박힌 벨트와 목걸이를 벗어던지고 평범한 옷차림을 하고 아무 일도 없었다는 듯 학교에 가서 잃어버린 시간을 만회할 것이다. 원하는 건 뭐든 할 수 있을 우수한 성적으로 고등학교를 졸업하고 멀쩡하게 잘 살아갈 것이다. 나도 알고 크리스토페르도 아는 사실이다.

그걸 모르는 건 크리스토페르의 어머니뿐이고 여기서 딜레마가 발생한다. 크리스토페르에게 치료가 필요하지 않다면, 내가 계속해서 매주 아이를 보는 건 비윤리적이지 않은가? 또 한편으로는, 나는 최대한 많은 환자를 받을 필요가 있다. 아이 본인은 여기 오는 걸 좋아한다. 우리 사이의 라포르*는 좋은 데다, 내가 조심스럽게 추측하자면, 아이는 상담으로 이득을 보고 있다—아이가 시도하는 스타일을 어떤 면에서 강화하기 때문이다. 지금 밖의 베엠베에서 기다리는 크리스토페르의 어머니는 아들이 내게, 그

---

*　rapport. 심리학에서 두 사람, 특히 치료자와 환자 사이의 공감적인 인간관계나 친밀도를 뜻한다.

녀의 표현을 빌리자면, '관리받고 있다'는 생각에 밤잠을 덜 설칠 게 분명하다. 그렇다면 모든 관계자들에게 이로운 상황 아닌가?

한번은 내가 정말로, 필요한 만큼 단호하게는 아니었지만, 치료를 끝내려고 했다. 그러나 그날 저녁 크리스토페르의 어머니는 울면서 내게 전화했다.

"선생님." 그녀는 울부짖었다. "우리 애를 포기하지 말아주세요. 선생님이 우리의 유일한 희망이에요."

그때는 크리스마스 직전이었다. 눈이 왔고 나는 지금 크리스토페르가 앉아 있는 의자에 앉아 어두운 창밖을 보며 생각했다. 계속 심리치료를 받는다고 해서 그 애한테 해로울 게 있을까? 나는 스스로에게―정당성을 입증할 대상이 나밖에 없었으니까―전문 용어를 썼다. 내가 아이에게 '교정적 감정 경험'*을 제공하고 있다고 스스로를 설득했다. 나는 아이가 자신의 정체성을 함께 탐구할 수 있는 '안전한 성인'이라고. 나는 그런 내용으로 크리스토페르에 대한 노트를 작성하면서, 이곳은 개인 상담실이니 세금이 아니라 부유한 아이 아빠의 돈이 쓰이고 있다는 사실에서 위안을 얻는다. 아이 어머니와의 전화 통화에서 들은 얘기를 떠올려보면, 그 개자식의 돈을 쓴다고 죄책감을 가질 이유는 하나도 없다.

*   corrective emotional experience. 과거에 갈등의 대상에게 받았던 감정과 다른 새로운 정서를 경험하게 하는 것.

시구르가 전화했다. 내가 베라와 상담하는 동안 음성 메시지를 남겼다. 지금 나는 주방에서 참치 샌드위치와 사과 주스로 점심을 먹고 있다. 휴대전화를 조리대 위에 올려두고 먹으면서 메시지를 듣는다.

"헤이, 러브." 시구르는 그의 전형적인 방식으로, 따뜻하고 선율적인 목소리로 말한다. "우린 토마스네 산장에 도착했어. 여기, 아, 여기 좋네, 난……."

전화기가 지지직거리고, 그의 목소리에 웃음기가 어리는 것과 쾌활하고 더듬는 듯한 두어 마디의 말이 들린다.

"얀 에리크야, 얀이 지금 땔나무로 장난을 치고 있거든, 완전 천치 같아. 난…… 그만 끊어야겠어. 그냥 도착했다고 말하려고 걸었고, 어, 응, 나중에 전화할게. 몸조심해. 그래. 안녕."

나는 샌드위치를 거의 다 먹었다. 마지막으로 남은 빵 껍질을 두 손으로 들고 앉아 남편의 말을 듣는데 횡격막이 내리눌리는 느낌이 든다. 그가 그립다. 이 무슨 바보 같은 생각이람—나간 지 몇 시간이나 됐다고. 사실은 혼자 있어서 꽤 만족스럽다. 스포츠 센터에 가고 그가 싫어하는 음식을 먹을 거다. 그가 바보 같다고 생각하는 영화를 볼 것이다. 화이트와인—시구르에 따르면 신부 들러리와 할머니들이나 마시는 술—도 마시고. 일찍 자고 이런 저런 일도 해치울 수 있다.

자동 응답기에 녹음된 시구르의 목소리일 뿐이다. 일이 끝나면 그에게 전화할 것이다. 나는 빵 껍질을 물과 함께 넘긴다. 다음 환자는 트뤼그베다. 커피를 마시면서 그에 대한 노트를 읽을 시간이 있다.

트뤼그베는 2시 정각에 온다. 1초도 먼저 오는 법 없이 늘 시간에 딱 맞춰 온다. 그러나 크리스토페르와 달리 트뤼그베는 억지로 온 기색이 역력하다. 내가 상담실과 대기실 사이의 문을 열자 그는 앉아 있지 않고 대기실로 들어오는 문에 등을 대고 서서 팔짱을 끼고 있다.

"들어와요."

나를 지나쳐 가는 트뤼그베는 입술이 안 보일 정도로 입을 앙다문 굳은 표정을 하고 있다.

그는 언제나 베라와 같은 의자를 택하지만 내가 권하기 전에는 절대 앉지 않는다. 앉을 때도 절대 등받이에 기대지 않고 조금이라도 성이 나면 일어날 태세로 엉덩이를 살짝 걸치고 허리를 꼿꼿이 세우고 앉는다.

"한 주 동안 어땠어요?"

"괜찮았습니다." 트뤼그베는 단조로운 목소리로 대답한다.

"학교 공부는요?"

"괜찮았어요."

"해야 하는 일들은 했나요?"

"네."

"게임은 했고요?"

"조금요."

"우리가 합의한 게임 시간보다 더 많이 했나요?"

이제 그는 나를 쳐다본다. 모래 빛 머리카락에 갈색 눈, 단정한 이목구비. 특이한 건 전혀 없다─눈에 띄게 눈에 안 띄는 외모라고 할까. 그는 기분 나쁠 정도로 표정을 통제하고 아주 가끔, 예를 들어 성질이 날 만큼 났을 때만, 검열을 거치지 않은, 계산되지 않은 행동을 보인다. 처음 봤을 때 나는 그가 연쇄살인범으로 밝혀져도 놀라지 않을 거라고 생각했다.

하지만 트뤼그베가 내게 오는 건 살인 충동이 있다거나 통제 성향이 지나치다거나 인생이 무의미하다고 느껴서가 아니다. 월드오브워크래프트 게임에 중독되었기 때문이다. 아니, 더 정확하게 말하자면, 그의 부모가 집에서 쫓겨나지 않으려면 치료를 받으라고 했기 때문이다. 대부분의 내 환자들보다 연상인 스무 살의 트뤼그베는 학교생활이 게임에 방해가 된다는 이유로 기말 시험을 일곱 달 앞두고 자퇴했다. 당연히 그의 부모는 걱정하고 있다. 그가 치료를 빼먹으면 나는 그의 부모에게 전화를 하기로 되어 있다. 트뤼그베도 동의한 일이다─내 생각에 그가 동의한 유일한 이유는 부모한테 내쫓기면 살 집을 구하기 위해 일을 해야만 하고 그러면 게임할 시간을 너무 많이 뺏기기 때문이다.

"거의 정해진 시간만큼 했습니다."

"언제 시간을 어겼어요?"

그는 재채기를 참는 것처럼 코웃음을 억누른다.

"이틀요. 일요일이랑 목요일. 그 외엔 완벽합니다."

그의 입이 일자로 경직되고 턱 언저리가 뻣뻣하다. 그리고 저 마지못해하는 태도에는 나를 지치게 하는, 패배를 인정하고 "멋지네요, 거의 완벽해요, 그럼 오늘은 이쯤 해둘까요?"라고 말해버리고 싶게 하는 뭔가가 있다.

"일요일과 목요일에 게임 시간을 얼마나 초과했죠?"

"조금요."

한숨이 나온다. 트뤼그베에게는 구체적으로 말해야 한다.

"자, 일요일에 정해진 게임 시간은 7시부터 10시죠. 언제부터 게임을 했어요?"

"7시요."

"언제까지 했죠?"

일시정지. 그의 턱 근처 근육이 불룩거린다─그 정도로 이를 악물고 있다는 것이다. 트뤼그베의 턱은 기이할 정도로 사각형이다─이 점은 좀 눈에 띈다고 할 수 있겠다. 턱이 억센 남자들이 종종 매력적으로 여겨진다는 글을 읽은 적이 있지만, 트뤼그베의 강한 턱선은 불가해한 인상을 강화할 뿐이다. 평범하다고 할 수도 있겠지만, 저런 표정─우중충하고 식상하고 뻔한 표정─조차 계산된 것처럼 보인다. 트뤼그베에게도 자신의 인생을 위한 원대한 계획이 있을지 모르지만, 그것이 어떤 계획일지는 세상 누구도 짐작조차 못 할 것이다.

"자정 넘어까지요."

대놓고 에두르는 말이다.

"자정 넘어 언제까지요?"

그의 턱 근처의 다른 곳이 또 불룩해진다.

"3시요."

"네, 3시. 그럼 목요일에는, 그러니까 어제죠—목요일의 게임 시간은 7시부터 11시예요. 얼마 동안 게임을 했어요?"

또 일시정지.

"3시까지요."

"네, 알겠어요. 그럼 계산해보면 이번 주에, 음, 약속보다 여덟 시간을 더 했네요."

그는 닫힌 표정으로 말이 없다.

"어떻게 생각해요?"

트뤼그베는 어깨를 으쓱한다.

"괜찮다고 생각하나요?"

그는 또 어깨를 으쓱하더니 손목시계를 보고 손을 팔걸이에 올렸다가 다시 손목시계를 본다. 트뤼그베를 상대할 때 우회로란 없다—저항하는 만큼 밀어붙여서 그가 초래하는 불편함 속으로 같이 들어가는 수밖에.

"여기 처음 들어왔을 때 '완벽하다'라는 단어를 썼기 때문에 하는 말이에요."

"'거의 완벽하다'고 했죠."

"네, 기억나요. 무엇이 그 단어를 선택하게 했을까요?"

그는 재빨리, 요란하게 숨을 내쉰다―한숨이라기보다는 증기 기관에서 뿜어져 나오는 수증기 같다.

"모르겠습니다, 선생님." 이제 그는 표면 아래가 부글부글 끓고 있다. "어쩌면 내가 그 단어를 선택한 건 매주 여기 와서 앉아 온갖 개인적인 습관을 선생님한테 말해야만 하는 게 빌어먹게 재밌지는 않아서겠죠."

드디어 나왔군, 그 성질머리―오늘은 평소보다 더 노골적이다. 그도 같은 생각을 했는지 스스로를 진정시키는 것처럼 보인다. 그는 찌푸린 미간과 뒤틀린 입이 만든 표정으로 잠시 말을 멈춘다. 그리고 곧 그 표정을 지우려는 듯 심상한 얼굴을 한다.

"네, 동의해요." 나는 얼른 말한다―어쩌면 그가 또 입을 꾹 다물어버리기 전에 대화를 이어갈 수 있을지 모른다. "상담 시간을 매우 불편해하는 것 같네요. 그런 불편함이 한 주 동안 상담실 밖에서 어떤 영향을 주는지 말해줄래요?"

그는 또 어깨를 으쓱한다.

"글쎄요. 별로 생각해본 적 없습니다."

"예를 들어보죠." 나는 또다시 구체적으로 말하려고 애쓴다. "어젯밤 11시, 게임을 멈췄어야 할 시간에 무슨 생각을 했나요?"

'어떤 기분이 들었나요?'라고 말했어야 한다―이성에 집중하는 덫에 빠지는 건 피해야 한다.

"글쎄요. 아무 생각 안 했습니다."

"오늘 질문받을 걸 알았잖아요."

"그런 생각 안 했습니다."

"궁금하네요, 트뤼그베, 우리가 정한 게임 시간을 지키려고 노력할 생각이 있기는 해요?"

"글쎄요. 뭐, 네. 노력하고 있습니다."

"내가 억지로 게임을 끊게 할 수는 없기 때문에 하는 말이에요—그건 트뤼그베의 부모님도 할 수 없는 일이죠. 본인이 끊고 싶어 하지 않으면 안 돼요."

"네, 정말 끊고 싶습니다."

아침에 느꼈던 피로감이 다시 나를 덮친다. 베라가 유발한 것보다 백배는 더 강한 피로감. 트뤼그베가 자발적이어야만 변할 수 있다는 건 사실인데, 그는 굳이 그럴 생각이 없다는 것이 너무나 분명하다. **결국 심리치료를 받게 되는 환자들에게는 언제나 동기, 혹은 양가감정이 있다.** 교재들에는 그렇게 쓰여 있고 나는 그런 책들의 조언을 알고 있다—거기 있는 것에 집중하라. 트뤼그베는 지금 집에서 계속 살기를 원하니 그것을 발판으로 삼아야 하지만 내 공구상자는 텅 비고 쓸모없는 것 같은 느낌이다. 어쩌면 문제는 트뤼그베의 욕망이 너무나 도구적이라는 데 있을지도 모른다. 부모와의 관계를 유지하기 위해서, 부모님 집에서 사는 게 안전해서가 아니라 그저 머리 위의 지붕과 컴퓨터를 작동시킬 전기를 잃기 싫은 것이다. 솔직히 말해 나는 무엇이 트뤼그베에게 도움이 될지 모르겠다. 대다수의 게이머들은 게임으로 긴 세월을 허비한다. 트뤼그베 역시 그러기로 작정한 것 같다. 그는 요지부동이고 나는 그가 변화를 원치 않는 한 할 수 있는 일이 별로 없다는 생각도 든다.

하지만 지금은 금요일 오후다. 트뤼그베가 우리의 합의를 따르겠다며 아무 말이나 주절거릴 가짜 대화를 다시 시작할 여력이 없다.

"알겠어요. 하지만 다음 주에 우리가 합의한 시간을 지키기 위해서는 어떻게 해야 할까요?"

"더 노력하겠습니다." 트뤼그베는 앙다문 잇새로 대답한다.

"좋아요. 그렇게 해보죠. 다음 주 금요일 같은 시간 괜찮죠?"

나는 스포츠센터에 가기 전에 시구르에게 전화를 걸지만 그는 받지 않는다.

전철을 타고 집으로 돌아가는 길에 휴대전화가 울린다. 올레볼에서 느릿느릿 나아가는 열차의 연결기가 덜커덕거린다. 밖은 어둡고 객차의 조명은 노랗고 좌석에는 서류가방과 스마트폰을 든 피곤한 회사원들과 겨울을 최대한으로 즐기려 시골로 가는 별난 스키 마니아가 앉아 있다. 그 외에는 나뿐이다. 나의 땀 난 몸 옆쪽의 창유리에 김이 서린다. 분위기는 울적하고 객차가 덜거덕대는 소리 외에는 조용하다. 내 가방 속 휴대전화의 윙윙거리는 진동음이 적막을 깬다. 얀 에리크의 이름이 액정을 밝힌다.

"여보세요?" 나는 질문하는 억양으로, 마치 그가 누군지 모르는 것처럼 말한다.

"아, 안녕하세요. 사라 씨, 얀 에리크예요."

그의 목소리는 불안정하고 경박하다. 내가 탄 객차처럼 미끄러져가는 것 같다. 나는 한숨이 나오려는 걸 참는다. 이 사람들 벌써 취한 건가? 평소보다도 더─장난전화를 걸 정도로 유치해진 거야?

"네." 나는 '본론만 말해'라는 듯 딱딱하게 대답한다.

"네, 우리는 그냥…… 토마스랑 나는 궁금해서요. 혹시 시구르한테 연락 왔나요?"

"무슨 말씀이세요?"

창밖에 보이는 땅의 경사가 가팔라진다─열차는 내 목적지의 두 역 전인 베르그에 가까워지고 있다. 집들은 모형 같다. 빛나는 사각형이 붙어 있는 검은 덩어리들 같다. 진짜가 아닌 것 같다─그 안에 사람들이 산다는 것이 믿기지 않는다.

"아니, 우리는 그냥…… 우린 그냥 궁금해서……."

그는 목을 가다듬고, 나는 그가 평소보다도 더 멍청하게 군다고 생각한다.

"뭐가 궁금한데요, 얀 에리크 씨?"

"그냥…… 시구르가 언제 오는지 해서요."

"시구르가 언제 오느냐고요?"

관자놀이가 지끈거린다─트뤼그베에 스피닝 수업에 이제 얀 에리크까지. 내게 필요한 건 샤워와 화이트와인 한 잔과 치킨 샐러드뿐인데.

"네. 그게, 시구르는 5시쯤에 여기 오겠다고 했는데, 지금은 7시가 넘었고 우리는, 우린 시구르랑 연락이 안 돼서요, 하하. 그러니까, 우린 몰라도—혹시 사라 씨는 알지 않을까 해서요. 아시죠, 무슨 얘긴지? 혹은 시구르와 통화를 하셨다거나요?"

멀리서 웅얼거리는 듯한 소리가 들린다—토마스의 목소리다. 나는 등을 곧게 편다.

"네, 틀림없이 아무 일도 없을 거예요." 이제 얀 에리크는 거의 새된 소리로 말한다. "우린 그냥 확인하고 싶어서."

토마스는 얀 에리크보다 분별 있다. 내가 토마스를 좋아하는지는 몰라도 얀 에리크보다 좋아한다는 건 분명하다.

"저기요." 나는 열차 안의 사람들에게는 들리지 않고 얀 에리크에게는 들릴 만큼 목소리를 낮춰서 말한다. "시구르는 오늘 아침 9시 반쯤에 내게 전화해서 다 같이 도착했다고 말했어요. 그 후론 통화한 적 없고요."

전화기 너머의 침묵. 그리고 또 불분명한 말소리—무슨 내용인지는 모르지만 그들은 얘기를 하고 있다. 거의 속삭이는 것 같지만 두 사람의 목소리가 모두 들린다.

"뭐라고 하는 거예요?" 나는 이제 가까이에 앉은 사람들이 대화의 요지를 알 정도로 큰 소리로 말한다. "안 들려요."

다시 침묵. 이어 토마스가 뭐라고 하는 소리가 들리고 얀 에리크가 말한다.

"내가 제대로 알고 있는 건지 잘 모르겠어요, 사라 씨. 토마스랑 나는 여기 1시쯤에 도착했거든요. 시구르는 우리보다 늦게 혼자서 차를 타고 올 거라고 했고요."

이마가 뻣뻣해진다. 묵직하고 타는 듯한 두통이다.

"시구르는 나한테 9시 반, 10시쯤에 전화를 했어요." 나는 다시 말한다. 지친다. 그들과 열차와 오늘 하루에 질렸다. "그이는 다 같이 거기 도착했다고 했어요, 그리고……."

나는 기억을 되살린다. 얀 에리크, 땔나무.

"얀 씨가 불을 피울 장작을 갖고 장난을 치고 있다고 말했고요."

완전한 침묵이 내린다. 열차도 이제 평지를 달리고 있어서 소음이 없다.

"하지만 토마스와 내가 오슬로에서 출발한 게 10시인데요." 얀 에리크가 말한다.

사람들의 이야기는 종종 모순점을, 작은 거짓을—진짜 거짓말이라기보다는 지름길을—포함하고 있어서 한 사람이 여러 시기에 혹은 여러 사람이 같은 시기에 앞뒤가 맞지 않는 이야기를 할수 있다. 거기에 가려면 전철이 더 편한데도 버스를 탔다고 한다. 덴마크에서 여름휴가를 보냈다고 하고는 약국에서 독일어로 설명해야 했다고 이야기한다. 지나치게 액면 그대로 받아들이지 않는다면 그런 이야기에 문제는 없다. 잘못 들었을 수도 있고, 가려던 곳이 열차 역 근처의 카페가 아니라 상호가 비슷한 버스 정류장 옆의 카페일 수도 있다. 페리를 타고 덴마크로 간 것이 아니라독일의 킬에 갔을지도 모른다. 대개 그럴듯한 설명이 가능하다.

아니, 덴마크에 **있었지만** 독일에 하루 다녀왔어. 그냥 시시콜콜하게 다 얘기하기는 힘들어서.

하지만 근본적으로 다른 이야기들—서로 양립할 수 없는 사실들의 서술—은 그리 흔하지 않다. 심리치료의 세계에서조차 이런 말을 흔히 들을 수 있다. "네, 엄마는 내가 취했다고 하지만 난 맥주 두어 잔밖에 안 마셨어요, 난 너무 피곤했고 불분명한 발음으로 말했지만—그건 인정해요—인사불성으로 취하지는 않았다고요." 사람들은 진실을 길게 늘이고 이야기를 윤색한다. 여러 방향으로 잡아당긴다. 그러나 대체로 사람들은 B가 진실이고 B와 A가 양립할 수 없을 때 A라고 말하지는 않는다. 누레피엘의 어느 산장 밖에 서서 장작을 한 아름 안고 있었던 것이 사실일 때 '신센에서 차를 타고 있었다'고 말하지 않는다. 사람 없는 마당을 바라보고 있는 것이 사실일 때—얀 에리크가 같은 주에 있지도 않은데—'얀 에리크가 마당을 가로지르고 있다'고 말하지 않는다.

그런 모순은 그럴듯하지가 않다—오해를 했거나 일관성이 결여되어서 발생하는 모순이 아니다. 다음 둘 중의 하나다. 얀 에리크는 9시 반이 조금 지났을 때 누레피엘에 있었고 지금 거짓말을 하고 있다. 또는, 얀 에리크는 10시에 오슬로에서 차를 타고 출발했고 시구르의 음성 메시지가 거짓말이다.

그러나 나는 그런 생각을 할 기력이 없다. 얀 에리크가 짓궂은 장난을 치는 거라고 믿을 수밖에. 나는 그의 유머 감각을 한 번도 이해한 적이 없다. 그는 맵지 않다고 시구르를 속여서 칠리 고추를 한 입 먹게 한 후 콧구멍으로 맥주를 뿜으며 웃은 적이 있다. 이 전화를 끊으면 그는 나를 속였다며 산장 바닥을 뒹굴며 웃을 것이고, 밖에 있는 화장실에 다녀온 시구르는 영문도 모르고 웃으며 "뭐가 그렇게 웃겨?"라고 말할 것이다.

"틀림없이 합당한 이유가 있을 거예요." 나는 말한다. "저기, 내가 지금 운동 끝나고 전철을 타고 집에 가는 중이거든요. 우리 그냥…… 그냥 시구르한테 다시 전화해볼까요? 우리 둘 다요. 네? 그러고 나서 시구르랑 연락이 되면 나중에 밤에 얘기하는 게 어때요?"

"네, 좋아요." 얀 에리크가 지나치게 열성적으로 대답하는 것 같다. "네, 그렇게 하죠, 하하, 그냥 뭔가 오해가 있는 걸 거예요. 하지만, 네, 우린 그냥 사라 씨한테 알려주고 싶었어요."

"네, 곧 통화해요. 토마스 씨한테 안부 전해주세요."

우리는 전화를 끊는다. 나는 시구르에게 전화한다. 통화 연결음만 들리다가 자동 응답기로 넘어간다. 열차는 베르그 역으로 들어선다. 창밖을 보다가 차창에 비친 나를, 스피닝 수업의 여파로 아직도 벌건 얼굴을 보며 생각한다. 이상한 통화였어.

토르프 옹의 샤워 부스에 서서 벽에 난 구멍에서 나오는 뜨거운 물을 맞고 나서야 상황의 비논리성이 분명해진다. 얀 에리크나 시구르 중 한 명이 거짓말을 하고 있다는 설명 말고는 불가능하다. 얀 에리크는 뒤틀린 유머 감각의 소유자지만 그래도 이건 지나친 것 같다. 시구르는 착한 사람이다, 내 남편이다―그는 거짓말하지 않는다.

그래도 일단 얀 에리크의 말이 사실이라고 해보자. 시구르가 어떤 이유로, 혹은 다른 이해할 만한 이유로―예를 들어 깜짝 선물이라든가, 모르겠다―거짓말을 하고 있다고. 그냥 그렇다고. 하지만 그렇다 해도 어째서 시구르는 아직도 산장에 도착하지 않은 거지?

그제야 나는 배 속에서 차갑고 딱딱해지는 두려움을 느낀다. 시구르는 지금 어디 있지? 진정하려고 노력한다. 바보 같은 생각 마, 사라. 분명 그럴 만한 이유가 있을 거야. 시구르가 휴대전화를 잃어버렸거나 배터리가 다 됐거나. 아마 지금쯤 거기 도착했을 거야. 내가 샤워하는 동안 시구르가 얀 에리크의 휴대전화로 내게 전화했을 거라고. 도움이 된다. 두려움이 약해져서 속삭이는 솜뭉치 같은 근심 덩이로 바뀌었다. 샴푸를 헹궈내고 물을 잠근다. 샤워 부스에서 나와 맨몸으로 덜덜 떨며 목재 팰릿 위에 서서 급하게 몸의 물기를 닦은 다음 벽에 기대 세운 팰릿에 걸쳐둔 가운을 집어 든다. 머리카락에 수건을 두르고 가운을 입고 덜 춥도록 두 팔을 문지르며 서둘러 욕실을 나간다. 계단을 내려가 주방으로 들어선다.

그러나 휴대전화에 부재중 전화 알림은 없다. 집어 든 전화기 화면에 뜨는 건 시구르와 내가 언니의 큰아들 테오와 찍은 사진이다. 세 사람 모두 오렌지 조각을 입에 문 채 웃고 있다. 주변은 온

통 오렌지다. 시구르의 눈은 웃느라고 거의 감은 듯이 가늘어져, 그냥 주름진 살에 파묻힌 조그맣고 거무스름한 진주처럼 보인다. 활짝 웃는 그의 치열은 오렌지 껍질에 가려서 보이지 않는다.

덩어리져 뭉쳐 있던 배 속의 두려움 한 구석이 보호막을 찢고 튀어나온다.

음성 사서함으로 들어가 시구르의 메시지를 다시 튼다.

"헤이, 러브. 우린 토마스네 산장에 도착했어. 여기, 아, 여기 좋네, 난…… 얀 에리크야, 얀이 지금 땔나무로 장난을 치고 있거든, 완전 천치 같아. 난…… 그만 끊어야겠어. 그냥 도착했다고 말하려고 걸었고, 어, 응, 나중에 전화할게. 몸조심해. 그래. 안녕."

다시 튼다. 시구르의 목소리. "헤이, 러브." 여느 때와 똑같다. 이상한 구석은 없다. 헛기침도 하지 않고 미세하게 떨리지도 않는다. 얀 에리크가 다가올 때 전화기가 지지직거리는 소리도 전혀 이상하게 들리지 않는다. 말을 잇기 전의 망설임도 자연스러운 것 같다.

"몸조심해." 그가 늘 하는 말. "안녕."

세 번째로 메시지를 틀고 더 집중해서 듣는다. 예를 들어 그는 실내에 있는가, 실외에 있는가? 나는 몇 년 전에 시구르와 그 누레피엘의 산장에 갔기 때문에 그곳의 공간 배치를 알고 있다. 지금까지 나는 시구르는 문간에 서 있고 얀 에리크는 품에 안은 장작을 떨어뜨리지 않으려 애쓰며 뜰을 가로지르고 있다고 상상했다―시구르는 얀이 장작을 실내로 옮기는 걸 돕기 위해 전화를 끊어야 했다고. 하지만 확신할 수 있나? 그냥 둘 다 실내에 있을 수도 있지 않을까, 얀 에리크는 벽난로 옆에서 장작으로 장난을 치고 있고? 땔나무를 머리에 갖다 대고 큰 귀인 척하거나 높이 쳐들어서 시구르를 향해 돌진하거나? 그래서 시구르는 도망치기 위해 전화를 끊어야 하고?

"완전 천치 같아."—얀이 곧 넘어질 것 같은 모습이라 한 말일까, 바보짓을 하고 있어서 한 말일까? 시구르가 그런 표현을 쓰는 사람이었나? 나는 한숨을 쉬며 아니라고 생각한다. 나와 처음 만났을 때 시구르는 절대 누군가를 천치 같다고 말할 것 같지 않은 사람이었다. 그건 어릴 적 친구들—특히 얀 에리크—의 영향이다. 4년 전 내가 베르겐에서 만난 시구르는 그렇지 않다.

나는 네 번째로 음성 메시지를 들은 후 시구르가 실외에 있다고 판단한다. 실내라면 얀 에리크가 장난치는 소리가 울려서 나한테 들렸을 것이다. 실외에서는 소리가 더 멀리 퍼져나간다. 아니면 얀 에리크가 밖에 있고 시구르는 창문을 통해 그를 보고 있거나.

그것조차 얀 에리크가 거기 있을 때의 이야기다. 배 속의 두려움이 다시 한번 날카로운 모서리로 나를 찌른다.

다시 시구르에게 전화한다. 통화 연결음이 울리고 또 울린다. "안녕하세요, 시구르 토르프입니다. 죄송하지만 지금은 전화를 받을 수 없습니다. 메시지를 남겨주시면 연락드리겠습니다." 그리고 삐 소리.

"하이, 러브, 나야. 전화해줄래?"

나는 망설이며 기다린다. 왜 그냥 끊지 못하는 거야?

"몸조심해, 알았지? 전화해. 안녕."

'하이, 러브.' 우리는 그것에 관해 대화한 적이 있다. '스위티'는 너무 유치하다. '달링'은 반어적으로 쓰는 게 아니라면 너무 진지해서 거리감이 느껴진다. '베이비'는 10대들이나 쓰는 거다. '허니'는 너무 질척인다. 하지만 '러브'—'러브'는 지나치게 감상적이지 않으면서 오붓하다. 사랑한다는 뜻의 동사이기도 해서 서술적이기도 하고. 그건 정확히 우리가 서로에게 느끼는 감정이지만, 통화할 때마다 그 동사를 말할 수는 없다. 시구르와 나는 매일 '사랑해'라고 말하는 부부는 아니다. 그 말은 특별한 때를 위해 아껴둔다. 말하지 않으면 가슴이 터져버릴 것 같을 때 절절한 진심을 담아 서로에게 속삭이도록. '하이, 러브'는 암호다.

나는 토마스에게 전화한다. 그는 곧바로 받는다.

"시구르한테 연락 왔나요?" 나는 묻는다. 토마스는 목을 가다듬고 아니라고 대답한다.

"토마스 씨, 대체 무슨 일이죠? 날 놀리는 건가요?"

"아니요." 토마스의 대답은 명백한 부정이다—어떻게 그런 생각을 할 수 있냐는. "아니에요, 우리가 왜 그러겠습니까."

"도대체가, 도무지 이해가 안 돼서요."

"우리도 그래요. 어떻게 생각해야 할지 모르겠습니다. 우리가 도착했을 때 눈 위에 찍힌 발자국도 없었어요. 시구르가 여기 있었을 것 같지는 않아요—그러니까, 시구르가 그렇게 말한 것이 확실합니까?"

배 속이 뭉친다. 토마스의 목소리는 얀 에리크처럼 흔들리지 않는다. 그는 차분하게 말하고 있고 두 사람 다 술에 취하지 않았다. 토마스는 조금도 상스러운 사람이 아니다. 유머 감각도 정상적이다—몬티 파이톤*과 스탠드업 코미디를 보며 웃는다.

"그이가 나한테 음성 메시지를 남겼어요. 아까 얀 씨랑 통화한 후에 네 번이나 그 메시지를 들었고요—그이는 분명 그렇게 말했어요."

"그래요. 그럼 모르겠네요. 시구르가 장난치는 걸 겁니다. 어쩌면 시구르는……. 아니, 모르겠습니다."

그는 숨을 깊이 들이쉰다. 전화기 너머에서 얀 에리크가 뭐라고 말한다. 나는 숨을 죽인다.

"그럼 우린 이제 어쩌죠?" 토마스가 말한다.

우리는 기다려보기로 동의한다. 달리 어쩌겠는가? "그냥 원래 하시려던 일을 계속하세요." 토마스의 그 말대로 나는 치킨 샐러드를 만든다. 화이트와인을 딴다. 그리고 이건 말도 안 된다고 생각한다. 결국 모든 것이 설명될 거라고, 나중에 시구르와 함께 이일을 얘기하며 웃을 거라고 생각한다. 지금 이 순간에 대해, 여기

*   Monty Python. 영국의 코미디 그룹.

서서 무엇을 믿어야 할지 모른 채 치킨 샐러드를 만드는 나에 대해 그와 대화하는 상상을 한다―저런, 힘들었겠다, 내가 사무실에서 잔 걸 몰랐어? 응, 전혀 몰랐지, 네가 왜 전화를 안 하는지 이해가 안 됐어―하지만 그건 이러저러해서였어. 하지만, '러브'. 걱정했어? 정말 미안해, 무섭게 하려던 게 아니야―네 저녁 시간을, 네가 그토록 기대했던 저녁식사와 영화를 망치려던 게 아니야. 아니, 아무렇지도 않아, 물론. 별일 없으면 다 괜찮아.

배 속의 덩어리가 내가 둘러놓은 막을 뚫으려고 꿈틀거린다. 와인을 한 잔 더 따른다. 그러니까 시구르는 내게 거짓말을 했다. 얀에리크와 토마스가 거짓말하는 걸지도 모르지만 내 생각엔 그렇지 않은 것 같다. 하지만 내가 왜 남편이 아니라 그들을 믿어야 하는가?

왜냐하면 그들은 지금 여기 있기 때문이다. 내게 얘기하고 있기 때문이다. 시구르는 나타나서 본인의 입장을 얘기하지 않았으니까. 결국 이것이 결론이다. 왜 그래, 시구르? 그냥 나타나서 너의 얘기를 하면 안 돼? 그 음성 메시지가 무슨 뜻인지 말해줄 수 없어?

나는 다시 시구르에게 전화한다. 통화 연결음이, 그 공격적인 윙윙거림이 계속되다가 자동 응답 장치가 작동하며 작은 달칵 소리가 들린다. 희망의 순간―그가 받은 건가?―아니, 녹음된 소리다. "안녕하세요, 시구르 토르프입니다……."

샐러드는 만족스럽지 않다―식욕이 달아난다. 넷플릭스에서 젊은 여성을 타깃으로 한 영화를 한 편 고른다. 제인 오스틴의 소설을 영화화한 〈센스 앤 센서빌리티〉. 영화 속의 여자들은 보닛을 쓰고 긴 드레스를 입고 남자들은 예의바르고 모든 감정을 억누른다. 시구르는 절대 보려고 하지 않을 영화다.

그는 거짓말을 했다. 그래서 뭐? 나는 그가 거짓말을 하지 않는다고 말할 수도 있지만, 내가 뭘 알지? 남자들이 거짓말을 한다면 그 첫 번째 대상은 그들의 아내가 아닌가? 사람들은 수천 가지 이유로 가장 가까운 이에게 거짓말을 하지 않나?

나도 거짓말을 했다—어쩌면 자주 하는지도 모른다. 시구르에게도. **특히** 시구르에게는. 나는 그에게 내 상담실이 잘되고 있다고, 겨울이라 환자를 찾기가 좀 어렵지만 괜찮아질 거라고 말한다. 차고 위의 상담실에 있으면 외롭다고 절대로 말하지 않는다—예전 직장을 그만두고 그 불만 많고 시비 걸며 남 얘기를 하는 동료들을 떠나기를 그토록 바랐음에도 불구하고. 내가 광고를 내지 않는다고, 나처럼 개인 상담실을 운영하는 학부 선배가 환자를 모으려면 필수라고 한 구글 광고를 하지 않고 있다고 말하지 않는다. 내가 그 누구에게도 개인 상담실을 열었다고 말하지 않았음을 얘기하지 않고, 페이스북 계정도 만들지 않고 일을 더 많이 하기 위해 최선을 다하지 않는다고 얘기하지 않는다. 그저 앞으로 나아질 거라고만 말한다. 사실 지금 돌아보니, 나는 더한 거짓말도 한다. 내 지인도 겨울에는 힘들다고 했다고 얘기한다—하지만 그는 그런 식으로 말한 적이 없다. 광고를 내기 전인 첫 한 달 동안 조금 부진했다고 했을 뿐이다. 나는 그의 말을 변용하고 윤색하고 곡해한다. 시구르의 잔소리를 듣기 싫어서. 시구르는 두어 번 이렇게 말한 적이 있다. "이것보다 더 벌 거라고 했잖아—부담 주려는 건 아니지만 집을 고치려면 돈이 더 필요해." 그는 내가 집수리가 진척되지 않고 있다고 한마디 할 때마다 그렇게 말하는 경향이 있다. 토르프 옹이 지금도 벽 속에 살고 있다고—고소해하면서 두 손을 맞비비고 있을 거라고 하면 시구르는 "난 할 일이 너무 많아."라고 대꾸한다—과연 그럴까?

"앳킨슨." 시구르는 말한다. 앳킨슨은 시구르가 지하실 개조를 담당한 상트한스하우겐의 아파트에 사는 영국인 선박 부호다. 프루 앳킨슨이 특히 문제다—그 여자는 처음부터 문제였고 프로젝트가 진행될수록 더 나빠지고 있다. 아니, 계단을 **그렇게** 하려고 한 게 아니잖아요, 우리가 합의한 거랑 달라요. 프루 앳킨슨은 말한다. 그녀는 창문을 만들면 '빛이 훨씬 더 많이' 들어올 줄 알았다고 했다. 시구르는 친절하게 굴어야 하고 그녀의 실망을 이해하고 해명하고 다시 제도판 앞에 앉아야 했다. 그녀는 청구서에 대해서도 트집을 잡는다. "이 돈은 못 내요. 합의한 적 없잖아요."

"앳킨슨." 시구르는 늦게 집에 와서 텔레비전 앞의 소파에 털썩 주저앉으며 말한다. "그 여자는 하루 종일 전화를 걸어오고 난 거기 가서 그 망할 계단을 봐야 했어. 자기가 상상한 만큼 '지하실에 개방감을 주지' 않는다나." 그 말은 오늘밤엔 집을 손볼 생각이 없다는—욕실도, 침실도, 특히 이 낡아빠진 집의 계단은 절대 손보지 않겠다는 뜻이다. 그는 발을 높이 올리고 앉아 미국인들 한 무리가 야생에서 30일 동안 생존하려 애쓰는 리얼리티 티브이 쇼를 보면서 랩톱 컴퓨터를 만지작거리며 빈둥대려 한다. 최소한 마감도 없나? 언제부터 하루 온종일 프루 앳킨슨의 요구를 들어주지 않으면 안 되게 됐지?

혹은, 그의 이야기가 사실이긴 했을까? 혹시 내가 환자들을 찾기가 너무 어렵다고 하는 것과 같은 얘기일까?

영화 속의 인물들이 가슴이 찢어지지만 애써 정중하게 기쁜 척을 하고 있을 때, 갑자기 없어진 도면통이 생각난다.

시구르는 어쩌면 그 산장에서 일을 하려고 했을지도 모른다. 그가 도면을 가져갔다고 생각하는 게 논리적일 것이다. 하지만 그는 정말 누레피엘의 그 산장에서 전화를 한 걸까? 얀 에리크와 토마스가 도착했을 때 산장 문 쪽으로 난 발자국이 없었다는데? 어쩌면 시구르는 장작을 든 얀 에리크를 정말로 봤을 수도 있다. 하지만 그렇다면 왜 그의 두 친구는 지금 그것에 관해 사실대로 얘기하지 않는 거지?

시구르는 거짓말을 했다. 틀림없이 그랬다. 아니면 최소한 모두가 조금씩 거짓말을 하고 있거나. 하지만 시구르는 자기가 있는 장소에 대해 거짓말을 했다. 함께 있는 사람에 대해서도. 나는 그의 음성 메시지를 다시 듣는다. 그의 말을 이제 거의 다 외우고 있지만 중요한 건 그게 아니다. 무엇이 들리는가?

"헤이, 러브. 우린 토마스네 산장에 도착했어."

그의 목소리에 기만하는 기색이 있나?

"여기, 아, 여기 좋네."

만약 다 거짓말이라면 그렇게 말할 필요가 있었을까? 한숨까지 쉬면서! "아, 여기 좋네." 이거 알아, 시구르? **여기는,** 네 할아버지가 살다가 죽은 콩글레베이엔 거리의 이 낡은 집은 별로 좋지 않아—네 도면통이 걸려 있지 않고 음성 사서함에 네 목소리가 남아 있고 네 친구들이 전화를 해서 이해할 수 없는 말을 하는 여기는 말이야.

지지직, 지지직.

"얀 에리크야, 얀이 지금 땔나무로 장난을 치고 있거든."

배 속이 펄펄 끓기 시작하더니 두려움과 불안함이 녹아버리고 분노와 격렬함과 해방감이 그 자리를 차지한다. 얀 에리크라고 했어? 틀렸어! 우리가 도착했다고? 거짓말! 몸조심하라고? 개자식.

화가 잔뜩 난 나는 그 메시지를 삭제한다—끝내고 싶어서, 더는 생각하고 싶지 않아서, 마치 그것에 관한 기억까지 삭제할 수 있을 것처럼. 메시지가 사라지면 이 문제도 전부 같이 사라질 것처럼.

치킨 샐러드를 냉장고에 넣고 영화와 텔레비전을 끈다. 와인을 병째로 다 마셔버린다.

나는 잠들기 전에 시구르 쪽의 이불까지 몸에 감고 누워 방 안이 빙글빙글 도는 것처럼 느끼지 않으려고 애쓰며 생각한다. 잘못 생각한 것 같아. 음성 메시지를 지우다니. 다시 들어보고 싶어질 수도 있는데.

숨을 쉬어, 숨을 쉬어. 나는 시구르의 베개를 얼굴 위에 얹고 허우적대다가 눈을 번쩍 뜬다. 방금 뭐였지—무슨 소리가 들렸는데? 귀를 기울여본다. 고요하기만 하다.

시구르가 전화했나? 휴대전화에 뜬 알림은 없다. 오전 3시 46분. 침대 위 시구르의 빈자리가 차갑다.

"시구르?"

나는 작은 목소리로 그를 부르고 다시 한번 부른다. 일어나서 문을 열고 큰 소리로 부른 다음 계단을 내려가 거실과 주방으로 간다.

"시구르?"

무슨 소리를 들은 것 같았는데—놀라서 잠이 깬 것 같은데. 하지만 이제 아무 소리도 들리지 않는다. 나는 침대로 돌아간다.

소파 옆자리에 앉은 역사학과 학생이 끝없이 재잘댄다. 얼굴을 내 쪽으로 향한 채 말로 나를 익사시키고 있다. 그녀가 퍼붓고 뿌리고 토해낸 말들이 내 귓속에서 철벅거린다. 나는 열려 있는 베란다 문을 쳐다본다. 문 밖으로 관심 있는 남자에게 말하며 서 있는 친구 로냐가 보인다. 로냐가 나를 이곳으로 끌고 왔다. 우리는 같이 사는 아파트에서 로냐가 여름에 페루에서 선물로 사 온 삼부카*를 종교적 상징이 조악하게 찍힌 샷 글라스로─내가 포장을 풀었을 때 우린 눈물이 나도록 웃었다─마시고 있었다. 로냐가 말했다. "내가 먼저 잔을 비우면 '누군지 알지'가 오는 파티에 가고, 네가 먼저 비우면 원래대로 컬덴프리스에 사는 네 친구 집에 가는 거야." 로냐가 더 빨리 잔을 비웠고, 그래서 우린 지금 여기 있다.

"전공이 뭐예요?" 내가 소파에 앉자 역사학과 학생이 묻는다.

"심리학요."

"진짜요?"

"네." 나는 대답하면서 이 대화의 향방을 알아챈다.

"그럼 날 좀 도와줄 수 있겠네요. 그러니까, 우리 아빠가 얼마 전에 재혼을 했거든요, 부모님은 내가 열 살 때 이혼했고요. 아빠의 새 부인은, 음, 한 마디로 표현해볼까요?─개년이에요."

그리고 어쩌고저쩌고. 나는 아는 사람이 없나 방 안을 둘러보

---

*   Sambuca. 이탈리아의 아니스 향 리큐르.

지만 이 파티의 주최자는 로냐의 잠정적 남자친구의 친구다. 건축과 학생인 그는 주방에서 앉아 있다―내가 냉장고에 맥주를 넣을 때 봤다. 온 얼굴에 피어싱을 한 여자한테 자기가 어떻게 '주방을 재창조할' 것인지 얘기하고 있었다. 내 맞은편 소파에 여자들이 몇 명 앉아 대화 중이지만 그들은 친구 사이다―한 여자가 다른 여자에게 팔을 걸치고 있고 또 다른 여자는 팔을 걸친 여자의 허벅지를 치면서 얘기하고 있다. 내가 모르는 종류의 친밀함이 보인다―나는 그들의 대화에 불쑥 끼어들 수가 없다. 식탁에서 짭짤한 프레첼을 먹는 술 취한 남자들도 있다. 그리고 문틀에 기대 선 남자가 있다.

저 사람이다. 그는 혼자 있다. 혼자 있어도 아무렇지 않은 것처럼 보인다. 물론 그런 척하는 걸 수도 있겠지만. 그는 가늘게 뜬 눈으로 허공을 응시하고 있다. 뭔가를 생각하는 것 같기도 하다. 손에 들린 맥주병은 라벨이 떨어져나가고 없다. 페인트 얼룩이 여기저기 튄 손은 괜찮게 생겼고 손가락들이 적당히 구부러져 있다. 손톱은 속살까지 물어 뜯겨 있다.

나는 그를 쳐다본다. 그 모든 것을 본다―망가진 손톱을, 유순한 눈을, 부스스한 머리카락을―그러나 그가 혼자 서 있음을 제일 눈여겨본다. 그는 절박해 보이지 않지만 어쨌거나 혼자 서 있고, 나는 그냥 안다. 그가 누군가를 기다리고 있음을. 재미있고 똑똑하고 그런대로 매력적인 누군가를. 나 같은 사람을.

"실례해요." 나는 역사학과 학생에게 그렇게 말하고 일어선다.

그리고 그에게 다가간다.

"안녕, 너구나." 나는 말한다.

그리고 두 팔로 그의 목을 감싸며 그의 작고 둥근 귀에 속삭인다. "나를 아는 척해줘요."

"안녕." 그가 말한다.

나는 그를 쳐다본다. 왼쪽 눈 밑에 모반이 있다. 그가 웃음을 짓자 모반이 편평해진다.

"오랜만이야." 내가 말한다. "그때 베를린에서 보고 못 만났지."

"그래, 베를린." 그가 말한다. "몇 년 전이네."

"그때 얘기한 대로 프랑스에 갔어?"

"아니." 그가 대답하고 더 활짝 웃자 모반이 더 가늘고 길게 펴진다. "결국 오스트레일리아로 가게 됐어. 판다 학교에서 2년 공부했지. 판다 전문가가 됐고."

나는 웃는다. 좋아, 그가 협력하고 있다. 하지만 내가 시작한거다. 내가 더 웃기다고.

"웬일이니." 나는 말한다. "마침 우리 집 판다가 요즘 아프거든."

"어떻게 아픈데?"

"몸이 좀 안 좋아. 캑캑거리고 기침을 해. 도와줄 수 있어?"

"저런, 미안한데 판다 진료는 그만뒀어. 강의만 해."

우린 서로를 보며 빙긋 웃는다—이쯤 하면 됐다. 그는 주위를 살피더니 내 쪽으로 몸을 기울이고 속삭인다.

"우리가 왜 아는 척을 해야 하죠?"

"저기 소파에 있는 애한테서 도망치려고요."

역사학과 학생을 보려고 내 머리 옆으로 고개를 내미는 그의 목 한가운데에 강인한 힘줄이 있다. 나는 생각한다. 좋네, 힘줄 보이는 남자 좋아.

"160센티미터에 50킬로그램 정도 되는 것 같네요." 그가 말한다. "그쪽이 이길 것 같은데요."

너무 웃기려고 애쓰네. 나는 생각한다. 뭔가 증명할 필요를 느꼈나 봐―그나저나 남의 체중 갖고 뭐라고 하는 건 별론데. 내가 저 여자보다 20센티미터는 족히 더 큰 건 사실이지만.

"그쪽 이름은 하랄일 것 같은데요." 내가 말한다.

"틀렸어요." 그가 대꾸한다.

"진짜요? 하랄같이 생겼는데. 뭐, 어쨌거나, 하랄. 파티가 생각보다 재미없는 것 같아요. 나가서 햄버거 먹을래요?"

"좋아요. 근데 시구르라고 불러요. 하랄은 우리 형이에요."

그가 혼자 서 있었기 때문에. 그 같은 남자들은 파티에서 그렇게 서서 나 같은 여자들을 찾기 때문에. 내가 좀 취했고 스물다섯 살이었기 때문에. 내 친구가 베란다에서 어떤 남자랑 얘기하고 있었기 때문에. 당시 그 친구를 비롯해 다른 여자 친구들과 어울리면서 자신만만했던 나는 그가 예스라고 하든 노라고 하든 상관없었기 때문에.

실종

토르프 옹의 초인종 소리에 잠이 깬다. 공습경보처럼 귀청을 찢는 소리―공산주의자들이 들으면 들르고 싶어질 법하다. 내 꿈은 불안하고 유동적이었고―나는 수영을 하고 있었던 것 같다―내가 기억해서 해야 하는 일이 있었다. 초인종. 나를 되부르는 집요한 외침. 나는 주위를 둘러본다. 침대 위 시구르의 자리는 비어 있다.

하지만 현관문 밖에 누군가가 있고, 달리 누구겠는가? 나는 얼른 가운을 걸치고 복도를 달려가면서 허리끈을 묶는다. 계단을 뛰어 내려간다. 예전에 전체적으로 깔려 있던 카펫을 뜯어낸 끈 끈한 바닥을 덮고 있는 판자 위에서 미끄러지지 않도록 난간을 잡고 헐거운 계단 디딤판에 발이 걸려 넘어지지 않도록 발뒤꿈치를 들고.

그가 돌아왔다. 그가 모든 것을 설명할 것이다. 전부 다 오해일 거다, 어떤 오해인지는 상관없다.

나는 다음번 계단을 뛰어 1층으로 내려가 현관문을 활짝 연다. 그를 보게 될 거라고, 두 팔로 그의 목을 안을 거라고 기대하면서.

현관 앞 계단에 율리가 서 있다.

"괜찮아요?" 그녀가 묻는다.

나는 영문을 몰라 그녀를 쳐다본다. **이 여자가** 여기서 뭐하는 거지? 율리는 내가 미처 대답하기도 전에 문지방을 넘어와 나를 껴안는다.

"네." 나는 반사적으로 그렇게 대답하지만 솔직히 잘 모르겠다. 내가 괜찮은지 생각해볼 새가 없었다. 밤새도록 완전히 깬 상태로 이리저리 뒤척이며 전화기를 들여다보고 걸려온 전화가 없다는 것만 확인했다. 고민했다가 잤다가 꿈을 꿨다가 일어났다. 그리고 이제 여기 서 있는 나를 위로하겠답시고 율리가 내 가운의 소맷자락에 손을 얹고 있다. 그녀는 내가 시구르를 처음 만났을 때부터 토마스와 살고 있지만 나와는 잘 모르는 사이다. 문득 나는 마지막으로 깨어 있던 새벽 3시 45분경 이후에 휴대전화를 확인하지 않았다는 사실을 떠올린다.

나는 아무 말 없이 돌아서서 계단을 뛰어올라간다. 2층의 거실과 주방으로, 3층의 침실로 달려간다. 미친 사람처럼 협탁 위의 물건들을 살펴보고 유리잔을 쳐서 넘어뜨리고 책을 들추며 휴대전화를 찾는다. 그런 다음 침대 위에 무릎을 꿇고 엎드려 시구르

쪽의 이불 밑에 ―아직 따뜻하지만 나의 온기다― 손을 넣고 여기저기 더듬은 끝에 두 베개 사이에 있던 그 매끄럽고 납작한 사각형 전화기에 손이 닿는다.

문자메시지가 두 통 들어와 있다. 첫 번째는 발신인 토마스, 받은 시각은 오늘 아침 7시 15분이다.

시구르는 아직 안 왔습니다. 우린 짐을 싸서 시내로 돌아갑니다. 나중에 전화할게요.

다른 하나는 발신인 율리, 수신 시각 7시 38분.

안녕하세요, 사라 씨. 토마스한테 얘기 들었어요. 일어나실 때쯤 들를게요. 포옹, 율리.

시구르는 아무것도 보내지 않았다.

오전 8시 23분에 여기 와 있는 걸 보니 율리는 더 기다릴 수가 없었나 보다. 아래층에서 그녀의 발소리가 들린다. 거실로 올라온 것이다. 그녀는 캐는 듯이, 마치 내가 아직 여기 있는지 확신할 수 없다는 듯이 내 이름을 부른다. 내 호흡은 점점 얕아져서 목구멍 안까지 내려갔다가 곧바로 올라온다. 통화 목록에서 시구르의 이름을 누르고 전화기를 귀에 갖다 댄다. **받아, 받아, 받아.** 아무 소리도 들리지 않는다.

"사라 씨, 어디 있어요?" 율리가 아래층에서 부른다.

지지직거리는 소리가 나더니 상냥한 여자 목소리가 내가 통화하려는 사람이 휴대전화를 껐다고 알려준다.

배를 세게 맞은 것만 같다. 나는 침대 위에서 몸을 웅크리지만,

사실 어제—신호는 갔지만 시구르는 받지 않았다—와 크게 다르지 않은 상황이다. 배터리가 다 닳았겠거니, 해도 이상하지는 않다. 그러나 어제 그와 나를 이어주던 선은 이제 순식간에 사라져버렸다. 어제까지는 전화를 걸면 그의 휴대전화가 울렸다—그것이 어디 있든지 간에. 하지만 이제 그의 전화는 울리지 않는다. 배터리가 남은 휴대전화와 방전된 전화라는 기술적인 디테일이 나를 경악하게 만든다. 나는 구겨진 덩어리처럼 침대 위에 웅크린 채, 3층으로 올라오는 율리의 발소리를 들으며 속삭인다. "시구르, 시구르, 시구르."

나는 율리가 입을 열기도 전에 등 뒤의 그녀를 감지한다. 때때로 사람은 남이 자기를 응시하고 있음을—관찰당하고 있다는 불편한 느낌을—감지할 수 있기 때문이다. 지금 나는 가운을 입고 두 손으로 움켜진 휴대전화의 액정에 이마를 대고 있다. 발이 아프다. 올라오다가 헐거운 디딤판에 발이 걸린 거다, 나뭇조각이나 헐거운 판재를 밟은 거겠지. 나는 여기, 반쯤 완성된 어수선한 부부 침실에 누워 있다. 벽지는 반쯤 뜯겨나가 있고 간밤의 퀴퀴한 공기가 침대 위에 무겁게 내려 앉아 있으며 내가 병째 마신 와인의 알코올 냄새가 남아 있다. 그런 나를 율리가 서서 쳐다본다.

"사라 씨." 그녀가 반신반의하는 목소리로 말한다. "괜찮아요?"

나는 대답하지 않는다. 이마에 닿은 전화기의 차가운 액정이 매끄럽다. 발이 따갑다—피까지 났나 보다. 율리가 갔으면 좋겠다.

하지만 율리는 가지 않는다. 심지어 문지방을 넘어 침대로 다가와 가운으로 덮인 내 등에 두 손을 대고 말한다.

"일어나요, 이렇게 누워만 있으면 안 되죠. 내려가서 커피라도 좀 마셔요."

율리는 나를 일으켜 침대에서 끌어내리려는 듯 내 어깨를 잡는다. 그리고 그녀가 그렇게 하자 배 속에서 기둥 같은 것이 벌떡 일어나는 느낌이 든다. 그 열원이, 자연의 힘이 배 속에서 등과 팔다리로 퍼져나간다―이 여자는 도대체 자기가 뭐라고 생각하는 거지?

나는 몸을 확 떼며 율리한테서 떨어진다. 그녀를 한 대 치고 싶다―그 기세가 너무 강렬해서 온몸에 전율이 퍼져나간다. 그녀를 후려갈기지 않기 위해 상당한 자제력이 필요하다. 그녀는 당황해서 서 있다. 크고 순진해 보이는 눈과 작은 들창코, 동그란 턱―예쁘장한 얼굴과 앞머리와 포니테일. 착한 사마리아인 흉내를 내며 도움의 손길을 내미는 10대 여학생 같다. 나한테 그렇게 누워만 있으면 안 된다고 말하는 저 여자는 어찌나 자기만족에 빠진 것처럼 보이는지. 차를 타고 오면서 자기가 할 행동을 연습한 것이 틀림없다. 이제 그녀는 깜짝 놀라서, 뺨이라도 한 대 맞기를 기다리는 표정으로 저기 서 있다. 내가 그녀를 때리지 않는 건 순전히 그녀와 멀찍이 떨어져 있기 때문이다.

여기는 부부 침실이다. 시구르와 내가 사는 곳이다. 우리가 살고 사랑하고 싸우고 자는 곳이다. 그가 어제 아침에 나간 이후 나는 계속 혼자 있었는데 이제 저 여자가 여기 서 있다. 시구르와 나의 내밀한 사적 공간에 — **자기가** 대체 뭐라고?

율리는 토마스와 사는 뉘달렌의 집 뒷마당에서 바비큐를 먹은 날 처음 만난 내게 들떠서 말했다. "우린 분명 좋은 친구가 될 거예요." 하지만 그런 일은 결코 없었다. 그때도 나는 그런 기대가 못마땅했다 — 친구 사이인 두 남자를 사랑하는 우리 역시 친구가 되는 것이 당연하다니. 하물며 가깝고 내밀한 사이가 돼야 한다니. 그때 그녀는 하트 모양 귀걸이를 하고 레이스가 달린 흰색 블라우스를 입고 있었다. 미소 짓는 멍청이인 그녀의 어떤 것에도 동질감을 느낄 수 없었다.

그때가 4년 전이다. 시구르는 가끔 불평한다. 율리는 괜찮은 사람이니 좀 더 친해지려 노력해보는 게 어떠냐고. 그럴 수도 있었겠지만 그러지 않은 건 그냥 내가 나의 분별력을 활용했기 때문일지도 모른다.

나는 가운을 단단히 여미고 몸을 떨며 율리를 노려본다. 내 모공과 눈과 입에서 열기가 뿜어져나온다 — 느낄 수 있다. 지금 난 제정신이 아니다.

"나가요." 나는 낮은 소리로 말한다.

"하지만 —."

"나가라고요."

율리의 얼굴이 일그러진다. 내가 결국 한 대 치기라도 한 것처럼. 그녀는 몸을 돌려 나가려다가 잠시 망설이더니 뒤돌아서 나를 보고 말한다.

"난 그냥 잘해주려던 거예요." 울음기 가득한 목 쉰 목소리다. "그쪽은 한 번도 나한테 친절한 적이 없었는데도 말이죠. 난 그냥 **돕고** 싶었다고요." 그녀는 다시 돌아서서 떠난다―그녀가 쿵쿵 소리를 내며 뛰듯이 계단을 내려가는 소리가 들린다. 나는 전화기를, 이 반짝거리는 죽은 물건을 두 손으로 쥐고 앉는다. **시구르, 시구르, 어디 있어?**

아래층에서 율리가 나가고 현관문이 쾅 닫힌다. 나는 깊게, 아랫배까지 숨을 들이쉬려 애쓴다. 오늘은 토요일이고 나는 혼자다.

"오슬로 경찰 본부입니다." 전화를 받은 여자가 말한다.

"네, 안녕하세요." 내가 말한다. "실종자, 그러니까, 제 남편 때문에 전화했어요. 그이가, 어, 그이가 어제 아침 일찍, 9시 반쯤부터―정확한 시간은 모르겠네요―연락이 안 돼서요. 9시 반이 조금 넘어서 저한테 전화를 했어요. 그게 마지막 연락이었고요. 5시쯤엔 남편 친구의 산장에 도착했어야 하는데 거기에 오지 않았어요."

"그렇군요. 그런데 요즘은 절차상 저희가 24시간이 지난 후부터 사람을 찾기 시작합니다."

"네, 그렇군요." 나는 웅얼거린다―이런 건, 여기까진 생각하지 못했다.

"연락이 안 되는 분이 성인입니까?"

"네, 제 남편이에요. 그러니까―서른두 살이에요."

"알겠습니다. 물론 경찰서로 오셔서 신고서를 작성하실 수도 있지만, 24시간 전에는 저희가 해드릴 수 있는 일이 없습니다."

"아뇨, 그럼 괜찮아요."

더 무슨 말을 해야 할지 모르겠다. 24시간. 실종, 수배.

"실종자 대다수는 몇 시간 후에 나타납니다." 여자가 좀 더 상냥한 말투로 말한다. "약속에 관해 오해가 있거나 누군가의 기억이 잘못된 경우가 많아요."

나는 목을 가다듬는다.

"남편이 제 음성 사서함에 메시지를 남겼어요. 친구들이랑 있다고 했는데, 친구들은 그이랑 같이 있지 않았다고 하고요."

"흐음. 그게, 말씀드렸다시피, 오해가 발생하는 경우가 많습니다."

내가 너무 간단하게 말했다─친구들이랑 있다니. 오해가 있는 것처럼 들리는 게 당연하다.

"알겠어요." 좀 더 노력해야 한다. "그런데요, 남편은 친구들이랑 있다고 말했는데 그 친구들은 남편이랑 같이 있지 않았다고 하니까, 음, 둘 중 한쪽은 거짓말을 하고 있는 거잖아요."

"그렇군요." 여자의 대꾸에 나는 내 말이 어떻게 들리는지 깨닫는다─웃기는 여자, 너무 멍청해서 장난이나 무분별한 짓인 줄 모르고 당한 사람. "가끔은 알기 힘들지만, 실종자가 성인이고 상황이 명백히 중대하지 않은 경우 24시간이 지나야 조치를 취할 수 있습니다. 그러니 나중에 다시 전화 주시겠어요? 그러니까, 그때까지도 남편 분이 오지 않으시면요."

"그럴게요."

"말씀드렸다시피, 대부분은 나타난답니다."

나는 전화를 끊는다. '명백히 중대'해야 한다고. 그럼 내 상황은 어떻다는 거지? 나는 여전히 가운 차림으로 침대에 앉아 있다.

샤워를 하니 좀 정상적인 기분이 든다. 발에 반창고를 붙인다. 옷을 입으며 아까 통화한 여자의 말이 맞는다고 생각한다. 대부분의 사람들은 나타난다. 경찰은 이런 일에 경험이 많다—잘 알고 하는 말일 것이다. 진정해야 한다. 나는 늘 일과 관련한 응급상황에 잘 대처해왔다—구급 처치를 하고 통제가 안 되는 아이들을 다루고 자살하려는 10대를 택시에 태워 응급실로 갔다. 나는 침착하게 대처하는 법을 안다. 내 강점 중 하나다.

나는 자제력을 잃도록 스스로를 방치했다. 얀 에리크는 천성적으로 불안정한 사람이다. 모든 것에 대해 농담을 하고 매사에 진지할 줄을 모른다—이건 불안 증상 아닌가? 날씨만 살짝 변해도 움찔하는 건 불안 때문이지 않나? 토마스는, 음, 토마스는 합리적이지만 얀 에리크가 신경을 긁었을지도 모른다. 율리가 그랬거나. 그래, 사실이지—율리와 결혼한 남자는 틀림없이 압력에 굴복하는 부류일 것이다.

하지만 나는 더 강하다. 굳건히 버틸 수 있어야 한다. 트뤼그베와의 상담이나 와인 때문이었을 수도 있다. 그 음성 메시지는 확실히 이상하지만 나중에 꼭 설명될 것이다. 긴장을 풀어야 한다.

기다리자. 문제는 저절로 해결될 거다. 시구르는 나타날 거고 다 설명될 것이다.

나는 율리를 쫓아냈다―좀 지나쳤던 것 같기도 하다. 물론 화가 났었다. 막 잠에서 깨서 혼란스러웠다. 좀 취하기도 했고. 간밤에 내가 좀 취했고 평정을 잃었다는 사실은 부인할 수 없다. 율리는―그야말로―내가 허술할 때 기습했고 나는 과잉반응을 했다. 나는 천성적으로 혼자 있는 시간을 중시하는 사람이고 그녀와 가까운 사이도 아니다. 그래도 율리한테 사과 문자를 보내야겠지.

길게 심호흡을 한다. 그래. 기분이 좀 나아진다. 배 속의 불안 덩어리는 작은 걱정거리일 뿐이다. 그것 말고는 기분이 괜찮다. 차분하다. 오늘은 토요일이다. 평범한 일상을 고수해야 한다.

2층에서 뭔가가 나를 멈춰 세운다. 커피를 끓이러 주방으로 가다가 발을 멈추고 주변을 돌아본다. 뭔가 이상하다.

딱 꼬집어 말하기는 어렵다. 나는 어제를, 한 일과 하지 않은 일을 세세하게 기억하지만 간밤의 기억은 불분명하다. 와인 때문이다―분명 그 탓도 있다―그리고 시구르와 관련한 그 모든 일까지. 머릿속에서 휘몰아친 온갖 생각들. 뭐라도 기억하려면 집중해야 한다.

하지만 이상하다.

예를 들면 불판 위의 얕은 냄비. 냄비는 비어 있다―심지어 깨끗하다. 어젯밤 찻물을 끓이는 데 쓴 후 거기 뒀다. 긴 손잡이가 달려 있어서 한 손으로 들 수 있는 냄비다. 어렸을 때, 그런 깊거나 얕은 냄비들은 늘 손잡이가 조리대 안쪽으로 향하게 놓여 있었다. 엄마가 꼭 그렇게 뒀다. "애들이 손잡이를 잡을 수 있으니까." 엄마는 그렇게 말하곤 했다. 엄마가 죽었을 때 나는 일곱 살이었고 냄비 같은 것에는 관심이 없었지만 안니카 언니가 이렇게 말한 것은 기억난다. "냄비는 **이런** 식으로 놓아둬야 해, 엄마가 그러랬어." 손잡이를 안쪽으로. 나는 늘 냄비를 그렇게 둔다. 언니와 아빠도 그렇게 한다. 하지만 저 불판 위의 냄비는 손잡이 끝이 조리대 밖으로 튀어나와 있다. 아이가—여기 있다면—잡을 수 있다. 나라면 절대 저렇게 냄비를 두지 않았을 것이다.

아니, 그랬을 수도 있을까? 그러니까, 내가 어제 정말—와인과 음성 메시지 때문에—너무 정신이 없어서 생각 없이 냄비를 저렇게 둔 걸까? 차를 마신 건 기억난다. 마시면서 시구르에 대해, 그의 거짓말에 대해 생각했다. 이제 나는 그가 거짓말을 했다고 확신한다. 거짓말을 하는 이유에 대해. 바람을 피우는 걸까? 이를테면, 프루 앳킨슨과? 아니면 나 모르게 위험한 일에 휘말린 걸까? 집수리 때문에 끊임없이 잔소리하는 나를 피하고 있는 건가? 그런 생각을 하며 서 있었다. 머릿속은 그렇게 바쁜 채로 손만 써서 자동조종 모드처럼 차를 끓였다. 쓰레기통을 들여다본다—티백이 들어 있다. 냄비를 본다. 심란하다, 불판 가장자리 밖으로 튀어나온 저 손잡이. 보고만 있어도 손가락이 따끔따끔하다. 내가 저랬을 수가 있나? 그 정도로 멍한 상태였어?

혹시 율리가 그런 걸까? 나는 호흡을 하고, 위층에서 휴대전화를 이마에 댄 채 침대에 누워 율리가 나를 부르며 주방에서 돌아다니는 소리를 듣던 때를 떠올린다. 그래서, 율리, 여기 있는 동안 염탐하고 다녔어? 내 냄비 속을 봤어? 냉장고도 들여다보고? 안 그러곤 못 배겼겠지.

나는 또 평정을 잃는다, 너무 빨리 잃는다. 그 모든 일들 때문에 확실히 평소의 내가 아니다. 그 여자의 말을, 내 전화를 받은 경찰서 여자의 말을 되새겨야 한다. 대부분의 사람들은 제 발로 집에 돌아온다.

커피를 앞에 두고 앉아 거실을 둘러보는데 뭔가가 또 있다는 생각이 든다. 정확히 뭔지는 ─ 어떤 디테일이 바뀌었는지 ─ 모르지만 뭔가 달라졌다. 율리가 거실도 돌아다녔나?

그때 간밤에 잠을 깬 일이 기억난다. 나는 자다 깨서 시구르를 불렀다. 그가 여기 있었나? 위층으로 올라오지 않고 거실을 돌아다녔나?

몸서리를 치며 그 생각을 떨쳐낸다 ─ 말도 안 돼. 율리였어, 당연히 율리지. 뒷말할 거리를 찾아 헤매는 율리. 내 퓨즈는 너무나 짧다. 신경이 잔뜩 곤두선다.

지금 같은 때에 친구가 필요한데. 4년 전 시구르를 처음 만났을 때 나는 친구가 많았다. 로냐와 가장 친했지만 다른 친구들 ─ 베네딕테, 이다, 에바리세 ─ 도 있었다. 로냐와 베테딕테와는 베르겐의 아파트에서 같이 살았다. 호콘스가텐 거리의 영화관 근처에 있는 낡은 아파트였다.

하지만 그동안 우리는 자주 연락하지 못했다. 세상을 떠도는 중인 로냐는 여러 신문에 기고하고 임시직을 전전하며 다른 나라로 계속 옮겨 다닌다. 그녀와는 연락이 잘 안 된다―이메일을 보내면 몇 주 후에 답장이 온다. 로냐가 가끔 이 도시에 와서 전화를 하면 나는 나가서 함께 맥주를 마시며 신나게 놀지만 그녀는 내가―학생 시절에 그랬던 식으로―기댈 수 있는 사람이 아니다. 이다는 결혼 후 스타방에르로 이사했다. 이다와 그 남편 모두 석유업계에서 정신없이 바쁘게 일하고, 일하지 않을 때면 도시를 떠나 등산을 한다. 베네딕테에게는 한 살배기 쌍둥이가 있다. 전화할 때마다 수화기 너머로 쌍둥이의 비명과 고함 소리가 들린다. 에바리세는 트롬쇠에 살면서 그 지역 대학에서 일한다. 그녀도 나도 전화로 얘기하는 걸 별로 좋아하지 않지만 가끔씩 통화한다. 불평하려는 건 아니지만, 예전에 우리 모두는 서로 무척 가까웠다. 그 친구들한테는 무슨 얘기든 할 수 있었다―중요한 것들에 대해 얘기할 수 있었다는 뜻이다. 그러나 더 중요한 건, 중요하지 않은 것들에 대해서도 얘기할 수 있었다는 것이다. 일상적인 일들, 시시한 것들에 대해서. '오늘 버스에서 무슨 일이 있었는지 믿기 힘들걸', '내가 같이 일하는 그 남자 얘기 했었나'같이 시작하는 이야기들.

남편이 온종일 전화를 받지 않을 때는 그런 사람들과 얘기를 나누고 싶다. 힘들이지 않고 대화할 수 있는 사람들. 떠오르는 대로 내뱉든 혼자 가만히 있든 대화가 저절로 흘러가는 친구들. 뭔가에 대해 다르게 생각할 수 있게 만드는 사람들. 이제는 갑자기 토요일에 에바리세한테 전화해서 "어제 직장에서 어땠어?"라고 할 수 없다. 쌓인 다른 얘기들, '우리 마지막으로 얘기하고 나서 별일 없었니?'로 시작해 따라잡아야 할 근황이 있기 때문이다. 그리고 바로 그런 것들, 지금 내게 일어나고 있는 일에서 나는 달아나야 한다. 이 집에서 비명을 지르는 부재. 시구르.

나는 일시적인 기분에 이끌려 마르그레테에게 전화를 건다. 어쩌면 시구르는 그냥 어머니와 함께 있는 건지 모른다. 사과하고 해명하는 그의 목소리가 벌써부터 들리는 듯하다. "아, 전화 배터리가 나갔어. 열쇠도 잃어버렸고. 네가 깰까 봐 엄마 집으로 왔어." **사과?** 그런 게 사과가 될 수 있다고 나는 정말로 믿는 건가?

통화 연결음이 귓속에서 계속 윙윙대는 동안 뭐라고 말할지 생각한다. 이런 전화를 하면 시어머니가 걱정할 거라는 생각도 든다. 하지만 또 생각해보면, 시어머니는 놀랍도록 합리적인 사람이다. 쉽게 흥분하고 신경이 예민한 사람들을 마뜩잖아하며, 대부분의 내 환자들에게 마음을 가라앉히기만 하면 된다고—너무 많이 생각하지 말고 잠을 충분히 자고 건강한 음식을 먹고 숙제를 하고 방을 치우라고—그러면 다 괜찮아질 거라고 말할 사람이다. 하지만 '합리적'이라는 건 적절한 표현이 아닌 것 같다. 마르그레테가 이해하지 못하는 것들이 많다.

연결음이 울리고 또 울린다. 받지 않는다.

나는 밖으로 나간다. 어디로 갈지 모르겠지만 집에서 그냥 앉아 있고 싶지 않다. 시구르가 차를 가져갔기 때문에 나는 도심으로 가는 열차를 탄다.

오늘은 해가 났다, 창백하고 차가운 해지만. 눈은 거의 다 녹았고 번화가로 갈수록 눈이 땅에 적게 남아 있다. 열차에는 쇼핑하러 가는 10대 소녀들이 있다.

아빠한테 가도 될 것이다―가본 지 좀 됐다. 곧 가봐**야 한다**. 하지만 서재에 있는 아빠를, 벽난로 앞에 앉아 차를 마시며 얘기하는 아빠와 나를 그려보니 마음이 무거워진다. 대화 주제도 준비해서 가야 한다. 뭔가를 읽고 가서 토론하면 좋고, 지나치게 사회적이거나 선동적이지 않다면 소설도 괜찮다. **이것**에 대해―시구르에 대해―내 속에서 떨고 있는 이 무언가에 대해 조금이라도 얘기하려면 그것을 표현할 말이, 감당할 수 있는 문제로 표현할 방법이 필요할 것이다. 그런 것들 없이는 아빠에게 절대 얘기할 수 없을 것이다. 그래도 그냥 가서 잠깐 있는 건 괜찮을지도 모른다. 아빠―내 삶의 가장 피상적인 것들을 알아낼 정도의 시간 동안만 집중하는 사람―의 장점 중 하나는 매우 가까워지거나 많은 비밀을 공유하기를 바라지 않는다는 것이다. 아빠와 있으면 계속 혼자면서 함께 있는 것이 가능하다. 그러나 지금은, 내가 이 정도로 기분이 좋지 않을 때는 그것이 답이 아닌 것 같다. 게다가 방문 전에 전화해야 한다는 바보 같은 규칙도 있지 않은가. 아빠 집에 손님이 있는지 확인하기 위해서, 아빠를 구루처럼 생각하며 경외하는 학생들이 득시글대고 있지 않은지 확인하기 위해서. 오늘 같은 날은 아빠에게 갈 날이 아니다.

하지만 안니카를 보러 갈 수는 있다. 그러고 싶다. 우리는 내일 밖에서 만나 점심을 먹기로 했지만, 그냥 오늘 내가 언니 집으로 가는 것도 괜찮겠지. 그냥 들렀다고 하는 거다. 근처에 왔다가 언니네 가족이 집에 있나 궁금했다고 하는 거야.

하지만 그건 너무 절박한 사람의 행동일 수도 있다. 생사가 걸렸거나 도저히 혼자서는 견딜 수 없을 때나 하는 행동일지 모른다. 나는 손가락으로 핸드백을 두드린다. 휴대전화를 다시 확인해야 할까? 어떤 전화도 놓치지 않게 벨소리 음량을 최대치로 올려놨지만?

마요르스투아에 내려서 휴대전화와 핸드백을 든 긴 머리 10대 소녀들을 따라 역을 빠져나와 복스타베이엔 거리를 걷는다. 나 자신한테 선물을 할까? 우린 절약하는 중이고 리모델링 외의 것에 돈을 쓰고 싶지 않지만, 뭐 어때, 시구르는 일에 필요한 제도 장비를 사니까 나는 일할 때 입을 새 바지를 살까? 나는 옷가게로 들어가 거기서 어슬렁대고 있는 10대 여자애들을 본다. "웬일이니, 너 이 바지 진짜 잘 어울린다. 800크로네야, 엄마가 돈 줬어, 아말리랑 애들이 우리 보러 온다더라." 저 아이들에게는 세상의 모든 일이 몹시 문제적으로 보인다. 그들은 눈을 휘둥그레 뜨고 입을 떡 벌리고 말한다. 볼에 공기를 가득 넣고 모든 것이 **너무** 이렇거나 **너무** 저렇다고 한다. 가장 심상한 일들조차 넘을 수 없는 장애물로 보인다. 친구와 남자친구에 대해 얘기한다. 그것이 시작에 불과하다는 걸, 4년만 지나면 지금 반한 남자애를 기억조차 못하리란 걸 모르는 것처럼. 하지만 내가 뭐라고 저 애들에게 그런 얘기를 하겠는가? 정말로 신경이 쇠약해진 아이들은 나를 찾아온다. 모든 것이 나빠지면, 우울하고 불안하고 잠을 못 자고 아무것도 기쁘지 않게 되면 내 대기실에 와서 앉는다. 쇼핑하는 아이들의 얘기를 몰래 들어보면 모든 것이 너무 쉬워 보이지만, 나는 그 애들의 비밀을 안다.

옷 몇 벌을 살펴보지만 아무것도 느껴지지 않는다. 아무것도 갖고 싶지 않다. 탈의실에 가서 재킷과 상하의를 벗고 구두끈을 푸는 생각만 해도 귀찮다. 다시 밖으로 나와서 걷다가 생각한다. 안 돼, 이럴 순 없어, 여기 있으면 안 돼. 얘기하기 싫은 사람과 마주치면 어떡해? 율리랑 맞닥뜨리기라도 하면?

트램을 타고 노르스트란으로 간다. 결국 안니카를 보러 가고 싶어졌다.

트램이 덜컹덜컹 언덕을 오를 때 나는 손으로 허벅지를 두드린다. 3시가 다 되어간다. 시구르가 마지막 음성 메시지를 남긴 후 거의 28시간이 지났다.

안니카와 헨닝은 막다른 골목의 제일 안쪽에 있는 집에 산다. 언니와 형부는 볼 때마다 점잖고 예의 바르다는 생각이 드는 사람들이다. 집도 점잖다. 나와 시구르의 집보다 훨씬 작지만 기능적인 집이다. 적당히 신식이고 적당히 매력적이며 늘 어질러져 있는 타운하우스―하지만 어질러져 있는 건 사람이, 그것도 여러 사람이 사는 집이라서다. 언니 부부에게는 두 살부터 일곱 살 사이의 아들이 세 명 있다. 늘 시끄럽고 늘 누가 누구를 때리고 누가 뭔가에 걸려 넘어지고 누가 당장 뭔가를 말해야 하고 누가―보통 언니가―이렇게 말한다. "다들 잠시만 좀 조용히 해줄래?" 그리고 늘 할 일이 쌓여 있다. 정원과 진입로에서 자전거와 공과 장난감을 치워야 한다. 잔디를 깎고 벽을 칠해야 한다―늘 뭔가를 해치워야 한다. 언니와 형부 둘 다 할 일이 많다. 늘 지쳐 있지만 듀라셀 배터리 광고에 나오는 토끼처럼 광기 어린 웃음을 지으며 끊임없이 해치운다. 나는 시구르에게 이렇게 말한 적이 있다. 언니와 형부는 잠시 멈춰 서서 좀 쉬어야 할까라고 생각하는 순간 바닥에 쓰러질 거라고.

모퉁이를 돌아 언니네가 사는 골목에 들어선 내가 제일 먼저 본 건 헨닝이다―나무 위에 있었기 때문이다. 형부는 커다란 전지기구를 든 채 몸을 틀었다가 이리 굽혔다가 저리 굽혔다가 한다. 일에 너무 집중해서 나를 보지 못한다. 곧 안니카의 목소리가 들린다.

"악셀, 조심해, 나뭇가지 떨어져, 안 돼, 악셀, 안 돼, **이리** 오랬지─헨닝, 잠깐만, 악셀이 나무 밑에 있어, 헨닝!"

언니를 보고 나는 걸음을 멈춘다. 잠시 그들을 찬찬히 본다. 형부는 나무 위에서 등을 보이며 서 있다. 언니는 평퍼짐한 청바지에 아무렇게나 비어져나온 체크셔츠 차림으로 두 살배기를 향해 질주하고 있다. 아이는 엄마가 쫓아오니 신이 나서 꽥꽥거린다. 다른 아이 두 명은 보이지 않지만 이대로도 전형적인 안니카 가족의 모습이다. 매순간 치명적인 사고를 예방하고 있는 듯한 모습.

언니는 두 살배기를 잡아서 안아 올린다. 아이는 성이 나서 울부짖기 시작한다. 자기는 계속 가야 하는데, 임무가 있는데─엄마는 어떻게 이렇게 날 들어버릴 수가 있담? 언니가 어깨에 걸쳐놓은 아이는 화를 내며 온몸을 뒤틀고 꿈틀대고 발길질을 한다.

"애 잡았어." 언니는 나무 위의 형부에게 외친다.

다시 집으로 가던 언니가 나를 본다. 일단 발을 멈추고 나를 응시하는 언니를 보고 나는 확신한다. 언니는 지금 뼛속까지 피곤하다. 학생일 때 언니는 프레덴스보르의 언제나 개방된 전설적인 셰어하우스에서 2년간 살았다. 매일 손님들이 와서 커피와 와인을 마시며 '메타레벨' 같은 말을 들먹이며 윤리학과 철학 토론을 하는 곳이었다. 지금 언니를 보면서 나는 미리 전화를 해야 했음을 깨닫는다. 언니의 얼굴 근육이 느슨해지며 갑자기 늙고 지쳐 보인다. 하지만 언니는 곧 정신을 가다듬고 다시 팽팽해진 얼굴로 피곤해 보이지만 상냥한 웃음을 짓는다. 두 살배기는 언니의 어깨 위에서 계속 몸부림치고 있다.

"안녕, 사라." 언니가 말한다. "깜짝 놀랐네. 잘 왔어."

안니카를 따라 주방으로 간다. 안겨 있는 막내는 계속 탈출하려고 용을 쓰고 있다. 갑자기 나타나서 미안하다고 하자 언니는 괜찮다고, 와서 기쁘다고 말한다. 하지만 우리 둘 다 그 말이 진심이 아님을 안다. 여기 온 게 후회되지만 이제 너무 늦었다. 언니는 아들을 놓아주고 두 손으로 머리를 쓸어올린다. 스스로 한 말과 달리 나를 보고 기쁘지 않아서 마음이 불편한 것 같다.

"차라도 한잔할래?" 언니가 묻는다. 나는 고맙다고 한 뒤 내가 챙겨 먹겠다고 한다.

"테오랑 요아킴이 뭐하는지 좀 보고 올게." 언니가 말한다. "금방 올게." 그러고는 주방을 나가 삐걱거리는 계단을 올라가며 아이들의 이름을 부른다.

시구르와 나는 노르베리로 이사하기 전에 임신을 시도했었다. 반년쯤 하다 그만뒀지만. 그때 안니카와 헨닝의 집을 방문하는 건 효과적인 피임법이었다. 우리는 집으로 돌아가는 열차에서 얘기하곤 했다. "꼭 그런 식이어야 할까? 그렇게 정신없이? 하나만 낳으면 다르려나?"

나는 주방을 둘러본다. 아침식사의 흔적이 식탁 위에 남아 있다―플라스틱과 도자기 접시들, 빨대 컵들, 커피 컵들. 냉장고 문에는 너무 많은 종잇조각을 자석으로 붙여놔서 냉장고가 그 무게를 못 이기고 쓰러질 것 같다. 일정표, 계획표, 쇼핑 목록, 재활용과 유치원에서 필요한 옷에 관한 메모, 건강한 삶과 하루 20분 명상의 중요성에 대한 메모. 그리고 사진들. 10년 전 처음 만났을 무렵의 안니카와 헨닝의 사진. 언니는 두 팔로 형부의 어깨를 안고 형부를 바라보며 웃고 있고 형부는 언니의 허리에 한 손을 댄 채 카메라를 보고 있다. 따로 또 같이 찍은 아이들의 사진들. 나와 언니의 어린 시절 사진. 내가 다섯 살, 언니가 일곱 살 때 찍은 사진이 틀림없다. 그리고 나와 시구르, 테오가 함께 찍은 사진. 2년 전 린데루드콜렌 산으로 스키를 타러 간 일요일에 찍은 것이다. 그 후 함께 스키를 탄 적은 없지만 즐거웠던 하루라고 기억한다. 또 찔리는 듯이 아프다. 하지만 5시가 넘을 때까지는 걱정할 필요가 없다는 걸 안다. 그때쯤엔 시구르가 나타날 것이다. 경찰이 그렇다면 그런 거니까.

바로 그때 마르그레테한테서 전화가 온다. 전화벨 소리에 나는 깜짝 놀란다. 시구르야, 그가 이 악몽을 끝내려고 전화한 거야. 다 괜찮다고, 집에 왔다고 말하려고 — 다 괜찮아질 거라고 생각하다가 그렇지 않다는 걸 알게 되는 이 짧고 고통스러운 순간.

"사라, 마르그레테야." 마치 내가 휴대전화 화면에 뜬 발신자의 이름을 보지 않을 것처럼. 하지만 시어머니는 늘 이렇게 말한다. 마르그레테는 사라진 한 시대를, 내가 겪어서가 아니라 책이나 텔레비전을 통해 아는 시대를 떠올리게 한다. 사람들이 파마 머리에 실크 스카프를 매고 빨간 립스틱을 바르고 스포츠카를 몰던 시기, 정찬 전에 서재에서 식전주를 마시던 시기를.

"안녕하세요."

시어머니는 마법을 부려 나를 말수 적은 사람으로 만들고 그녀의 방식대로라면 나는 어설픈 사람이 된다. 그것이 우리 사이의 역학이다.

"한쾨에 사는 친구 집에서 주말을 보내고 있어. 친구와 온종일 정원에서 녹초가 되도록 일하느라 전화벨 소리를 못 들었네."

마르그레테는 늘 내가 참여하기를 기다리는 것 같은 느낌을 준다. 내가 하루 종일 뭘 했는지 말해야 하고, 그것이 무엇이든 멋진 구석이 있는 일이어야 할 것 같다. 모든 사람이 당신 같다고 생각하는 것 같고, 그렇다는 희망을 버리기를 거부하는ㅡ아니, 더 나쁘게는, 당신의 생각이 틀렸음을 깨닫기 싫은ㅡ것 같다. 내가 얼마나 어색한 사람인지 이해할 수 없어 하는 것만 같다.

그때 언니가 다시 막내를 안고 이마에 땀이 맺힌 채 들어온다.

"그건 그렇고." 내가 더 말이 없자 시어머니는 말한다. "무슨 일로 전화했니, 스위티?"

그녀는 나를 '스위티'라고 부른다. 다른 누구도ㅡ내 아버지도, 언니도, 남편도ㅡ그러지 않는데. 나는 목을 가다듬는다. 지금부터 해야 하는 말을 하기 전에 목을 좀 풀어야 한다.

"네, 궁금한 게 있어서요." 다시 목을 가다듬는다ㅡ목이 너무 마르다, 사포로 먼지 나게 문지른 것처럼ㅡ"최근에 시구르와 얘기하신 적 있으세요?"

전화기 저편이 조용해진다.

"시구르와 얘기한 적이 있냐고?"

"그게, 그이가 사라져서요, 아니, 사라진 건 아니지만…… 친구들이랑 주말에 산장에 간다고 했는데 그 친구들은 그이가 안 왔다고 해서요. 그런데…….."

나는 아플 때까지 혀를 깨문다. 시어머니에게 전부 다 얘기할 필요는 없다는 걸 물론 알고 있다. 그러지 않는 편이 낫다. 하지만 이미 시작했으니 계속 얘기한다.

"그런데 그이는 나한테 전화해서 거기 갔다고, 친구들이랑 있다고 했어요, 사실은 그렇지 않은데요. 그래서 저희는—토마스 씨랑 얀 에리크 씨랑 저는—궁금해지기 시작했어요. 그이는 그 두 친구랑 셋이서 산장에서 주말을 보내기로 한 거거든요. 그 친구들은 그이가 자기들과 같이 있지 않대요. 하지만 시구르는 저한테 그 사람들이랑 있다고 했거든요."

"무슨 말이 하고 싶은 거니, 사라?" 마르그레테는 조금 엄한 목소리로 묻는다. 관심 없는 장난에 끌어들이려고 애쓰는 아이들을 대하는 어머니 같은 말투다.

깨문 혀가 따끔거리고 피와 금속이 섞인 짠맛이 난다. 아무래도 피가 나는 것 같다.

"그이는 그 산장에 가지 않았다고요. 집에도 오지 않았고요."

전화기 저편의 침묵. 나는 미동도 하지 않는다. 내 쪽에서도 언니의 품에서 막내가 버둥대는 소리밖에 들리지 않는다. 언니도 막내 조카도 아무 말도 하지 않는다. 평소 차분히 생각하는 게 불가능한 이 집이 이토록 고요하다니. 언니는 내 말에 귀를 기울이며 서 있다. 이제 나는 전화를 끊고 나서 더 설명해야만 하겠지.

"시구르의 직장에는 연락해봤니?"

"그이 휴대전화로 전화했어요. 일할 때 휴대전화를 쓰거든요."

"직장 동료들한테는 전화해봤고?"

"아니요."

"아니라고, 그럼 그렇지."

시어머니는 빠르고 효율적인 한숨을 뱉는다―내 문제를 해결한 것이다.

"직장 동료들한테 전화하렴, 사무실에 가보든지. 아마 거기 있을 거야. 시구르는 아주 성실해서 늘 일하고 있잖니, 너도 알겠지만."

"네." 나는 풀죽은 목소리로 대답한다. "어쨌거나 실종자들은 대부분 24시간 안에 나타난대요."

마르그레테는 그 말에 대꾸할 의향이 없다. 결코 그런 관점으로 보기 싫어한다는 것이 느껴진다.

"시구르랑 연락되면 전화하거라." 평소보다 날카로운 말투다. "곧 통화하자. 끊을게."

전화를 끊고 돌아서자 언니가 아들을 안고 서 있다. 언니와 조카 둘 다 나를 뚫어져라 쳐다보고 있다.

"시구르가 실종됐어?" 안니카가 묻는다. 언니의 목소리에서 내가 그토록 절박하게 달아나려 했던 두려움이 느껴진다.

안니카는 조수석에 나를 태우고 막다른 골목을 벗어나 이 동네를 구성하는 복잡한 도로망, 여기 살지 않으면 알 수 없는 길을 누비며 큰길로 나간다. 우리는 경찰서로 가고 있다. 언니는 내게서 자초지종을 들은 후 빛의 속도로 움직였다. 나는 심각한 상황처럼 들리지 않도록 약한 표현들을 써서 말했다—전화를 받은 경찰이 대부분의 실종자가 돌아온다고 말했다고. 나는 그 말이 만트라인 것처럼 반복했다—이 사태에 대한 단순하고 간단한 설명이 틀림없이 있을 거라고.

"경찰이 하는 말은 듣지 마, 사라." 언니는 아연한 얼굴로 말했다. "당장 가서 신고서 작성해."

"하지만 그 경찰 말로는……." 나는 말을 끝맺지 못한다. 어찌나 줏대 없이 체제에 순응하는 것처럼 들리는지.

"경찰은 빠져나가려고 아무 말이나 해." 언니는 그렇게 말하며 주방 선반에서 열쇠꾸러미를 낚아챘다. "하지만 일단 실종 신고를 하면 수사를 개시하는 수밖에 없어. 가자, 나랑 같이 가."

언니는 아이를 안지 않은 팔로 의자에서 재킷을 집어 들고 마당으로 나갔다. 행동을 개시하는 안니카는 인상적이다. 이제 언니의 모든 발걸음과 몸짓이 결연했다. 천천히 언니 뒤를 따라가는데 어린 시절에 알던 안도감이 느껴졌다—언니가 해결해줄 거야. 나는 베란다에 서서, 언니가 아직도 나무 위에 있는 형부를 부르는 모습을 지켜봤다.

"사라랑 경찰서에 가야 해." 언니는 그렇게 말한 뒤 형부에게 상황을 간단히 설명했다.

"괜찮은 거야?" 형부가 나무 위에서 물었다. 내가 선 곳에서는 그의 발만 보였지만 말은 크고 분명하게 들렸다.

"그러길 바라야지." 언니가 말했다.

형부가 나무에서 내려와 막내아들을 데려갔고 언니와 나는 가족용 혼다에 타고 좁은 도로를 연이어 통과했다.

"경찰을 대할 땐 끈질겨야 해." 언니는 말한다. "그들은 맡은 일을 하지만 다른 모든 이들과 마찬가지로 자원이 한정돼 있어. 그러니까 진행 상황을 주시하고 있다는 걸 보여줘서 손해 볼 건 없어."

"나도 알아." 진심이다. 나도 아주 잘 알고 있다. 당연히 끈질기게 굴어야 한다. 사태를 심각하게 보고 있으며, 그들도 그래야 한다고 말해야 한다. 일을 하면서 접촉한 모든 공공기관에서 그 사실을 깨닫지 않았던가? 경찰이라고 뭐가 다를까? 안니카가 고속도로로 진입해 기어를 4단으로 바꿀 때 내 안에서 신경을 갉는 자책감이 새어나온다. 나는 왜 아침에 통화한 그 여자의 말을 들었을까? 왜 그녀가 나를 달래게 내버려뒀을까? 왜 나 자신을, 내 직감과 기억력, 이성을 믿지 않았지? 당연히 다른 논리적 설명이 불가능한데. 시구르는 거짓말을 했고, 이는 그 자체로 뭔가가 아주 잘못됐음을 뜻한다. 어째서 내 의견을 고수하지 않았지? 왜 곧바로 다른 사람을 바꿔달라고 하지 않았지? 시구르가 위험에 처해 있으면 어떡해? 뭔가 끔찍한 일이 일어난 거라면? 내가 뭔가를 할 수 있었는데 그러기는커녕 시간을 때운답시고 마요르스투아의 상점가를 어슬렁거린 거라면? 안니카라면 절대 그렇게 상가나 배회하고 있지 않았을 것이다―언니는 곧바로 뭘 해야 할지 알았을 것이다. 언니는 일을 바로잡을 줄 아는 사람이고 나는 또 어린 동생이 되어 콧물을 질질 흘리고 무릎이 까진 채로 여기 서 있다. 엄마가 돌아가신 후 아빠는 늘 일하느라 바빴고, 반창고를 찾아서 내게 붙여주는 건 언니였다. 늘 언니가 허둥지둥하며 서툴게 그렇게 해줬다―"널 도와줘야 하는 건 왜 항상 나지?"

"안니카, 저기, 내가 멍청했다고 생각해? 전화하지 않아서?"

안니카는 나를 힐끔 쳐다본다. 우리는 피오르 옆의 긴 도로를 달리고 있다.

"사라, 그건 지금 상황과 아무런 관계가 없어."

언니는 나를 위로하려는, 내 죄책감을 덜어주려는 거지만 죄책감은 오히려 더 커진다―왜냐하면 이 사태는 이제 **사건**이 되었고, 우리가 그뢴란에 도착하는 즉시 진짜 사건이, 파일을 비롯해 온갖 것을 수반하는 경찰 사건이 될 것이기 때문이다. 적어도 나는 그렇게 생각한다. 그건 나와 아무런 관계가 없다―내가 달리 할 수 있었던 일은 없었다. 나는 눈을 감고 금요일 새벽에 시구르가 침실에서 나가던 때를 상상한다. 그가 내 이마에 입을 맞춘 것을. 서늘한 그의 입술을. "그냥 다시 자."

언니와 경찰서로 들어가기 전에 나는 쓰레기통 뒤에서 토한다.

그날 밤 나는 안니카와 헨닝의 집에서 잔다. 토르프 옹의 집으로 돌아가 혼자 있는 건 생각조차 하기 싫다. 우리는 타코를 먹고 텔레비전에서 제임스 본드 영화를 본다. 마르그레테의 문자메시지를 받는다. 시구르에 대해 실종 신고를 했으니 그에게 연락이 오면 경찰에 알려야 한다는 내 문자메시지에 대한 답장이다. 시어머니는 문자에서조차 내게 매몰차다—물론이지, 알려줘서 고맙구나. 거의 신랄하기까지 하다고 나는 생각한다. 영화의 불빛은 나를 그저 지나쳐간다. 무슨 일이 벌어지는지 따라갈 수가 없다. 다 똑같아 보인다. 나는 영화가 끝나기 20분 전에 서재로 자러 간다. 그곳에는 언니와 형부가 처음으로 같이 살던 아파트 거실에서 가져온 낡은 이케아 소파베드가 있다. 테오를 잉태한 곳이라고 예전에 언니가 킥킥대며 말한 적이 있다. 나는 눈을 감고 생각한다. 두 밤 전에 우리는 침대에 함께 있었다. 그가 떠나기 전 내이마에 입을 맞춘 게 고작 40여 시간 전이다. 그는 치약과 커피 냄새가 났고 어깨에 가방을 메고 있었다. 다 내가 지어낸 이야기인 것만 같다.

너무 피곤하다. 전부 다 너무 이상하다. 내일 아침 일찍 일어났을 때 이 모든 게 꿈이나 환각이었다고 깨닫게 된다면 얼마나 좋을까.

그는 저녁마다 우리 집으로 온다. 우리는 그가 들어올 때 대개 소파에 앉아 텔레비전을 보고 있다. 늦은 시간이라 우리는 반쯤 눈이 감겨 있다. 그는 머리카락에 이슬이 맺혀 있고 오버코트 속에 플리스 스웨터와 보온 내의를 입고 있다. 냉기와 땀과 화학물질 냄새가 난다. 베네딕테에게 만나고 헤어지기를 반복하는 남자친구가 있기는 하지만, 우리가 함께 사는 아파트에 죽치는 남자는 그가 유일하다. 그는 가끔 과일이나 초콜릿, 팝콘을 사 온다. 소파의 내 옆자리에 풀썩 앉자마자 나를 꼭 껴안는다. 마치 나를 안기 전에는 제대로 쉴 수 없다는 듯이. 그가 내 머리카락에 입을 맞출 때 꼭 이 냄새가 난다. 그가 종일 서서 일하는 건물의 냉기와, 아직도 흘리고 있는 언 땀과, 일할 때 쓰는 화학물질—바니시, 접착제, 페인트—의 냄새. 두 손에 튄 얼룩들. 가끔 작업 중인 모형에 목공이 많이 필요하면 나무 냄새도 난다. 그에게서는 일의 냄새가 난다.

나는 이제 그가 생각에 잠길 때 손톱을 물어뜯는다는 걸 안다. 그가 10대일 때 아버지가 췌장암 진단을 받고 두 달 후 세상을 떠났다는 걸 안다. 그가 오르가슴에 이르기 직전에 나를 있는 힘껏 껴안는다는 걸 안다.

그는 건축학부의 교환학생이지만 봄 학기가 끝나자마자 오슬로로 돌아갈 것이다. 나는 반년 더 공부해야 한다. 우리는 모든 것을 얘기한다. 돌아가신 부모와 살아 계신 부모, 어린 시절과 전공 공부와 좋아하는 텔레비전 프로그램에 대해. 하지만 그가 떠난 후의 일에 대해서는 아무 말도 하지 않는다.

"진짜 친밀함은 순식간이야." 나는 로냐에게 말한다. "끝이 있다는 걸 알 때에만 완전히, 완벽하게 자기 자신일 수 있으니까."

"너한테 들은 말 중에 최고로 멍청한 말인데." 로냐는 대꾸한다.

나는 미래에 대해 생각하지 않으려 애쓴다. 그저 나를 위해 아름다운 추억을 만들고 싶다. 나는 이른 아침 수업을 빼먹는다. 시구르와 계속 침대에 있다가 함께 일어나기 위해, 잠이 덜 깬 상태로 소소한 얘기를 하다가 서로에게 "방금 뭐라고 했어? 아니면 내가 꿈을 꾼 건가."라고 말하기 위해. 날이 밝는 동안 침실에서 그와 누워 밖에서 들려오는 내 친구들의 소리와 커피머신 소리, 신문을 사락사락 넘기는 소리와 친구들의 낮은 말소리를 듣기 위해.

친구들이 나간 후 그와 샤워를 한다. 비좁은 샤워 부스에서 젖은 알몸을 그에게 꼭 붙이고 서서 툭하면 웃는다. "아니, 진짜야." 그는 말한다. "등 좀 씻어줘, 나는 손이 안 닿아, 여긴 너무 좁다고." 식탁에서 그와 마주 앉아 커피를 마시고 신문을 읽으며 우리가 부부 같다고 생각한다. 곧 끝날 것임을 알면서도 이 느낌을, 이 미래를 시험한다. 이제 몇 주밖에 안 남았다. 그와 손을 잡고 도시 중심의 광장을 한가로이 거닌다. 봄이 오고 있다. 그의 학기는 곧 끝날 것이다. 그러면 그는 떠나고 나는 남을 것이다. 나는 새로운 사람을 찾을 것이고 이건 그냥 추억이 될 것이다.

그가 떠나기 한 주 전 우리는 나보엔 펍의 지하에서 저녁을 먹고 있다.

"1년 선배 중에 오슬로에서 수련을 한 사람이 있어. 그러니까 가능해, 네가 현장실습할 곳을 찾는다면 말이야." 나는 그에게 말한다.

그는 포크를 내려놓고 나를 본다. 그의 시선에서 어떤 강렬함이 느껴진다. 그는 눈을 크게 뜨고 묻는다. "진심이야?"

"응." 나는 그렇게 대답하면서도 겁이 덜컥 난다. 지나치게 성급하게 구는 걸까. "응, 모르겠어, 그러니까, 내가 그러기를 네가 원한다면 말이지."

그러자 햇살 같은 미소가 시구르의 얼굴 구석구석까지, 모든 보조개와 볼 주름과 이마와 눈가에 퍼진다.

"나 지금 마음이 엄청나게 가벼워졌어." 그는 말한다. "도대체 어떻게 해야 베르겐에서 1년 더 있게 해달라고 학교를 설득할 수 있을까 생각하면서 돌아다닌 지 몇 주 됐거든."

그해 여름 나는 오슬로로 돌아가 시구르와 함께 필레스트레데의 아파트를 빌린다.

백색소음

해가 지기 직전에 콩글레베이엔 거리의 집에 도착한다. 안니카와 헨닝이 정원을 손보는 동안 나는 조카들과 크레용으로 그림을 그리고 거실 탁자 밑에서 소꿉장난을 하며 놀아줬다. 조카들은—특히 테오는—잔뜩 신이 났다. 평소에 10분 정도만—그것도 마지못해—놀아주던 사라 이모가 한 시간 넘게 탁자 밑에서 무릎을 꿇고 앉아 있고 등에 태워주고 원하는 만큼 실컷 놀아주다니. "사라 이모, 매일 오면 안 돼요?" 테오의 그 말에 자격 없는 내 마음이 따뜻해진다. 나는 냉큼 그러겠다고 대답하지만 속으로는 찔린다—이번에 이렇게 실컷 놀아준 건 내 집에서 혼자 있기 싫어서니까.

"여기서 계속 지내는 게 어때?" 언니는 말한다. "사흘쯤 소파베드에서 자고 가."

하지만 그럴 수는 없다. 내 집에서 해야 할 일이 있다―진짜 일과 다른 일 둘 다. 시구르가 집에 올 때 집에 있는 것. 촛불을 켜고 그를 기다리는 것. 나도 알고 언니도 아는 사실이다. 언니는 속으로는 그렇지 않으면서 이해한다고 말하는 것일 수도 있지만. 언니의 집에는 삶이 있다―시끄럽고 지치지만 활기찬 삶. 내가 사는 그 방치된 건축 부지로 돌아가려니 무섭다. 하지만 돌아가야 한다는 걸 안다. 마침내 나는 용기를 짜내어 탁자 밑의 소꿉놀이 집에서 기어 나와 구두를 신고 집으로 돌아간다.

집 안은 쥐 죽은 듯 고요하다. 시구르의 부재가 손에 만져질 듯하다. 현관에 서서 토르프 옹의 발길에 닳은 리놀륨 바닥을, 시어머니가 어릴 때 밤에 몰래 나가려고 맨발로 디뎠을 바닥을 응시하며 가만히 귀를 기울인다. 무슨 소리를 듣길 바라는 거지? 시구르가 내는 소리? 너무 조용하다. 들리는 건 늘 이 집에서 들리는 소리뿐이다. 멀리서 들려오는 열차의 진동음. 오래된 목조주택이라면 으레 나는 끼익 소리, 우리를 지탱하는 건물의 뼈대가 우리가 사는 방들의 무게에 짓눌려 신음하는 소리. 하지만 시구르가 내는 소리는 들리지 않는다. 그래도 그를 불러봐야겠지만 두렵기도 하다. 나는 신도 벗지 않고 가만히 서 있다. 마치 잠깐 들른 것처럼, 여기 살지 않고 밤에 잠깐 놀러온 것처럼. 대답이 돌아오지 않는 쓸쓸한 내 목소리를 듣고 싶지 않다. 그의 이름을 부르고 싶지 않다.

일단 구두를 벗어 우리가 신발장처럼 쓰는 오래된 신문지들 위에 놓는다―시구르의 신발들도 거기 있다. 운동화와 봄에 신는 밑창 얇은 구두. 그것들은 내 신발들 옆에서 굉장히 커 보인다. 작은 생명체들이 타는 배 같다. 용기를 내본다.

"시구르?"

기대와 달리 목소리가 집 안에 울려 퍼지지 않는다. 알아듣기 힘들 정도로 작게 들린다. 벽들에 가로막혀 위층의 거실까지 올라가지도 못할 것이다. 그래서 나는 올라간다. 헐거운 계단 디딤판을 피하려고 애쓰며 한 걸음 내디딜 때마다 나무 계단은 삐걱대고 나는 한숨을 쉰다. 어두컴컴한 거실이 커 보인다. 불을 켜기 전에 그의 이름을 다시 부른다. 시구르? 스위치를 켠다. 거실에는 아무도 없다.

거실에 앉고 싶지가 않다―뭔가가 달라졌는데 확신할 수가 없다. 커튼인가? 커튼이 보통 저렇게 돼 있나? 시구르는 늘 커튼을 창문에서 최대한 멀리까지 걷어놓고 햇빛이 많이 들어오는 게 좋다고 한다. 애초에 커튼을 사야 하냐고 묻기도 했다. 내가 금요일 밤에 여기 혼자 있을 때 커튼을 쳤던가? 그런 세세한 것까지 많은 것을 기억하는 내가 저렇게 해놓고 잊어버리는 게 가능할까? 혹시 시어머니―집 열쇠를 갖고 있는 유일한 외부인―가 한퀴에서 돌아온 후 들른 걸까? 그리고 커튼을 만졌을까?

3층의 부부 침실에서도 똑같은 느낌이 든다. 거실보다는 확연하지 않지만 더 무서운 이유는 이곳이 시구르와 내가 자는 곳, 우리 외에는 누가 들어올 이유가 없는 곳이기 때문이다. 침대보가 덮인 침대 한 귀퉁이에 구김이 가 있다. 누가 앉았거나 손으로 눌러서 생긴 것 같은 구김이다. 내가 나가기 전에 그랬나? 양치를 하고 들어와서 청바지와 스웨터를 입고, 마음에 들지 않아 다른 스웨터를 꺼내서 침대에 올려둔 뒤 옷을 갈아입었는데. 그 스웨터 때문에 저렇게 구김이 갔을까? 아니, 더 중요한 질문. 내가 미쳐가고 있는 걸까?

불안이 나를 장악했다. 주방에서 차를 우리며 나는 그렇게 생각한다. 나는 경찰서에 가서 남편이 실종됐다고 신고했다. 그가 내게 마지막으로 연락한 지 이틀이 넘었다. 내가 나의 심리치료자라면 이렇게 말해줄 것이다. 내가 신경과민인 건 놀랄 일이 아니다. 평소보다 생각이 많아지고 편집증적 성향이 심해지는 것도 이상하지 않다. 나는 지금 비상 모드다—위기에 관한 나의 온갖 생각은 그야말로 생각에 지나지 않음을 잊어서는 안 된다. 나를 두렵게 하는 생각이 더 진실한 것은 아니다. 나 자신의 반응을 이해할 필요가 있다. 진정해야 하고, 지금은 불안한 게 당연하므로, 현재 내 정신은 그다지 맑은 상태가 아님을 알아야 한다. 시구르의 음성 메시지에 관한 미스터리를 풀려고 시도해서는 안 된다. 왜 커튼이 달라 보이는지 알아내려고 해서는 안 된다. 피자를 시키고 두어 시간 동안 텔레비전을 보다가 잠자리에 들어야 한다. 내일은 일을 해야 한다. 시구르의 동료들에게 전화도 할 것이다. 주말만 지나면 쉬워질 것이다. 어쩌면 시구르는 오늘 저녁 원래 그러려고 했던 대로 태평하게 현관문으로 들어올 것이고 이 악몽은 끝날 것이다.

바로 그때 나는 알아차린다. 시구르의 도면통. 그것이 돌아왔다. 도면통이 제자리에 걸려 있다.

오늘은 피자를 먹으며 텔레비전이나 보는 편안한 밤이 될 수 없을 거다─더 정확히 말하자면, 텔레비전을 켜고 피자도 주문했지만 무의미하다고나 할까. 텔레비전에서 나오는 목소리들─전략을 상의하는 리얼리티 쇼 참가자들과 주방 세제와 온라인 카지노를 열성적으로 추천하는 더 시끄러운 광고 속 목소리들─은 백색소음일 뿐이다. 나는 번쩍이는 영상에 시선을 고정하고 있지만 내 머릿속의 영화관에서는 다음 장면이 계속 반복되고 있다. 장면 1: 금요일 점심시간. 나는 시구르의 음성 메시지를 듣고 참치 샌드위치를 먹는다. 도면통이 제자리에 걸려 있지 않은 걸 보고 이상하다고 생각한다. 시구르가 도면통을 가져갔나? 그는 오늘 아침 일찍 토마스를 데리러 갈 예정이지 않았던가? 장면 전환: 토요일 아침. 나는 도면통이 걸려 있지 않은 걸이를 다시 쳐다본 다음 현관으로 내려가 집을 나선다. 이것이 있었던 일임을 나는 **안다.**

누군가 내 집에 들어왔다. 다른 설명은 불가능하다. 율리는 아니다─내가 노르스트란의 언니 집에 있을 때 벌어진 일이다.

그럼에도 나는 믿을 수가 없다. 텔레비전 앞에 앉아 텔레비전을 보지 않으면서 아까의 추론을 반복한다. 나는 절대적으로─100

퍼센트—확신하는가? 가능한 다른 설명은 없나?

내가 다닌 대학에서 강의했던 최고의 심리치료자는 이렇게 말했다. "여러분이 신경증 환자들을 위해 할 수 있는 가장 중요한 일은 이겁니다. 환자들이 세상을 있는 그대로 보게 도와주세요. 환자들이 원하는 대로가 아니라, 그렇게 될 거라고 두려워하는 대로가 아니라, 그들이 내린 결론이 가리키는 대로가 아니라, **있는 그대로**. 환자들이 상상과 욕망과 공포와 현실을 구별할 수 있게 도와야 한다는 뜻입니다. 예를 들어보죠. 본인이 결혼해서는 안될 남자와 결혼한 게 아닐까 하고 두려워하는 갓 결혼한 신경과민증 여성이라면 그런 의심이 결혼에 관한 그 어떤 마법 같은 해법을 주지 않음을 이해하도록 도와야 합니다. 시험이 주는 압박감에 무너지는 어린 학생은 그런 두려움을 통해 본인의 능력이나 시험에서 받을 점수에 관해 아무것도 알 수 없음을 이해하도록 도와야 합니다. 진실은 다음과 같습니다. 이따금씩 아내들은 남편 때문에 짜증이 납니다. 학생들은 시험공부가 어렵다고 생각합니다. 그게 다죠. 배우자를 함께 있는 매일 매순간 사랑하고 존경한다는 것은 비현실적입니다. 교재를 한 번 읽고 이해할 수 없다고 해서 앞으로도 절대로 이해하지 못한다는 법은 없습니다. 세상은 그렇게 단순하지 않습니다. 진실은 있는 **그대로**입니다. 그 밖의 것은 전부 본인이 이끌어낸 결론입니다."

시구르가 사라졌다. 그는 거짓말을 했다. 여기까지는 반론의 여지가 없어 보인다. 그의 도면통, 사라졌던 그 회색 플라스틱 원통이 다시 나타났다. 그것이 내가 아는 전부다. 이것은 이 집에 누군가가 들어왔음을 뜻할까, 아니면 내가 이끌어낸 결론에 불과할까? 나는 명철하게 생각하려 노력해야 한다, 겁에 질린 뇌가 제멋대로 날뛰지 않도록 해야 한다.

초인종이 울린다. 피자다. 나는 계단을 뛰어 내려가 현관으로 들어서며 그렇게 생각하면서도 다른 사람일지도 모른다고 생각한다―시구르거나 뭔가를 알려주러 온 사람일 수도 있지 않을까? 그런 생각에는 희망이 있다. 마지막 희망, 아직 내게 남은 사치품.

문구멍을 들여다보지도 않고 잠금장치를 돌려 문을 연다. 그리고 앞에 서 있는 남자와 여자를 본 순간, 나는 안다.

그들은 경찰복을 입고 있다. 두 사람 다 젊다. 여자는 내 또래고 남자는 몇 살 더 어리다. 남자는 초조해 보인다. 말을 하는 건 여자다―그녀가 상관인 게 분명하다. 남자는 실무 훈련 중이라거나 하는 이유로 따라왔을 것이다.

"사라 라투스 씨?" 여자가 말한다.

"네." 나는 대답한다. 아니, 내 성대가 반사적으로 대답한 쪽에 더 가깝다.

"유감스럽게도 슬픈 소식을 전해드려야겠습니다." 여자가 말한다. 그녀는 입가를 한 번, 아니 두 번 핥는다. 여자도 초조해 보인다. 나는 여자가 경찰 대학에서 이런 일, 거북한 소식을 전하는 일에 대한 수업을 받는 모습을 상상한다—아마 90분이 넘지 않는 2학점짜리였을 것이다. 의자 가장자리에 걸터앉아 열심히 필기하는 여자를 상상한다. **진지하면서도 위엄 있게. 지체 없이 전달하기. 분명하고 정확할 것.**

"오슬로 경찰 본부에서 나왔습니다." 여자는 말한다.

소속을 밝힐 것.

"남편 분의 인상착의와 일치하는 시신이 오늘 오후 5시경에 발견됐습니다. 시신의 최종적인 신원 확인은 빨라도 며칠 후에나 가능하지만, 모든 정황상 시구르 토르프 씨의 시신인 것 같습니다. 발견 장소는 크룩스코겐이며, 클레이브스투아에서 약 2킬로미터 떨어진 곳입니다."

여자는 목을 가다듬는다. 그 옆의 남자는 내 눈을 보지 못하고 어깨쯤을 보고 있다. 혹은 이럴 때 상대를 똑바로 보지 말라고 배웠을지도 모른다.

"듣기 힘드신 소식인 것 압니다." 여자는 말한다. "유감입니다."

시구르와 내가 결혼한 날은 흐리고 추웠다. 오슬로의 평범한 초가을 날씨였다. 우리는 결혼한 후 강변을 따라 토르쇼브의 집까지 걸어갔다. 나는 말했다. "이제 넌 내 거야, 죽음이 우리를 갈라놓을 때까지." 그는 웃고 나서 이렇게 대꾸했다. "너도 마찬가지야."

지금 이 순간 나는 그 생각밖에 나지 않는다. 경찰관들은 허공을 보며 서 있는 나를 쳐다본다. 진입로의 경찰차 뒤에 차를 대고 내린 후 그 자리에 서서 우리를 쳐다보며 머뭇거리는 피자 배달원이 보인다. 나는 이것만 생각한다―죽음이 우리를 갈라놓을 때까지. 그가 내 것이던 시간은 그리 길지 않았다.

"열어봐." 시구르가 말했다.

나는 침대 위에 놓인 선물을 들어 포장지를 뜯는다. 둘둘 말린 신문지 속에서 조그마한 진짜 선물을 찾아낸 다음 그것의 포장지를 또 뜯어낸다. 작은 상자 속에 목걸이가 들어 있다.

내 생일이었다. 그해 나는 원래 계획대로 베르겐의 청소년 외래 진료소에서 일하지 않고 오슬로 외곽의 마약 중독자 재활원에서 실습 수련을 하고 있었다. 시구르와 나는 필레스트레데의 작고 몹시 추운 아파트를 빌렸다. 나는 매일 아침 트램을 타고 비슬레트에서 오슬로중앙역까지 간 다음, 열차로 릴레스트뢰까지 가서 폭우 속을 걸어 막사 같은 건물로 출근했다. 내 환자들은 최선의 경우 내게 무관심하고 최악의 경우 거의 폭력적이었다. 나를 가르친 늙은 심리학자는 2년 후에 은퇴 예정이었는데, 이미 수년 전에 모든 일에 관심을 끊은 것이 분명했다. 다시 열차와 트램을 타고 퇴근할 때면 나는 집 샤워실에 혼자 들어가 울 수 있을 때까지 다른 생각을 하며 버텼다.

"시구르, 너무 예뻐. 근데 설마 진짜는 아니지?"

펜던트에 반짝이는 보석이 박혀 있었다—조그마했지만 어쨌거나. 더 활짝 웃음을 짓는 시구르의 얼굴 곳곳에 보조개가 생겼다. 나로서는 어떻게 그럴 수 있는지 결코 이해할 수 없지만, 시구르는 눈 옆에도 보조개가 있었다.

"우리 돈 없어." 나는 그에게 상기시켰다.

"그런 생각은 하지 마." 그는 말했다. "마음에 드는지 안 드는지만 생각해. 마음에 안 들면 다른 걸로 바꿀 수도 있어."

"전기세 낼 돈으로 바꿔도 될까?" 나는 그렇게 말했지만 웃었고, 그 목걸이를 보면서 결코 그것을 손에서 놓지 못할 것임을 알았다.

실버 체인에 심플한 펜던트, 작디작은 다이아몬드. 나는 시구르가 모르도록 샤워실에서 울었지만, 그는 바보가 아니었던 것이다.

"생일 축하해." 시구르는 말했다. "자, 이리 줘봐. 내가 해줄게."

빈 껍데기

집에 경찰관들이 와 있다. 오늘 아침 일찍 초인종을 누른 그들이 꾸며낸 엄숙함은 집 안으로 들어와 일을 시작하자마자 사라졌다. 나는 주방 아일랜드 식탁에 앉아 커피를 마시고 있다. 일할 때 입을 옷으로 갈아입지도 못하고 샤워도 하지 못했다. 아무한테도 전화하지 않았다. 몇 사람—마르그레테와 안니카—한테서 전화가 왔지만 받지 않았다. 나는 그저 기다리고 있다.

경찰은 지금 3층에 있다. 뭔가를 찾고 있는데 그게 뭔지는 모르겠다—그들도 모르는 것 같다. "무엇이든 중요할 수 있습니다."라고 말한 으스대는 젊은 남자 경찰은 지금 내 속옷과 양말 서랍을 샅샅이 뒤지는 중이다. 그는 어젯밤에 왔던 여경과 같이 왔다—그녀가 다시 온 건 나를 안심시키기 위해서일지도 모르지만 그 결과는 반대다. 나는 죽는 날까지 다시는 그 여자를 보고 싶지 않다. 그러나 여기, 기력을 회복한 그녀가 있다. 내 고통을 자기도 느끼고 있음을 보여주려고 슬픈 표정을 지으면서.

"군데르센 씨가 11시쯤 선생님과 말씀을 나누고 싶어 합니다." 그녀는 말한다. "이번 수사를 지휘하는 분이에요."

"아주 유능한 분이죠." 으스대는 젊은 경찰이 옆에서 거든다.

이 남자 경찰이 낫다. 그는 현실적이다. 여자 경찰은 전형적인 오슬로 서부 출신이다. 머리카락에 하이라이트를 넣고 진주 귀걸이를 하고 내가 어울려 자랐던 여자들과 똑같은 사회 방언과 말씨를 쓴다. 장담컨대 그녀와 나는 공통의 지인들이 있을 것이다. 그들과의 저녁 모임에서 내 얘기를 하는 그녀를 상상한다—"아무한테도 말하지 마, 기밀이긴 한데……." 나는 신경이 쓰이는가? 누군가 이 일을 알게 되는 것이 싫은가? 곰곰이 생각해보지만 답을 찾지 못한다. 내 속에는 붙잡을 것이 전혀 없다. 이런저런 생각을 걸어둘, 무언가의 느낌이 어떤지 가늠해볼 수 있는 걸이 같은 것이 하나도 없다. 뭔가로 채워지길 기다리는 광대한 공허뿐이다. 피로로, 슬픔으로, 짐작컨대 임박한 어떤 것으로.

어쨌거나 지금 나는 커피를 마신다. 아무런 맛도 느껴지지 않는다. 주변에서 목소리들이 들린다—경찰이겠지. 경찰이 내 집에 있다. 나는 누구의 전화도 받지 않았고 예정된 상담을 취소하기 위해 환자들에게 전화하지도 않았다. 9시 반에 사샤가 오기로 되어 있는데. 그 애와의 약속을 지키고 싶다. 그래, 여기에는 감정의 기미가 좀 있다. 사샤는 오늘 나한테 도움이 될 것이다. 그런데 잠깐만—환자들이 심리치료자의 기분을 나아지게 하려고 존재하나? 나는 지금 굉장히 비윤리적인 행위를 하려는 걸까? 그래서, 신경 쓰여? 내 안의 공허를 더듬거려보지만 아무것도 없는 듯하다. 윤리 강령을 저버리는 것에 대해 아무런 반응이 없다. 합리적인 사람이라면 지금 내가 환자를 볼 상태가 아님을 알겠지만, 시구르가 사라지고 혼자가 된 지금의 나는 나 자신에게 필요한 충고를 할 만한 분별력이 없다. 그래서 나는 전화하지 않은 것이다. 11시에 오기로 돼 있는 두 번째 환자는 거식증을 앓고 있고 열다섯 살이다—그 아이는 볼 수 없다. 위대하신 군데르센께서 그때 나와 얘기하고 싶다고 정했기 때문에. 그 애한테 전화해야 한다. 하지만 내가 그렇게 할까? 신경이 쓰이는가? 옆에 둔 휴대전화가 윙윙거린다. 주말 내내 전화기가 울리기를 기다린 나는 움찔하지만, 시구르가 아니다. 물론 아니다, 그럴 수가 없다. 이제 나는 그것을 안다. 또 마르그레테다. 경찰은 시어머니에게 연락했다—이것은 지금 내가 아는 몇 안 되는 사실 중 하나인데 마음에 든다. 내가 연락하지 않아도 되니까.

내가 아는 것들은 다음과 같다. 시구르가 죽었다. 그는 크록스코겐의 숲에서 발견됐다. 경찰은 그가 살해됐다고 본다. 경찰이 시어머니에게 알렸다. 세 가지 사실은 어젯밤에 내가 별로 좋아하지 않는 그 여경이 내가 묻지 않았는데도 말해준 것이다. 네 번째 사실은 내가 물어서 알게 됐다. 내가 한 유일한 질문이었다. 계단 위에 서 있던 나의 시선은 여경과 동료 경찰관을 넘어 피자 배달원에 고정돼 있었다. 그 남자애는 당황한 표정이 역력했고 문간에 경찰이 서 있는 집에 피자를 갖다줘야 하나 고민하고 있었는데, 나는 이상한 기대감과—저 애는 어떻게 할까?—나 자신과 내기를 해야 한다는 기분을 느꼈다. 나는 그 애가 불편함을 못 이기고 그냥 돌아간다에 10크로네를 걸었다. 마침내 아이는 피자를 차 보닛에 올려두고 기다렸다. 나는 그 애한테서 시선을 거두고 싫은 여경을 다시 보았다.

"다른 사람들한테도 연락하실 건가요?" 내가 물었다.

여경은 영문을 모르겠다는 듯 이마를 찡그리며 나를 보았다. 깔끔하게 뽑아 정리한 여자의 눈썹이 위로 올라갔다. 놀란 표정이었다. 확실히 그건 남편이 살해당했다는 소식을 듣자마자 할 만한 질문은 아니었으니까. 그 서부 여피족이 놀라는 걸 보니 왠지 만족스러웠다. 좀처럼 없는 일이기 때문이다—그치들의 지루하기 짝이 없는 인생에서 예측 불가한 일은 결코 일어나지 않는다.

"누구를 염두에 두고 하시는 말씀이죠?" 여경이 물었다.

"시어머니요."

"네, 당연하죠—그러니까, 선생님께서 저희가 연락하기를 원하신다면요?"

그렇게 그 부담스러운 선택이 내게 떠넘겨졌다. 가까운 이의 사망 소식을 전하는 법에 대해 어떤 식으로 가르쳤는지 궁금하다. 어쩌면 그렇게 하는 것이 최선일 수도 있다. 당사자의 참여 유도랄까, 정확히 뭐라고 하는지는 모르겠지만. 피자 배달원은 손목시계를 확인했다. 나는 내가 왜 그런 온갖 것들에 신경을 쓰는지, 왜 정신이 그렇게 여러 갈래로 뻗어나가는지, 왜 차라리 그런 디테일을 잘근잘근 씹는 쪽이 훨씬 수월한지 궁금했다. 왜 방금 들은 소식에, 문 앞에 서 있는 진짜 코끼리에 집중하지 않고.

"네." 나는 대답하고 목을 가다듬는다. "그렇게 해주세요."

나는 주머니에서 휴대전화를 꺼내 여경에게 전화번호를 알려주려다가 안니카가 보낸 문자를 봤다.

괜찮니. 뭐든 알게 되면 나한테 알려줘. 내일 전화할게. 스스로를 잘 돌보렴. 포옹.

나는 언니에게 전화해야 한다는 걸 알았다. 여경에게 시어머니의 주소와 전화번호를 가르쳐줬고 잠시 동안은 그게 다였다. 나는 숫자를 소리 내 읽었고 여경은 매주 겪는 상황인 것처럼 심상하게 받아 적었다. 피자 배달원은 또 손목시계를 들여다봤다.

"내일 아침에 다시 와서 몇 가지 여쭙겠습니다." 그녀가 말했다. "괜찮으시면 집도 좀 둘러보고요."

"괜찮아요." 나는 그렇게 대답했다. 물론 그들은 뭐든 원하는 대로 할 수 있다. 내가 뭐라고 거절하겠는가?

"그리고 혹시 다른 것들이 궁금하시다면 내일 대답해드릴 수 있을 겁니다." 그녀가 말했다.

내가 궁금한 게 아주 많아야 하는가보았다. 하지만 그때 나는 아무것도 궁금하지 않았다.

"연락할 분이 있습니까?" 그녀가 물었다. "그러니까, 부모님이

라든지 친구 분이라든지?"

"네, 언니한테 연락하면 돼요."

"다행이군요. 이런 상황에서 혼자 있는 건 별로 좋지 않거든요."

그걸 당신이 어떻게 알아? 나는 묻고 싶었다. 이렇게 심각한 상황에 있는 사람에게 무엇이 좋은지 어떻게 알고 그런 평범한 조언을 하는 거지? 피자 배달원이 집 쪽으로 걸어오기 시작했다. 임무를 완수하기로 결정한 것이다. 그런 의미에서 그는 나를 좀 놀라게 했다.

"고맙습니다." 내가 말했다—뭐가 고마운지는 모르겠지만.

"천만에요."

여경은 눈을 가늘게 뜨더니 한 손으로 내 팔을 붙잡고 물었다.

"괜찮으세요?"

그러자 나는 **내가 그녀를** 안심시켜야 한다는, 피해자의 최근친인 내게 전문가인 그녀를 편안하게 해줄 임무가 떨어졌다는 이상한 기분이 들었다. **괜찮냐고?** 내가 왜 그런 질문에 대답해야 하지? 방금 난 상처에서 피를 철철 흘리고 있는 내가?

"네." 나는 대답했다.

피자 배달원은 집에 가까워질수록 걸음을 늦췄다.

"내일 뵙겠습니다." 여자는 말했다. 그런 식으로 자기가 다시 올 것임을 통보했다. **다음에 벌어질 일에 관한 정보를 제공할 것.** 경찰관들은 뒤돌아서다가 피자 배달원과 정면으로 부딪힐 뻔했다. 그들은 잠시 곤혹스러워하며 소년이 왜 거기 있는지 의아해했지만 아무 말도 하지 않았다. 배달원도 경찰들이 돌아설 줄 몰랐다. 나는 설명할 상태가 아니었기에 결국 입을 연 건 배달원이었다. "방해하려는 건 아닌데요, 이걸 배달해야 해서요……." 그러자 여경은 이 상황을 처리할 책임이 있다고 느꼈는지 무어라고 전형적인 말을 웅얼거리더니 이런 때일수록 잘 먹어야 한다고 했고, 젊은 남경은 고개를 끄덕여 동의했다. 그런 다음 두 사람은 경찰차를 향해 걸어갔고 피자 배달원은 내게 피자 상자를 내밀었다.

경찰이 시구르를 발견한 곳은 크록스코겐에 있는 숲이다. 그의 부친의 오래된 산장. 피자 상자를 들고 현관에 서 있던 나는 할 일이 생각났다. 간단하게 확인할 것이 하나 있었다.

시구르의 아버지는 평생 동안 바다를 좋아했다. 시어머니의 지인이 한쾨에 작은 요트를 갖고 있다는 것 외에는 바다와 연관이 없던 다른 식구들과는 달리 시아버지는 바다와 관련된 유품을 좀 남겼다. 그중 하나가 가른쿨레garnkule인데, 속이 빈 커다란 녹색 유리구슬이 실을 꼬아 만든 끈으로 짠 그물망에 싸여 있는 물건이다. 옛날에는 어부들이 그물을 띄우기 위해 사용했지만, 지금은 대개 여행 기념품이다. 시아버지는 당신의 가른쿨레가 '실제로 어업에 쓰였다'고—수년 전 북부에서 휴가를 보냈을 때 샀다고 말했던 것 같다. 시구르는 그것을 우리의 산장 열쇠에 달았고 자신의 아이디어에 시어머니와 함께 박장대소했다—**숲**에 있는 캐빈*이잖아. 그는 웃지 않는 내게 그것이 설명이 되기라도 할 것처럼 말했다. 시구르는 내 아버지와 언니와 형부, 토마스와 얀 에리크까지 우리 집에 오는 모든 사람들에게 그 농담을 했다. 그 누구도 예의상 살짝 웃는 이상의 반응을 보이지 않았지만 시구르는 눈치 채지 못하는 것 같았다. 그 열쇠는 정해진 보관 장소에, 시구르의 서재에 있는 작은 캐비닛 안에 걸려 있다. 우리가 쓰지 않는 한, 그 산장에 가지 않는 한, 그 크룩스코겐 산장 열쇠는 캐비닛 안의 다른 열쇠들과 나란히 걸려 있다. 커다란 가른쿨레가 달려 있어서 바로 눈에 띈다. 여덟 걸음을 걸어 시구르의 서재로 들어가기만 하면 확인할 수 있었다.

나는 그곳으로 가서 그 작은 캐비닛을 열었다. 가른쿨레는 없었다. 산장 열쇠는 없었다.

나중에 나는 주방에서 피자 상자를 들고 서서, 아무 일도 없다는 듯이 켜져 있는 텔레비전을 물끄러미 쳐다보다가, 여경에게 말한 대로 언니한테 전화하는 일은 없으리라는 걸 깨달았다. 언니는 언제나처럼 나를 지지해주고 모든 걸 바로잡을 것임에도. 이런 원초적인 고통 속에서 언니에게 전화하는 생각만 해도 내 안의 뭔가가 으깨지는 기분이 들었다.

그래서 나는 침대로 갔다. 그러면 안 된다는 법도 없으니까.

*   cabin. '산장'과 '선실'이라는 뜻이 있다.

그날 밤이 어땠는지 설명하기란 불가능하다. 물론 잠은 거의 못 잤다. 내가 할 수 있는 말은 그게 다. 그 피자를 처음 먹은 건 지금 위층에서 내 살림을 파헤치고 있는 경찰들 중 한 명이다.

샤워하고 옷을 입고 차고 위의 상담실로 오니 9시 반이다. 지금 앉아 있는 곳에서는 창밖으로 진입로에 서 있는 경찰차 두 대가 보인다. 11시에 올 여학생에게 아직 전화하지 못했다. 어떻게 해야 할지 확신이 서지 않는다. 지금, 그 애가 학교를 나와 이곳으로 출발하기 전에 전화해야 한다. 그 애는 사샤의 상담이 끝날 즈음에 학교에서 출발할 것이다. 하지만 나는 의자에서 일어날 기력이 없다.

나는 전화하지 않고 숫자를 센다. 백이십사, 백이십오, 백이십육. 이유는 모르겠다. 분명한 건 이제 이유에 신경 쓰지 않는다는 거다. 집은 경찰이 장악했을지 몰라도 이곳 상담실의 책임자는 나다. 나는 내 의자에, 가장 내 것처럼 느껴지는 의자에 앉는다. 크리스토페르와 사샤와 상담할 때 앉는 의자다. 백삼십일, 백삼십이. 이제 거리에 있는 사샤가 보인다. 검정 코트를 입고 빨간 스카프를 두르고 있다. 아이를 보니 기분이 좋다. 저 애는 내 환자고 나는 저 애의 심리치료자다. 내게는 할 일이 있다.

사샤는 성전환자다. 태어났을 때 받은 이름은 헨리크지만 사샤는 처음부터 자신이 남자가 아니란 걸 알았다고 한다. 사춘기에 접어들 때 확신했고, 이제 열여섯 살인 사샤는 호르몬 치료를 받고 여자 옷을 입고 여자 이름을 쓴다. 여기까지 들으면 아주 골치 아픈 환자 같겠지만 사샤는 내 환자들 중 가장 건강한 축에 속한다. 아이는 성정체성 측면에서 자신의 위치를 정확히 알고 있는데, 그건 대부분의 열여섯 살짜리들에게 꿈같은 일이다. 또한 부모의 전적인 지지를 받고 있으며, 아이를 있는 그대로 받아들이는 좋은 친구들도 있다. 사샤는, 그 애의 표현을 빌리자면, '머리를 맑게 하려고' 상담치료가 필요하다고 느낀다. 그 필요는 대부분 아이가 마주치는 일부 편협한 사람들의 멍청함 때문에 생긴다. 그리고 사샤는 성확정 수술을 마치고 법정 성별을 '여성'으로 등록하려면 열여덟 살이 될 때까지 기다려야 한다는 사실에 조금 망연자실하고 있지만 그것도 대체로 쾌활하게 넘기는 중이다. 사샤는 한 달에 한 번 내게 오고 상담은 긍정적이다. 치료가 잘 적용되고 있다. 아이는 내 제안을 숙고한 다음 적극적으로 활용한다. 시구르가 죽었음을 알게 된 다음 날에 만날 환자로 사샤보다 나은 사람을 바랄 수는 없을 것이다.

백팔십팔. 사샤는 두 대의 경찰차 뒤에서 발을 멈춘다. 잠시 서서 경찰차를 보며 고민하다가, 집부터 시작해 여기저기 살펴본 끝에 차고 위의 창문 너머에 앉아 있는 나를 본다. 나는 한 손을 들어 흔든다. 사샤는 날이 푸근한데도 장갑을 낀 두 손을 들어 흔든다. 하지만 아이의 얼굴에는 웃음기가 없다. 사실은 의심스러워하는, 거의 겁이 난 표정이다. 나는 차고 쪽으로 걸어오는 아이를 지켜보며 그 이유를 궁금해하다가, 아이가 모퉁이를 돌아 내 시야에서 사라질 때 깨닫는다. 나부터가 웃고 있지 않았다. 표정 관리가 안 되고 있다. 나는 한쪽 뺨을 친다. 정신 차려. 난 전문가야. 통제력을 잃으면 일할 수 없어. 정말로 신경 쓰이는지 궁금해하자, 내면 깊은 곳에서 당기는 느낌이 든다. 다행이다. 아직 뭔가가 느껴지긴 한다. 직업윤리는 신경 쓰지 않을지 몰라도 사샤에게는 신경이 쓰인다.

"웬 경찰차예요?" 사샤가 의자에 앉으면서 말한다. 코트와 스카프를 벗어 무릎에 올려둔 아이는 이끼색 스웨터와 꼭 끼는 검정 스커트를 입고 있다. 두 다리를 한쪽으로 나란히 모은 극히 여성스러운 모습. 1960년대의 비서 같다.

"아, 그냥, 주말에 시시한 일이 좀 있었어." 나는 손사래를 치며 말한다. 좀도둑이라도 든 것 같은 인상을 주려고 애쓰지만 아이의 놀란 표정은 사라지지 않는다.

"지난번에 다녀간 후로 어땠니?"

나는 의자에서 몸을 약간 앞으로 기울여 편안한 자세를 취한다. 그래, 할 수 있다. 필요할 때면 자동조종이 시작되어 나를 전문가 모드로 바꾼다. 느낌이 좋다. 궤도에 오른다. 지금 집에서 벌어지는 온갖 혼란—경찰관들, 도면통, 커튼, 피자 상자—은 될 대로 되라지. 이곳 상담실에는 사샤와 나뿐이고 우리에겐 할 일이 있다.

"뭐." 사샤는 손가락을 쫙 펼치면서 대답한다. "다 괜찮아요. 네,

그래요."

나는 집중하는 듯 눈을 가늘게 뜨고 고개를 끄덕인다. 제대로 된 심리학자의 표본 같은 모습으로.

"다만." 사샤는 부아가 나는 듯 숨을 내뱉으며 덧붙인다. "아, 너무 바보 같아, 절 비웃으실 거예요. 제가, 음, 제가 누굴 만난 것 같아요. 아니, 그러니까, **제가 그 남자를** 만났어요. 그 남자가 절 만났는지는 다른 문제지만요."

"그 남자가 너와 같은 감정인지 확신할 수 없다는 뜻이니?"

"네, 확신할 수 없다는 건 부드러운 표현이지만."

"그래, 그 사람한테 물어는 봤어?"

사샤는 또래 아이들이 '됐거든?'이라는 뜻으로 하듯이 다시 숨을 내뱉는다.

"걘 **저** 같은 사람한테 반할 타입의 남자가 아니에요." 아이는 그렇게 대답하더니 뚱한 목소리로 덧붙인다. "직설적으로 표현하자면요."

"그 말은 물어보지 않았다는 뜻이라고 짐작해도 될까?"

"맞게 짐작하셨어요."

"그렇다면 그가 너 같은 사람한테 반할 타입의 남자가 아니라는 건 그냥 짐작이네?"

이것 좀 봐— 잘하고 있잖아. 사샤가 이끌어낸 결론에 제동을 걸고 있다. 해야 할 일을 하고 있다.

"비슷해요. 하지만 아, 선생님, 걔가 절 잘 알게 되면 분명히 절 사랑하게 될 거라는 말은 마세요, **제발**. 못 참을 것 같아요."

나는 애써 웃음을 짓는다. 간신히 해냈지만 입가가 좀 뻣뻣한 것 같다.

"학교에는 **실제로** 계급이 존재하는 거 아세요? 가장 중요한 건 착하고 친절하고 네 감정에 솔직한 거라는 말이 아무리 솔깃하더라도 말이죠."

"그 계급에서 사샤 넌 어디에 속하니?"

"맨 밑바닥은 아니지만 꼭대기도 아니에요."

"그렇겠지. 그럼 그 남자애는 어디 속하는데?"

사샤는 창밖을 흘깃 본다.

"선생님, 경찰차가 한 대 더 왔어요."

사라가 보는 곳을 나도 본다. 세 번째 경찰차가 진입로에 있다. 거의 집으로 가는 길을 막듯이 진입로를 가로지르며 서 있다. 두 사람이 내린다. 한 사람은 경찰복을 입었고, 덥수룩한 콧수염이 있는 다른 사람은 허름한 파카를 걸친 사복 차림이다. 그들은 집 쪽으로 걸어간다. 나는 방금 한 질문을 떠올리려 애쓴다.

"선생님?" 사샤가 나를 본다. "별일 없는 거예요?"

정말이지 그렇다고 대답하고 싶지만 그건 거짓말일 테고, 거짓말을 할 수는 없다. 여기 내 상담실에서, 사샤에게, 의자에 앉았다 일어나는 것조차 힘든 오늘 같은 날에. 너무 많이 말하지 않으려고 이렇게 말한다.

"사건이 있었어. 그건 우리가 여기서 하는 일과는 아무 상관없지만, 경찰차를 봐서 무섭거나 심란할 수 있다는 건 이해해."

"무슨 사건인데요?"

"실종 사건이야."

물론 이제는 실종을 넘어섰지만 정확한 표현을 입에 올릴 수가 없다. 어제 현관에서 들은 얘기를 다시 입에 올리면 진짜가 되고 말 거다. 그것을 소리 내어 말하면 나는 다시는 지금의 나로 돌아오지 못할지도 모른다.

"그게, 그러니까, 내 남편 일이야. 남편이 실종됐어."

사샤의 눈이 휘둥그레지며 빽빽한 속눈썹이 한껏 위로 올라간다. 눈알은 금방이라도 튀어나올 것 같다.

"선생님 남편이 실종됐다고요?"

"응."

나는 창밖을 내다본다. 두 남자는 집 앞에 도착하더니 곧 안으로 들어갔다. 초인종을 누르긴 했지만 지체 없이 실내로 들어간 것처럼 보인다. 토르프 옹이 저걸 봤어야 하는데. 마침내 그의 집이 실제로 공권력의 습격을 받는 모습을.

"선생님." 내 앞에 앉은 10대가 말한다. "심리학자는 제가 아니라 선생님이지만, 오늘은 쉬시는 게 좋지 않을까요?"

대답할 수가 없다—아이 말이 맞는다. 누군가 내게 그렇게 말해줬어야 하지만 누가 그러겠는가? 난 이제 혼자다.

"일을 하고 싶었어. 그리고 우린 약속을 했으니까."

아이가 어찌나 딱한 눈으로 나를 보는지, 다시는 이 애와 직업적인 관계를 회복할 수 없을 것 같다.

"괜찮아요." 사샤는 어린애한테 말하듯이 천천히, 밝게 말한다.
"우리는 나중에 얘기해도 돼요."

텁수룩한 콧수염이 난 파카 입은 남자는 거실에 있다. 어제 왔
던 여자 경찰과 두세 명의 다른 경찰관들이 남자와 함께 있다. 내
가 거실로 들어서는데 마침 콧수염이 말하고 있다. 나는 그의 말
끝을 알아듣는다.

"……그러니까 감식반이 뭐라는지 들어봐야 해."

그는 심한 노르웨이 동부 사투리를 쓴다. 소촌 출신인 듯하다.
그의 목소리는 단조롭고 힘이 없지만, 다른 경찰들이 열성적으로
귀를 기울이기에 그는 굳이 목소리를 키울 필요가 없다. 그는 분
명 저들의 상관이다.

남자가 나를 보고 말을 멈추자 다른 경찰들도 나를 돌아본다.

"안녕하세요." 내가 말한다. "커피만 좀 갖고 갈게요."

내가 싫어하는 그 여경이 불쑥 말한다.

"사라 라투스 씨입니다. 고인의 배우자입니다."

너무 이상하게 들린다—'고인의 배우자'라니. 새로운 자격이네.
나는 생각한다. 최근친조차 아니다. 고인의 배우자. 무시무시한 자
격 같은데. 콧수염은 움직이기 시작한다. 한 손을 내밀고 내 쪽으
로 온다. 그는 내 앞에 멈춰 서지만 나는 그의 손을 어떻게 해야 할
지 모르겠다. 더는 사회 규범대로 처신할 줄 모르게 된 것 같다.

그러나 그는 빠르고 능률적이다. 그의 모든 동작에서 알 수 있다. 나의 맥 풀린 모습에 저지당할 의향이 없는 게 분명하다. 그는 지체 없이 내 오른손을, 몸통 옆에 황망하게 늘어뜨려져 있는 손을 꼭 잡고 말한다.

"군나르 군데르센 달레입니다, 하지만 군데르센으로 불러주십시오. 다들 결국엔 그렇게 부르더군요."

"사라예요." 나는 우물거리듯이 말한다.

그가 내 손을 놓아준다. 손이 아프다—그가 꼭 움켜쥐고 있었던 게 틀림없다. 그래도 최소한 뭔가가 느껴지긴 하네.

"네, 사라 씨, 저랑 얘기 좀 하시죠. 저희가 지금까지 알아낸 것을 좀 말씀드릴게요, 선생님께서도 저희한테 얘기 좀 해주시고요."

나는 고개를 끄덕인다. 그러니까 내가 아는 걸 이 사람들한테 말해야 하는 거네. 의외다. 이 남자와 정확히 어떤 얘기를 하게 될지 예상한 것도 아니지만 내가 이야기를 해야 한다는 생각은 하지 못했다.

"대화할 만한 장소가 있을까요?"

"제 상담실요. 차고 위에 있어요."

"좋습니다." 군나르 군데르센 달레가 말한다. "그럼 지금 바로 가시죠."

대화를 시작하기 전에 나는 11시 환자에게 전화를 걸어 약속을 취소한다. 군데르센 달레와 다른 경찰관—30대 중반의 빨강머리 여자—은 자리를 피해주지 않는다. 싫다, 감시받는 것 같다. 나는 남들 앞에서 통화하는 걸 싫어한다—그 남들에는 시구르도 포함된다. 그래서 아주 일상적인 용건을 제외하면 누구와 무엇에 대해 통화하든 늘 침실로 가서 했다. 환자들과 관련된 모든 대화는 이 상담실에서 한다. 하지만 군데르센과 그의 동료는 내가 전화를 하겠다고 해도 나갈 기미가 없었고, 나는 군데르센에게 뭔가를 부탁할 입장이 아니라고 느낀다. 그래서 그들은 여기 서서 듣고 있다.

"미안하지만 오늘 약속을 취소해야 해." 나는 말한다.

"아, 그러세요." 아이는 말한다.

수화기 너머로 시끄러운 소리가, 사람들의 목소리와 웃음소리가 들린다. 아이는 아직 학교에 있는 것이 분명하다. 아이의 목소리에서 안도감이 느껴진다. 나는 그것이 신경 쓰인다. 환자와의 약속을 취소하기는 내가 생각한 것보다 훨씬 쉽다.

전화를 끊고 나서 다른 환자가 남긴 음성 메시지를 발견한다. 메시지를 재생시키고 경찰이 아무것도 듣지 못하도록 전화기를 귀에 바짝 붙인다. 군데르센은 듣지 않는 척하면서 내 서류 캐비닛 위에 걸린 그림을 들여다본다.

"안녕하세요." 음성 메시지 속 목소리가 말한다. "베라예요. 저, 저 선생님과 얘기하고 싶어요. 그러니까, 금요일 전에요. 드릴 말씀이 있어요. 전화해주실래요? 네? 끊을게요."

이상하네. 나는 생각한다. 베라는 지금까지 한 번도 추가 상담을 요청한 적이 없는데. 나는 스스로에게 궁금한 마음이 드는지 묻지만 아무 느낌도 없다. 그저 또 그 공허, 그것이 주는 무의미한 번민뿐이다.

"이건 사람들을 테스트하는 그림입니까?" 군데르센이 묻는다. "뭐가 보이는지 물어보고 어머니가 보인다고 하면 이런저런 것을 뜻한다거나."

"아니요." 나는 대답한다. "칸딘스키 복제화예요."

"예술에 대해선 아는 게 없어서요." 군데르센은 말한다. "자네는 좀 아나, 프레들리?"

"아니요." 빨강머리 경찰은 그렇게 대답한다. 그녀는 웃음을 짓고 싶은데 참는 것 같다.

프레들리. 나는 생각한다. 그게 저 여경의 이름이란 말이지.

"무슨 일이 벌어진 건가요?" 나는 그들에게 묻는다.

"그 이야기는 차차 하지요." 군데르센은 돌아서서 그림을 등지고 말한다. "처음부터 시작합시다."

그는 내 책상 밑에서 의자를 빼서 앉고 편한 자세를 취하려는 듯 한쪽 다리의 발목을 다른 쪽 다리의 무릎께에 올린다.

나는 기억해둔다. 내가 질문을 하자 그는 그 얘기부터 하지 않을 거라고 말한다. 그가 자기 의자를 직접 고르는 부류라는 것과 저기에 초대하듯이 놓여 있는 두 개의 의자를 고르지도 않았다는 것을 기억한다. 그는 제삼의 의자를 골라 책상 밑에서 빼냈다. 내 상담실에서 대화의 주도권을 잡았다. 이것이 무슨 뜻인지 모르겠다. 아무 의미 없을 수도 있고. 하지만 어쨌거나 기억해둔다.

"선생님께 지난 금요일은 어떤 날이었는지 말씀해주십시오." 그가 말한다.

나는 상담 때 쓰는 의자들 가운데 왼쪽 의자에 앉는다―다른 선택지가 없다. 군데르센의 동료는 문에 기대고 서 있다. 계급과 관련이 있는 건지, 하급자는 서 있어야 하는 건지 궁금하다.

"끔찍한 하루였죠." 내가 말한다.

"그 하루에 대해 말씀해주십시오."

"어, 남편이 실종됐어요."

"아니, 아니요. 그날 하루에 대해 얘기해주십시오. 처음부터요."

나는 한숨을 쉬고 창밖을 흘깃 본다. 내 집 진입로에 경찰차들이 서 있다. 일주일 전에는 그냥 평범한 3월의 월요일이었는데. 군데르센은 잠자코 있다. 자기 할 말을 했으니 이제 내가 얘기할 거라고 확신하면서 기다리고 있다.

"남편이 나갈 때 잠에서 깼어요. 막 잠에서 깨서 몇 시였는지는 몰라요, 이른 시간인 건 분명하고요. 그이는 내 이마에 입을 맞추고 '나 갈게, 다시 자.'라고 말했어요. 전 다시 잠들었고요. 일어났을 때 남편은 없었어요."

군데르센은 고개를 끄덕인다. 프레들리는 문에 기대서 메모장에 뭔가를 끼적인다.

"7시 반쯤에 일어났어요. 첫 번째 상담은 9시였고요."

"일어나서 곧바로 뭘 하셨습니까?" 군데르센이 불쑥 끼어든다. 나는 이해한다―그가 원하는 정보는 디테일에 있다.

갑자기 나는 트뤼그베가, 늘 구체적이고 명확한 표현을 피하고 막연하게 말하는 사람이 된 것 같은 기분이다. 정신을 가다듬는다.

"샤워를 하고 침실에서 옷을 입었어요. 아래층으로 가서 식탁 앞에 앉았죠. 메뉴는 기억나지 않지만 뭔가를 먹었고 커피를 마셨어요. 그런 다음 이곳으로 왔고―첫 번째 환자가 절 기다리고 있었어요."

군데르센은 알겠다는 듯이 목을 가다듬는다. 나는 이 남자의 내면 어딘가에 유능한 정신분석가가 있다고 생각한다.

"네, 그리고 다음 환자를 봤고, 점심시간이 됐어요."

"잠깐만요." 군데르센이 끼어든다. "첫 환자와 얼마 동안 있었습니까?"

"50분요."

"그럼 9시 50분까지?"

"그런 셈이에요."

"그런 셈이라면?"

"1, 2분 차이는 날 수 있다고요."

"이름이?"

"이름이라뇨?"

"환자 이름요."

이젠 내가 목을 가다듬을 차례다.

"그건 비밀 유지 대상이에요."

프레들리는 놀라서 눈썹은 물론 얼굴 전체를 위로 치켜올린 것처럼 보인다. 그녀는 군데르센이 이 문제를 어떻게 해결할지 궁금하다는 듯이 그를 슬쩍 쳐다본다. 그는 나를 응시하다가 말한다.

"저희는 경찰입니다. 범죄 수사 중이고요. 비밀은 있을 수 없습니다."

"저는 심리학자예요. 여러분이 환자의 이름을 알게 되어도 심각한 피해가 발생하지 않을 것임을 입증할 수 없다면 저는 비밀을 유지할 의무가 있어요."

잠시 침묵이 흐르고 내가 방금 한 말만 방 안에서 메아리치는 것 같다. 군데르센은 회색 눈으로 나를 뜯어본다. 모든 것을 본 눈 같다고 나는 생각한다. 나는 속으로 떨고 있지만 애써 그의 시선을 피하지 않고 받아친다. 굽히지 않을 때 느끼는 불편함. 특히 남자에게—그것도 연상의 남자에게 대항할 때. 10대 시절 스메스타의 집에서 아빠와 논쟁하다가 몇 번 목소리를 높였을 때가 떠오른다. 아빠가 나를 가만히 쳐다보며 "아, 사라." 하고 말하면 나는 흔들렸다. 그만 포기하고 뭐든 아빠가 듣고 싶어 하는 말을 하고 싶은 마음과 싸워야 했다. 안니카와 아빠는 자주 다퉜고 그럴 때 나는 다툼이 끝날 때까지 어딘가에 숨어 있곤 했다. 하지만 지금은 굽힐 수 없다. 남편은 잃었을지 몰라도 내 일은 남아 있다. 나는 일이 부낭이라도 되는 양 매달리고 있다.

"사라 씨." 군데르센은 진한 크림처럼 부드럽고 다정한 목소리로 말한다. "잘 생각하십시오. 어리석은 행동을 하기 전에요."

"제게는 환자와 관련된 일에 대한 비밀 유지 의무가 있어요. 꼭 필요하다면 법원을 끌어들이세요."

그는 극적으로 한숨을 푹 내쉰다.

"알겠습니다. 그런데 지금 저희가 살인사건 수사 중인 것은 이해하고 계신가요? 시구르 씨는 등에 총을 두 발 맞고 진창에 엎어진 채로 발견됐습니다. 자연사라고는 볼 수 없죠. 살해당한 겁니다. 그런데도 사라 씨는 남편 분이 살해당한 날 아침의 알리바이를 제공하길 거부하시는 거고요."

나는 창밖의 경찰차들을 다시 쳐다본다. 갑자기 말도 못 하게 피곤하다. 눈을 감아버리고 싶다, 등받이에 머리를 기대고 잠들고만 싶다. 군데르센은 계속 마음대로 지껄이든지 말든지.

"이해하고 있어요." 나는 눈을 감지 않으려 애쓰며 낮은 목소리로 말한다. 군데르센은 또 한숨을 쉰다.

"그럼 9시 50분이군요. 그다음엔 뭘 했습니까?"

"노트를 작성했어요."

"그것도 비밀입니까?"

"네."

군데르센과 그의 부하가 시선을 교환한다. 여경이 메모장에 뭔가를 적는다.

"그리고 다음 환자를 보셨고요?"

"10시에요."

"그 환자 이름도 밝히기 싫으시고요?"

"네, 그 환자도 50분쯤 상담했어요."

두 경찰은 다시 눈빛을 교환한다.

"그러고 나서?" 군데르센이 묻는다.

"점심을 먹었어요, 참치 샌드위치요. 아, 맞다, 전화가 왔었어요—시구르한테서요. 첫 환자를 보고 있을 때요. 음성 메시지를 남겼더군요."

"뭐라고 하던가요?"

"산장에 도착했다고 했어요. 남편은 친구들과 누레피엘에서 주말을 보내기로 했거든요."

"누레피엘요?"

"네, 그래서 제가 실종 신고를 한 거예요."

군데르센이 처음으로 동료를 똑바로 쳐다본다. 여자는 고개를 끄덕이지만 말은 하지 않는다.

"제가 남편이 실종됐다고 신고한 건." 나는 약간 더 큰 목소리로 말한다. "그이는 전화로 친구들이랑 누레피엘에 있다고 했는데, 그 친구들은 그날 저녁에 나한테 전화해서 그이가 오지 않았다고 말했기 때문이에요."

"그렇군요." 군데르센은 길고 가느다란 손을 동료에게 내밀며 말한다. "종이."

여자가 그에게 어떤 종이를 건넨다. 그는 가슴 주머니에서 광고 문구가 들어간 싸구려 볼펜을 꺼내 무릎에 놓은 그 종이에 뭔가를 쓴다. 프레들리는 군데르센에게 혼나기라도 한 것처럼 더 빨리 뭔가를 끼적인다.

"그러니까 시구르 씨가 전화를 해서 누레피엘의 산장에 있다고 말했다고요? 몇 시쯤에요?"

"9시 반 조금 지나서요." 경찰이 그 메시지를 들려달라고 할 거라는 생각이 든다. "그이는 그곳이 좋다고, 얀 에리크 씨가 땔나무로 장난을 치고 있어서 이만 끊어야겠다고 말했어요. 얀 에리크 씨는 남편과 그곳에 가기로 한 사람들 중 한 명이에요."

"사람들 중 한 명요?"

"네."

"알겠습니다. 시구르 씨가 다른 얘기도 했습니까?"

"아니요. 그냥 친구들과 그곳에 도착했다고만 했어요."

"그래서 남편 분께 다시 전화를 걸었습니까?"

"아니요. 그러니까, 하긴 했는데 메시지를 듣자마자 하진 않았어요. 마지막 상담이 끝난 후에 전화했어요."

"그렇군요. 그럼 점심을 드시고 또 환자를 보셨군요?"

"네. 2시에요."

"그 환자 이름도 알려주기 싫으시고요?"

"네. 알려주기 싫은 게 아니에요." 내가 더 뭐라고 하기 전에 그는 그만두라는 듯 손사래를 친다. 뭔가 무심함이 느껴지는 손짓이다―아니, 자신감인가? 알아야 할 것은 다 알고 있으니 그것에 관해 나와 더 얘기할 생각이 없다는 건가―혹은, 아니, 그게 아니다.

그는 다른 방법을 써서라도 알고 싶은 걸 알아내리라 확신하고 있는 거다. 그래. 군데르센은 거절의 말 한 마디에 무력해질 생각이 없다. 이제야 나는 그가 내 편이 아닐 수도 있다는 생각이 든다. 그는 시구르의 편이다. 지금까지 나는 두 가지가 같다고 생각하고 있었다. 시구르와 내가 같은 편에 있다고, 그러니 뭐가 됐든 시구르에게 이로운 건 내게도 이롭다고.

"그럼 두 번째 환자와 세 번째 환자 사이에 세 시간이 비는군요. 세 시간 10분이죠, 정확하게는. 이 시간 동안 식사 외에 무엇을 하셨습니까?"

"노트를 작성했어요. 그러고 나서 다음 상담을 준비했고요."

"노트를 작성하는 데 시간이 얼마나 걸리죠?"

"모르겠어요. 10분 정도 되려나요."

"알겠습니다. 점심 먹는 데 30분, 최대 한 시간이라고 해보죠. 그럼 상담 준비를 두 시간 내내 하신 겁니까?"

나는 벽 쪽으로 내몰리는 기분이 들기 시작한다. 메모 중인 여경을 봤다가—나를 보더니 뭔가를 더 끼적인다—군데르센을 본다. 그는 한쪽 다리를 다른 다리에 올린 채 강경한 회색 눈으로 나를 뜯어보고 있다.

"아니요. 그러니까, 분명 다른 일도 했을 거예요. 자잘한 일들요. 화장실도 가고 커피도 한 잔 마시고 좀 치우고 이메일도 확인했어요."

"화장실에 가고 커피를 마시는 건 여기서 합니까?"

"아니요, 여긴 물도 없고 아무것도 없어요. 집으로 들어가야 해요."

그는 고개를 끄덕이고 그의 동료는 또 뭔가를 적는다. 창밖으로 회색 혼다가 진입로 옆의 잔디밭 위에 서는 것이 보인다. 정장 차림에 서류가방을 든 안니카가 차에서 내린다. 멋진 롱부츠를 신은 언니는 진창인 잔디에 서서 잠시 경찰차들을 쳐다보다가 집 쪽을 본다. 멀어서 표정은 보이지 않지만 깜짝 놀란 건 분명하다―'O' 자로 벌어진 입과, 다시 고개를 홱 돌려서 경찰차를 보는 걸로 보아.

군데르센도 언니 쪽을 흘낏 보지만 별말 없이 다음 질문을 한다.

"세 번째 환자와의 상담은 언제 끝났습니까?"

"3시 10분 전에요." 나는 그렇게 대답한 후 늘 그렇듯 마지못해 하던 트뤼그베의 태도를 기억해낸다. "아뇨, 잠깐만요, 그것보다 일찍 끝났어요. 마지막 상담은 20분 정도밖에 하지 않았어요."

"그러면 2시 20분?"

"네, 비슷해요."

안니카는 잔디밭을 가로질러 집 쪽으로 걸어간다. 스타카토 같은 박자로 이상한 오리걸음을 걷느라 부츠 굽이 축축한 땅에 파묻히지만, 최대한 빠르고 당당하게 목적지로 향한다. 내가 지금처럼 무감각한 상태가 아니라면 웃기다고 생각했을 것이다.

"그러면 2시 반 직전에 일이 끝난 거네요?"

"아니요, 우선은 노트를 작성했어요. 2시 반이 조금 지나서요."

"네, 그러고 나서는요?"

"집으로 가서 간식을 먹었어요. 시구르에게 전화를 했고요."

"시구르 씨에게 전화해서 어떻게 됐나요?"

"신호는 가는데 받지 않았어요. 음성 사서함으로 연결됐죠."

"음성 메시지를 남겼습니까?"

"아니요, 그땐 안 남겼어요. 제가 원래 음성 메시지를 잘 안 남겨요. 그이가 부재중 전화가 온 걸 보면 전화해주겠지, 하고 말아요."

"그다음엔요?"

"글쎄요. 신문을 읽었어요. 텔레비전도 좀 보고. 집도 좀 치우고 세탁기에 빨랫감도 집어넣은 것 같네요. 잠시 인터넷에 접속해서 온라인 신문과 페이스북 같은 걸 보고 6시 스피닝 수업의 자리를 예약했어요. 그 외엔 기억이 안 나네요."

"알겠습니다. 그 이후에 일정이 있었습니까?"

"네, 스피닝 수업요. 울레볼에서 6시에요."

"그러면 금요일에 운동하러 가려고 처음으로 이 집을 나갔을 때가 몇 시죠?"

"5시 10분쯤이었을 거예요. 열차를 타고 목적지까지 보통, 음, 30분 정도 걸려요."

"그러니까 그날 사라 씨가 이름을 밝히고 싶어 하지 않는 그 환자들 외에 누군가 사라 씨를 봤을 수도 있는 시간이 그때라는 거죠? 어떤 식으로든 그 스포츠센터에 다녀갔다는 기록은 남기셨 겠죠?"

"네."

"홀스타인 역에 카메라가 있습니다." 빨강머리 경관이 말한다.

그 여경이 대화에 참여한 건 처음이다. 나는 그녀가 굵직하고 선율적인 목소리로 북부 방언을 써서 놀란다.

"좋습니다." 군데르센이 말한다. "그럼 사라 씨는 운동을, 아마도, 한 시간 정도 하셨을 거고, 운동을 마치고 나서는요?"

"집에 갔어요."

"샤워를 했습니까?"

"아니요. 네, 그러니까, 집에 와서 했어요. 열차에서 얀 에리크 씨의 전화를 받았고요."

"그렇군요. 얀 에리크 씨가 뭐라고 하던가요?"

"제가 아까 말씀드린 대로, 시구르가 산장에 오지 않았다고 했어요."

"그가 그런 식으로 말했습니까? 시구르 씨가 산장에 오지 않았다고?"

"아니, 물론 아니에요. 그러니까, 그는 시구르가 어디 있는지 아냐고 물었어요. 그들이 시구르를 기다리고 있다고요."

"'그들'?"

"얀 에리크 씨와 토마스 씨요. 둘 다 시구르의 친구예요."

"그렇군요. 두 사람은 누레피엘의 산장에서 시구르 씨를 기다리고 있었다."

"네. 얀 에리크 씨에 따르면, 시구르가 오후 5시쯤에 도착할 거라고 말했대요. 하지만 그이는 나한테 아침 7시 전에 오슬로에서 출발할 거라고 했어요."

군데르센이 뭔가를 적는다. 그리고 손을 들어 뺨에서 콧수염까지 쓸어내린다. 콧수염이 있는 사람들의 습관 같은 것인지 궁금하다.

"자, 시구르 씨에 따르면, 시구르 씨는 아침 7시 전에 오슬로에서 출발해서 9시 반이나 그 전에 누레피엘에 도착했습니다. 9시 반이 좀 넘었을 때 사라 씨에게 전화를 했고요. 하지만 반면, 저녁 7시 직후에 얀 에리크 씨는 사라 씨에게 전화해서 자기가 누레피엘에 있는데 아직 시구르 씨를 기다리고 있다고 말한 거지요."

"네. 그날 내내 시구르를 보지 못했다고 했어요."

"그럼 그, 얀 에리크 씨가 장난을 치고 있다고 한 음성 메시지 말인데요."

나는 고개를 끄덕인다. 두렵다. 그냥 얼른 말해버리는 게 최선이다. 침을 꿀꺽 삼킨다.

"그게 어떻게 된 거냐면요, 집으로 돌아와 샤워를 하고 나니까 뭔가 설명을 들어야겠다는 생각이 들었고, 그래서 남편 친구들한테 다시 전화를 했어요―토마스 씨한테요. 그 사람이 좀 더……믿을 만한 사람이거든요…… 이해하실지 모르겠지만요―처음에 저는 장난일 거라고 의심했거든요. 하지만 어쨌거나 화가 났어요, 이해가 안 되니까요. 시구르는 평소에 거짓말을 하지 않는데, 남편이 거짓말을 하고 있다는 것 외에 다른 설명은 불가능해 보였으니까요. 그래서, 어, 저는 나중에 와인을 좀 마셨어요. 스트레스

137

를 받은 상태라 좀 많이 마셨고 남편한테 계속 전화를 했지만 안 받더라고요. 그래서 저는 좀 멍청한—또는, 글쎄요, 상관없을지도 모르겠지만—짓을 했어요. 그러니까, 그 음성 메시지를 삭제해버렸어요."

프레들리와 군데르센이 나를 쳐다본다. 군데르센의 눈이 커진다.

"메시지를 삭제했다고요?"

"네."

얼굴에 피가 쏠린다.

"하지만 상관없잖아요." 내가 말한다. "제 말은, 복구할 수 있잖아요? 이동통신사가 저장하거나 하지 않나요? 누가 누구한테 전화해서 뭐라고 했는지, 아님 적어도 음성 사서함에 저장된 메시지라도 갖고 있겠죠. 그러니까 사람들이 늘 대중을 감시하네 뭐네 하는 거 아니에요?"

나는 억지웃음을 짓는다. 초조해 보이는 미소라는 게 느껴지지만 멈출 수가 없다.

"이거 별로 좋아 보이지 않는데요, 사라 씨." 군데르센이 말한다. "특히나 그날 상담한 환자들의 명단도 우리한테 넘기기 싫어하시는 마당에요."

이제 그의 목소리에서 걱정하는 기색이 느껴진다. 직업상 늘 타인을 걱정하는 의사의 목소리 같다고 나는 생각한다.

"전 화가 났어요. 남편이 거짓말을 했으니까요. 너무 화가 났어요. 이해가 안 되세요?"

바로 그때 대기실로 들어오는 문이 쾅 닫히는 소리가 난다. 여경과 나는 우리가 있는 상담실과 대기실 사이의 문을 쳐다본다. 하지만 군데르센의 시선은 내게 고정된 것이 느껴진다. 문이 열리고 안니카가 들어올 때까지.

안니카가 들어오고 가장 먼저 벌어진 일은 물론 우리의 관심이 그녀에게 집중되는 것이다. 언니는 자기가 들어올 수 있게 문에서 비켜서야 했던 프레들리를 힐끔 쳐다본 후 군데르센한테는 스치는 듯한 눈길만 주고 나를 쳐다본다.

"사라, 무슨 일이 벌어지고 있는 거니?"

나는 망원경의 반대쪽을 들여다보는 바람에 주변의 모든 일이 사소하고 멀어진 기분이지만, 정보를 공유해도 좋다고 허락하는 것처럼 고개를 끄덕이는 군데르센을 보고 망원경 너머의 언니에게 말한다.

"시구르가 죽었어."

그다음에 벌어진 일은 한편으로는 예측 가능하지만 다른 한편으로는 무척 기이하다. 안니카가 충격을 받고 숨을 헉 들이마시더니 곧바로 내게 걸어와, 내가 헝겊인형인 것처럼 안고 앞뒤로 흔들었기 때문이다. 나는 언니가 내 몸을 이리저리 흔들게 내버려둔다. 눌린 몸에서 공기가 빠져나간다. 언니는 내 머리카락에 대고 말한다. "아, 사라. 아, 사라. 아, 사라." 나를 놓아준 언니의 눈에서는 이미 눈물이 줄줄 흐르고 있다. 마스카라 때문에 두 뺨에 검은 선들이 생겼다.

이상한 건 안니카의 반응이 내가 보였어야 하는 반응이라는 것이다. 멍하니 망연자실해서 피자 배달원과 경찰관들의 억양과 누가 상담실의 어떤 의자를 고르는지 같은 괴상한 디테일에 사로잡힌 나와 달리 언니는 일의 핵심으로 돌진한다. 시구르가 죽었다. 경악스럽고 끔찍한 일이다. 아주 간단하다. 그리고 나보다 시구르를 사랑한 사람은 없다. 그런데 어째서 내가 울고 있지 않은 거지?

안니카가 손등으로 눈물을 닦자 검은 눈물 줄기들이 넓게 퍼진 회색 얼룩으로 바뀐다. 언니는 손을 재킷에 닦은 후 군데르센에게 내민다.

"안니카 라투스입니다. 사라의 언니죠. 변호사예요."

나는 사람들이 그렇게 직업을 말하면서 자기소개를 할 때마다 놀란다. 마치 자신의 일이 너무나 자랑스러워서 기회만 있으면 언급하는 것 같아서. 시구르도 그런 사람이었다. 그는 모든 사람들이 그가 건축가라는 사실에 깊은 인상을 받기를 기대했지만, 나로서는 이해가 되지 않는다. 왜냐하면 내 기억에, 그에게 상냥하게 고개를 끄덕이고 평범한 후속 질문을 하는 것 이상의 반응을 보인 사람은 아무도 없었기 때문이다.

그러다 문득 안니카가 나를 보호하고 싶어 한다는 걸 깨닫는다. 언니는 군데르센에게 법조인이 지켜보고 있다고 알리고 싶었던 것이다. 군데르센은 무심한 표정을 하고 앉은 채로 언니와 악수하지만 그의 동료는 메모를 끼적이기를 잠시 그만둔다. 그리고 언니는 어떤 의미에서 내게로, 내 몸에서 분리된 고통이 옮겨 간 무인도로 와주었다. 내 가슴속의 뻥 뚫린 구멍이 조금 따뜻해지고 조금 편해지는 것이 느껴지기 때문이다―내 편이 생겼다.

안니카는 내 옆에 앉는다. 이제 군데르센이 얘기할 차례다. 그는 일어서서 손마디에서 소리가 나도록 두 손을 쫙 편다. 이제 보니 키가 크다. 차고 위층 내 상담실의 경사진 천장 아래에서 그는 용마루 바로 밑을 제외하고는 고개를 숙이고 있어야 한다. 그는 차분하고 단조로운 말투로 불필요한 형용사 없이 간명하게 핵심만 말한다. 얘기할 때 이리저리 서성이며 두 손을 쓰고 가끔씩 내게 시선을 던진다. 정확히 목표물에 던지는 시선이다. 나는 그가 자신의 주장을 굽히는 일은 없을 거라고 상상한다. 이런 사람에게는 내가 뭘 해줄 수 있을지 모르겠다―언젠가 혹시 군데르센에게 심리학자가 필요하게 된다면.

그가 들려준 이야기는 이렇다. 경찰이 시구르라고 믿는 시신은 지역 주민이 일요일에 발견했다. 옷을 다 입은 상태로 길에서 조금 떨어진 곳에 있었다고 한다. 그 지역은 유명한 도보 여행지고 시신이 잘 숨겨져 있던 것도 아니었다. 초동 수사 결과, 등 두 군데에 총상이 있고 현재로서는 그것을 사망 원인으로 보지만 아직 감식반이 확인해준 사실은 아니다.

얼굴은 진흙탕에 파묻혀 있었다. 군데르센이 아까 내게 말한 것처럼—엄밀히 말하자면 환자들의 이름을 밝히지 않는 내게 내뱉은 것처럼. 그 디테일은 그가 내게 내던졌을 때부터 가슴속에서 계속 진동하고 있다. 시구르의 얼굴. 매부리코와 보조개들과 아름답고 밝은 눈과 그 밑의 모반, 그 모든 것이 진창 깊이 파묻힌 모습. 나는 벌써부터 그 이미지를 영원히 떨쳐내지 못할 것임을 안다. 그런 식으로 내게 불만을 표한 군데르센이 싫다. 군데르센은 나의 비밀 유지 의무 때문에 짜증이 났겠지만 이건 내 삶이고 내 비극이다. 남은 평생 그것과 함께 살아가야 한다. 이제 그 이미지는 영원히 내 마음속에 새겨졌다. 고마워, 군데르센. 정말 고마워.

시구르는 며칠 전에 죽었다고 군데르센은 말한다. 정확한 사망 시간은 곧 알게 되겠지만, 지금까지 알아낸 것들로 추정하자면 금요일이나 늦어도 토요일 오전에 살해당한 것으로 보인다. 그 말에 나는 약간 안도한다—토요일 오전에 통화한 여경이 곧바로 실종신고를 할 필요는 없다는 말로 나를 진정시키게 내버려뒀지만, 그때 이미 상황이 다 끝나 있었다는 뜻이니까.

"크록스코겐에는 시구르의 가족 산장이 있어요." 안니카가 말한다. "그렇지, 사라?"

"저희도 알고 있습니다." 군데르센이 말한다.

누군가 마르그레테와 얘기한 것이 틀림없다. 어젯밤에 경찰이 시구르의 죽음을 알렸을 때 시어머니가 그 정보를 제공했겠지.

"그래서 말인데요, 사라 씨." 군데르센은 내 앞으로 와서 양손을 허리춤에 얹고 말한다—호리호리하지만 벽 같은 남자다. "시구르 씨를 죽이고 싶어 할 만한 사람을 아십니까?"

머릿속이 하얘진다. 시구르와 내가 아는 사람들을, 시구르가 한 말들을, 그가 좌절하거나 지쳤을 때 하던 말들을 하나하나 떠올려본다.

"아니요. 상상도 못 하겠어요."

"꼭 대단한 이유일 필요는 없습니다." 군데르센은 말한다. "남편 분이 누군가와 의견을 달리한 적이 있습니까? 누군가에게 돈을 빌렸다거나, 빌려줬다거나요?"

"아니요. 제가 알기론 없어요. 따분하게 들리겠지만 시구르는, 어, 그냥 정상적인 남자였어요."

군데르센의 얼굴에 뭔가가 휙 스친다. 나는 생각한다. 정상적인 남자라니, 그게 뭐야?

"그이는 약을 하지도 도박에 빠지지도 않았어요. 많이, 열심히 일했고요. 가끔 친구들과 어울렸지만 그 외에는 저녁에 나와 집에 있었고 텔레비전을 봤어요."

"짚이는 게 있어서 하신 질문인가요?" 안니카가 묻는다.

"살인사건 발생 시 통상적으로 하는 질문일 뿐입니다." 군데르센이 대답한다.

"생각나는 게 없어요." 내가 말한다.

"뭔가 생각나면 알려주십시오."

그는 부하 경찰이 건넨 종이의 한 귀퉁이에 자신의 전화번호를 적고 그 부분을 찢어내 내게 내민다.

"언제든지 전화하셔도 됩니다."

그는 문손잡이를 잡고, 나는 면담이 끝났다고 생각한다.

"군데르센 씨?" 내가 부르는 그 이름은 잘못된 것처럼, 멍청하게 들리지만 어쨌거나 그는 돌아본다. "그게, 그러니까, 그냥 궁금해서요ー그 시신이 시구르라고 확신하세요?"

문손잡이를 놓고 돌아서는 군데르센의 눈빛은 다정할 정도다.

"감식반 보고서가 나올 때까지 단정할 수는 없지만, 한 가지 조언을 드린다면, 사라 씨, 그런 의심을 품기 시작하면 안 됩니다. 우리가 발견한 남자는 시구르 씨**입니다**. 저는 규정상 이렇게 확실하게 말해서는 안 됩니다만, 남편 분의 시신이 맞습니다."

나는 천천히, 졸린 듯이 고개를 끄덕인다. 군데르센은 몸을 돌려 상담실을 나간다. 프레들리가 뒤따라간다.

시구르가 준 조그만 다이아몬드는 목 밑의 옴폭 들어간 부분에 놓여 있다. 그가 내게 선물한 날부터 하루도 빠짐없이 그곳에 있다. 나는 다이아몬드를 만지작거린다. 나는 언니와 함께 주방에 있다. 안니카는 빵을 찾아서 샌드위치를 만들어 내 앞에 내려놓는다. 나는 샌드위치를 쳐다보지만, 한 입이라도 먹었다가는 토할 것임을 안다.

"시어머니랑 얘기해봤니?"

"시구르는 이 목걸이를 3년 전 내 생일에 선물해줬어."

"알아."

"필레스트레데의 아파트에서 살 때였어. 시구르가 아직 공부할 때. 우린 돈이 없었어─그런데도 이걸 사줬어."

"흐음."

언니는 관심을 보이지 않는다. 스트레스를 받은 것 같다.

"딱 시구르다운 행동이었어." 나는 말한다. "시구르는 우리한테 돈이 필요한 것 이상으로 내게 이 목걸이가 필요하다고 생각한 거야. 지금 생각해보니 어떤 면에서는 그가 옳았어. 왜냐하면, 가끔 그렇잖아, 빠듯하게 생활할 때 필요한 건……."

나는 정확한 표현을 생각해내려 한다. 안니카는 창밖을 본다. 언니를 보면 사고와 응급실을 다루는 텔레비전 프로그램 속 의사들이 생각난다─혼란한 상황에서도 늘 큰 그림을 보려 애쓰는 사람들이.

"어쨌든, 시구르는 내게 이걸 사주려고 자기 저금을 썼어. 생일 선물을 주려고."

"알아, 사라." 언니는 그렇게 대꾸하고 내 앞에 앉아 두 손으로 내 두 손을 잡는다. "목걸이를 받았을 때부터 여러 번 나한테 얘기했잖아. 우린 오후에 네 시어머니를 보러 가야 할 것 같아. 그래야 하지 않아? 난 네가 가봐야 한다고 생각해."

"알았어."

언니가 잡고 있는 나는 낡은 수건처럼 흐물흐물하다. 언니가 하라는 대로 할 것이다. 마르그레테를 눈곱만큼도 보고 싶지 않지만. 그리고 정말이지 지금처럼 내가 스스로에 대한 통제력을 상실한 때에 슬퍼하는 시어머니를 대면하는 건 힘든 일이겠지만. 하지만 나는 싫어도 안니카가 날 그녀에게 데려간다면 따라갈 것이다. 누군가는 상황을 통제하고 있다는 것이 감사할 뿐이다.

엄마가 죽었을 때 안니카는 바위였다. 아빠는 맥이 빠져 서재에서 엄마의 기록보관소 격인 사진 앨범과 구두상자 더미―아기 신발과 머리카락 묶음과 옛날 친구들이 명절에 보낸 엽서와 전화번호가 적힌 종잇조각 들이 들어 있는 상자들―사이에 앉아 있기만 했다. "이걸 다 어떡하지?" 아빠는 한숨을 쉬었다. 나는 일곱 살이었다. 사람이 죽었는데 화장하지 않으면 작은 벌레들이 그 시신을 먹고, 화장을 하면 시신이 타는 동안 한 번 벌떡 일어나 앉는다는 얘기를 친구한테 들은 후였다. 내 머릿속은 소름끼치는 상상으로 가득했다. 안니카는 열두 살이었다. 언니는 장례식장 사람들과 상의하는 아빠 옆에 앉아 있었다. 엄마가 좋아했던 〈엘리노르스 비세Ellinors vise〉라는 노래를 틀어달라고 말한 것도 언니였다. 아빠는 엄마가 밤 외출을 준비할 때 크게 틀곤 했던 롤링스톤스의 〈새티스팩션Satisfaction〉 외에는 엄마가 좋아하던 노래를 한 곡도 생각해내지 못했기 때문이다. 안니카는 엄마의 주소록을 찾아내 아직 연락을 받지 못한 지인들에게 전화를 걸고, 장례식 때 우리가 입을 원피스를 골랐다. 그리고 결국 그 구두상자들을 정리해 열일곱 개에서 네 개로 추린 것도 언니였다. 언니는 그런 일들을 잘했다. 아빠는 엄마가 죽었을 때 매사에 무감각해졌는데, 지금 상황이 그때와 같다고 보면 나는 아빠를 닮은 것 같다. 나도 지금 무감각하고 속수무책이다.

그래서 우리는 안니카의 혼다에 올라탄다. 출발하기 전에 언니는 오늘 오후에 나와 상담하기로 되어 있는 환자는 물론이고 내일과 수요일의 예약 환자들에게도 전화한다. 나는 내가 그러지 않아도 된다는 것이 감사하다.

우리는 뢰아에 있는 마르그레테의 집 앞에 차를 댄다. 안니카가 사이드미러를 접는 동안 나는 차 옆에 서서 기다린다. 초조하다. 혼자서 저 집에 가기 싫다. 결국 언니가 앞장서서 좁은 길을 따라 앞마당을 통과한다. 그리고 현관문 앞의 돌계단을 올라가 초인종을 누른다. 나는 언니 뒤에 서서 어딘가에 숨어버리고 싶은 충동을 억누른다. 잠시 후 문을 연 것은 처음 보는 여자다. 여자는 초록색 블라우스와 검정 바지 차림인데, 광택이 나는 고급스러운 옷감이 어찌나 우아하게 흘러내리는지 누가 봐도 맞춤옷이다.

"누구시죠?" 여자가 말한다.

"저는 안니카 라투스예요." 언니가 대답한다. "이쪽은 시구르의 아내 사라고요."

언니는 손짓으로 나를 가리킨다. 나는 작아지고 풀죽은 기분으로 서 있다. 문간의 여자는 자기 이름을 밝히지 않지만 우리가 들어갈 수 있게 문을 더 연다.

마르그레테의 집에 낯선 사람이 있는 것은 놀랍지 않다. 시어머니 주위에는 늘 사람들이 있다. 시아버지는 시구르와 하랄이 아주 어릴 때 죽었다. 나는 그에 대해 아는 것이 거의 없다. 시구르의 가족은 시아버지에 대해 말할 때마다 판에 박힌 문구와 덕목들을 늘어놓기 때문이다. "용감하고 고결하고 원칙을 지키는 분이었어." 이따금씩 그런 덕목들에는 증거가 되는 일화들이 덧붙여진다. 혼자서 영국까지 항해한 이야기, 투기 정보를 귀띔받아주식으로 큰돈을 벌 수 있었음에도 그 정보를 활용하지 않기로한 이야기 등등. 가족들의 얘기로는 그가 인간으로서 어떠했는지, 어떤 사람이었는지 결코 알 수 없다. 사진 속에서 웃음 짓는 시아버지는 온화하고 다정해 보인다. 나는 종종 궁금했다. 그를 잘 모르는 건 그가 결국에 시어머니의 요란하고 다채로운 강한 의지에 가려져버린 부드럽고 사랑스러운 사람이었기 때문이 아닐까 하고. 시어머니는 재혼하지 않았지만 전혀 외로워 보이지 않는다. 수많은 사람들을 알고 지내고 수많은 파티에 참석한다. 내게는 이질적이고 당황스럽기도 하다. 가끔 시어머니는 유명인들의 집을 방문하고 왕족과 교류하는 친구들을 사귀지만, 어울리는 무리가 늘 바뀐다. 나는 시구르에게 그 수많은 사람들 중에 계속 남는 사람은 극소수인 것이 나쁜 조짐이라고 생각하는지 물은 적이 있다. 그는 언짢아했다.

우리가 들어갔을 때 시어머니는 거실 창문 옆에 서서 마당을 내다보고 있다. 우리를 보고 한 손을 들어 흔든다. 맥이 빠진 표정이다. 시구르는 당신이 가장 아끼는 자식이었다.

"안녕하세요." 내가 말한다.

"안녕."

우리는 서로를 바라보며 서 있다. 나는 시어머니의 힘없는 눈빛 속에 뭔가 익숙한 것이 있다고 생각한다. 그녀의 입가에 이제껏 본 적 없는 주름이 떨리고 있다. 나는 한 번도 느낀 적 없는 유대 감을 느낀다. 늘 시어머니를 알고─가까워지고─싶었고 마침내 그렇게 된 것 같은 기분이지만, 이제 너무 늦었다.

나는 손으로 시어머니의 팔을 잡는다. 그녀가 살과 뼈로만 이루 어진 존재처럼 느껴진다. 블라우스 속의 팔은 떨리고 있다. 그녀 와 나는 한동안 그렇게 서 있고, 그런 우리를 안니카와 시어머니 의 손님이 어색하고 무력하게 지켜본다.

"와줘서 고맙다." 마르그레테가 말한다.

"제가 경찰에게 어머니한테 연락드리라고 부탁했어요."

"고맙구나."

나는 손을 거둬들이고 시어머니는 두 손으로 당신의 몸을 감싼다.

"그이가 왜 크록스코겐에 있었는지 모르겠어요. 누레피엘에 간다 고 했는데. 아침 일찍 거기로 갈 거라고 했어요. 이해가 안 돼요."

마르그레테는 떨리는 몸을 감싸 안은 채 고개를 젓는다. 그런 얘기는 전혀 듣고 싶어 하지 않는다.

"하랄이 오고 있어." 그녀가 말한다. "여자 친구랑 같이 저녁에 샌디에이고에서 비행기를 탈 거야."

"잘됐네요." 내가 말한다.

하랄은 그가 여름에 노르웨이에서 몇 주를 보낼 때 두세 번밖에 만나보지 못했다. 시구르와 닮았지만 키와 목소리가 조금 더 크다. 그리고 하랄은 머리카락 색이 불그스름한 반면 시구르는 밤색이다. 하랄은 나오는 와중에 프린터의 잉크가 떨어져서 만들 어진 시구르의 복사본 같다. 그의 여자 친구 라나 메이는 중국계 미국인인데, 시어머니에 따르면 천재 같다고 한다. 물리학 박사 학위가 있고 민간 에너지 기업의 연구원으로 일하며 엄청나게 돈 을 번다고. 시어머니는 이번 여름에 한쾨에서 시구르와 내게 그 얘기를 했다. 그때 우리는 베란다에 앉아 있었고, 나는 붉은 바둑 판무늬 식탁보의 가장자리를 잡아당기며 대단한 라나 메이에 비 해 스스로가 재미없고 지루한 사람인 것처럼 느꼈다.

마르그레테의 몸이 앞뒤로 흔들린다. 녹색 블라우스를 입은 여 자가 다가가 두 손으로 어깨를 잡고 뭐라고 속삭이지만, 시어머 니는 여자를 떼치고 고개를 꼿꼿이 들어 창밖을 내다본다. 나머 지 세 사람은 그저 한동안 그녀를 바라볼 뿐이다. 다시 우리 쪽을 보는 시어머니는 마음을 가라앉힌 것 같다.

"마실 것 좀 드릴까요?" 그녀가 말한다. "커피와 차, 물, 위스키 가 있어요. 마개를 딴 화이트와인도 어딘가에 있을 거예요."

그래서 우리는, 안니카와 나는 물 잔을 앞에 두고 앉는다. 마르 그레테는 위스키를 골랐는데, 놀랍지 않은 일이다. 시어머니는 아 마 우리가 오기 전에도 마셨을 테지만 취하지 않았다―그것보 다도, 그 전체적인 장면에 뭔가 예스러운 것이 있다. 시어머니는

1940년대에 활동하던 비운의 여배우처럼 보인다. 그레타 가르보, 베로니카 레이크. 위스키가 어울린다.

"그 집을 어떻게 할지 해결을 봐야 할 거야." 시어머니가 말한다. "난 거기 살기 싫지만 하랄은, 장기적으로 보면, 어떨지 모르지. 하랄이 네 지분을 살 수도 있고."

"분명 같이 해결책을 찾을 수 있을 거예요." 내가 말한다.

"그런데 넌 그 군데르센이란 사람을 기꺼이 집에 들였지. 담배를 피우고 더러운 운동화를 신었던데."

나는 대꾸하지 않는다. 좀 끼어들어달라는 뜻으로 언니를 쳐다볼 뿐 아무 말도 못한다.

"그리고 크룩스코겐이라니." 시어머니는 술잔 속을 들여다보며 말한다. "말이 되니? 크룩스코겐에서?"

"라나 메이 씨도 오는 건가요?" 내가 묻는다.

"그래."

"그럼 이번에 그 사람을 처음으로 만나시는 거예요?"

마르그레테는 술잔을 손 안에서 돌리며 쳐다보다가 갑자기 나를 보며 쏘아붙인다.

"그렇다는 거 알잖아, 사라."

나는 고개를 숙인다.

"이제 집으로 가는 게 좋겠어, 사라." 안니카가 말한다. "사돈어른도 좀 쉬셔야지."

떠나기 전에 나는 시어머니를 안아준다. 품속의 그녀는 철 막대기처럼 딱딱하고 뻣뻣하다. 녹색 블라우스를 입은 여자가 우리를 배웅한다. 여자는 끝까지 자기 이름을 말하지 않는다.

집으로 돌아가는 차 안에서 안니카가 말한다.

"너도 알겠지만, 네 시어머니는 그 집에 대해 아무런 권리가 없어."

"무슨 말이야?"

"넌 시구르와 결혼했잖아. 그 집에서 지낼 권리가 있다고. 그리고 어찌됐든 넌 시구르의 것이라면 뭐든지 절반을 상속받을 거야."

"시어머니가 그 집과는 상관없는 사람이라고 할 생각은 없어."

"그래, 알아." 언니는 교차로를 벗어나며 말한다. "하지만 알다시피, 법적으로는 넌 마음대로 할 권리가 있어."

나는 창밖을 보며 시구르가 준 조그만 다이아몬드를 만지작거린다. 받았을 때 내게 너무 특별한 의미가 있던 물건이기에 지금도 뭔가를 느껴보려고 애쓰지만 아무것도 느껴지지 않는 것 같다. 그게 아직도 중요해? 모르겠다.

"사라, 네 환자들에 대해 생각해봤는데."

"응." 나는 그렇게 대꾸하지만 집중하고 있지 않다. 차창 너머의 풍경을, 줄줄이 늘어선 테라스 있는 집들과 마당들과 녹고 있는 눈을 바라본다.

"환자들이 동의하면 환자 명단을 경찰에 제공할 수 있어."

"군데르센은 나한테 그런 걸 요구할 수 없어." 마땅히 내 것인

무언가에 집착하는 반항적인 아이가 된 기분이다.

"알아. 하지만 환자들한테 동의를 구한다고 해서 나쁠 건 없잖아? 경찰한테 협조적인 모습을 보여야지."

언니는 순환도로로 접근하고 우리는 곧 분기점을 지나 우리가 자란 동네로 들어선다. 나는 생각하고 싶지 않다. 베라와 크리스토페르와 트뤼그베에게 전화해 그들의 이름을 경찰에 넘겨도 된다는 허락을 구하는 상상을 할 수 없다. 내가 왜 그런 일을 해야 하느냐고 그 애들이 물으면 뭐라고 대답해야 할지 모르겠다. 아무튼 나는 그러고 싶지 않다. 군데르센은 그런 요구를 할 권리가 없다.

"너만 괜찮다면 내가 할게." 언니가 말한다. "환자들한테 전화하는 거. 명단을 넘겨도 될지 물어보는 거 말이야."

나는 차가운 차창에 머리를 기댄다. 관자놀이에 닿은 서늘한 창유리가 머리를 식혀준다. 너무 피곤하다.

"그래." 내가 말한다. "좋을 대로 해."

집에 도착할 때까지 우리는 거의 아무 말도 하지 않는다.

안니카는 계속 나와 같이 있다가 9시에 돌아간다. 나는 휴대전화를 들고 소파에 앉는다. 아빠한테 전화할까? 아무 말도 할 필요가 없을 것이다―혹은 적어도 이 일에 대해선 말하지 않아도 될 거다. 그냥 아빠의 목소리를 듣기만 해도 진정될지 모른다―그냥 아빠가 늘 하는 일을 하며 언제나처럼 거기 있다고 듣기만 해도.

하지만 모르겠다. 전혀 진정되지 않을 수도 있다. 나는 통화 목록을 쭉 훑어보다가 금요일 9시 38분에 시구르가 전화한 기록을 보고 스스로에게 묻는다. 그때 시구르는 내가 환자를 보고 있다는 걸 알았을까?

그 주말에 내가 걸고 그가 받지 않은 기록들이 일요일 밤까지 수없이 이어진다. 그 후에는 마르그레테와 안니카와 베라가 내게 전화했지만 나는 예약을 취소할 환자들에게만 전화했다. 그 환자들 중 다섯 명과는 나 대신 언니가 통화했다. 율리에게선 연락이 없다. 토마스나 얀 에리크한테서도.

나는 자러 가기 전에 베라에게 전화한다.

"네?" 베라는 전화를 곧바로 받더니 좀 지나치리만큼 짧게 대답한다.

"안녕, 사라 라투스야. 자동 응답기에 메시지를 남겼지?"

"네. 어, 중요한 일은 아니었어요."

"정말이니? 급한 일이라고 했잖아."

"네, 뭐, 그냥 늘 있는 문제였어요. 별일 아니에요. 원래대로 금요일에 가면 되죠?"

나는 한참, 2초쯤 대답하지 않고 가만히 있다. 오늘이 끝나도 날들이, 이번 주가 끝나도 주들이 이어질 것임을 문득 떠올린다―나는 무수한 시간 동안 심리치료자로서 일을 계속하고 노트를 작성하고 약속을 정하고 치료하고 청소년들의 불안과 우울과 불만을 치유해야 할 것이다. 수없이 많은 평범한 날들이 나를 기다리고 있다. 가장 무서운 건 이거다—평범하고 무료한 날들이 기다리고 있다는 것, 아무 일도 없었다는 듯이 일해야 할 날들이. 그토록 무시무시하고 기나긴 날들이.

"그래. 금요일에 보자."

나는 전화를 끊고 언제든 취소할 수 있다고 생각한다. 앞으로 남은 나흘 안에 내가 여전히 기능하지 못한다고 판명된다면.

기차는 거의 소리도 없이 빠르게 달린다. 나는 순식간에 지나가는 풍경을 바라보며 곧 산속으로 들어갈 수 있을지 궁금해한다. 너무 오래 걸린다. 마을을 지나고 또 지나고—더 빨리 더 서둘러 갈 수만 있다면. 어쩌면 내 앞에 놓인 종이컵에 담긴 커피 때문이겠지만, 이번 주 내내 일터에서도 이렇게 조급한 기분이었다. 동료들과 환자들과 내가 끝내지 못한 모든 일들이 이제는 중요하지 않다고 생각했다. 나는 베르겐으로 떠날 테니까. 로냐도 온다—우리 패거리가 전부 다시 모이기로 했고 지금 중요한 건 그것뿐이다. 마침내 나는 거기로 가고 있고 이렇게 운이 좋을 수 있다니 믿기지가 않는다. 무려 나흘 동안의 자유. 열차는 화살처럼 풍경 속을 날아가지만 그래도 더 빨리 가면 좋겠다. 도착까지 다섯 시간이나 남았다. 나는 10분마다 손목시계를 확인한다.

"소파베드 깔아두고 냉장고에 맥주도 채워놨으니까 넌 오기만 하면 돼!" 베네딕테의 문자를 받고 나는 또 시계를 본다. 아직도 다섯 시간 남았다. 스스로한테 웃음이 난다—뭐니, 열네 살이야? 너무 들떠서 얌전히 기다릴 수가 없다. 오슬로로 이사한 지 거의 2년이다. 시구르와 나는 필레스트레데의 작은 아파트에 산다. 그는 학교에 다니고 나는 청소년 마약 중독자들을 위한 시설에서 일하고 있다. 그들은 내게 침을 뱉는다. 나를 창녀, 폭군, 나치 돼지라고 부른다. 나는 있는 그대로 받아들이려고 애쓴다. 삶이 선사하는 쓰레기를 너무 많이 배분받은 아이들의 당연하지만 번지수를 잘못 찾은 분노라고. 시구르가 준 목걸이를 손끝으로 꼭 잡고 의지한다—적어도 내게는 나를 사랑하는 시구르가 있다. 너무 힘들 때만 화장실에서 울고, 눈물 자국을 화장으로 가리고 버틴다. 나는 전문가다. 나는 동료들을 다 잘 모른다. 그들은 서로를 잘 알고, 그들의 직업적 전투가 벌어지는 참호에서 서로 대결한다. 난 어느 편에도 속해 있지 않지만 괜찮다. 아침마다 혼자서 흔들리는 완행열차를 30분 타고 퇴근 후 또 30분 탄다. 책을 읽고 신문을 읽다 보면 마침내 집에 도착한다. 시구르는 거의 늘 집에 없다. 학위논문 마감이 한 달 남아서 학교에서 살다시피 한다. 그 추운 필레스트레데의 아파트는 늘 비어 있지만 나는 그곳에서 시간을 보낸다. 오슬로에는 아는 사람이 없다. 율리한테 전화해보지 그래. 처음에 시구르는 그렇게 권하곤 했다. 그는 율리를 무척 좋아해서, 내가 왜 율리와 친구가 되려 하지 않는지 이해하지 못한다. 안니카는 둘째를 낳아 대화가 불가능한 상황이다. 나는 아빠 집에 가서 거실에 앉아, 그 집에서 살다시피 하면서 공부하고 글을 쓰고 식당에서 토론하는 학생들을 쳐다본다. 내가 읽은 책이나 분쟁의 소지가 적은 신문 기사에 관해 아빠와 얘기한다. 우리는 정말 비슷한 것 같다. 아빠는 나처럼 사교성이 부족하지만 끊임없이 변하는 팬 층을 유지함으로써 그 선천적인 재앙을 수습한다. 아빠의 팬들은 오래가지 않지만 떠나기 전에는 말도 못하게 충직하다. 그들의 네 번째 학기에 벌어지는 일 같다—아빠의 저작을 읽고 사로잡히는 것. 그 학생들이 아빠한테 무슨 도움이 되는지 잘 모르겠다—아빠에게 필요한 말동무가 되어주고 인간관계와 관심을 제공하나? 그들의 감탄하는 눈에 비친 당신의 모습을 보며 우쭐한 기쁨을 느끼나? 섹스 때문일 수도 있다고 나는 생각하지만 그건 아무에게도, 시구르한테조차 꺼낼 수 없는 얘기다. 나부터도 그 생각을 하지 않으려고 애쓴다. 어쨌거나 내 아버지니까. 그런 생각을 하면 어떻게 그 집에 가서 아빠와 마주 앉아 있겠는가?

시구르와 나는 마르그레테의 집에도 토르프 옹의 집에도 거의 가지 않는다. 나조차 시구르를 보기 힘들다.

하지만 난 이해한다. 시구르는 할 일이 많다. 그에게 내가 이해한다는 걸 보여주려고 노력한다. 외롭다고 불평하지 않으려고 노력한다. 하루 중 내가 만나는 사람이라고는 정보기관이 자기들을 감시하고 있다고 믿고, 도망쳐서 송스반 호수의 덤불 뒤에서 구강성교를 해주고 받은 돈으로 마약을 하고 싶을 뿐인 망가진 청소년들뿐이어도. 일단은 그 10대들의 처지가 너무 슬퍼서 울고 싶고 내 인생은 그다음이다. 나보다 열 살에서 열다섯 살은 어린 그 애들이 너무 지독하고 끔찍한 일을 수없이 겪은 마당에 내가 슬플 이유가 뭐란 말인가. 마약, 근친상간, 매음, 학대와 추행, 전쟁과 고문—아이들의 고난의 목록은 끝이 없는데 나는 남자친구가 너무 바쁘다고 징징대고 있다니.

나는 집에서, 소파에 앉아 목 놓아 운다. 가끔은 완행열차에서부터 울기 시작하는데, 그럴 때면 책을 들어 얼굴을 가리고 근시인 척하며 멈출 수 없는 눈물이 뺨을 타고 흘러내리게 둔 다음 책장에 떨어진 눈물을 닦아낸다.

아무에게도 전화하지 않는다. 뭐라고 한단 말인가? 너무 부끄러운 일이다. 시구르가 나를 때린다면 말할 수 있을 것이다. 그가 바람을 피우거나 술을 너무 많이 마신다면 친구들에게 전화할 수 있겠지. 로냐는 지금 마드리드에 살지만 내게 그런 일이 있다면 곧바로 비행기를 타고 와줄 것이다. 내 아버지가 돌아가신다면. 내가 아프다면. 하지만 내가 외롭다는 이유로? 그런 얘기는 감히 할 수가 없다. 타인과 소통할 수 없는 사람 때문에 비행기를 타고 와줄 사람이 어디 있겠는가? 사람들은 전화로 다정하게 안심시켜주고 위로하면서도 속으로는 당혹스러워할 것이다. 전화를 끊고 나면 사라는 늘 이상했다고 생각할 테지. 외로운 사람과 사귀고 싶은 사람은 아무도 없다. 내가 손을 내밀면 그들은 뒷걸음질칠 거다. 그런 것은 난 견딜 수 없다.

그래서 나는 우리의 슬픈 거실에서 혼자서 외로움을 처리한다. 울고 샤워하고 내가 먹으려고 요리한다. 텔레비전 앞에서 혼자 먹는다. 너무 슬퍼서 광고가 나오는 동안 운다—그야말로 클리셰다. 소파에 앉아 넓적다리 위에 파스타 접시를 올려둔 여자, 샴푸 광고를 보며 울음을 터뜨리다. 시구르가 집에 오면 나는 잠든 척한다. 그가 들어와서 방 밖에서 돌아다니며 샌드위치를 만들고 텔레비전을 켜고 욕실로 들어가 이를 닦는 소리를 듣는다. 마침내 그가 침대로 오면—그를 기다려온 나는 이제 마침내 그것이, 하루 종일 갈망해온 사랑이 마침내 잠시 다녀간다고 생각한다—

돌아 누워 한숨을 쉬고 지금 막 잠에서 깬 것처럼 눈을 살짝 뜨고 말한다.

"시구르? 왔어?"

그는 대답한다.

"응. 그냥 다시 자."

그는 옷을 벗고 침대로 들어와 멀찍이 자기 자리에 눕는다. 나는 꼼지락거리며 다가가 그의 팔오금에 머리를 기댄다. 그의 가슴에 팔을 두르고 눈을 감고 냄새를 들이마신다—땀과 냉기와 화학물질의 냄새. 처음 만났을 때, 그가 베르겐에서 수업이 끝나면 곧장 우리 아파트로 올 때부터 맡은 그의 냄새. 그는 나를 보듬고 내 머리에 입을 맞추지만 피곤하고, 혼자 누워야 잠이 잘 온다. 나는 그가 기다리고 있음을, 풀려나기 전에 나를 안고 있어야 하는 시간을 세고 있음을 안다. 그가 기다리는 것이 느껴진다. 셋, 둘, 하나. 그는 나를 한 번 안아주고 굽어본 후 내 몸에 깔린 팔을 빼낸다.

"잘 자." 그는 그렇게 말하고 자기 자리로 돌아간다.

가끔 나는 절망해서 이성을 잃었다. 아직 안 된다고 말했다. 우린 이제 서로를 보지 않는다고. 잠시만 더 붙어 있으면 안 되냐고. 그리고 배웠다. 대놓고 거절당하는 것이 더 나쁘다는 걸. 내가 강요하려 하면 그는 말한다. 사라, 나 피곤해. 하루 종일 논문 썼어. 힘이 없어. 그냥 자고 싶어. 잠자코 그가 주는 부스러기라도 받는 게 낫다. 그가 날 내 자리로 돌려보내기 전 1, 2분의 포옹을. 때로는 나쁘지 않고 때로는 거의 만족한다. 그렇지 않을 때엔 기꺼이 견디겠다는 내 의지가 얼마나 약한지 알기 때문에, 그 모든 것이 측은하기 때문에 무섭다.

커피 옆에 있는 책의 표지를 손가락으로 두드리고 있는데—집 중하기가 어려워 읽지 않고 그냥 놓아뒀다—휴대전화의 신호음 이 울린다.

'가고 있어.' 로냐가 보낸 문자다. '역에서 만나!'

우리는 만난 지 1년이 다 되어간다. 나는 손목시계를 본다. 4시 간 15분 남았다. 열차는 마치 산을 오를 것처럼. 저 앞에 끝없는 산맥이 나타날 것처럼 속도를 올린다. 우리 넷은 모두 나트야스 재즈 페스티벌에 자원봉사자로 등록했다. 사흘 내내 책임은 없는 단순한 일을 하고 함께 시간을 보내고 맥주를 마시고 공연을 볼 것이다. 나는 휴가를 냈다. 시구르는 내가 가는 걸 무척 기뻐했 다—내가 하사하는, 죄책감 없이 보낼 수 있는 학교에서의 며칠 에 좀 지나치게 기뻐했다. 당연히 가야지, 그는 말했다. 친구들이 랑 즐거운 시간 보내. 파티는 적당히 하고, 하하. 아니, 농담이야, 끝내주게 즐겁게 보내. 그리고 나는 그렇게 할 생각이다.

그녀가 나를 발견하기 전에 내가 그녀를 발견한다. 승강장 지 붕 밑에 서 있는 그녀는 열차에서 줄줄이 나오는 승객들을 훑어 보고 있다. 내가 기억하는 것보다 긴 머리카락이 어깨쯤에 풀어

헤쳐져 있다. 그녀에게는 옆 사람한테까지 영향을 미치는 전염성 있고 무심한 우아함이 있다. 로냐 옆에 있으면 나는 중요한 사람이 된다. 내가 손을 흔들어도 로냐는 나를 보지 못한다. 거기 서서 주위를 둘러보며 기다리는 로냐를 보는 것이 즐겁다. 로냐가 나를 기다리고 있다. 로냐가 나를 발견하는 순간이 너무 좋다. 이제 로냐는 얼굴이 환해지면서 손을 흔든다. 세차게 손을 흔들며 깡충깡충 뛰고 최대한 크게 내 이름을 외친다.

우리는 서로를 껴안는다.

"사라, 이 날라리." 로냐가 내 머리칼에 얼굴을 묻고 말한다. "보고 싶었어, 알아?"

나는 지금 여기서 울지 않으려고 정신을 집중한다.

"로냐, 이 망나니." 나는 자제력을 잃지 않으려 애쓰면서 말한다. "당연히 알지."

괜찮아, 괜찮아

뭐지? 나는 순식간에 잠에서 깨어나 어두운 방 안에서 눈을 번쩍 뜨고 누워 어디를 봐야 할지도 모르면서 허공을 응시한다. 소리였나? 뭔가가 나를 깨웠나? 지금은 고요하기만 하다. 몇 초 동안 경계 태세로 가만히 누워 있다. 집이 삐거덕거린다. 밖에 바람이 부나 보다. 멀리서 덜컹대는 열차 소리가 들리는 것 같지만, 언젠가부터는 내가 듣는 것이 정말 그 소리인지 확신할 수가 없다—지난 며칠간 적막 속에서 시구르의 기척이 들릴까 고요에 귀를 기울이면서 너무 많이 들은 소리라, 지금 들리는 건 그냥 내 상상인 건지도 모른다.

하지만 이제 아무 소리도 들리지 않는다. 나는 협탁 위를 더듬어 휴대전화를 찾아 시간을 확인한다. 테오와 시구르와 내가 오렌지 조각을 물고 있는 사진을 보지 않으려고 애쓴다. 2시 43분.

163

괜찮다, 이제.

그때 삐걱 소리가 난다. 바람이 불어 목조주택이 삐거덕대는 소리가 아니다. 뭔가가 움직여서 삐걱거리는 소리다. 분명하고 또렷한 소리. 나는 일어나서 불을 켠다. 무엇을 봐야 할지 나도 모르지만 침실은 여느 때처럼 횅댕그렁하다. 불안하게 이곳저곳을 쳐다본다. 시구르와 나의 셔츠들이 걸린 봉, 서랍장, 창문, 이제 영원히 비어 있는 침대 위 시구르의 자리, 그의 협탁, 내 협탁, 천장등, 그리고 다시 창문. 그때 발자국 소리가 들린다. 위쪽이다. 분명 발소리다, 규칙적인 쿵쿵 소리. 다락방에 누군가 있다. 토르프 옹의 서재에서 걸어 다니고 있다. 발소리가 문밖으로 나가고 문이 닫히는 소리가 들린다. 나는 몸을 떨며, 발소리의 주인이 층계참에 서 있음을 알아차린다.

저 위에 있는 사람과 나 사이에 있는 건 침실 문뿐이다. 생각할 겨를도 없이 나는 번개처럼 문가로 가 문손잡이를 잡고 문이 열리지 않도록 있는 힘껏 내 쪽으로 당긴다. 위쪽은 조용하고 나는 숫자를 센다. **하나, 둘.** 위에 있는 사람이 누구든 그는 내가 낸 소리를 들었다. **셋, 넷.** 우리는 서로를 기다리고 있다. **다섯, 여섯.** 이 몇 초 동안 나는 침입자를, 침입자는 나를 감시하고 있다. **일곱, 여덟. 아홉**까지 셌을 때 침입자가 움직이기 시작한다. 내가 있는 층으로 쿵쿵대면서 계단을 내려오는 소리가 들린다. 나는 몸에 힘을 주고 체중을 실어 문손잡이를 잡아당기며, 속이 얼음처럼 차갑게 마비되는 것을 느낀다―올 것이 왔다, 죽느냐 사느냐다,

이곳에는 나와 문밖의 침입자뿐이다.

그러나 발소리는 침실 앞을 빠르게 지나쳐 계단을 내려가 거실로, 그리고 다시 1층 복도로 내려간다. 그리고 현관문이 열리는 소리가 나더니 그 후 아무 소리도 나지 않는다.

나는 마치 고막을 터뜨리려는 양 세게 뛰는 맥박 소리를 들으며 기다린다. 문손잡이는 계속 세게 당기고 있다. 침입자는 집 밖으로 나간 게 분명하지만, 누가 알겠는가, 문밖에 다른 누군가가 또 있을지? 나는 쥐처럼 숨을 죽이고 기다린다. 머리로 피가 쏠리는 것을 느끼면서 집 안에 침입자들의 기척이 있는지 귀를 기울인다.

그러다가 문손잡이를 놓고 황급히 협탁으로 가서 휴대전화를 들고 다시 돌아온다. 한 손으로 문손잡이를 잡고, 남은 왼손으로 경찰에 전화한다.

"저는 사라 라투스예요." 나는 전화를 받은 상냥한 목소리의 남자에게 말한다. "노르베리에 살고요, 5분 전에 잠이 깼는데 누군가 집 안에 들어와 있었어요."

경찰은 9분 만에 도착한다. 나는 한 손으로 침실 문손잡이를, 다른 손으로 휴대전화를 꼭 쥔 채 앉아서 기다린다.

"괜찮아." 나는 진정하려고 스스로에게 되뇐다. "괜찮아, 괜찮아, 괜찮아, 괜찮아."

그 말밖에 못 한다. 다른 말은 떠오르지 않는다. 모든 것이 창백하고 전율한다. 1년 전 시구르와 여기 와서 다락방에 죽어 있는 토르프 옹을 발견한 날 나의 대뇌피질에 각인된 장면이 규칙적으로 계속 떠오른다.

마침내 그들의 소리가 들린다.

"계십니까?" 집 안에서 어떤 남자가 말한다. "안녕하세요, 누구 안 계십니까? 경찰입니다."

나는 계속 가만히 기다린다. 괜찮아, 괜찮아. 좀 더 기다려보자.

"안 계세요?" 다른 사람의 목소리다. "이 주소지에서 긴급 신고 전화를 받는데요?"

작은 말소리가 들린다. 두 사람이 서로 얘기하고 있나 보다. 곧 그들이 거실로 향하는 계단으로 올라오는 소리가 들리고 목소리가 좀 더 크게 들린다.

"저기요? 계세요?"

이어 목소리가 작아진다.

"우리가 찾는 사람이 누구야?"

"여자야. 이름이, 어디 보자……."

괜찮아, 괜찮아. 맥박이 느려지기 시작한다. 비상 신호다.

"사라 씨?"

괜찮아, 괜찮아.

"네." 나는 목쉰 소리로 대답한다.

"사라 씨? 여기 계세요?"

"위층에 있어요."

"나오실 수 있습니까?"

이제 문손잡이를 놓는다. 계속 힘을 주고 있었던 두 손이 덜덜 떨린다. 으드득 소리와 함께 무릎을 펴고 일어나 휘청거리며, 나를 살려준 문을 열고 나온다.

경찰들은 친절하다. 둘 다 젊다. 한 명은 부드럽고 점잖게 크리스티안산 방언을 써서, 나는 어릴 때 노르웨이 남부에서 보낸 여름날들이 생각난다. 다른 한 명은 아시아인의 외모인데, 부모가 파키스탄 사람일 것 같다. 큰 갈색 눈에 뺨에 작은 흉터가 있는 그는 매력적이다. 그가 나에게 질문한다.

"언제 처음 소리를 들었습니까?"

"소리를 처음 들었을 때 잠이 깼어요. 시계를 보니 2시 43분이었고요."

그는 고개를 끄덕이고 메모한다.

"어떤 소리였습니까?"

우리가 대화하는 동안 그의 동료는 집 안을 둘러보고 있다. 테라스 문으로 가서 손잡이를 당겨보고, 창들이 잠겨 있음을 확인한다.

"발소리였어요. 확실해요. 그 사람은 다락방에 있었어요. 그러다가 층계참으로 나와 잠시 서 있었고, 그동안 저는 침실에서 문을 잡고 앉아 있었죠. 그 후 그는 계단을 뛰어 내려가 집 밖으로 나갔어요."

경관이 뭔가를 적는다.

"저희가 들어온 현관문과 베란다 외에 집 안으로 들어올 수 있는 곳이 있습니까?" 그의 동료가 묻는다.

"주방 뒤에 있어요, 세탁실로 들어오는 문요." 내가 손짓으로 가리키며 대답하자 그가 사라진다.

"전에도 누가 집에 침입한 적이 있습니까?" 심문하는 경관이 묻고, 잠시 모든 것이 멈춘 듯한 기분이다. 나는 생각한다. 이 사람은 모른다, 내 상황을 모르고 있다, 내가 얘기해줘야만 한다.

"그게, 일요일에 제 남편이 크룩스코겐에서 살해당한 채로 발견됐어요."

경찰관의 눈이 휘둥그레지더니 이제 알겠다고 하는 듯한 눈빛이 된다.

"그러니까 예전에도 가택침입이 있었던 건 아니지만, 제가 많이 놀란 이유는 아시겠죠."

"물론입니다. 네, 그럼요, 잠깐 실례하겠습니다."

그는 동료를 찾아 세탁실 쪽으로 사라진다. 나는 그 자리에 서서 눈으로 그의 뒷모습을 좇는다. 혼자서 거실을 둘러본다. 그들이 같은 집 안의 다른 공간으로 갔을 뿐인데도 벌써부터 그들의 존재가 아쉽다. 그들과 함께 있을 때는 집이 활기차고 붐비는 느낌이었는데. 그들에게 계속 있어달라고 부탁해도 되는지 모르겠다. 혼자서 다시 침실로 가 자야 한다는 생각만 해도 무섭다.

두 경찰관은 침입자가 있던 위층으로, 토르프 옹의 다락방으로 올라간다. 나는 갑자기 말이 많아져서 그들에게 토르프 옹에 관한 얘기를 전부 다, 내가 그의 시신을 발견한 얘기까지 하지만 그들을 따라 다락방으로 올라가지는 않는다. 나는 창가로 간다. 거실에서는 오슬로의 스카이라인이 보인다. 이 집의 중요한 매력 포인트다.

저 밑의 세상을 뒤덮은 불빛들이 작은 점들처럼 보인다. 거리의 불빛, 공용 전기를 낭비하며 불을 계속 켜두는 사무실 밀집 지역, 버스와 스낵바와 베이커리와 내 상상 속에서 늘 사람들이 깨어 있는 신문사들, 그리고 잠들지 못하는 가여운 사람. 그 사람들 가운데 이 불면의 밤이 특별하지 않은 사람들은 얼마나 될까. 그들과 한편이 되고 싶다.

경찰들이 다시 내려온다.

크리스티안산 말투의 경관이 말한다. "다락방을 수색하고 모든 출구를 확인했지만 침입한 흔적은 없는 것 같습니다."

"어젯밤 현관문을 잠그신 게 확실합니까?"

"네."

나는 다시 생각해본다—잠갔나? 어제 그 문을 잠갔다고 확신할 수 있나? 그저께 밤이랑 혼동하고 있는 건 아닌가? 신경이 잔뜩 곤두서 있어서 잊었을까?

"완전히 확신하십니까?"

나는 재빨리 계산을 마친다.

"95퍼센트 정도요."

경관들이 눈빛을 교환한다.

"우리가 여기 도착했을 때 현관문이 열려 있었습니다. 확신할 수는 없지만, 침입자는 열린 창문으로 들어온 후 창문을 닫았을 수도 있습니다."

나는 고개를 끄덕인 후 기다린다. 다른 이론은 없나요?

"두 가지 가능성이 더 있습니다." 다른 경찰관이 말한다. "낮에 숨어들어 왔을 수도 있죠. 잠시라도 문을 열어두셨다면요. 아니면 열쇠가 있었던 겁니다."

"선생님 외에 열쇠를 갖고 있는 사람이 있습니까?" 크리스티안 산 출신 경찰이 묻는다.

"남편한테 하나 있었고요." 나는 한숨지으며 대답한다. 시구르는 열쇠를 갖고 있었지만 이제 세상에 없다. "하지만 그 열쇠는 그이와 함께 발견됐으니 수사팀에서 갖고 있을 거예요. 그리고 시어머니한테도 열쇠가 있어요."

그들은 고개를 끄덕인다.

"그분이었을 가능성은 없을까요?"

"네, 없어요. 시어머니가 그런 식으로 이 집에 들어와서 돌아다니다가 도망치는 건 상상도 안 되네요."

"아들을 잃으셨지 않습니까." 아시아계 경관이 말한다. "충격을 많이 받으셨을 겁니다. 아드님의 물건을 갖고 가고 싶으셨을 수도 있지 않을까요?"

뭐라고 대답해야 할지 잘 모르겠다. 나는 마르그레테를, 어제

본 비극적으로 아름답고 약간 취한 시어머니를 떠올린다.

"아침에 시어머니께 전화해보십시오." 크리스티안산 말투의 경관이 제안한다. "아직 열쇠를 갖고 계신지 확인해보세요. 누가 훔쳐 갔을 수도 있으니까요."

그의 말투에서 이제 그들이 돌아가고 싶어 한다는 느낌이 전해진다.

"이제 어떻게 되나요?" 내가 묻자 그들은 나를 보고 서로를 보고 다시 나를 본다.

"보고서를 작성할 겁니다." 흉터가 있는 경관이 대답한다. "그리고 그걸 선생님 사건의 담당 형사에게 넘길 거고요. 그러니까, 남편 분 사건 말입니다."

경관들은 다시 나를 쳐다보고, 나는 가슴속에서 공포가 솟구치는 것이 느껴진다. 그들은 이해하지 못한다. 그만 가려고 한다.

"제 말은, 저는 어떡하죠? 그냥 이렇게 저 혼자 두고 가시는 거예요? 저는 여기서 혼자 있어야 하나요?"

크리스티안산 출신 경관이 자신의 두 손을 응시한다. 나도 그의 손을 본다. 금빛 털이 빽빽하게 뒤덮은 손이다.

"여기 있기가 불편하시면 지인 분의 집으로 가셔서 지내시면 됩니다."

안니카, 아빠, 마르그레테. 길지 않은 목록이다. 안니카는 기꺼이 나를 데리고 있어주겠지만, 글쎄, 망설여진다. 내가 사는 곳은 여기다. 이곳이 내 집이다. 그리고 비합리적이지만 어쨌거나―시구르가 나를 찾아 돌아온다면 이곳으로 올 것이다.

정말로 그렇게 생각해? 그걸 믿어? 내가 미쳐가는 건가? 그 걸 출하신 군데르센의 목소리가 들린다. "감식 보고서는 화요일에 나옵니다." 그가 "사라 씨, 그런 의심을 품지 마십시오."라고 한다. 유감이지만, 군데르센 씨, 의심이 드네요. 감식 보고서는 아직 완성되지 않았고, 그 시신이 다른 사람일 일말의 가능성은 남아 있다. 그게 무엇을 뜻하는 건지는 모르겠지만 어쨌거나 나는 시구르가 나타났을 때 여기 있고 싶다.

"전 여기 있고 싶어요. 여기 사니까요. 제 말은, 제가 왜 다른 곳으로 가야 하죠?"

"뭐." 다른 경관이 말한다. 말투에서 그가 나한테 질리기 시작했음이 느껴진다. "물론 그건 선생님 마음이죠."

"침입자가 다시 올 거라고 생각하시는 이유가 있습니까?" 손에 털이 많은 남부 사람이 묻는다.

"모르겠어요. 그 사람이 애초에 왜 이 집에 왔는지도 도무지 모르겠는걸요."

경찰들이 떠난 뒤 나는 한쪽 겨드랑이에 이불을, 반대쪽에 베개를 끼고 상담실로 간다. 왼손에 열쇠들을, 오른손에 제일 날카로운 주방용 칼을 들고.

여기가 더 아늑하고 안전하다. 상담실 열쇠는 나만 갖고 있으니까—시구르도 상담실 열쇠는 없다. 현관문을 잠근 다음 대기실과 상담실 사이의 문도 잠근다. 그리고 책상을 문 앞으로 끌어다

놓고 의자도 책상 밑에 밀어 넣는다. 누군가 이곳에 들어오려 한다면 최소한 나를 깨우게 될 것이다. 바닥에 이불을 깔고 눕는다. 딱딱하고 불편하지만 어차피 오늘 푹 잘 수 있으리라는 기대도 없다. 한 손에는 칼을 쥐고 있다.

다음은 그해 나트야스 재즈 페스티벌에서 내가 기억하는 것이다.

열광적인, 거의 강박적인 첫째 날 밤. 베네딕테, 로냐, 이다와 나는 베르프테테에서 한 테이블에 앉아 있다. 아는 사람들이 다 가오고 우리는 여기저기서 사람들과 포옹한다. 나는 잊고 지내던 옛 지인들을 수없이 만나고 "안녕, 잘 지냈어?"라고 말한다. 지나치게 달뜬 나를 의식하고 자제하려—느긋하고 자연스럽게 좋은 분위기를 즐기려—애쓰지만 실패한다. 나는 너무 필사적이고, 그것을 감추기 위해 술을 잔뜩 마신다. 나는 베네딕테의 집에서 지내는데, 베네딕테는 파티가 끝나기도 전에 나를 데리고 귀가할 수밖에 없다. 나는 그녀의 옆집 마당 수풀에 토한다.

페스티벌의 주방 팀에 속해 만든 샌드위치들. 자원봉사자들을 위한 양념 건제 소시지와 버터와 로켓, 또는 치즈와 버터와 포도. 뮤지션들에게는 더 고급스러운 도시락이 제공된다. 우리 조는 네 명이다. 아이라인을 검게 칠하고 거의 말을 하지 않는 사우다에서 온 이모emo록 팬 여자. 프루스트에 관한 학사 논문을 쓰고 있는 문학 전공 여학생은 샌드위치를 만들 때 "잃어버린 치즈 슬라이서를 찾아서"*라고 말하는 놀랍도록 재미있는 사람이기도 하다. 노르웨이어를 다 알아듣는 척하지만 가끔 영어로 말할 때만 긴장이 풀어지는 수줍은 엔지니어. 나도 재미있는 사람이다. 다른 사

---

*   마르셀 프루스트(1871~1922)의 소설 제목 《잃어버린 시간을 찾아서》를 바꿔 말한 것.

람들이 그렇게 생각한다는 게 느껴진다. 나는 내 삶과 실습 수련과 오슬로와 아빠에 대해 얘기한다. 너무 많이 얘기한다. 내 일에 대한 이야기뿐 아니라―윤리적으로 문제가 있다―다른 얘기도 지나치게 많이 한다. 내가 얼마나 끔찍한 생활을 하고 있는지 말하지는 않지만 개인적인 정보를 지나치게 많이 발설한다. 아빠를 놀림감으로 삼는다. "지네르만은 읽어본 적 없는 것 같아." 문학 전공생이 그렇게 말하자 나는 읽어봤다면 분명 기억이 날 거라고―내 아버지는 사람들에게 충격을 줘서 기억에 남기를 즐긴다고 대꾸한다.

무대 뒤에서 우리는 뮤지션들이 요청한 것들―음식과 티셔츠, 그들이 부가 조항에서 요구한 모든 것―을 준비한다. 이탈리아인 엔지니어인 마시모와 나는 미국의 어느 프로그레시브 재즈 밴드가 요청한 포르노 잡지 때문에 조금 당황한 적이 있다. 마시모는 걸핏하면 얼굴이 빨개지고 나는 그런 그가 귀엽다고 생각한다.

베테딕테의 집에서 보낸 아침들. 베네딕테의 파트너가 출근하고 나면 그녀와 나는 크고 기름진 치즈 샌드위치를 먹고 그녀가 예전에 우리가 함께 살던 아파트에서 가져온 도자기 머그로 커피를 수리터씩 마시며 디브이디로 코미디 시리즈를 본다. 예전으로 돌아간 것만 같다.

오후에 축제장에 도착하면 나는 김빠진 맥주 냄새. 땀과 파티의 냄새, 공기 중에, 묵직한 검은 무대 커튼에 여전히 배어 있는 간밤의 사람들 냄새. 커튼에서는 내가 상상만 할 수 있는 것들의

175

냄새가 난다. 재미있고 불법에 가까운 것들, 어쩌면 마약, 어쩌면 섹스의 냄새.

어느 콘서트 무대에서 나이 많은 도미니카인 뮤지션이 셔츠를 벗어던진다. 그가 관객석으로 던진 셔츠를 로냐가 잡아 높이 든다. 그 흰 바탕에 파란색 꽃무늬가 있는 셔츠를 올려다보며 같이 큰 소리로 웃을 때 불현듯 나는 생각한다. 절대 집에 돌아가지 않을 거야. 여기서 난 자유로워. 시구르를 포함해 회색 콘크리트 도시 오슬로의 사람들은 다 엿이나 먹으라지.

축제의 마지막 날 밤에 자원봉사자들이 모여서 기념 파티를 한다. 로냐는 축제의 불장난을 놓치지 않고 즐겼고 나는 주방 팀과 터키 술을 마셨다. 수년 동안 이 페스티벌에서 일한 사람들—무대 뒤의 열성 팬들—이 와서 음악을 연주한다. 그들은 아마추어지만 모자란 부분은 음악에 대한 열정으로 채워 넣는다. 그들이 연주한 빌리 홀리데이의 노래는 아름답기까지 하다. "내 모든 것, 어째서 내 모든 걸 가지지 않나요, 나는 당신이 없으면 안 된다는 걸 모르나요." 마시모가 내 손을 잡는다. 나는 그를 보며 웃음을 짓는다—미안하다고, 남자친구가 있다고 말하려 하다가 마음을 바꾼다. 다시 스물두 살 학생이 된 것 같은 기분이다. 내게 하룻밤만 그때로 돌아갈 자격은 있지 않을까? 시구르는 이곳에 없고, 그가 없으면 나는 오슬로에 살지 않고, 따라서 열차에서 책으로 얼굴을 가리고 울고 남자친구가 집에 오면 자는 척하는 여자가 아니다. 그래서 나는 그대로 마시모의 손을 잡고 10분쯤 서 있는다. 마시모가 다른 손으로 내 등허리를 잡더니 귀에 키스한다. 그리고 상냥한 갈색 눈으로 나를 볼 때 나는 생각한다. 젠장, 안 될 게 뭐야? 나는 조금 취했지만 그것이 이유는 아니다. 생각할 수 있을 만큼은 정신이 맑다. 지금 같이 가야 해, 마음 바뀌기 전에. 이성을 되찾기 전에. 나는 그를 이끌고 대강당에서 나와 비어 있는 걸 아는 합주실로 들어간다.

다음은 그 마지막 날 밤의 마시모에 대해 내가 기억하는 것이다. 어깨에 놀라운 상어 문신이 있었다는 것. 내가 문을 잠갔는데도 누가 들어올까 봐 걱정했다는 것. 우리가 벽에 기대서서 했다는 것. 그래서 좀 불편했지만 꽤 즐거웠다는 것. 하는 동안 이탈리아어를 해달라고 부탁했더니 그가 겸연쩍어했다는 것—그는 무슨 말을 해야 할지 모르겠다고 말했지만 나를 실망시키고 싶지도 않았기에 "사라, 벨라*"라고 말했고 나는 그런 부탁을 한 걸 후회했다는 것.

가장 좋았던 건 그다음이었다. 우리는 다시 사람들이 있는 곳으로 돌아갔지만 그들에게 아무 말도 하지 않았다. 서로서로 다 알고 있다는 듯한 웃음만 지으며 남은 시간을 보냈다.

아침 일찍, 7시쯤에는 모든 사람들이 그때까지 벗지 않은 옷까지 다 벗고 물속으로 뛰어들었다. 나는 마시모의 상어 문신을 두 번째로 보았다. 물은 얼음처럼 차가웠고 나는 수면 아래로 머리

---

*   bella.'미인','연인'을 뜻하는 이탈리아어.

177

를 집어넣었다. 뭍으로 돌아와 낡은 무대 커튼으로 몸을 닦았다. 그리고 옷을 입고 마시모를 지나치게 오래, 격려하듯 안아준 다음 그가 부탁했을 때 종잇조각에 가짜 전화번호를 적어줬다. 그런 다음 로냐와 역으로 걸어갔다.

"그 이탈리아 남자랑 무슨 일 있었어?" 로냐가 물었다.

"아무 일도 없었어." 나는 대답했다.

나는 열차를 타고 집으로 가는 내내 잠을 잤다.

집에 도착하자 시구르는 학교에 가고 없다. 나는 그가 돌아올 때까지 자지 않고 기다린 후 그와 10여 분을 보낸다.

"즐거운 시간 보냈어?" 치즈 샌드위치를 먹으며 그렇게 묻는 그의 눈은 붉고 지쳐 보인다. "전부 다 얘기해줘."

"전부 다 멋졌어." 내가 말한다.

"멋지네." 그가 대꾸하고, 그의 시선이 초점을 잃는다.

일주일이 지나자 나트야스의 기억은 베르겐의 다른 모든 기억만큼 흐릿해진다—다른 시기에 거의 내가 아닌 어떤 여자, 내가 알거나 책에서 본 여자에게 있었던 일처럼. 시구르는 여름이 가기 전에 논문을 제출할 수 있기를 바라고 있다. 이제 그는 가끔 학교에서 자기까지 한다. 침낭과 베개를 들고 작업 중인 설치물 안으로 기어들어간다. 로냐는 다시 마드리드에 있고 우리가 주고받는 이메일은 가볍고 피상적이다. 나는 최소한 대개 집에 돌아올 때까지는 눈물을 참을 수 있게 되었다. 두세 군데에 구직 신청을 하고 새로운 스타일로 머리도 자른다.

어느 날 집에 돌아오자 시구르가 있다. 익숙하지 않은 일이라서 그가 나를 부르는 소리를 듣고 그가 맞는지 확인할 수밖에 없다.

"시구르?"

마치 그가 집에 있다는 걸 믿을 수 없는 것처럼.

"주방에 있어." 그의 대답에 나는 신발도 벗지 않고 주방으로 간다.

그는 식탁 앞에 앉아 있다. 그의 앞에 엽서 한 장이 놓여 있다.

"이 시간에 집에서 뭐해?"

"마시모가 누구야?" 그가 묻는다.

"마시모?" 나는 되묻고, 실제로 잠깐 동안 마시모가 누군지 확신하지 못한다. 시구르는 내게 엽서를 던진다.

사라에게. 베르겐에서 함께 멋진 시간을 보내게 해줘서 고마워, 특히 마지막 날 밤에. 내겐 정말 특별한 밤이었어. 네가 무척 보고 싶고 네 생각을 해. 오슬로에 가서 너를 만나고 싶어. 네가 밀라노로 와도 좋고. 부디 답장해줘. 아니면 언제든 전화해도 돼. 수많은 키스를 보내며, 너의 마시모.

"시구르." 나는 말한다. 몇 달 만에 처음으로 그가 정말로 나를 보고 있다고 느낀다.

숨 쉬고 다시 시작해

군데르센이 흡족한 얼굴을 하고 주방으로 성큼 들어온다. 나는 아일랜드 식탁 앞에 앉아 잔에 반쯤 남은 커피를 들여다보고 있다. 정말이지 왠지 시선을 강탈하는 남자야. 나는 생각한다. 바로 지금처럼, 그는 뭔가가 만족스러울 때면 기력 그 자체다. 나는 풀 죽고 신경이 곤두서 있는데. 문을 잠근 상담실에서 보낸 어젯밤의 반 정도는 카펫 위에서 스테이크 칼을 옆에 두고 누워 자다 깨다 했다. 지금은 그다지 아무것도 하고 싶지 않은데.

그는 아무 말 없이 서류 한 묶음을 식탁에 탁 하고 내려놓는다. 나는 그것을 쳐다본다—내 쪽에서 보면 뒤집혀 있는, 중요해 보이는 서류다.

"제가 뭘 가져왔는지 아십니까, 사라 씨?"

"아니요."

"환자 세 명—어디 보자—트뤼그베, 베라, 크리스토페르의 환자 기록 열람을 허락하는 서명된 동의서입니다."

그는 서류를 든 팔을 내게 내밀고 나는 받으려고 기력을 그러모아 손을 들어올린다. 그의 손에 낭창낭창하게 매달려 있는 서류. 급할 때 권력이 무엇을 해낼 수 있는지를 보여주는 슬픈 증거. 나는 서류를 받아들고 파란색 펜으로 쓴 서툰 서명들을 보지만, 글자들은 눈앞에서 빙빙 도는 것처럼 보인다. 애써 읽고 싶지도 않고 애써 거부하고 싶지도 않다. 내게는 다 똑같다.

"완벽하게 합법적이죠." 군데르센은 말한다. "이제 거부할 근거가 없겠지요?"

"네." 나는 힘없이 대답하고 그와 함께 상담실로 향한다.

상담실로 들어가자 이불이 돌돌 말려 벽에 기대 세워져 있다.

"듣자 하니 간밤에 누가 이 집에 다녀갔다고요?" 군데르센이 말한다.

"네." 놀랍게도 그는 그 일에 관해 더 말하지 않는다. "서류 캐비닛은 저기 있어요." 나는 손으로 가리키며 말하지만 그는 듣는 둥 마는 둥 한다. 적법한 서류를 손에 넣었으니 이제 세상의 모든 시간이 그의 것이다.

그는 창가의 안락의자들 쪽으로 간다.

"여기가 마법이 일어나는 곳입니까?"

"제가 환자들을 치료하는 곳이죠, 네."

"저는 심리 상담을 받아본 적이 없습니다. 가볼까 했던 적은 있죠.

이혼한 직후에요. 모르겠네요. 어떤 식인지 늘 궁금하긴 했습니다."

"마법 같은 건 없어요. 힘든 일이죠."

"네, 그렇겠지요."

우리는 나란히 서 있다.

"선생님은 어느 의자에 앉으십니까?" 그가 말하고, 그것은 내 깊은 무심함 속에서도, 아주 조금이지만, 나를 기쁘게 한다. 그러니까 이제 그는 질문을 하고 있는 것이다.

"환자가 의자를 고르게 해요."

"그렇군요." 그는 고개를 끄덕인다. "그래도 선호하는 의자가 있다면요?"

"오른쪽요."

군데르센은 왼쪽 의자에 앉고, 지시하는 듯한 손짓을 하며 말한다.

"잠깐 앉으세요, 사라 씨."

"제 자료들을 보시려는 것 아닌가요?"

"천천히 해도 됩니다."

그래서 우리는 거기 앉는다.

"상담은 어떤 식으로 시작되는지 알려주실 수 있습니까? 직업상의 기밀이 아니라면요."

"상황에 따라 다르지만, 대개 약간의 실용적 정보를 제공한 다음 여기 오게 된 이유를 말해달라고 하죠."

"그러면 환자들이 대답을 합니까?"

"대체로 무엇 때문에 괴로운지 얘기해요."

그는 고개를 끄덕인다.

"어쩌면 선생님의 일과 저의 일은 크게 다르지 않을 수도 있겠군요." 그는 나를 보지 않으면서 말한다. 마치 스스로에게 말하는 것 같기도 하다.

나는 대꾸하지 않는다. 그는 손으로 턱 주변을 쓸어내린다. 그는 40대인 것이 분명하다. 수십 년의 흡연이 뚜렷한 흔적을 남겼지만 여전히 잘생긴 남자다. 콧수염과 닳아빠진 파카를 버린다면 매력적으로 보이기까지 할지도 모른다. 여기서 이렇게 앉아 있는 그는 어딘가 사람을 무장해제시키는 면이 있다. 마치 잠시 한담을 나누려고 함께 앉아 있는 것 같다. 내가 "정보원과는 보통 어떻게 대화를 시작하세요?"라고 물어보고, 우리의 직업적 공통점과 차이점에 대한 대화를 나눌 수 있을 것만 같다. 이것이, 필요한 분위기를 조성하는 방법이 얼마나 계산된 것인지 궁금하다. 얼마나—조금이라도 그렇다면—진심인 것인지도.

"사라 씨를 싫어하는 환자가 있습니까?"

"무슨 뜻이죠?"

"글쎄요." 그는 두 팔을 쭉 펴면서 말한다. "상담 일을 하신지 얼마나 되셨죠? 4, 5년?"

"3년요."

"그동안 몇 명의 환자들이 선생님을 위협했습니까?"

"정신질환이 있는 마약 중독자들을 담당한 적이 있어요. 어떨 것 같으세요?"

그는 호쾌하게 웃는다.

"알겠습니다. 하지만 유독 두드러지는 환자는 없었나요?"

나는 한숨을 지으며 어깨를 으쓱한다.

"물론 그 환자들은 공격적이었지만 그중에 **저를** 싫어한 사람이 있었던 것 같지는 않아요. 제가 보기에 그들은 시스템을 싫어하는 쪽에 더 가까웠어요."

"흠, 시스템 얘기는 더 안 해도 될 듯싶군요. 잠깐이라도 생각을 좀 해보시죠. 떠오르는 게 아무것도 없는지."

나는 눈을 감고 두세 번 환자들이 내게 침을 뱉었던 때를 떠올린다. 금단 증상을 겪거나 정신병 때문에 겁에 질린, 분노와 절망에 빠진 청소년들. 그다음은 아동 청소년 외래 진료소─침대에 오줌을 싸는 여덟 살짜리들과 등교 거부를 하고 팔을 칼로 긋는 10대들. 하지만 악의라고 할 만한 건 없다. 마지막으로 나의 개인 상담실. 잠시 반추해본다. 트뤼그베.

나는 트뤼그베에게 뭔가 악의적인 것이 있다고 쭉 생각해오지 않았던가? 그것의 표적이 나라는 개인은 아닐 수도 있다. 그에게 내가 대표하는 것─강압이겠지. 그는 매주 이곳에 와서 자기 고백을 해야만 하고 그것을 모욕이라고 느낀다. 금요일마다 오는 그는 가끔 분노에 휩싸인 얼굴을 한다. 내게 게이머들은 뭐든 할 수 있다고 말한 적도 있다. "우린 누군가의 삶을 생지옥으로 만들고도 누가 그랬는지 알지도 못하게 할 수 있어요." 그가 치료를 계속하는 건 그것이 부모님 집에서 살기 위한 조건이기 때문이다. 그는 여기 오는 걸 아주 싫어한다. 무슨 일이 벌어져서 내가 그를 치료하지 못하게 된다면—아예 일을 못 하게 된다면—그것은 트뤼그베의 목적에 부합하지 않나?

하지만 나는 군데르센에게 그런 얘기를 절대 하지 않을 것이다. 첫째, 설득력이 없다. 트뤼그베가 정말로 날 제거하길 원한다면, 그가 살인처럼 극단적인 수단을 쓸 수 있다면—이것조차 무리한 가정이다—어째서 시구르를 죽이겠는가? 그냥 나를 죽이지 않고? 그 외의 문제들은 말할 것도 없다—어째서 크록스코겐이며, 시구르의 거짓말은 무슨 관계가 있는 것이며, 한밤중에 내집에 들어온 건 누구란 말인가? 둘째, 내가 말했을 때 군데르센이 트뤼그베를 어떻게 다룰지가 뻔하다. 20분 전에 내 주방에 쳐들어온 것처럼, 혼란스러워하는 트뤼그베 부모의 주방으로 쳐들어가는 군데르센의 모습이 눈에 선하다. 그리고 이렇게 말하겠지. "자, 들어보십시오. 트뤼그베를 담당한 심리학자는 그녀의 남편이 트뤼그베에게 살해당했을 수도 있다고 봅니다." 그런 일이 벌어지면 나는 그 가족과의 관계를 회복할 수 없을 것이다. 솔직히 말해 나는 트뤼그베를 매주 보지 않게 된다 해도 아무렇지 않지만, 트뤼그베가—그리고 그의 부모가—시스템에 대한 신뢰라는 측면에서 어떤 생각을 갖게 될지 걱정스럽다. 정말 애쓰고 있는 그의 부모의 실망한 눈빛을 보고 느끼게 될 감정은 말할 것도 없고. 종합해보면 내 환자들 중에 어떤 형태로든, 내가 느끼기에, 증오를 표현한 유일한 사람은 트뤼그베인데, 그 애가 시구르의 등에 총을 쐈을 가능성은 희박하다.

"아니요. 생각나는 사람이 전혀 없네요."

군데르센은 고개를 끄덕인다.

"혹시 생각이 나면 알려주십시오." 그는 그렇게 말한 뒤 잠시 기다린다. "좋습니다, 그럼. 훌륭하군요. 수년간 상담사로 일하면서 원한을 산 사람이 아무도 없다니."

나는 짧게 웃어 보인다.

"그렇다면 반대로 이런 건 어떨까요? 혹시 선생님께, 이걸 뭐라고 해야 하나, 지나친 관심을 표한 사람은 없었습니까?"

"무슨 말씀이세요?"

"선생님을 흠모한 환자가 있었습니까?"

나는 얼굴을 찌푸리고 말한다.

"그런 건 노르웨이의 개인 상담실보다는 영화 속에서 흔할 것 같은데요." 그리고 덧붙인다. "적어도 아동과 청소년 대상의 상담실이라면요."

"뭐." 군데르센은 긴 다리를 쭉 뻗으며 말한다. "해소되지 않은 의문점을 남겨서는 안 돼요."

나는 동의하며 고개를 끄덕이지만 운동화를 신은 그의 발끝을 쳐다보며 생각한다. 경찰은 정말 그쪽으로 가고 있는 건가? 시구르를 죽이고 싶어 할 사람이 아무도 없으니 그런 설득력 없는 가

설—내 환자가 증오나 애정을 품어서 그랬다—로 가는 거야?

"한 가지 더 묻고 싶은 것이 있습니다, 사라 씨." 군데르센은 마치 깜빡 잊었다는 듯이 말한다.

그는 잠시 망설이다가 흔들림 없는 눈빛으로 나를 본다.

"시구르 씨와의 결혼 생활에서 겪는 어려움은 없었습니까?"

물론 뻔한 질문이다. 나는 안다. 지금까지 군데르센이 사용한 우호적인 말투는 그 질문을 위해 용의주도하게 쓰인 것임을.

"네, 평범한 부부간의 의견 충돌은 있었지만 그게 다예요. 우리의 결혼 생활은 괜찮았어요."

"무엇에 관한 의견 충돌이었습니까?"

나는 그 질문의 무게를 느끼며 한숨을 쉰다. 사랑하는 남자가 죽은 지 며칠밖에 지나지 않은 지금 그와의 가장 사소한 의견 충돌까지 입 밖에 꺼내야만 하다니. 그런 갖가지 의견 차이가 비판적인 시선 아래 놓여야 한다니—지금 이 대화의 주제는 살해 동기이므로. 시구르나 내가 저지른 어리석은 일 하나하나가 대형 전광판 크기로 부풀려져 의심을 받아야 하다니. 물론 필요한 절차다. 하지만 너무 불편하다. 너무 창피하다.

"우리는 집을 리모델링하고 있었어요, 보셔서 아시겠지만. 시구르가 책임자였고 제가 조수 격이었죠. 제가 참을성 없게 굴었어요. 그이가 너무 꾸물거려서 완성되는 게 없다고 생각했죠. 그이는 제가 차린 개인 상담실에서 돈을 충분히 벌지 못한다고 생각했어요. 환자 수가 적다고, 수입이 너무 적다고 생각했죠. 그런 것들이에요."

군데르센은 생각에 잠겨 고개를 끄덕인다.

"집은 누구 거죠?"

"부부 공동 소유예요. 그러니까, 여긴 시어머니가 어린 시절을 보낸 집이에요. 남편의 외조부가 돌아가신 후 시어머니가 남편에게 이 집을 줬어요. 남편의 형님은 가족의 별장을 물려받은 데다 언젠가 뢰아의 집도 상속할 거거든요. 그래서 이 집은 우리가 갖게 됐어요."

"이제 사라 씨의 집이죠." 군데르센이 발끝을 내려다보며 조용히 말한다.

"네." 나는 어제 안니카와 나눈 대화를 떠올린다. "그렇겠죠. 하지만, 그러니까, 시어머니도 남편의 지분 일부를 물려받으시지 않을까요?"

"그분이요? 글쎄요. 조금 받으시려나요. 하지만 사라 씨를 이 집에서 나가게 할 순 없지요."

"그래도 시어머니가 어린 시절을 보낸 집이잖아요. 애초에 상속받은 것도 그분이고요. 우리가 집을 장만할 수 있도록 그분이 주신 집이에요."

"참 고마운 분이군요. 요즘 이 동네 집값이 얼마나 하죠? 이런 단독주택 말입니다. 천만? 천오백만?"

가슴이 조여드는 느낌이다. 압박감으로 인한 스트레스 때문이다. 내가 어린 정신질환자들과 일하면서 배운 게 하나 있다면, 나

자신의 반응에 주목해야 한다는 것이다. 심리치료에서는 이것을 역전이*로 부르며, 유능한 심리치료자는 역전이를 치료에 활용할 수 있다. 환자 때문에 화가 나거나 동요하거나 낙담한다면, 그것은 환자의 내면에서 일어나는 어떤 일, 그리고 환자와 가까운 사람들이 느끼는 어떤 감정과 관련이 있다는 뜻이다. 역전이를 신중하게 활용하면 환자에게 환자의 행동과 정신적 방어기제에 관한 통찰을 제공할 수 있다. 어떤 상황에서든 역전이, 내 지도교수 중 한 사람에 따르면 '환자가 여러분의 내면에 불러일으키는 것'에 대해 분명히 아는 것은 중요하다. 군데르센은 불편한 무언가를 넌지시 전달하고 있다. 그는 내가 스스로를 방어하려는 욕구를 불러일으키고 있지만, 그는 모른다. 내 관심은 집 자체에 있는 것이 아니다. 나는 여기서 시구르와 함께 살고 싶었을 뿐이다. 그러니까, 맙소사, 난 이 돼지우리 같은 집 때문에 이미 골머리를 앓을 만큼 앓았다고.

숨을 쉬어. 그리고 다시 시작해. 이것 역시 정신질환에 시달리는 청소년들을 대하면서 배운 것이다. 숨을 깊이 들이마시고 내쉰다. 나는 차분하다. 이 상황에 대응할 수 있다. 이해하고, 받아칠 수 있다.

"군데르센 씨, 저한테 하고 싶은 말이 있으신 것 같네요. 그게 뭐가 됐든 그냥 말씀해주시겠어요?"

---

*   countertransference. 내담자의 전이에 대한 분석가의 무의식적인 반응.

하지만 군데르센은 환자가 아니고 지금 이것은 그의 행동과 방어기제를 다루는 상담이 아니다.

"사라 씨는 시구르 씨와의 결혼으로 큰 재정적 이익을 봤습니다." 그는 나를 똑바로 쳐다보고 나도 그의 시선을 피하지 않는다.

"저는 지난 며칠 동안 무한대로 손실을 봤어요. 만약에 이 집을, 이 악몽 같은 공사장을 포기해서 시구르가 살아 돌아온다고 하면, 제가 지금 당장 포기하지 않을 것 같아요?"

군데르센은 어깨를 으쓱한다.

"저는 그저 사실을 말했을 뿐입니다."

"제가 집 때문에 시구르를 죽일 것 같아요?"

"사람들은 그보다 못한 이유로도 배우자를 죽입니다."

"저는 시구르를 사랑했어요. 저는 절대로 그이를 죽이지 않아요, 세상 그 어떤 것을 위해서라도요. 시구르뿐 아니라 다른 어떤 사람도 절대 죽이지 않아요. 하지만 형사님한테 이런 말을 해 봤자 달라지는 건 없겠죠."

그는 다시 어깨를 으쓱한다.

"알겠습니다. 재정 문제와 집 문제. 다툼의 원인이 또 있었을까요?"

나는 아주 잠깐 우리가 토르쇼브에 살 때 아이를 낳으려고 했음을, 이 집으로 이사한 후 그런 노력을 그만뒀음을 떠올린다. 토르쇼브에서 딱 한 번 가족계획에 관해 대화했고 그 후로는 그런 얘기를 하지 않았다. 그것은 다툼이 아니라 내가 궁금해했던 어떤 것이다. 그것은 다툼이 아니었다. 나로서는 영문 모를 일이었지.

"없어요." 내가 대답한다.

군데르센은 몸을 앞으로 기울인다.

"방금 뭔가를 생각하셨죠, 사라 씨? 그냥 말씀하세요. 저도 결혼생활을 해봤습니다―어떤지 알아요."

"없어요. 우린 거의 다투지 않았어요."

"그래요." 그는 그렇게 대꾸하고 상담실을 천천히 둘러본다. "그런데 제가 궁금했던 것이 또 있거든요. 제삼자가 있던데요, 사라 씨 쪽에요. 협정 위반 같은 거라고 할까요. 몇 년 전에요."

나는 눈을 깜박인다. 협정 위반?

"무슨 말씀이세요?"

"단도직입적으로 말할게요. 이삼년 전에 외도를 한 것이 사실입니까?"

나는 실내의 고요함이 불편해서 숨을 들이쉰다. 경찰이 누군가와 얘기를 했구나. 시구르가 누군가에게 그 일을 얘기했을 줄은 몰랐지만, 그는 토마스와 얀 에리크에게 털어놨을지도 모른다. 토마스는 율리한테 말했을지 모르고. 그러면 알게 된 사람이 한둘이 아닐 것이고―율리가 그런 흥미진진한 비밀을 혼자서 간직할 리가 없지. 경찰은 율리와 얘기한 것이 틀림없다.

"네." 나는 구석에 있는 이불을, 내 침대의 슬픈 잔해를 쳐다보며 말한다. "시구르와 제가 힘들 때였어요. 제가 바보 같은 짓을 했죠. 딱 하룻밤이었어요. 시구르가 알게 됐고, 화를 냈죠. 그 후

한 달 동안 저는 그이가 떠날 거라고 생각했어요. 하지만 그이는 절 용서했죠."

"용서하기 힘든 일이지요." 군데르센이 말한다.

"네, 그렇겠죠."

"시구르 씨가 많이 힘들었겠군요."

"분명 그랬을 거예요."

"그 후 두 분 사이는 어땠습니까?"

"예전보다 나아졌어요. 서로를 더 잘 챙기게 됐죠. 서로를 잃을 뻔했다는 걸 깨달았으니까요."

"저기, 말씀드렸다시피 저는 이혼을 했고, 그러니 제가 결혼생활 전문가라고 주장할 생각은 없습니다만, 이해가 되지 않는군요. 한쪽이 다른 사람을 만났는데 상대방이 용서를 하다니요. 설명을 좀 해주실 수 있습니까ー심리학자로서요? 그런 상황에서, 당한 쪽은 상대를 벌하고 싶지 않을까요? 자기도 다른 사람과 즐긴다거나? 상대를 쫓아낸다든지? 상대의 나체 사진을 그 사람 상사에게 보내거나? 그렇지 않겠습니까?"

이제 내가 어깨를 으쓱해 보일 차례다. 지금 나는 압박을 받고 있고, 이번에는 숨 쉬고 다시 시작하기가 통할지 모르겠다.

"모르겠네요. 사람마다 다를 것 같은데요."

"시구르 씨는 어땠습니까?"

"저한테 화가 났죠. 그때 남편은 학생이었는데, 저랑 거의 말을 하지 않으면서 논문을 마무리했어요. 논문을 내고 나서는 제게 행선지도 밝히지 않고 나흘간 어디론가 떠나 있었고요. 그러더니 집에 돌아와서 다시 노력해보고 싶다고 말했어요."

"다시요?"

"네. 남편은 저랑 헤어지지 않기를 원했어요. 우린 아파트를 샀고 약혼했죠."

"놀라운데요! 불행한 상황이 행복하게 끝났군요. 그 나흘 동안 시구르 씨는 어디 있었습니까?"

"몰라요."

"물어보지 않았습니까?"

"제 처지가 어땠는지 상상이 안 되세요? 저는 그이한테 아무것도 요구할 수 없었어요. 그이가 저와 헤어지고 싶어 하지 않는다는 사실에 안도했을 뿐이에요."

"그래도 짚이는 데는 있었겠지요?"

나는 또 어깨를 으쓱한다.

"크롭스코겐의 산장에 갔겠거니, 했어요. 그이는 생각할 일이 있을 때 그곳에 가는 걸 좋아했고, 거긴 거의 늘 비어 있으니까요. 가른쿨레가 달린 열쇠가 없어져 있기도 했고요."

군데르센은 고개를 끄덕인다.

"그리고 이번에도 알고 보니 시구르 씨는 크롭스코겐에 있었지요. 이번에는 무슨 생각할 거리가 있어서 갔을까요?"

"모르겠어요. 솔직히, 정말 모르겠네요."

"집과 재정 상태에 관한 걱정이 한 남자를 숲속으로 들어가게

했을까요?"

"모르겠어요."

"그냥 사라 씨의 생각은 어떻습니까?"

나는 한숨을 쉰다. 어제 안니카 때문에 억지로 몇 입 먹은 저녁을 끝으로 지금까지 아무것도 먹지 않았다. 이제 어제 저녁식사의 맛이 머릿속에서 느껴지기 시작한다.

"어떻게 생각해야 할지 모르겠어요. 남편은 직장에서 몇몇 프로젝트 때문에 좀 힘들어하고 있었고 집 리모델링도 지연되고 있었지만, 그 외에는 문제가 없었어요. 다른 뭔가가 있었는지는 몰라요. 불과 한 달 전만 해도 제 생일에 저를 놀라게 해주려고 몰래 식당을 예약해서 데려갔죠. 남편한테―뭐라고 해야 할까요―이상한 기색은 전혀 없었어요."

"그렇군요. 이번 사건은 쉽지 않군요."

"용의자가 있나요?" 나는 묻는다.

군데르센은 다시 손을 내려다본다. 웃음을 짓고 있는 것 같다. 그의 손가락 끝은 담배 때문에 옅은 주황색으로 물들어 있다. 그의 손끝에서 악취가 날 것임은 내가 앉아 있는 자리에서도 분명히 알 수 있다.

"그건 좀 많이 이릅니다. 아직 지형을 파악하는 중이라고 할까요."

그는 고개를 들고 또렷하고 강렬한 눈빛으로 나를 본다. 너무 강해서 반대하기 어려운 남자.

"저기, 솔직하게 말씀드려도 되겠습니까?" 그가 말한다―마치 내가 거절할 수도 있다는 것처럼.

"네." 나는 굳이 하지 않아도 되는 대답을 한다.

"저는 사라 씨의 말을 믿고 싶습니다. 정말입니다. 사라 씨는 집을 상속받았지만, 뭐, 그건 배우자를 잃은 거의 모든 사람이 그렇고, 사라 씨는 충분히 솔직해 보이니까요. 하지만 그 음성 메시지와 관련해서는 도저히 이해가 되지 않습니다. 그러니까, 제가 상상해보죠—네, 제가 사라 씨입니다—저는 스포츠센터에 갔다가 집에 왔고, 남편이 간다고 했던 곳에 오지 않았다는 전화를 받았습니다. 그래요. 가지 않았다고 밝혀진 곳에 도착했다고 말하는 남편의 음성 메시지가 제게 있습니다. 남편이 만났다고 하는 사람들은 그를 오늘 보지 못했다고 말합니다. 남편이 거짓말하고 있다는 확실한 증거가 제게 있어요. 그런데 저는 그 메시지를 삭제합니다. 아니 도대체 제가 왜 그러겠습니까? 설사 범죄와 관련된 상황으로 생각하지 않더라도, 언젠가 제 결백을 입증해야 하게 될 줄 모르더라도, 그 메시지는 남편이 거짓말을 했다는 증거입니다. 나중에 남편에게 따질 때를 위해서라도 메시지를 보관하고 싶지 않을까요? 전 도무지…… 도무지 이해가 되지 않습니다, 사라 씨."

나는 눈을 감는다. 또 귀울림이 난다. 이 압도적인 피로감. 토요일로 돌아가고 싶다고 잠시 생각한다. 아직도 시구르가 집에 와서 뒤죽박죽인 상황을 전부 다 설명할 거라고 믿고 확신하던 때로.

"이미 말씀드렸잖아요." 나는 눈을 감다시피 하고 말한다. "제가 술에 좀 취해 있었다고요. 남편한테 화도 났고요. 전 몰랐어요, 그러니까, 저는 그게 남편에게 듣는 마지막 말이란 걸 **상상**도 못 했다고요."

갑자기 눈물이 차오른다. 그 메시지, 그 거짓말이 시구르의 마지막 인사였다. 다시는 그의 목소리를 들을 수 없을 것이다. "헤이, 러브." 다시는 그의 미소를 보지 못할 것이다. 그가 열쇠로 현관문을 여는 소리를 듣지 못할 것이다. 이제 나는 혼자다.

나는 운다. 조용히 흐느낀다. 나는 군데르센을 보지 않고 그는 아무 말도 하지 않는다. 몇 분 동안 그렇게 앉아 있다. 나는 울고 그는 말없이 나를 내버려둔다. 잠시 후 눈물이 멈춘다. 나는 의자 사이의 탁자에 늘 놓여 있는 티슈를 뽑아 눈물을 닦는다.

"이해하기 힘들다는 거 알아요. 제가 무슨 말을 할 수 있겠어요? 전 그이한테 따질 생각이 없었어요. 그냥 물어보려고 했어요. 그러면 대답을 듣게 될 거라고 생각했죠. 그 음성 메시지가 필요하게 될 거라는 생각은 전혀 못 했어요."

"사라 씨가 그런 생각을 전혀 못 한 것이 유감이라고 할 수밖에 없겠군요. 정말 유감입니다."

우리는 잠시 말없이 앉아 있다.

"환자 기록을 드릴까요?"

"네. 감사합니다."

나는 컴퓨터에 접속해 그에게 필요한 것을 출력한다. 프린터가 칙칙대며 작동하는 동안 우리는 서로를 보지 않고 말없이 앉아 있지만 이번 침묵은 불편하지 않다. 나는 그에게 출력물을 건네주고 그는 내게 원한다면 이제 가도 좋다고 말한다.

"사라 씨?" 그는 내가 상담실을 나가기 전에 말한다. "뭘 좀 드시려고 해보세요. 기력을 유지하셔야 합니다. 여기서 굶으면서 힘없이 서성이시면 갈수록 힘들어지기만 할 겁니다. 저를 위해서라도 그래주시겠습니까?"

그 말을 할 때 그는 친절해 보인다.

경찰이 우리 차를 갖고 있어서 나는 열차를 기다린다. 심란해서 승강장에서 이리저리 서성인다. 그 엽서가 온 후의 일들을 떠올리고 있다. 시구르는 논문을 쓰고 나는 그가 나를 용서할지 말지 결정하기를 기다리던 기나긴 한 달. 집에서의 그의 침묵. 입을 앙다물고 나를 거의 보려 하지 않는 그의 모습은 그가 나를 상대하지 않을 거라는 확신을 주기에 충분했다. 시구르는 절대로 나와 눈을 마주치지 않았다. 나는 기다렸다. 그는 소파에서 잤다. 학교에서 자고 친구들 집에서도 자는 것 같았다. 그는 내키는 대로 왔다 갔다 했고 나는 그에게 아무것도 묻지 않았다. 더는 그럴 권리가 없었다. 무엇도 요구할 수 없었다. 그냥 기다렸다. 그는 논문을 제출했고, 사라졌다. 나는 좀 더 기다렸다, 고통스러운 며칠을 보냈다. 누구에게도 털어놓지 않았다. 아빠 집에 가서 어릴 때 쓰던 침대에서 하룻밤을 보냈다. 내 인생에 무슨 일이 일어나는지 궁금해하지 않는 아빠의 능력 덕분에 마음이 편했다. 아빠가 만든 그레이비소스 미트볼을 먹고 노르웨이 연구위원회의 무지에 대한 아빠의 빠르고 과장된 연설을 들으며 축복 같은 무감각함을 느꼈다. 그 외에는 아무 일도 없었던 듯 생활했다. 출근하고 퇴근하고 시구르를 기다렸다. 생각했다―**알았다**―계속 이렇게 살 수는 없다고. 시구르는 나를 용서하든지, 그럴 수 없으니 나를 놓아주든지 해야 할 터였다. 나는 후자의 경우를 생각하기가 너무 고통스러웠기에 그에게 최후통첩을 할 용기를 내지 못했다. 그럴 필요도 없었다. 그도 알고 있음을 알았다. 나흘 뒤 퇴근하고 돌아오자 시구르가 집에 있었다. 방금 샤워를 한 모습으로 소파에 앉아 있었다. 커피테이블 위의 화병에 꽂힌 해바라기들을 보고 나는 그가 어떤 결정을 내렸는지 알았다.

물론 우리는 그 일에 관해 얘기했다. 나는 다시는 그런 일이 없을 거라고 맹세했다. "나는 너를 믿을 수 있어야만 해." 그가 말했다. 나는 말했다. "너하고 나뿐이야." 그가 말했다. "그래, 너하고 나뿐이야." 그 여름의 어느 날 시구르는 보석상에 가서 반지를 샀다.

나는 다시는 스물두 살이 되고 싶지 않았다. 현재의 삶으로 옮겨 갔다. 더는 베르겐으로 돌아가고 싶지 않았다. 친구들이 그리웠지만 그들은 과거의 사람들임을, 내가 이미 끝난 시기를 열망하고 있었음을 깨달았다. 나 자신을 위해 새로운 것들을 발견해야 했다. 시구르. 나의 일. 나는 고교 시절 친구에게 전화를 하고 만나서 커피를 마셨다. 율리를 알아가려고 다시 한번 내키지 않는 시도를 했다. 아동과 청소년 외래환자 전문 진료소에 일자리도 얻었다. 나는 생각했다. 그래, 나는 그다지 사교적이지 않구나. 학창 시절 늘 사람들에게 둘러싸여 있던 시기도 있었지만 이제 나는 더 한정된 무리 속에서 움직인다. 괜찮아. 사랑하는 시구르가 있으니까. 일이 있으니까. 아기도 낳을 거고. 충분하고도 남아.

덜컹거리며 역으로 들어온 열차에 타고 자리에 앉아 그것―아기라는 가능성―에 대해 생각한다. 그 생각이 어떻게 불과 반년 후에는 시구르에게 의미 없게 되었는지를. 이제 영원히 자식은 없을 것이다. 이제 남편도 없다.

"사라 씨는 시구르 씨와의 결혼으로 큰 이익을 봤습니다." 군데르센은 말했다. "사라 씨를 믿고 싶습니다." 이해한다. 그는 시구르의 편이고 시구르의 편이 꼭 내 편인 것은 아니니까. 나는 군데르센과 대화에서 받은 심적 타격이 크지만, 그가 꽤 상냥하게 나를 대했음을 깨닫는다. 앞으로의 대화에서는 그가 별로 상냥하지 않을 수 있다는 것도.

간밤에 누가 내 집에 있었다. 내가 잠에서 깼을 때 그들은 다락방에 있었는데 침입의 흔적은 없었다. 나는 그것이 무엇을 의미하는지 확신할 수 없지만, 지금 내 집에 있는 수사팀이 어제 누가 이 집에 들어왔는지 알아내려고 일하고 있지 않다는 것은 알아차렸다. 나를 면담한 경찰은 간밤의 일에 대해 딱 한 번 묻기만 했으며 그 질문조차 예의상의 겉치레에 지나지 않았다는 것도. 어쩌면 경찰은 내 말을 믿지 않는지도 모른다. 내가 꾸며낸 일이라고 생각하는지도.

군데르센은 나를 믿고 싶다고 말하지만 나는 그를 믿을 수 있는지 잘 모르겠다. 나는 숨을 깊이 들이쉬며 그 모든 것의 심각성을 느낀다. 이제 나는 완전히 혼자인 것 같다.

플레마시 건축사무소는 비슬레트의 조용한 골목에 있다. 그 회사의 젊은 사업가들은 1800년대 건물의 매력적이고 볕이 잘 드는 공간을 터무니없이 많은 돈을 주고 빌렸다―겨울에 춥고 여름에 덥지만 희게 칠한 벽과 광이 나는 쪽매널 마루로 새로 꾸민 공간이다. 공간이 제일 중요해. 시구르는―회사명의 '시'는 그의 이름에서 따왔다―그곳에 처음 나를 데려가 구경시켜줄 때 그렇게 말했다. 그때는 널찍하게 트인 공간이었지만 지금은 사무실 세 개와 작업장 겸 회의실로 쓰는 휴게실로 나뉘어 있다. 세 건축가들 모두 제각기 각도 조절 제도판을 갖고 있고 회사의 정문 위에는 그들이 직접 디자인한 로고가 들어간 간판이 걸려 있다. 플레마시 건축사무소. 플레밍, 맘모드, 시구르. 주황색 마름모꼴 안 회색과 흰색의 글자들. 건축사무소는 1층에 있고, 내가 서 있는 바깥의 인도에서는 고개를 숙이고 앉아 작업에 열중하는 플레밍이 보인다. 맘모드의 사무실은 뒤뜰 쪽에 있다. 시구르의 사무실에는 아무도 없다.

인터콤 버튼을 누르자 맘모드가 응대한다. "넵." 우호적이고 격의 없고 간편하게―그들 세 사람이 동업하기로 결정했을 때처럼.

"안녕하세요. 사라예요. 시구르의 아내요."

잠시 침묵이 흐른다.

"안녕하세요, 사라 씨. 들어오세요." 곧 맘모드가 다소 무거운 목소리로 말한다. 문에서 낮은 진동음이 나고 나는 문을 당겨서 연다.

두 사람 다 나와서 나를 맞는다. 맘모드는 작업복—페인트와 톱밥이 묻고 양쪽 무릎이 닳아서 구멍이 난 오버올—차림이다. 플레밍은 뿔테 안경을 쓰고 1980년대 어린이 티브이 프로그램의 캐릭터들이 그려진 티셔츠를 입고 있다—반은 힙스터, 반은 너드다. 둘 다 슬픔에 잠긴 굳은 표정을 짓고 있다. 그들은 시구르의 친구였지만, 나는 이 분위기가 대부분 나를 위해 조성되고 있는 거라고 짐작한다. 세 사람은 특별히 가깝지 않았고 동업에도 문제가 없지 않았다.

플레밍이 먼저 말한다. 다가와서 나를 안아준다.

"세상에, 사라 씨—얼마나 힘드실까요." 그가 내 머리카락에 대고 말한다.

그런 다음 맘모드도, 더 뻣뻣하게, 나를 안아준다.

"정말 청천벽력 같은 소식이었습니다."

"어떻게 된 겁니까?" 플레밍이 말한다. 나는 그들을 한 명씩 차례대로 쳐다본다.

"모르겠어요. 아는 게 아무것도 없어요."

우리는 휴게실로 가서 앉는다. 목재 냄새가 난다. 갖은 종류의 큰 판자 조각들이 한쪽 벽에 기대 세워져 있다.

"어수선하지요, 죄송합니다." 맘모드가 말한다. "제가 모형을 만들고 있어서요."

플레밍이 굳이 묻지 않고 아주 진한 커피를 내온다. 맘모드와 나도 그것에 대해 말하지 않는다. 우리는 가만히 앉아서 작은 컵을 두 손으로 감싸 쥐고 있다.

"어떻게 지내고 계세요?" 플레밍이 말한다.

"정말 거짓말 같은 일입니다." 맘모드가 말한다. "지금도 믿기지가 않아요."

"세상에 누가 시구르를 죽이고 싶어 한단 말이죠?" 플레밍이 말한다. "절대 남한테 원한을 살 사람이 아닌데요."

그들은 도무지 이해가 안 간다는 뜻으로 이마를 찡그리고 눈썹을 치켜세우며 나를 본다.

"그러게요." 내가 말한다. "정말 말도 안 되는 것 같아요."

"경찰이 어제 여기 왔었습니다." 맘모드가 말한다. "사무실을 들쑤시고 다니면서 선반이란 선반은 다 뒤졌어요. 다이어리를 비롯해 시구르의 물건들도 사진을 찍었고요."

"일에 관한 질문도 했습니다." 플레밍이 말한다. "시구르가 직장에서 문제가 없었는지 묻더라고요."

그들은 둘 다 고개를 절레절레 흔든다. 나는 그 질문이 낯설지 않다. 군데르센이 왔었구나, 당연한 일이지만.

"경찰한테 뭐라고 하셨어요?" 내가 묻자 두 사람은 서로를 쳐다본다.

"사실대로요." 플레밍이 대답한다. "시구르는 좋은 친구이자 유능한 건축가, 존경받는 동료였다고."

'존경받는 동료'라니. 그 표현이 모든 것을 말해준다고 나는 생각한다. 무슨 대변인이 장례식에서 하는 말 같잖아. 맘모드는 시선을 아래로 떨군다. 그나마 양심적이네.

"물론 이런 이야기도 했어요." 그는 고개를 살짝 숙인 채 말한다. "문제가 좀 있었다고요. 아시죠, 비용을 커버할 만큼 수입을 올리는 문제와 관련해서, 그리고, 음…… 우리가 겨울에 논의한 내용에 대해서요. 사업 운영 방향에 관한 거였죠. 사실 별일 아니지만—전부 다 얘기해야 한다고 하더라고요. 그 콧수염 난 경찰이."

플레밍이 한 손으로 탁자를 탁 치고 말한다.

"어처구니가 없지요. 겨우 8월에 차린 회사입니다. **당연히** 여러 장애물을 만나죠. 그러지 않는다면 빌어먹을 기적이라고요."

나는 그들의 여러 장애물을, 특히 지난겨울에 했다는 그 논의를 기억한다. 시구르는 화가 난 채 집으로 돌아와 말했다. "플레밍은 자기가 보스인 줄 알아. 지분이 제일 크다는 이유만으로." 회사의 지분 구조는 이랬다. 플레밍이 40퍼센트, 나머지 두 사람이 각각 30퍼센트. 플레밍의 부친이 자본금을 좀 댔다. 그 젊은 건축가는 그것이 형식적인 것에 불과하다고 동의했다—수익 분배에는 물론 반영되지만 수평적 위계를 위협하지는 않을 거라고. 셋 중 누구도 다른 두 사람보다 위에 있지 않을 거라고. 하지만 그 겨울 처음으로 의견이 갈렸을 때 플레밍은 자기주장을 하기 시작했다. 또는 그랬다고 시구르는 말했다. 맘모드는 아무 말도 하지 않고 갈등을 피하려고, 매사에 의견을 내지 않으려고 했다—이 역시 시구르의 얘기다.

플레밍은 세 사람이 밖으로 나가 주요 건축 공모전을 통해 명성을 얻고 돈은 그보다 작은 프로젝트들로 벌기를 원했다. 시구르와 맘모드가 원한 건 각자의 프로젝트에 집중하고 중간 규모의 공공 부문 일들을 노리며, 수익 없는 공모전에 귀중한 시간을 쓰지 않는 것이었다. 적어도 시구르는 그렇게 말했다. 맘모드가 정말로 무엇을 원했는지 알기는 어렵지만, 누가 내게 묻는다면 평화롭게 일하는 거였다고 대답하겠다. 내가 보기에 그 문제는 해결된 적이 없는 것 같다—세 사람 다 각자 하고 싶은 대로 했을 것이다. 회사 재정이 빠듯해지는 순간 더 큰 갈등을 피할 수 없었을 터다. 뭐, 이제 아무래도 상관없지만.

"그 사람이 무슨 얘기를 하던가요?" 내가 묻는다. "군데르센— 그러니까, 그 경찰서에서 온 남자가요."

플레밍이 어깨를 으쓱한다.

"애기해준 건 없습니다. 우리가 반목하고 있었는지 물었지요. 저는 그런 일 없다고—우리는 창의적 의견 불일치를 해결하기 위해 열심히 일하고 열심히 술을 마셨다고 대답했고요. 그게 답니다."

"경찰이 사라 씨를 괴롭히고 있나요?" 맘모드가 묻는다.

나는 한숨짓는다.

"사방에 있어요. 온갖 이상한 질문들을 하면서요. 남편과 무슨 일로 싸웠냐 등등. 하지만 경찰은 그저 할 일을 하는 거예요. 전 그렇게 생각하려고 애써요."

그들은 내가 중요하고 옳은 얘기라도 한 것처럼 고개를 주억거린다. 나를 눈앞에서 치워버리고 싶어 하는 기색이 역력하다. 나는 남은 커피를 한 번에 다 마신다.

"남편 사무실만 좀 둘러보고 싶어요, 괜찮으시면요."

"물론 괜찮죠." 그들은 거의 입을 모아 열성적으로 대꾸한다.

우리는 함께 일어선다.

"제가 안내해드리겠습니다." 플레밍이 말한다.

맘모드는 다시 한번 나를 안아준 뒤 그의 나무판자들로 돌아간다.

시구르의 다이어리는 유형의 물건이다. 이것이 플레마시 건축사무소의 방식이다. 아웃룩도 공유 아이캘린더도 없다—다들 각자 일한다. 3월 6일 금요일 페이지에는 이렇게 적혀 있다. **11:30 앳킨슨. 16:30 산.** 시구르의 독특한 글씨인지 확인한다—필기체처럼 휘어진 대문자와 고르지 않은 'i'의 동그라미들. 맞다. 11시 반에 앳킨슨. 시구르가 음성 메시지에서 산에 도착했다고 말한 때로부터 두 시간 후다. 시구르가 사라지기 전날 밤을, 기억나는 모든 디테일을 떠올린다. 이렇게 또렷하게 기억나는 이유가 그날 밤을 너무 잘 기억해서인지 너무 많이 속으로 되새김질을 해서인지 더는 확신이 없지만 이것 하나는 분명하다. 시구르는 넓적다리에 랩톱을 올려놓고 앉아 나를 올려다보며 말했다. "6시 반까지 토마스네로 가려고."

나는 그보다 한 주 전으로 다이어리를 넘긴다. 앳킨슨과의 약속 두 번. 그 전 주는 세 번이다.

"앳킨슨 씨와 자주 일했네요." 내가 말한다.

"네." 플레밍이 한숨을 쉬며 대답한다. "네, 이상한 사람들이었어요. 대금 지불을 잘 안 하기도 했고요─청구 금액이 아주 컸죠. 시구르는 그 부부한테서 돈을 받으려고 고생하고 있었어요, 특히 아내 때문에요. 자기네들이 동의를 한 사항이네 아니네 하며 끝도 없이 걸고넘어지는 것 같더라고요."

"시구르가 금요일에 무슨 일로 그 사람들을 만나려 했는지 아세요?"

"모릅니다. 제가 출근했을 때 시구르는 여기 없었어요."

"하지만 혹시 그이가─그러니까─그 사람들한테 도면을 보여주러 갔을까요? 그런 일로 방문할 때 도면통을 들고 가나요?"

플레밍은 어깨를 으쓱한다.

"글쎄요. 그럴 것 같지는 않은데요. 하지만 그 사람들이 뭔가 다른 할 얘기가 있었을 수도 있습니다. 그런 사람들은 늘 예측불허거든요. 까다로운 클라이언트들요. 저한테도 몇 명 있죠."

나는 흘긋 올려다본다. 시구르의 제도판이 비어 있다.

"경찰이 뭔가를 가져갔나요?" 내가 묻는다.

"아니요. 제가 알기론 아닙니다. 저기, 사라 씨, 제가 일이 좀 많아서요. 하지만 원하는 만큼 둘러보세요, 그러니까, 시구르의 물건은 이제 사라 씨의 소유니 뭐든 가져가셔도 됩니다. 그리고 다른 것들에 대해서도―그러니까, 실용적인 문제요―사라 씨가 준비가 되시면 같이 얘기해요."

"고마워요. 곧 연락드릴게요."

그는 다시 나를 안아준다.

"정말이지 어처구니없는 일입니다." 그는 그렇게 웅얼거린 후 발을 끌며 나간다.

나는 시구르의 다이어리 사진을 찍는다. 그 금요일을 비롯해 그 주 전체와 세 주 전까지. 이번 주―시구르가 경험하지 못할 첫 주―것도 찍는다. 이번 주에는 적힌 내용이 거의 없다. 이번 주에는 앳킨슨과의 약속이 없다. 페이지를 넘기며 향후 두세 주 분량을 확인한다. 앳킨슨의 이름은 없다. 다이어리의 마지막 두 페이지에는 주소가 빼곡히 적혀 있다―앳킨슨 부부는 상트한스하우겐 남쪽의 내가 잘 아는 동네에 산다. 나는 마음을 바꿔 다이어리를 핸드백 속에 집어넣는다.

시구르가 약속대로 앳킨슨을 만났는지는 모르지만 한 가지는 확실하다. 그는 내게 거짓말을 했다. 그는 아침 6시 반에 토마스를 태우러 그의 집에 간다고 말했다. 산에 가기 전에 클라이언트를 만난다는 얘기는 하지 않았다.

다시 밖으로 나와 인도에 서 있는데 맘모드가 뒤에서 뛰어온다.

"기다려요." 그가 외친다.

나는 그 말대로 하고 그는 내 앞에 선다.

"말씀드릴 것이 하나 더 있어요."

그는 푸른색 오버올을 입고 톱밥이 묻은 머리카락에 보안경을 걸치고 있다.

"이 얘기를 해야 하는 건지 모르겠지만, 시구르는 이제 세상을 떠났고 사라 씨가 알아야 한다고 생각합니다. 가끔 와서 시구르를 기다리던 여자가 있었어요."

"무슨 말씀이세요?"

"아니, 그게, 제가 그 여자를 두 번 본 것 같아서요. 처음 봤을 때는 저기 있는 가로등 기둥에 기대서 창문 안을 엿보고 있었어요. 어느 날 오후, 대여섯 시쯤에요. 저는 플레밍이 보여줄 게 있다고 해서 그의 사무실에 있었는데, 시선이 계속 느껴져서 봤더니 그 여자가 그러고 있더군요. 맙소사, 왜 사람들이 1층에 사무실을 얻지 않으려고 하는지 알겠다, 사람들이 저렇게 들여다보는구나, 하고 생각했습니다. 그런 생각이 아니었다면 그 여자를 신경도 안 썼을 텐데, 그런 생각을 해서인지 여자가 얼마나 오래 그러고 있을지 궁금해졌어요. 그래서 계속 봤더니 시구르가 길을 건너 그 여자한테로 갔습니다. 두 사람은 짧게 포옹을 하고 같이 어딘가로 걸어갔어요. 제가 아는 건—본 건 그게 다예요. 저는 생각했죠. 이런, 이거 이상한데—왜냐하면, 진짜 이상했으니까요. 글쎄요, 그냥 친구나 친척일 수도 있겠지만—누가 알겠습니까? 두 번째로 본 건 한 달 전쯤입니다. 시구르가 뭘 가지러 차로 회사에 왔습니다. 비상등을 켠 채 바로 여기—불법 주차죠—차를 세웠는데, 차에 여자가 한 명 타고 있었습니다. 저는, 그러니까, 저는 그때 안경을 쓰지 않아서 확신할 순 없지만, 저번과 같은 여자인 것 같았어요. 그때 저는 좀 이상하다고 생각했고 시구르가 가고 나서 플레밍한테 얘기했습니다—시구르가 회사 앞에 차를 세웠는데 안에 여자가 있더라고, 암시하듯이요…… 그러니까, 남자들이 어떤지 아시죠?"

"네." 나는 얼른 그렇게 대답하지만 속마음은 다르다. 아니요, 남자들이 어떤지 전혀 몰라요.

"그랬더니 플레밍이, 제가 그렇게 얘기하니까 하는 말이라면서, 자기도 그 여자를 본 적 있다는 거예요. 제가 봤던 거랑 거의 비슷한 식으로요—여자가 밖에서 서성이면서 기다리고 시구르가 나가서 둘이 같이 어딘가로 가는 걸 봤대요. 그래서, 글쎄요, 제 말은, 아마 별일 아니겠죠—혹시 사라 씨는 그 여자가 누군지 아세요?"

그는 웃음을 짓는다—희망을 버리지 못한 웃음임을 나는 알아차린다.

"모르겠어요." 내가 대답한다. "그러니까, 어떻게 생긴 여자였나요?"

"글쎄요." 맘모드는 머리를 긁적이며 말한다. 그의 곱슬머리에서 톱밥이 작은 구름처럼 떠오른다.

"금발이었어요. 대부분의 여자들처럼요—사실 사라 씨랑 조금 비슷해 보였어요. 평균 키에 평균 체격, 검정 코트. 시구르보다 좀 연하일까요? 모르겠네요—말씀드렸듯이, 가까이에서 본 적은 없어서요."

그를 보는 내 시선이 얼마나 텅 비어 있을지 스스로도 느껴진다. 아무 반응도 할 수가 없다. 어떤 여자가 시구르를 기다리는 것이 세 번이나 목격됐다. 나와 마르그레테 말고 시구르가 아는 여자가 누가 있지? 내 친구들은 이 시에 살지 않는다. 안니카를 알지—언니는 도심에서 일하니까 그의 사무실에 들르기 어렵지 않지만, 굳이 그럴 일이 있을까. 그리고, 물론, 율리가 있다. 그녀는 시구르보다 몇 살 연하에 머리카락도 흔하다고 할 만한 금발이다. 잠시 율리를 떠올린다—시구르가 나더러 친해지라고 한, 어쩌면 좀 닮으려고 노력해야 한다고까지 생각했을 율리. 내 집에서 염탐하며 돌아다니던 율리. 엄밀히 말하자면, 그리고 모든 가능성을 포함해야 한다면, 얀 에리크의 여자 친구도 있다. 시구르의 학부 때 친구도 몇 명 있지만 제외할 수 있다. 시구르와 동기인 맘모드와 플레밍은 같이 학교를 다닌 여학생들을 다 알고 있으니까.

하지만 클라이언트들은? 세 남자들이 서로의 클라이언트를 알고 있을까? 그런 생각을 하다가 갑자기 이름 하나가 떠오른다. 앳킨슨. 집을 자주 비우는 남편과 사는 수수께끼의 여자. 갈수록 까다롭게 굴며 대금 지불을 거절하는 아름다운 여자. 시구르가 거짓말을 하게 만든 여자.

맘모드는 걱정스러운 듯 눈을 가늘게 뜨고 나를 본다.

"괜한 말씀을 드렸나 봅니다. 플레밍은 말하면 안 된다고 생각했죠. 하지만 모르겠습니다. 저는 그냥―그러니까, 제가 사라 씨라면 알고 싶을 것 같았어요."

"네." 나는 고개를 끄덕이며 말한다. "고마워요."

맘모드도 고개를 끄덕인다.

"이해할 만한 이유가 있을지도 몰라요. 어쩌면요, 그러니까, 아직 누군지 모르잖아요. 하지만 어쨌든, 적어도 이제 사라 씨가 알게 됐네요."

그는 가려고 돌아선다.

"맘모드 씨." 내가 부르자 그는 다시 나를 돌아본다. "그 얘기를 경찰한테 하셨어요?"

"아니요, 안 했습니다. 어, 물어보지 않아서요. 얘기했어야 할까요."

"네, 어쩌면요."

"사라 씨가 얘기하시면 어떨까요, 경찰과 얘기할 때요."

맘모드는 돌아서서 인도를 재게 걸어간다. 나는 그가 사무실로 들어가는 것을 지켜본다. '아직 누군지 모르잖아요.'―여자에 대한 묘사를 떠올려보건대 동의할 수 있다. 금발, 젊은 편, 평균 키, 평균 체격. 40세 이하의 노르웨이 여성 대다수에게 해당되지 않는가. 그는 일부러 애매모호하게 말한 걸까? 난 이제 아무도 믿지 못하는 것 같다.

역으로 걸어가면서 생각한다. 경찰은 이 일을 모르고 있다. 맘모드는 군데르센에게 이 정보를 주지 않았지만 어쩌면 나는 알려줘야겠지. 하지만 망설여진다. 나는 마요르스투아 역으로 들어가 타블로이드지를 파는 가판대를 빠르게 지나친다. '크록스코겐 살인사건'─나의 사적인 비극은 이렇게 세상에 알려졌다─에 대해 뭐가 더 보도되고 있는지 알고 싶지 않다. 최소한 기자들이 살인사건을 다룰 때 쓰는 흥분하고 열성적이고 피에 굶주린 어조의 글은 아무것도 읽고 싶지 않다. 승강장으로 간다. 눈을 가늘게 뜨고 고개를 젖혀 스크린들을, 사방으로 뻗은 선로들을 보면서 군데르센과의 대화를 상상한다. 이렇게 말하는 나. "시구르가 어두운 금발 머리 여자를 몰래 만나고 있었어요." 군데르센의 순진한 척하는 짐짓 중립적인 표정. "아, 정말입니까?" 마치 그 말이, 남자가 아내 몰래 여자를 만난다는 게 무슨 뜻인지 모른다는 것처럼.

그러다가 생각한다. 아직은 아무 말도 할 필요 없어. 비밀로 하겠다는 건 아니야, 아니지─그리고 물론 거짓말도 하지 않을 거야. 경찰이 물어보면 대답할 거야. 하지만 아무 언급이 없으면 좀 기다려보는 것까지는 괜찮겠지. 상황이 어떻게 전개되는지 보면서. 숨쉬기가 좀 쉬워진다. 어차피 지금 경찰은 내가 하는 얘기에 엄청난 관심을 보이는 것 같지도 않으니까. 그러니까 좀 기다렸다가 그 정보를 공유하는 것도 나쁘지 않잖아?

나는 집으로 가지 않는다. 아직 시간이 너무 이르다. 올 환자도 없는데 집에 있을 이유가 있나? 전철을 타고 스메스타로 간다.

아빠 집에 자주 들러야 하는데 그러지 못한다. 누가 묻는다면 일주일에 한 번 간다고 대답할 테지만 솔직히 다른 일이 생기면 굳이 가지 않는 경우가 많다. 이 '다른 일'에는 오만가지 것들이 포함된다— 텔레비전에서 괜찮은 영화를 하거나, 시구르가 산책하러 가자고 하거나, 너무 피곤해서 집에서 쉬고 싶다거나. 안니카도 똑같다. 하지만 언니와 나는 절대 그렇게 말하지 않는다. 오히려 매주 아빠한테 간다고 서로에게 얘기하는 편이다. 아빠는 우리한테 전화를 하는 법이 없다. 너무 바쁘다고, 약속을 잡는 것이 영 불편하다고 한다. 아빠는 이 문제에 관해 아주 솔직하다. "하지만 언제든지 와도 돼." 그렇게 말함으로써 함께 시간을 보내는 일의 책임을 우리에게 떠넘긴다.

아빠는 스메스타와 홀멘 사이의 외딴 곳에 있는 흰색 목조주택에 산다. 내가 어린 시절을 보낸 집이다. 나는 우듬지 사이로 그 집이 보이기 시작하자 모호한 희망과 비애에 휩싸인다. 다운재킷을 입고 고무장화를 신고 학교에서 돌아올 때 느꼈던 복합적인 감정. 등을 파고들던 무거운 책가방.

이곳은 엄마가 죽은 곳이지만 내가 성장한 곳이기도 하다. 나는 여기서 처녀성을 잃었고, 첫 담배를 피웠고, 안니카가 대학에 가서 따로 나가 살게 됐을 때 울면서 잠들었다. 마지막 일은 나도 온전히 이해가 가지 않았는데, 언니가 이사한 곳은 열차로 한 시간도 걸리지 않는 데다 어쨌거나 당시 우리는 툭하면 싸웠기 때문이다.

희망과 비애는 그 집의 일부가 되어버린 것처럼 보인다. 오래 전 1890년대 말에 내닫이창을 비롯해 전체적으로 고풍스럽게 지어졌지만 지금은 황폐한 모습이다. 몇 년 전 아빠가 집 앞으로 찾아와 페인트칠을 하겠냐고 물은 폴란드 출신 일꾼들의 제안을 받아들이고 품삯을 지불했기에 색 자체는 충분히 희다. 자세히 보면 방치됐다고 짐작할 정도로 황폐한 집도 아니다. 깨진 창유리도 없고 내려앉은 창틀도 없으며, 다음 가을의 돌풍이 불기 전까지만 겨우 버틸 듯한 붕괴 직전의 건물도 아니다. 그보다는 집의 상태가 주인의 관심 부족을 증명해 보인다. 혹자는 이러한 외부적인 관찰 끝에 집주인이 물리적 세계가 아니라 형이상학적 세계에서 살고 있다고 추측할 수 있을지도 모른다.

그러한 쇠락의 징조들은 이른 봄에 가장 확연하다. 현관문을 향해 걸어가는데 지난가을 눈이 오기 전에 갈퀴질을 하지 않아 잔디밭 곳곳에 낙엽이 만든 걸쭉한 갈색 층이 카펫인 양 덮여 있는 것이 보인다. 한두 달 후 햇볕이 강해지기 시작하면 부패가 시작될 것이다. 누군가―아마도 안니카나 아빠가―마침내 잔디가 불쌍해서 마지못해 갈퀴질을 하겠지. 하지만 이미 때가 늦었을 테고. 지금도 늦었을 수 있다. 진입로 여기저기에 누군가의 진흙 발자국이 있다. 아무래도 이삼년 동안은 푸르고 무성한 매력적인 잔디밭은 기대할 수 없을 것 같다. 안니카는 원래는, 우리가 어리고 엄마가 살아 계실 때는, 그런 잔디였다고 말하지만 내 기억 속에 그런 잔디는 없다. 아마 언니 말이 맞을 거다—사람들은 엄마가 화초를 잘 길렀다고 종종 얘기하니까. 하지만 나는 가끔 언니가 엄마가 아프기 전 우리 가족의 모습을 장밋빛으로만 보지 않나 하는 의심이 든다. 나보다 자주 엄마 얘기를 하는 언니는 엄마를 살아 있게 하고 싶어 하는 듯하다. 언니는 이렇게 말한다. 엄마는 이렇게 했어, 엄마는 이렇게 저렇게 말하곤 했어. 언니가 아는 엄마를 알지 못했던 나는 엄마가 죽은 뒤 수년 동안 엄마에 대한 얘기는 아무것도 듣고 싶어 하지 않았다. 언니나 아빠가 엄마 얘기를 하면 나는 화제를 돌렸다. 그러면 언니는 성이 나서 내가 억지로 듣게 하려고 했지만 나는 거부했다. 방을 나가거나 두 손으로 귀를 막았다. 언니가 하는 말이 진짜인지 내가 어떻게 알겠는가? 엄마가 처음 아프기 시작했을 때 나는 너무 어렸다. 내 기억의 너무 많은 부분이 엄마의 병으로 인한 불확실성으로 오염되었다. 나는 자주 엄마의 이상한 말과 행동을 두고 궁금해했다. 지금 엄마는 정상일까, 아님 아픈 걸까? 언니가 얘기하는 일화들을 내가 어떻게 이해할 수 있겠는가, 제대로 기억나지도 않는 우리 가족의 모습인데?

엄마는 알츠하이머병을 앓았다. 65세 이전에 시작되면 조기 발병으로 분류된다. 조기 발병 환자들도 대부분 50세 이후에 발병하지만 엄마는 겨우 40대 초반이었다. 이 병은 작은 것들로부터 시작된다고 한다. 엄마는 가끔 약속을 잊어버리거나 이름과 지명을 헷갈리곤 했는데, 그래서 지적을 당하면 소리 내어 웃었다. 조금 심한 건망증으로 치부한 것이다. 하지만 아직 학교에 들어가지 않은 아이들의 어머니라면 생각할 것이 아주 많은 법이다. 엄마는 가스레인지 끄는 것을 깜빡했다. 우리에게 도시락을 들려서 학교에 보내는 걸 깜빡했다. 어느 날은 식탁에 나이프와 포크 대신 스푼만 놓았다. 식탁 앞에 앉은 언니와 내가 기억난다―아빠는 집에 없었다. 우리 앞에는 각각 수프 스푼 두 개와 막대 모양으로 튀긴 생선과 삶은 당근이 담긴 접시가 놓여 있었다. 나는 아주 재미있다고 생각했지만 언니는 성이 났다. "스푼으로는 못 먹어요." 언니는 딱딱한 목소리로 그렇게 말했고 엄마는 소리 내 웃은 다음 이렇게 말했다. "어머, 그렇지!" 엄마는 웃었다. 나도 웃었다. 언니는 스푼을 모아서 주방으로 가져갔다.

　나는 엄마가 진단을 받았을 때 누군가 우리를 앉혀놓고 설명해줬어야 한다고 본다. 그런 대화를 나눈 기억은 전혀 없지만 아빠가 이렇게 말하곤 했다. "엄마한텐 아픈 생각과 건강한 생각이 있어―아픈 행동과 건강한 행동도 있단다." 자장가를 불러주는 것과 이마에 입맞춰주는 건 건강한 행동이었다. 생선 튀김에 수프 스푼을, 아침에 탄산음료를 주는 건 아픈 행동이었다. 아픈 행동을 지적받은 엄마의 웃음소리를 기억한다. 발깍거리는 바보스러운 웃음. 시간이 지나면서 나는 그 소리를 들으면 초조해졌던 기억이 난다.

　엄마는 물론 어느 날 갑자기 아프게 된 것이 아니지만 되돌아보니 진단을 받은 건 내가 다섯 살 때였다. 그보다 반년, 어쩌면

1년 전부터 증상이 뚜렷했을 것이고 그래서 내 기억에는 엄마가 건강했던 때라고 확신하는 시기가 거의 없다. 어느 날 할머니 댁 마당에서 보낸 하루를 기억한다. 엄마와 나는 빨강과 흰색이 섞인 비치볼을 갖고 놀고 있다─이 장면을 떠올리며 나는 생각한다. **그건** 엄마가 건강했을 때야, **그건** 엄마가 정신이 맑고 정상적이었을 때야. 확신한다─거의 확신한다─하지만 작디작은 의심에조차 사로잡히지 않기가 너무 어렵다─아니, 아플 때였나?

엄마는 누군가 돌봐주지 않으면 살 수 없게 되었을 것이다. 병은 빠르게 진행되었다. 엄마가 더 오래 살았다면 내가 고등학교에 입학하기 전에 시설에 들어갔을지도 모른다. 하지만 엄마는 그보다 훨씬 일찍 돌아가셨다. 어느 불운한 날 집에 혼자 있던 엄마는 처방약들을 혼동했다. 불안증 약과 통증을 줄여주는 약을 비타민이라고 생각하고 동시에 먹었다. 아빠가 엄마를 발견했다. 아빠가 원래부터, 그날 이후 나의 유년 시절 내내 그랬듯, 살갑지 않았던 것인지 그 사건─주방에서 쓰러져 죽어 있는 아내를 발견한 것─이 아빠에게 평생의 상처를 남긴 것인지 나는 모른다. 그때 나는 일곱 살이었다. 내게는 엄마가 아프기 전의 아빠에 대한 기억도 별로 없다. 언니한테 물어볼 수 있겠지만 글쎄─언니와 나는 아빠에 대해 그런 대화를 하지 않고, 나는 어떻게 얘기를 꺼내야 할지 잘 모르겠다.

초인종을 누르고 기다린다. 집 안에 불이 켜져 있지만 한참 후에야 문이 열린다. 흔한 일이다. 내 앞에 선 여자는 나보다 몇 살

어리고 긴 갈색 머리에 눈초리가 매섭다. 여자는 회의적인 것 이상의 무엇이 담긴 시선으로 나를 본다.

"네?"

"베가르 씨 계신가요?"

"무슨 일이시죠?"

처음 보는 여자다. 그들, 아빠가 집에 들이는 학생들은 매사에 자기 멋대로 군다. 여자는 여기서 오래 지냈을 리가 없지만 자신이 경호원 같은 존재라고 생각하는 것 같다. 아빠를, 그 예민한 천재를 성가신 바깥세상으로부터 지켜야 한다고. 아빠의 학생들이 대부분 그렇듯이. 물론 아빠에게 매료되는 사람들에게 특정한 성향이 있기도 하겠지만, 나는 아빠가 그들에게서 그런 성향을 끌어낸다고 추측할 수밖에 없다. 아빠가 학생들에게 들려주는 자신의 공적인 그리고 학자로서의 인생은 다윗과 골리앗의 이야기를 닮았을 것임이 불 보듯 뻔하다. 체제에 저항하는 약한 개인의 싸움. 그걸 곧이곧대로 믿으면서 학생들은 본인들이 중요한 존재라는 느낌을 받는다. 그들은 아빠의 지칠 줄 모르는 옹호자들이다. 그 기간이 몇 달에 불과하든 한 학기 동안이든 간에.

"저는 그분의 딸이에요."

여자는 대꾸하지 않지만 문을 열어 나를 집 안으로 들인다. 복도에는 스타일과 사이즈가 제각각인 신발과 재킷 들이 있다. 대부분은 누가 봐도 아빠의 물건이 아니다. 아빠는 지금 집에 한 무리를 데리고 있는 게 틀림없다. 나는 내 신발을 차듯이 벗는다. 문을 열어준 학생은 거실로 가고 나는 그녀의 뒤를 따르다가 앞질러서 먼저 아빠의 서재로 들어간다. 여자는 나의 앞지르기에 짜증이 난 것처럼 보이고 나는 부끄러움 없이 통쾌하다. 내가 자란 집에서 손님처럼 안내받을 생각은 없다. 나는 노크도 하지 않고 서재로 들어간다.

아빠는 책상 앞에 앉아 원고를 읽고 있다. 코에는 독서용 안경이 걸쳐 있고 팔꿈치 옆에는 거대한 찻잔이 놓여 있다. 아빠는 곧바로 우리를, 학생과 나를 올려다보지 않아서 우리는 가만히 서서 아빠를 쳐다본다. 아빠는 텍스트에 반주를 맞추듯 웅얼거리며 보고 있던 페이지를 끝까지 읽는다.

곧 고개를 든 아빠는 활짝 웃는다.

"이런, 사라, 반갑구나! 정말 잘 왔다."

나는 서재를 가로질러 가 아빠를 안아준다. 차와 애프터셰이브와 젖은 나뭇잎 냄새가 난다.

"안녕, 아빠."

"내 딸과 인사했나?" 아빠는 문가에 서 있는 그 학생에게 묻고 그녀는 긍정하는 대답을 한다.

"안녕하세요." 학생이 내게 인사한다.

"안녕하세요." 나는 최대한 우아하게 인사한다.

"뭐 좀 먹겠니, 사라?" 아빠는 일어나면서 묻는다. "지금 집에 뭐가 있는지 잘 모르겠지만―스키를 타거나 글을 쓰느라 너무 바빠서 장을 볼 시간이 없거든. 거기다 너도 알겠지만 집에 와 있

는 학생들도 있고―사회에서 처벌을 다루는 방식에 관한 아주
흥미로운 아이디어들을 논의 중이란다. 그 애들이 머물면서 음식
을 다 먹었을 거야."

"롤빵이 있어요." 학생이 도움이 되려고 말한다.

"차 한 잔이면 충분해요." 내가 말한다.

아빠는 차를 준비하러 주방으로 가고 학생은 아빠를 바짝 뒤따
라간다. 아빠를 숭배하는 학생들은 거의 이 집에 들어와 살다시피
한다. 그 모든 상황에 뭔가 비정상적인 것이, 옳지 않은 것이 있고
나는 아빠와 그 학생들의 관계―거기에 무엇이 수반될 수 있는
지―에 대해 지나치게 많이 생각하지 않으려 무던히 애쓴다.

몇 해 전 아빠는 글을 쓸 곳이 필요하다며 비슬레트에 작은 아
파트를 구했다. "학과 일이 너무 바빠질 때를 위해서야." 아빠는
말했다. 나중에 안니카와 나는 아빠가 집에서 진을 치고 있는 학
생들한테서 달아나려고 그런 게 아닐까 하고 서로 이야기했다.
그게 아니면 혼자 사는 사람이 혼자 있기 위해 또 다른 집이 필요
할 이유가 있을까?

"그 학생들이랑 자려고 그러신 걸 수도 있어." 시구르는 집으로
돌아가는 차 안에서 건조하게 그렇게 말한 적이 있다. 나는 대꾸
하지 않았다.

플레마시 건축사무소가 아빠의 집필용 아파트와 가깝다. 시구
르의 사무실 창문에서 고개만 내밀면 아빠의 아파트 창문이 보일
정도다. 나는 시구르와 아빠의 아파트에 대해 얘기하다가 그 사

실을 짚어준 적이 있다. 두 사람이 가까운 데서 일하게 됐으니 언제 만나서 점심이라도 먹으라고 제안했다. 왜 그랬는지 모르겠다. 시구르와 아빠가 날짜를 정해서 만나는 건 상상조차 하기 힘들고, 예상대로 그 제안을 두 사람 모두 마음에 들어 하지 않았으니까—그들은 한 번도 긴 시간을 함께 보낸 적이 없다. 아빠는 시구르를 미화된 메이크업 아티스트로 생각한다. 그의 직업의 목적은 뭔가를 예쁘게 보이도록 하는 것뿐이라고. 시구르는 내 아버지를 알게 되는 사람들 대다수가 그렇듯 당혹스러워했다. 아버님은 그런 것들을 정말로 **믿는** 거야? 그렇기도 하고 아니기도 해. 나는 대답했다. 하지만 아빠에 대해 너무 많이 생각하지 않는 게 상책이야—아빤 도발하기를 좋아하고, 네가 발끈할수록 더 신이 나서 널 놀리실 거니까. 시구르는 아빠 앞에서 처신하는 법을 찾아냈다—시구르가 자부심을 과시하지 않는 한 아빠는 시구르가 별로 마음에 안 드는 장식물인 양 그를 견뎌냈다. 아빠가 그런 노력을 한 건 내가 그러라고 우겼기 때문이다. 나쁘지 않았다. 두 사람 사이에 갈등은 없었다. 하지만 두 사람의 일터가 가깝다는 사실은 두 번 다시 언급되지 않았고, 그들은 만나서 커피 한 잔 마신 적도 없었던 듯하다.

나는 서재에 혼자 있는 동안 아빠 책상 위에 놓인 원고의 제목을 본다. '형벌로써 태형의 이용과 범죄 예방 효과, 비교문화적 검토, 베가르 지네르만.' 한숨이 나온다. 여전하시네.

내가 열네 살 때 아빠는 〈아프텐포스텐〉 신문에 노르웨이의 사법 제도에 차꼬*를 재도입해야 한다는 기고문을 썼다. 학교 사회 선생님은 내게 물었다. "지네르만, 이 사람 혹시 네 친척이니?" 그 때 처음으로 나는 다른 사람들이 아빠를 안다는 걸 깨달았고, 나 중에는 아빠가 논란을 일으키는 그런 기명 논평과 기고문을 내 유년 시절 내내 썼다는 걸 알게 되었다. 더 젊었을 때 아빠는 생 각이 달랐다. 닐스 크리스티**를 읽었고 처벌은 최소화해야 한 다고 믿었다. 그러다가 완전히 다른 쪽으로 돌아섰다. 아빠의 글 을 읽어봐도 나로서는 아빠의 전략이 어떤 차원인지 도무지 모르 겠다─비꼬고 있는 건지 진담인지, 극한까지 질문들을 밀어붙여 사회의 모순과 위선을 돋보이게 하는 것인지, 본인이 쓰는 대로 진심으로 믿고 있는 것인지. 아빠는 7월 22일 테러*** 후에 정신 없이 바쁘게 활동했다. 당신 앞에 내밀어진 모든 마이크에 대고 소리 높여 자기주장을 펼쳤다.

차꼬에 관한 글이 실린 다음 해에 안니카는 말했다. "있잖아요. 생각을 좀 해봤는데, 엄마 성을 따르고 싶어요. 엄마를 기리기 위 해서요."

"더는 지네르만으로 불리고 싶지 않은 거냐?" 아빠가 물었다.

내 기억에 그때 우리는 바로 이 집의 식당에서 식사 중이었다.

---

* 과거 죄수를 매던 형구.
** Nils Christie (1928~). 노르웨이의 사회학자이자 범죄학자.
*** 2011년 7월 22일에 노르웨이 우퇴위아 섬에서 발생한 총기 난사 테러.

아빠는 포크를 입으로 가져가다 다시 내려놓고 무겁고 진지한 눈으로 언니를 쳐다봤다. 언니는 냅킨을 내려다봤다.

"엄마가 어떻게 생겼는지도 기억나지 않으려고 해요." 언니는 잠긴 목소리로 말했다. 침묵이 담요처럼 식탁 위에 내려앉았다.

"아, 애야." 아빠는 말했다. "**네** 이름이잖니. 네가 원하는 대로 해도 돼. 엄마도 좋아할 거다."

언니는 감사하다는 듯 고개를 끄덕였지만 나는 언니의 눈가에 물기라곤 없는 것을 보았다. 그때 언니는 로스쿨 2년차였다. 그 전 주에 아빠는 〈다그블라데〉에 '사형과 국가의 존엄'이라는 글을 썼다.

아빠를 엄청 어려워했던 나는 그때가 내게 유일한 기회임을 알아차렸다.

"나도 엄마가 거의 기억나지 않아요." 나는 떨리는 목소리로 말했다. "엄마보다 엄마 장례식이 더 많이 기억나요."

"너도냐?" 아빠는 말했다. 나는 아빠를 쳐다보지 않고 침묵을 견뎠다. 침묵이 깨지지 않도록 속으로 초를 셌다.

"뭐, 내가 이해하는 수밖에 없겠지." 아빠는 말했다. "그리고 어쨌거나 자매가 같은 성을 쓰는 게 좋을 테니까."

지네르만이라는 성은 아빠의 할아버지 때부터 썼다. 폴란드인 선원이던 그분은 리스본에서 베르겐으로 가는 배에 타서 출신지를 속이고 이름을 지어냈다. 아빠는 모험적인 당신의 조부를 무척 자랑스러워했다. 그분 말고는 아무도 지네르만이라는 성을 쓰지 않았다. 아빠는 그것이 품질 인증 도장이라고 믿었고 본인이 딸들에게 안겨주고 있는 당혹감을 결코 알아채지 못했다. 우리가 그 성을 물려받지 않을 거라는 사실은 아빠를 괴롭게 했을 것이 틀림없지만, 아빠는 지극히 아빠답게도 쓰라린 마음을 우리한테 내색하지 않았다. 대신 다시는 그 일을 입에 올리지 않음으로써 우리의 선택을 존중함을 보여줬다. 안니카와 나는 법원에 가서 서류를 작성했고 그걸로 끝이었다.

서재로 돌아온 아빠는 그 학생 없이 혼자였다. 아빠는 찻잔 두 개를 난롯가의 안락의자들 사이에 있는 커피테이블 위에 놓았다. 이 집의 모든 공간 중에 아빠의 서재가 가장 공들여 만들어졌다. 크고 거실의 역할을 할 수 있으며 벽난로와 안락의자, 술 보관용 수납장 등 없는 게 없다. 비상 시 아빠는 이 서재에서 며칠 버틸 수 있을 것이다.

"그래서." 아빠가 나를 보며 말한다. "어떻게 지내니, 애야?"

내 아버지의 눈은 맑고 초록색이다—노인이나 아기의 눈 같다. 얼굴에는 굵은 주름이 많은데, 스키를 타러 오르는 고산지대와 험준한 바위 위의 비바람 때문에 생긴 것이다. 아빠의 미소는 언제나처럼 다정하다. 어찌나 온화한 미소인지 아무도 그가 사형과 태형을 옹호할 수 있는 사람이라고 믿지 못할 것이다. 이제 안경을 벗고 다리를 꼰 아빠의 표정은 "말해봐, 완전히 집중하고 있어."라고 말하는 것만 같다. 나는 갑자기 울고 싶어진다.

어렸을 때 나는 무엇보다도 이 방에 초대받기를 원했다. 자주 누릴 수 있는 영광은 아니었지만 가끔 아빠는 내게 잠깐 아빠와 함께 시간을 보내겠냐고 물었다. 때로는 아빠가 차를 끓였고 나와 아빠는 안락의자를 하나씩 차지하고 앉았다. 나는 다리를 몸 아래에 깔고 앉곤 했다. 그 순간의 마법을 흐뜨릴까 두려워 거의 말은 하지 않았다. 마치 말을 잘못하면 아빠와 함께 앉아 있는 그 믿기지 않는 행복이 사라져버리기라도 할 것처럼. 아빠는 얘기하고 나는 들었다. 아빠는 존경하는 과학자들에 대해, 위대한 철학자들에 대해, 비잔틴제국의 결정적인 전투들과 고대 터키의 서사시들, 아주 오래된 노래들과 먼 이국의 땅들에 대해 얘기했다. 나는 아빠가 하는 이야기의 절반도 이해하지 못했지만 상관없었다. 의자 등받이에 머리를 기대고 있다 보면 눈꺼풀이 점점 내려오며 결국에는 거의 감겨서 아빠가 그림자 같은 것처럼 보이는 순간이 왔다. 아빠의 목소리에 귀를 기울였다. 늘 마치 성냥을 그으면 불이 붙을 듯 거친 목소리였다.

이제 나도 성인이라서 아빠가 내 안부를 묻지 않는 것은 아니다. 내 대답을 들어야 한다는 걸 잊어버릴 뿐이다. 아빠와 대화할 때 내가 하고 싶은 말을 할 수 있는 시간은 아주 짧다. 몇 분만 지나면 아빠의 집중력이 약해지기 시작한다—그것이 한탄스러운 것은 아니다. 내 아버지는 원래 그런 사람이고, 그런 사람은 변하지 않는다. 아빠의 안경은 책상 위에 있지만 아빠의 콧대에는 붉은 자국이 흐릿하게 남아 있다. 이제 나를 바라보며 무대가 내 것이라고, 귀를 기울이고 있다고 눈빛으로 말하는 아빠를 보면서 나는 털어놓기로, 그 말을, "시구르가 죽었어요."라는 말을 해버리기로 마음을 굳게 먹는다. 해치워. 그러면 아빠가 뭐든 하고 싶은 말을 하시겠지.

고교 시절 한동안 아빠에게 내 감정에 대해 얘기해보려고 애썼다. 친구들이 나만 빼놓고 별장에 놀러 간다고 아빠에게 말했다. 내가 반한 남자애가 다른 애랑 사귀어서 밤잠을 이루지 못할 때 아빠에게 갔다. 아빠와 얘기를 하면 고통이 더 커지는 느낌이었다. "아하, 그렇구나. 다 저절로 괜찮아질 거란다." 아빠는 그렇게 말하곤 했다. 그런 말은 종종 그 타이밍이 최악이어서, 나는 아빠가 듣지도 않고 있음을, 아빠는 자기만의 생각에 빠져 있다고, 내가 무슨 일을 겪고 있든 그저 10대의 드라마로, 저절로 지나갈 일로 생각하는 것 같다고 깨닫곤 했다. 사실 대개 저절로 지나갔다. 하지만 나는 매번 바보가 된 기분이었다. 도통 교훈을 얻지 못하는 애였다. 늘 이번에는 내가 제대로 전달할 수 있을 거라고 생각했다.

할머니가 후세뷔스코겐에서 갑자기 쓰러져서 돌아가셨을 때 아빠는 언니와 나를 크루즈 여행에 초대했다. 우리한테 물어보지도 않고 표를 샀다. 카리브해에서 세 주를 보내는 일정이었다. 장례식 다음 날에 오슬로에서 출발하는 표였고, 아빠는 분명 거금을 썼을 것이다. 임신해서 몸이 무겁던 언니는 "절대 안 돼요." 하고 거절했다. 그래서 아빠와 나 둘이서 갔다. 나한테도 좋지 않은 시기였다. 시험이 코앞이었고 나는 여행 내내 대부분의 시간을 갑판의 일광욕용 의자에 앉아 교과서를 보며 지냈다. 밤이 되면 할머니 생각이 나서 침대에서 이리저리 뒤척이느라 잠도 잘 못 잤다. 아빠도 안절부절못했다. 배에서 몇 시간이고 이리저리 서성 이고 다녔다. 아빠는 할머니와 사이가 무척 좋았다. 아빠는 할머 니도 언젠가는 죽는다는 걸, 그토록 갑작스럽게 그럴 수도 있다 는 걸 생각조차 해보지 못했다. 아빠는 슬픔에 빠져 불안정한 상 태로 이리저리 계속 서성였다. 더 자유롭게 돌아다닐 수 있는 숲 이나 산으로 갔어야 했는데. 분명 아빠는 크루즈 여행의 매 순간 을 싫어했을 것이다. 오직 나를 위해 떠난 여행이었다. 그 여행이 우리의, 언니와 나의 슬픔을 덜어줄 거라고 생각했을 것이다. 아 빠도 우리도 별로 원하지 않은 그 휴가를 우리에게 선사하기 위 해 아빠는 저금을 쓴 것이다.

아빠가 내게 관심이 없는 건 아니다. 하지만 아빠한테 무엇을 기대할 수 있을지 전혀 모르겠다. 나한테 필요한 게 뭔지도 모르 겠다. 나는 불과 며칠 전에 시구르를 잃었고 의지할 데가 거의 없 다. 그래서 나는 말한다.

"잘 지내고 있어요."

그러자 아빠가 말한다.

"그래? 일이랑 전부 다? 시구르랑도?"

"잘 버티고 있어요. 아빠는, 아빤 괜찮아요?"

잠시 아빠는 나를 탐색하듯이, 뭔가를 더 물어보고 싶은 것처럼 쳐다본다. 나는 아빠에게 뭔가가 보였다고 확신한다. 난 설명해야만 할 것이다. 하지만 곧 아빠는 다시 웃음 지으며 말한다.

"뭐, 알다시피 나도 잘 버티고 있지."

아빠의 미소를 보니 기분이 나아진다 — 벽난로 앞에서 아빠가 들려준 이야기들, 아빠가 저기 있는 한 안전하다는 느낌. 한없는 안도감이 나를 감싼다. 나는 아빠에게 얘기하러 이곳에 왔다. 이제 꼭 그러지 않아도 될 것 같다.

"요즘 뭐하고 지내셨어요?"

"스키를 자주 타러 다녔어." 아빠는 그렇게 대답한 다음 자랑하는 아이처럼 덧붙인다. "지난주엔 매일 나갔지. 쇠르케달렌까지 가면 눈이 충분히 많아."

나는 의자에 등을 기댄다. 어릴 때 그랬던 것처럼 높은 등받이에 뺨을 대고 기댈 수 있으면 좋겠다.

"최근에 읽은 책 중에 괜찮은 거 있어요?"

아빠는 편한 자세를 취한다. 미셸 우엘벡*을 읽고 있다고 말한다.

"정말 특별한 작가야." 아빠는 말한다. "어둡고 달아날 수도 없지만, 그래도 나는 어둠 속에 앉아서 잠시 세상을 지켜보면 배울 수 있는 게 많다고 생각해. 그런 행위는 꼭 필요한 것 같구나. 나중에 그 어둠에서 빠져나올 거라고, 거기에 갇히지 않을 거라고 확신하기만 하면 된단다."

---

*   Michel Houellebecq (1958~). 프랑스의 시인이자 소설가.

나는 소피 옥사넨*을 읽고 있다.

"아빠도 읽어보세요. 아빠의 감상을 듣고 싶거든요—이 사람의 작품들을 좋아하실 것 같아요. 어둠에 대해 얘기하거든요."

이것이 우리가 인생의 큰 주제—사랑, 죽음, 고통, 그리고 그 모두의 부조리—에 관해 대화하는 방식이다. 위대한 작가들이 쓴 주제에 대해서는 아빠와 나도 얘기할 수 있다. 시구르에 대해 얘기하지 않기로 하자 나는 너무나 마음이 놓여서 관대해진다. 아빠의 말에 소리 내어 웃고 농담을 나눈다. "네, 뭐, 어둠에 갇히는 바로 그때가 우리 심리치료자들이 개입하는 순간이죠." 아빠가 책 이야기를 하는 동안 나는 의자 등받이에 몸을 기댄다. 벽난로의 온기 속에 있으니 어릴 적 아빠와 함께 마시던 코코아의 맛이 느껴지는 듯하다. 눈을 감고 짧은 순간 완벽한 고요 속에 앉아 있는 느낌을 음미한다.

역으로 향하는데 내가 후회하게 되리라는 예감이 든다. 나는 다음에 다시 와서 무슨 일이 있었는지 아빠에게 말해야만 할 것이다.

콩글레베이엔 거리로 돌아오니 집이 비탈 위에 높이 솟은 것처럼 보인다. 날씨가 흐려서 어두컴컴할 지경이다. 진입로에는 경찰차가 있고 정원에서는 경찰 한 명이 몸을 숙이고 있다. 내가 자갈을 밟는 소리를 들은 그녀가 내 쪽을 본다. 프레들리다. 내 상담

---

* Sofi Oksanen (1977~). 핀란드의 소설가.

실에서 군데르센과 처음 대화할 때 동석했던 빨강머리의 북부 사람. 내가 손을 흔들어 인사하자 그녀도 똑같이 화답한다.

주방에 들어와서야 얼마나 피곤한지 느껴진다. 새벽 2시 45분경 이후로 잠을 거의 못 잤다. 생각해보니까 시구르가 사라진 이후로 매일 잠을 설쳤다. 내 집이 안전하게 느껴지지 않는데 어떻게 잠을 잘 수 있겠는가?

하지만 경찰차가 집 앞에 있고 프레들리가 마당에 있는 지금은 안전하다. 나는 가수 상태인 것처럼 계단을 올라가 침실 침대에 몸을 던진다. 시구르의 자리에.

그 공모전의 명칭은 뉴허라이즌스였다. 노르웨이 서부에 있는 마을에 새 문화센터를 설계하는 프로젝트였다. 그 지역의 시의회는 자금을 일부 확보했고 참가자들에게는 완전한 자유재량이 주어졌다. 시구르—갓 졸업한 실직 상태의 배고픈 시구르—는 적극적으로 도전했다. 도안들로 아파트를 도배하다시피 하고 쓰지 않는 방에 틀어박혀 밤늦게까지 컴퓨터와 제도판 사이를 끝도 없이 왔다 갔다 했다.

"확장형 평면." 그는 말했다. "개방형 공간. 전망."

"좋은데." 나는 말했다.

새로운 낮들과 밤들, 새로운 아이디어들. 나는 근무를 마치고 복츠가테를 지나 계단통을 올라 우리가 장만한 토르쇼브의 아파트로 들어갔다. 거친 숨과 차가운 커피의 냄새가 났다.

"시구르." 내가 부르자 그가 눈을 반짝이며 나타났다.

"미팅 공간," 그는 말했다. "놀이와 학습, 대화의 장."

그는 들고 나온 도면 한 장을 내게 들어 보였다.

"어떻게 생각해?"

"이게 도대체 뭔데?" 내 물음에 그의 입가에 살짝 짜증스러운 기미가 보이고 그는 설명했다.

"이건 대강당, 저건 로비. 이 안에 회의실들이 있고 어린이용 놀이터는 저기 있어."

도서관, 멀티미디어룸, 무대들. 그 마을 사람들을 위한 시구르의 열정이 불타고 있었다. 왜 모든 것이 오슬로에만 몰려 있어야 하지? 어째서 혹독한 날씨에 시달리는 서부 사람들은 문화적인 경험과 아름다운 건축에 접근할 기회를 동등하게 누릴 수 없는 거야?

밤에 거실에 앉아 텔레비전을 보고 있으면 남는 방 안에서 시구르의 소리가, 구식 프린터가 초과근무로 끽끽대는 소리와 출력물을 가지러 가는 그의 발소리가 들린다. 그는 가끔 나와서 마실 것을 가져가거나 화장실에 간다. 나는 언젠가부터 그에게 텔레비전을 같이 보지 않겠느냐고 묻지 않는다.

대학에서 시구르는 총아였다. 누구보다도 오래 공부했고 프로젝트들을 위해 살았다. 극찬에는 초연했고 비판에는 코웃음을 쳤다. 나와 처음 만났을 때 이미 그는 그 상에 눈독을 들이고 있었다—대성공을 거두고, 오페라하우스와 랜드마크를 설계하고, 자신을 마음껏 표현할 수 있을 개인 프로젝트들을 수행할 터였다. 그는 이런 애기들을 끝없이 할 수 있었다―우리를 둘러싸고 있는 것들의 중요성, 우리가 숨 쉴 수 있게 돕는 건축물들. 그가 그런 애기를 시작했다 하면 청중의 반응은 그의 눈에 들어오지 않았다. 토마스와 얀 에리크는 그의 비위를 맞추다가 점점 참을성이 바닥났다. 마르그레테는 거침없이 지적하는 편이었다. "시구르, 애야, 우린 오픈플랜식 사무 공간에 대해서 더는 못 듣겠다." 그래도 그는 개의치 않았다. 그렇다, 그는 그 대학에서 여태껏 없었던 훌륭한 성적표와 함께 졸업할 터였다. 안정적이면서도 혁신적인 회사에 순탄하게 들어가 바닥에서부터 차근차근 위로 올라갈 터였다. 내 생각에 그는 일이 그런 식으로 풀리지 않을 거라는 생각은 꿈에도 해본 적이 없을 것이다.

하지만 2013년 가을에 그 도시의 건축회사들은 신규 채용에 신중했다. 금융 위기는 이제 막 지나왔으나 석유파동의 조짐이 보였기 때문이다. 시구르는 자기 머릿속에서 이미 존경받는 저명한 건축가였지만 서류상으로는 경력 없는 신규 졸업생일 뿐이었다. 그는 졸업 후 두 달 동안 말없이, 이해할 수 없어 하고 놀라면서 구직 활동을 했다. 어떻게 이럴 수가 있지? 그는 페이스북에서 동창들이 한 자리씩 차지하는 것을 보다가 불쑥 내뱉었다.

"심지어 애도? 한 번도 독창적인 걸 내놓은 적이 없는 앤데!"

나는 아동 청소년 클리닉에 일자리를 구했다. 시구르와 나는 내 이직에 대한 애기를 거의 하지 않았다. 앞서 우리의 첫 아파트를 샀고 마시모와 관련된 일도 매듭지은 상황이었다. 이제 우리의 호시절이 시작될 줄 알았는데.

그러던 어느 날 오후 그 공모전의 공고문이 시구르의 메일함에 들어온다. 그는 곧바로 반색한다. 뉴허라이즌스. 그는 도면을 그린다. 말을 한다. 이게 문을 열어줄지 몰라. 그는 집에서 혼자 작업한다. 누가 대기업이 필요하대? 누가 관료주의와 코앞에서 재촉하는 상사들이 필요해? 제도판 앞에 혼자 앉아 있는 사람, 그거면 된다. 성가신 행정은 없다. 순수한 창조력뿐. 그 프로젝트 작업이 우리 아파트로 이사 들어온다. 난 시구르에게 할 일이 생겨서 기쁠 뿐이다.

10월에 발표가 난다. 여덟 작품이 최종 후보로 선발되었다. 일곱 작품은 유명 회사들이 제출한 것이고 나머지 하나는 경력이 오래된 네덜란드 건축가의 작품이다. 퇴근하고 아파트에 들어서자 타는 냄새가 난다. 샤워 부스 안에 시구르의 모형이 까맣게 타고 남은 잔해가 있다. 시구르는 남는 방에서 물건을 치우고 스케치북을 찢어발기고 있다.

"떨어지는 일이 다반사일 거야." 나는 말한다. "대부분의 사람들이 뽑히기 전에 여러 번 떨어질걸."

시구르가 나를 노려본다. 컴컴한 그의 눈—내가 모르는 사람이 내 앞에 서 있다.

"닥쳐, 사라."

따귀를 맞은 것 같다. 시구르는 한 번도 내게 그런 식으로 말한 적이 없는데. 어떻게 반응해야 할지 모르겠다—내 남자친구를 악취처럼 감싸고 있는 이 광포함과 분노에. 들쑤시고 싶지도 않고 악화시키고 싶지도 않다. 그 안에서 발견할지 모를 뭔가를 알고 싶지 않다. 이건 시구르가 아니다. "나는 관여하고 싶지 않아." 내가 말한다. "거실에 있을게." 나는 그 방에서 나온다. 그를 내버려둔 채.

30분쯤 후 그는 품 안에 종이를 가득 안고 나와 욕실로 가더니 다시 나와서 위스키 한 병과 성냥을 가져간다. 나는 아무 말도 하지 않는다.

그는 남은 위스키를 들고 원래 있던 방으로 들어간다. 샤워 부스 바닥의 탄 모형 옆에 탄 종이들이 있다. 나는 그것들이 보이지 않는 것처럼 지나쳐서 이를 닦는다. 내일 아침에 일어나면 내가 약혼했던 남자가 돌아와 있기를 원한다. 그 소원이 반드시 이뤄질 거라고 믿으면서 잠자리에 든다.

소원은 이루어졌다. 다음 날 아침 시구르는 차분하다. 퇴근하고 오니 그는 집을 다 치웠고 저녁거리를 사두었다. 세 주 후 그는 일자리를 구한다. 우리는 다시는 뉴허라이즌스를 입에 올리지 않는다.

안니카가 일을 마치고 나를 보러 온다. 나는 힘없이 앉아서 딱히 뭘 찾는지도 모르는 채로 상자들을 뒤지고 있다. 시구르와 나는 아직도 몇몇 상자를 풀지 않고 필요한 물건만 꺼내 가며 살고 있었다. '잡동사니, 시구르'라고 쓰여진 상자 하나가 가능성 있어 보인다. 시구르의 소유였던 것은 모두 내 것이다. 군데르센은 그렇게 말했다. 그리고 플레밍도. 어쩌면 이 잡동사니들 중에 뭔가가 시구르에 대해 말해주지 않을까?

오래된, 고등학교 3학년인 시구르의 사진들—어리고 보드라운 얼굴의 시구르와 얀 에리크가 오늘날까지도 그들을 괴롭히는 익숙지 않은 숙취 때문에 눈을 반쯤 감고 있다. 둘 다 입가에 미소를 띠고 캡 모자를 비뚜름하게 쓰고 있다. 시구르가 건축가가 되고 싶다고 생각하기 전에 다닌 노르웨이 비즈니스 스쿨의 추천도서 목록. 작은 봉투에 담긴 그림엽서들—클림트, 로댕, 샤갈, 칸딘스키, 폴록, 워홀. 말라빠진 시가 한 개비가 들어 있는 나무상자. 모두 다 지난 5년간 시구르가 손도 대지 않은 것들이다. 지금 내가 어둠 속을 더듬고 있다는 건 알지만 내겐 뭔가 붙들 것이 필요하다. 시구르는 어떤 사람이었나? 시구르 다이어리의 그 페이지는 내 기억 속에 선명하게 새겨져 있다. 오전 11:30 앳킨슨. 안다, 어느 순간 내가 그것에 달려들 것임을, 내 달력과 대조해볼 것임을, 다이어리에 앳킨슨이 나올 때마다 스스로에게 물을 것임을. 그때 시구르가 나한테 뭘 할 거라고 말했지?

그러나 이런 상자 속의 물건들은 내게 아무것도 말해주지 않는다. 이 집에는 '잡동사니, 사라'라고 적힌 상자도 있는데, 역시 비슷한 물건들로 가득 차 있다. 사진, 스물세 살 생일에 받은 카드들, 열다섯 살 때 참여한 언어교환 프로그램 일정표 등등. 그것들로 나에 대해 뭐라도 알아낼 사람은 아무도 없을 것이다. 진부하고 상투적인 것 말고는—사라는 20대에 여행을 좀 했다, 2007년 전시회에 간 걸 보니 사진을 좋아하는 것 같다.

"안녕." 안니카가 말한다.

언니는 딱하다는 눈빛으로 나를 본다. 나는 어느 축제에서 받은 3등상 경품 같은 밝은 초록색 테디베어를 두 손으로 들고 있다.

"안녕."

언니는 주방에 서 있고 나는 거실 바닥에 앉아 있다. 언니는 기름 얼룩이 군데군데 있는 갈색 종이봉투를 조리대에 내려놓는다. 나는 짐작한다. 저게 오늘 저녁이구나, 언니의 회사와 언니가 차를 댄 곳 사이에 있는 수많은 포장 판매 식당들 중 한 곳에서 산 거겠지. 하지만 불평할 수는 없다. 언니는 풀타임 근무를 하고 초과근무도 종종 하며 열 살도 안 된 애들이 셋이나 있다. 그런데도 매일 여기 와서 나를 챙겨준다. 나는 스스로에게 묻지 않을 수 없다. 나도 똑같이 할 수 있을까? 언니에게? 아빠에게?

"좀 어때?" 언니가 묻는다.

"알잖아."

나는 주위를 둘러본다. 상자들, 잡동사니들.

"먹을 거 사 왔어."

"배 안 고파." 나는 생각 없이 반사적으로 대꾸한다.

"그래. 그래도 억지로라도 좀 먹어봐."

언니가 사온 건 인도 음식이다. 언니가 어쩌다가 치킨 티카와 갈릭 난이 입맛 없는 사람에게 먹이기 좋은 음식이라고 생각했는지 모르겠지만 어쨌든 나는 먹어보려고 애쓴다. 특별히 맛있지 않지만, 내 몸은 마침내 들어온 소량의 영양분에 게걸스럽게 덤벼든다. 뭔가가 풀리는 느낌이 든다. 안다, 나는 먹어야 한다. 한 입 더 먹는다.

"오늘 아빠를 보러 갔어." 내가 먹는 사이사이에 말한다.

"그래?"

우리는 말없이 음식을 씹는다.

"아빠가 뭐래?"

"평소랑 똑같지. 요새 뭘 읽는지, 뭘 읽어야 하는지. 집은 아빠를 지극정성으로 모시는 학생들로 득시글대고."

"시구르 일에 대해 뭐라고 하셨냐고."

"아, 그거."

나는 난을 조금 뜯어내고 창밖을 흘깃 본다. 안개가 자욱하다. 창문턱 바로 너머에 도시가 있음을 알지만 지금은 아무것도 보이지 않는다. 안개와, 제일 가까운 나무들만 보인다.

"몰라. 말씀 안 드렸어."

언니는 눈을 가느다랗게 뜨고 나를 보지만 왜냐고 묻지 않는다. 대신 이렇게 말한다.

"이해해."

심리치료를 받는 나를 상상한다, 다정하고 나이 지긋한 심리치료자와 상담 중이라고. 그는 내 아버지 또래지만 다르다―귀 기울여 듣고 이해하는 사람이다. 그가 말한다. "아버지 집에 가서, 남편이 살해당한 채 발견됐다는 얘기를 하지 않은 것은 무슨 뜻이라고 생각하지요? 설명을 더 하지 않아도 그런 선택을 언니가 이해했다는 건 무슨 의미일까요?"

"내가 아빠한테 전화해서 말해줄 수도 있어." 언니가 말한다. "그렇게 해줄까?"

나는 언니가 그러기를 원하나? 모르겠다, 아무것도 모르겠다, 하지만 안 될 건 또 뭐야? 그래서 나는 고개를 끄덕인다. 그러나 홀가분한 와중에 너무도 익숙한 씁쓸함이 느껴진다―내가 망친 걸 또 언니가 수습하는구나.

"언니, 어릴 때 내가 침대에 오줌 싸던 거 기억 나? 엄마가 아플 때 말이야."

"응?"

나는 언니가 경계 태세로 전환 중인지 자문한다. 언니한테 괴로운 이야기일까? 우리는 입안의 음식을 씹는다.

"엄마가 아플 때 아빠가 다른 사람들을 만났다고 생각해?"

"뭐?" 언니는 되묻지만, 내가 대꾸하지 않자 이렇게 말한다.

"아빠가 불륜에 대해 한 말을 들었나보네. 차꼬를 들먹였지."

"하지만 마지막이 다가올 즈음에, 엄마가 아빠의 아내라기보다 환자에 더 가까웠을 때 말이야." 나는 말한다.

그 말에 언니는 생각에 잠긴다. 집 안은 너무 조용하다. 우리의 식탁용 날붙이가 접시와 부딪히는 소리만 울려 퍼지는 것 같다.

안니카와 나는 유년기에 대해 거의 얘기하지 않지만, 내가 10대였을 때 언니는 가끔 그런 얘기를 하려고 하곤 했다. 언니는 살고 있던 셰어하우스에 저녁을 먹으러 오라고 나를 초대했다. 식탁보를 깔고 초를 켜고 열여덟 살이 안 된 내게 싸구려 와인을 따라주고 물었다. "집에서 아빠랑 사는 건 솔직히 어때?" "엄마가 돌아가신 직후에 기억나는 거 있어?" 그러면 나는 초조해졌다. 그렇게, 사교적인 말들과 유쾌하고 우아한 것들에 둘러싸여 앉아 그런 걸 묻다니? 언니의 질문들은 직설적이고 유도적이었다. 언니가 준비한 그 식사에는, 언니가 켜둔 초들에는 너무 많은 기대가 담겨 있었다. 나는 언니에게 속마음을 털어놔야 하는 것이다. 하지만 뭐라고 해야 할지 도무지 알 수가 없었다. 뭐라고 하든 다 오답일 것 같았다. 결국에는 내 생각에 언니가 듣고 싶어 할 듯한 말을 했다. 더 안전한 대화 주제로 돌리려고 애썼다.

나중에 나는 부모 자식 간 초기 유대의 중요성에 관한 글을 읽고 유년기가 내게 미친 영향을 생각해보았다. 부모 중 한쪽의 상실, 남은 부모와의 일그러진 관계. 나는 언니가 무엇을 기억하는지를, 내 기억과 비교해보기 위해 알고 싶다는 사실을 깨달았다. 언니는 나보다 나이가 많아서 당시에 벌어지는 일들을 더 잘 이해하고 있었으리라. 하지만 한 번도 언니에게 묻지 않았다. 어쩌면 묻는 법을 몰랐던 것일 수도 있다. 그리고 어쨌거나 언니를 거의 만나지 않고 지냈으니까—나는 베르겐에, 언니는 오슬로에 살았다. 그냥 내버려두는 게 낫다고 생각했다. 먼 훗날을 위한 애깃거리라고.

지금 안니카는 눈을 비비고 있다. 언니가 오늘 법정에 갔는지 궁금하다. 그랬던 것 같다. 단정하게 차려입고 머리카락을 깔끔하게 정리하고 있으니까.

"누가 알겠니?" 언니가 지친 듯이 말한다. "마치 아빠의, 그걸 아빠가 뭐라고 하더라, 아빠의 '모럴 코덱스'는 그때그때 당신 입맛에 맞게 변하는 것 같으니 말이야."

날붙이와 접시가 부딪는 소리가 멎는다. 멀리서 열차가 덜컹대며 홀스타인 역으로 가는 소리가 들린다.

"그렇게 생각해?" 나는 음식을 쳐다보며 말한다. "난 안 그래."

우리는 말없이 먹는다. 지금은 언니한테 그런 것들을 물을 때가 아니다. 시구르가 사라진 지 며칠밖에 되지 않은 지금은. 하지만 조만간 다시 물어볼 수는 있을 것이다. 내 몫을 거의 다 먹자 조금 기운이 난다. 안니카는 둘째 아들이 오늘 치과에서 간호사의 손가락을 물었다고 말한다. 우리는 굳은 분위기를 풀려고 애쓴다.

엄마가 아팠을 때의 기억이 많지는 않다. 엄마가 죽어가던 것은 기억난다. 장례식과 그 이후도 기억난다. 몇 가지 더 있다―포크 대신 스푼, 엄마의 바보스러운 웃음, 아픈 생각과 건강한 생각― 하지만 내가 느꼈던 감정은 거의 떠올릴 수가 없다. 나는 슬펐던가? 두려웠나? 엄마가 더는 내가 의지할 수 있는 어른이 아니라는 사실 때문에 안전하지 못하다고 느꼈던가?

하지만 내가 밤에 침대에 오줌을 싸기 시작했다는 건 분명하게 기억한다. 젖은 몸으로 잠에서 깨던 느낌, 축축한 침대, 수치심 — 그리고 생생하게 기억나는 깊은 후회. "너무 창피해, 난 다 컸는데." 안니카를 깨우던 것을 기억한다. 심지어 그때도 나는 엄마에게 의지할 수 없다는 걸 알았던 게 틀림없다. 나는 절대 그런 일로 아빠를 깨우지 않았다. 아빠한테 착한 딸, 가치 있는 아이가 되고 싶었으니까. 그래서 나는 언니한테 갔다. 언니를 흔들어 깨운 다음 눈을 내리깔고 내가 저지른 일을 털어놓았다. 언니는 내키지 않아 하며 도와줬다. 그런 일이 몇 차례 반복되자 언니는 내가 스스로 할 줄 알아야 한다고 말했다. 열한 살인가 열두 살이었던 언니는 그 일을 역겹다고 생각했다. 나도 역겹다고 생각했다. 그 일은 **나를** 역겨운 사람으로 만들었다. 그 일에 대해서 아무한테도 말하고 싶지 않았다.

전공 공부를 하면서 야뇨증의 원인이 정서적 스트레스일 수 있다고 배웠다. 아동 및 청소년을 위한 정신의료기관에서 온 심리학자가 진단 편람에 있는 모든 아동기 장애를 훑는 동안 강당에 앉은 나는 아이처럼 안도감에 휩싸였다. 어쩌면 그냥 스트레스 때문이었을 거야. 내가 이상한 아이여서가 아닐 수도 있어. 엄마가 아파서 심적으로 혼란스러웠던 걸 거야.

또한 나중에 그것이 어린 내가 느낀 감정에 관한 일종의 참조점을 형성했다는 것도 깨달았다. 고통도, 두려움도 거의 기억나지 않는다. 단 하나의 감정조차 기억하기 힘들다. 내가 아는 건 무슨 일이 있었는지뿐이다. 그것조차 어른의 말로 기억하는 걸 보면 나는 다른 사람들이 해석하고 설명한 대로 받아들인 것이 틀림없다. 그토록 큰 사건, 끔찍한 유년 시절의 슬픔 때문에 실제로 어떤 감정을 느꼈는지에 대해서는 아는 것이 거의 없다.

어느 밤 등과 허벅지 밑이 뜨뜻하고 축축한 것을 느끼며 눈을 뜬 나는 잠이 덜 깬 채 생각했다. **안 돼.** 안니카한테 배운 대로 복도에 있는 이불장으로 가서 이불을 가져와 침대에 깔려고 애썼다. 시트는—신축성 있는 종류였다—매트리스에 잘 맞지 않았다. 침대 위에 앉아 모서리들과 씨름하던 중 젖은 매트리스에서 올라온 오줌이 새 시트까지 적셔버렸다. 나는 울기 시작했다.

왜 내가 층계참으로 갔는지는 모르겠다. 결국 침구를 갈지 못하고 그곳으로 간 것은 분명하다. 언니는 깨울 엄두조차 못 냈지만 부모님 방의 문은 조금 열었던 기억이 난다. 엄마는 자고 있었고, 엄마를 깨워 봤자 소용없을 거란 사실에 견디기 힘든 절망감을 느꼈다. 아빠의 침대는 비어 있었다. 이상했다. 저녁 때 엄마와 아빠가 함께 침실로 들어가는 소리를 들었기 때문이다. 부모님이 대화하는 소리도 들었다. 그런데 그때 아빠는 없었다. 너무 외로웠다.

어쩌다 거기 앉아 있게 됐는지는 기억나지 않는다. 그냥 거기 앉아 있던 것만 기억난다. 나는 아무도 깨지 않도록 최대한 조용히 울다가 현관문 자물쇠가 열리는 소리를 들었다. 앉아 있던 곳에서 복도가 보였다. 아빠였다. 아빠는 나를 보지 못하고 신발을 벗었다. 그리고 재킷 주머니에 손을 넣어 뭔가를 꺼낸 후 만지작거렸는데, 그게 뭔지는 보이지 않았다. 아빠는 재킷을 걸다가 나를 보았다.

"사라? 거기 앉아 있는 게 너니?"

나는 고개를 끄덕였다. 아빠에게 왜 나가고 없었느냐고, 어디 갔었느냐고 묻지 않았다. 아무 말도 하지 않았다. 아빠는 나를 안아 들었다. 나는 아빠의 넓은 어깨에 머리를 기댔다. 아빠한테서 늘 나던 애프터셰이브와 찬 공기 냄새가 났다. 아빠가 절대로 다시는 떠나지 않기를 바랐다.

아빠는 내 방으로 들어가 새 시트 위에 나를 내려놓았다. 다 젖었다고 감히 아빠에게 말할 수 없었다. 내가 오줌을 쌌다고 감히 말할 수 없었다. 나는 젖은 침대에 누워서 잠들려고 애썼다.

시구르와 내가 결혼하고 세 주 뒤 나는 클리닉의 내 상담실에서 손을 소독하고 있었다. 가족 상담이 끝난 직후였다. 책상에 늘 구비해두는 디스펜서를 눌러 항균 핸드 젤을 손바닥에 덜었다. 내가 신경 쓰는 일이었다―어린 정신질환자들을 대하면서 늘 악수를 하고 그 후 손을 씻어야 한다고 배웠다. 결혼반지가 아직 익숙지 않아서 먼저 빼두는 걸 깜빡했다. 반지 가장자리에 끈끈한 막이 생겼다. 반지를 빼서 책상에 올려두고 손깍지를 껴 손가락들끼리 문질렀다. 그리고 페이퍼타월로 반지를 닦아 다시 끼면서 그제야 깨달았다. 어린 내가 스메스타의 집에서 침대에 오줌을 싸고 층계참에 앉아 있을 때 아빠가 만지작거린 것이 무엇인지를. 20년도 더 지난 후의 어떤 경험이 그 기억의 의미를 깨닫게 한 것이다. 아빠는 거기 서서 결혼반지를 다시 끼고 있었다.

언니와 함께 저녁식사 뒷정리를 하는데 초인종이 울린다. 우리는 서로를 쳐다본다. 내가 겁먹은 표정을 지었나 보다. 언니가 나가보겠다고 말한다.

언니가 계단을 내려갈 때 군데르센은 계단을 올라오고 있다. 이 또한 지금 상황이 돌아가는 방식이다─내 집은 더는 내 집이 아니고 경찰은 마음대로 왔다 갔다 하며, 군데르센은 내가 정신을 가다듬고 문을 열 때까지 기다리지 않는다.

두 사람은 함께 계단을 오른다. 군데르센이 앞에서 한 번에 두 계단씩 올라온다. 오늘 그는 기운 넘쳐 보인다. 뒤에 있는 안니카는 또 경계 태세다. 미간을 좁히고 그에게서 시선을 떼지 않는다. 마치 그에게 조심하라고 경고하는 것 같다. 지켜보고 있다고.

군데르센은 나를 보더니 별말 없이 아일랜드 식탁의 내 옆에 앉는다.

"어떻게 돼가고 있어요?" 내가 묻는다.

"네, 잘돼갑니다." 그가 대답한다.

그는 기운찬 등장과는 대조적으로 허공을 응시하며 잠시 생각하는 것 같다.

"그 주말의 나머지 시간은 어땠습니까, 사라 씨? 스포츠센터에 갔다가 집에 왔고, 와인을 좀 마시고 음성 메시지를 삭제한 다음 자러 갔지요. 맞습니까?"

"네."

"그다음엔 무슨 일이 있었습니까?"

나는 잠시 생각한다.

"다음 날 일어났어요. 율리 씨가 우리 집에 와 있었죠―아시겠지만, 토마스 씨의 여자 친구예요. 토마스 씨는 시구르의 친구고요. 율리 씨는 내가 괜찮은지 확인하고 싶어 했어요. 모르겠어요. 우린…… 네. 율리 씨는 오래 있지 않았어요."

좋게 보이지 않을 거야. 나는 생각한다. 율리와의 만남에 대해 세세하게 말하면. 물론 그 일은 사건과 아무런 관계가 없다―머리카락이 금빛이든 아니든 간에 율리가 시구르의 등을 쏘는 건 상상이 안 된다. 하지만 내가 시구르와 가장 친한 친구의 여자 친구와 언쟁을 벌였다고 말하는 건? 그 음성 메시지를 삭제한 후에?

하지만 군데르센은 관심이 없는 것 같다.

"네, 알겠습니다." 그는 말한다. "그러고 나서요?"

"시내에 갔어요. 전철을 타고 마요르스투아에 내려서 좀 돌아다니다가 노르스트란에 있는 안니카의 집으로 갔어요. 거기서…… 언니한테 그동안의 일을 얘기했고, 언니는 저를 차에 태우고 경찰서로 갔고, 시구르가 실종됐다고 신고했죠. 그날 아침에 저는 어떤 여자 경찰과 얘기했는데—실종 신고를 하려고 전화를 했거든요—그 사람은 24시간이 지날 때까지는 기다려야 한다고 했어요."

"그다음에요?"

"그러고 나서 우린 노르스트란으로 돌아왔어요. 저는 언니 집에서 잤고요."

"사실이에요." 안니카가 말한다.

언니는 양복과 가죽 부츠 차림의 문지기처럼 팔짱을 끼고 다리를 넓게 벌리고 서 있다.

"언제 이 집으로 돌아오셨습니까?"

"일요일 오후에요. 언니 집에서 좀 있다가 왔어요."

"알겠습니다."

군데르센은 여전히 손가락으로 조리대를 두드리며 생각 중이고 나는 앉은 채로 언니를 쳐다봤다가 다시 그를 보고 묻는다.

"왜 물으시는 거죠?"

"통상적인 질문입니다. 그 전화 통화는 어땠습니까, 그러니까, 시구르 씨한테 전화했다고 하셨잖아요?"

"네. 그이한테 계속 전화했어요, 그이 전화기의 배터리가 나갈 때까지요."

"그렇군요, 그게 언제였죠?"

"토요일 아침, 율리 씨가 여기 있을 때요. 곧바로 자동 메시지로 넘어갔어요—아시죠, 지금은 전화를 받을 수 없으니, 하는 거요."

군데르센은 고개를 끄덕인다.

"자, 사라 씨, 시구르 씨의 휴대전화를 찾았습니다."

"그래요?"

안니카와 나는 그를 응시한다.

"네." 군데르센은 차분하게 대답한다. "밖의 마당에서요."

"마당요? 우리 집 마당요?"

"네. 프레들리가 오늘 오후에 발견했습니다."

잠시 침묵이 흐른다. 나는 창밖의 안개를, 점점 짙어지는 황혼을 바라보며 마지막으로 시구르에게 전화했던 때를 떠올린다. 나는 침실에 있었고 율리는 아래층 거실에서 돌아다니고 있었다. 그날 밤 다락방에서 들리던 발자국 소리와 열린 현관문도 떠올린다.

목요일 밤에 시구르는 내게 다음 날 아침 6시 반까지는 토마스를 태우러 그의 집에 갈 거라고, 그래야 일찍 도착해서 하루 종일 슬로프에 있을 수 있다고 말했다. 나는 그 짧은 대화를 너무 많이 떠올린 나머지 그가 한 말과 그가 말했다고 지금 내가 **생각하는** 것 사이의 경계가 흐려지기 시작한다. 그 대화에 관한 내 기억이 실제 일어난 일의 과정을 반영한다고 확신할 수 있는가, 내가 언제나 과거에 대한 내 기억에 의지할 수 있었던 것처럼? 예를 들어, 그가 말한 6시 반이 오후일 가능성은 없나? 내가 오전 6시라는 뜻으로 받아들여서 그것을 기억으로 만들었을 가능성은? 시구르가 의심과 논란의 여지 없이 토마스를 차에 태우러 간다고 말했다고 할 수 있나? 내가 오해하지 않았다고 확신할 수 있나? 혹시 나는 그와의 대화 이후 알게 된 모든 것들에 근거하여 디테일들을 마구 뒤섞고 있는 것은 아닌가? 그 기억을 너무 자주 떠올려서 이따금씩 아주 미세하게, 하지만 시간이 흐르며 충분히 달라질 정도로 변형시켰을까? 나조차도 알아차리지 못하게 그 기억을 갈아 으깨고 연마해서 형태를 바꾸었을까?

나는 군데르센을 보지 않으면서 묻는다.

"감식 보고서는 어떻게 되고 있나요—언제 나오죠?"

"네, 그 말씀도 드리려고 했습니다. 보고서가 왔어요. 시구르 씨는 금요일에 살해됐습니다. 사망 원인은 총상입니다. 발견된 사람은 시구르 씨가 맞습니다, 의심의 여지 없이요."

나는 그 금요일을, 울리고 또 울리던 그의 전화를 생각한다. 음성 메시지를 생각한다. "헤이, 러브. 우린 산장에 도착했어." 도면통, 커튼, 얇은 냄비.

"그이를 볼 수 있나요?"

"시신을요?"

"시구르를요. 볼 수 있나요?"

"여러 날이 지났습니다. 그러시라고 해도 될지 모르겠군요."

"그래도 볼 수 있을까요?"

군데르센은 어깨를 으쓱한다.

"물론 제가 막을 수 있는 입장은 아니지요. 하지만 말씀드렸다시피, 사망 후 시간이 상당히 흘렀습니다. 부패는 빠르게 진행돼요."

"그이를 보고 싶어요. 최대한 빨리요."

"아, 사라." 언니는 그렇게 말하지만 반대하지는 않는다.

"그러시다면, 오늘 저녁에 보실 수 있도록 하는 게 좋겠군요."

공공보건연구소의 지하실에는 타일이 깔려 있다. 나는 녹색 수술복을 입고 마스크를 선글라스처럼 머리 위로 밀어 올려 쓴 여자를 따라간다. 안니카는 차로 나를 여기까지 데려다줬지만 위층에서 기다리고 있다. 언니는 창백하고 일그러진 얼굴로 나를 보며 말했다. "너랑 같이 내려가지는 못할 것 같아." 괜찮다. 나는 혼자서 녹색 옷을 입은 여자를 따라가고 있다.

난 두렵지 않다. 지금 내 마음 상태를 확신할 수 없다—어쩌면 열망하고 있는지도 모른다. 깨어난 느낌이다. 나는 결정을 내렸다. 토르프 옹의 모습을 자세히 기억한다. 3주 동안 다락방에 방치되면 시신이 어떻게 되는지 알고 있다. 하지만 내가 봐야 한다는 것도 안다.

시구르의 전화기는 마당에 있었다. 그의 도면통은 저절로 제자리에 돌아와 있었다. 누군가 집 안에서 걸어 다녔다. 어제는 상담실 바닥에 누워서 주방용 칼을 어찌나 세게 움켜쥐고 있었던지 핏기가 다 가신 손마디가 아플 지경이었다. 나는 생각했다. 나는 왜 큰 소리로 그를 부르지 않는 거지? 시구르를?

하지만 내가 왜 그를 부르겠는가? 그는 죽었다. 나는 미신을 믿지 않는다. 사람이 죽었으면 그냥 죽은 거다. 유령이 계단을 내려오며 끽끽 소리를 냈다거나 문을 활짝 열고 달아났다고는 믿지 않는다. 하지만 내 마음속 아주 깊은 곳의 조그맣고 불확실한 곳에서 나는 생각했다. **정말로** 시구르면 어쩌지? 그리고 오늘 경찰은 그의 휴대전화를 발견했다.

결국 경찰이 그것을 발견한 곳은 노르베리다. 그렇다고 시구르가 여기 있었다는 뜻은 아니다. 죽은 사람의 전화기를 가져와 그의 집 앞 덤불 속에 버리는 건 세상 쉬운 일이니까. 혹은, 밤중에 도망치다가 그런 거라면 떨어뜨렸을 가능성마저 있다.

하지만 나는 시구르가 죽었다는 게 도저히 믿기지 않는다. 그 음성 메시지. 그 후 내가 그에 대해 알게 된 것들, 그의 거짓말들. 회사 밖에서 그를 기다린 여자. 앳킨슨. 시구르는 죽었고 이제야 나는 그에 대해 모르는 것이 아주 많았음을 알게 됐다. 공공보건연구소의 직원들—그들도 실수할 수 있지 않나? 하지만 나는 분명히 알게 될 거다. 내 눈으로 직접 시구르임을 확인하면 그것은 사실이다. 그래서 나는 지금 여기 있다. 확실히 알기 위해서.

여자가 어떤 방의 문을 연다. 내가 상상했던 것과 달리 꽤 쾌적한 공간이다. 조명이 밝다. 어둡고 습기 많은 지하실도 아니고, 시체들로 가득한 깊숙한 캐비닛 같지도 않으며, 소름끼치는 변태 의사도 없다. 나와 동행한 여자는 언니 또래로, 금귀고리를 하고 있고 아이를 낳은 여자들이 대개 그렇듯이 엉덩이가 펑퍼짐하다. 이 방에는 개수대와 찬장 같은 것 몇 개, 작업대, 그리고 시트 같은 걸로 덮인 뭔가가 누워 있는 금속 테이블이 있다. 저 테이블만 아니라면 전혀 다른 공간에 와 있다고 생각할 수도 있겠다. 식탁과 의자를 좀 갖다놓으면 외래 진료소의 구내식당처럼 보일 수도 있다.

하지만 그 금속 테이블이 여기 있다.

여자는 내게 수술용 마스크를 건네며 말한다.

"냄새가 좀 날 수 있습니다."

나는 마스크를 쓴다. 여자도 머리 위에 있던 마스크를 끌어내린다.

"준비되셨습니까?"

"네." 나는 이제야 내가 긴장하고 있음을 깨닫는다.

결정적인 순간이다. 시구르거나, 시구르가 아니거나. 여자가 시트를 걷는다.

뭐라고 표현할 수가 없다. 누가 내게 이 순간에 대해 묻는다면 하고 싶은 말이 거의 없을 것이다. 그가 눈을 감은 채 저기 누워 있다. 그는 죽었다, 죽은 지 여러 날이 지났다. 여기 누운 사람이 시구르라는 것에는 아무런 의심도 의혹도 없다. 이런 식으로 그를 보고 있자니 내가 지난 며칠 동안 떠올리지 않았던, 혹은 생각하고 싶지 않았던 디테일들이 기억난다. 끝부분의 색이 옅은 그의 갈색 속눈썹. 콧잔등에 흩뿌려진 주근깨. 헝클어진 곱슬머리와 그가 결코 제대로 자르는 법이 없던 앞머리.

그에게 생명이 없다. 그는 사람들이 흔히 말하는 대로 자고 있는 것처럼 보이지 않는다. 그냥 죽은 걸로 보인다. 얼굴에 핏기가 하나도 없다. 그를 보자마자 흐느끼기 시작하는 나 때문에 나도 녹색 옷을 입은 여자도 놀란다. 흐느끼지만 눈물은 나지 않는다. 그저 흐느끼기만 한다. 이미 내가 이 순간을 죽을 때까지 기억할 것임을 안다. 어떻게 여기 서서 죽은 시구르를 보았는지를. 안도감도, 끝났다는 느낌도, 카타르시스도 없다. 이 상황의 엄정함을 깨달을 뿐. 나는 지금 본 것을 절대로 잊을 수 없을 것이다.

어쩌면 생명은 여자가 남자에게 몸을 기울이고 우리 노력해볼래? 하고 속삭이는 날에 시작된다. 우리는 소파에 앉아 있다. 여느 날과 다름없는 날이다. 어육 완자를 먹고 텔레비전을 보고 있다. 광고에 돌고래가 나온다.

"난 돌고래가 싫어." 시구르가 말한다.

"돌고래를 싫어하는 사람은 없어." 내가 말한다.

"난 싫어."

"왜?"

"자기들이 엄청 귀엽다고 생각하잖아. 모두가 자기들을 사랑한다는 듯이 옆에서 헤엄을 치지. 날 봐! 내가 얼마나 귀여운지 보라고!"

나는 소리 내어 웃는다. 그리고 그에게 뽀뽀한다.

"진짜야." 시구르가 말한다. "농담이라고 생각하겠지만, 난 진심이라고."

나는 그의 목에 한 팔을 두르고 그에게 몸을 기울인다.

"시구르." 나는 그의 귓가에 속삭인다. "우리 노력해볼래?"

그날 밤이 우리의 첫 시도였다. 나는 시구르가 나를 힘껏 껴안을 때 생각한다―됐어, 이제 네가 생길 거야, 아가야.

다음 달에 우리는 가능성이 있는 한 주 내내 밤마다 섹스를 한다. 지금, 지금, 지금이야. 나는 테스트할 수 있는 날을 계산하지만 하루 전날 속옷에 피가 비친다. 어안이 벙벙해서 혈흔을 응시한다. 이럴 리가 없는데? 우리가 그렇게 많이 했는데. 그렇게 노력했는데.

또 그다음 달에는 피를 보기 전에 테스트를 하는 데 성공한다. 테스트기에 나타난 줄은 하나다. 정숙한 체하는 여교사 같은 선명한 파란색 줄.

많은 커플들이 오랫동안—평균 6개월—노력한다는 글을 인터넷에서 본다. 1년까지는 좌절하지 말고 노력해보라고. 나는 아무한테도 말하지 않는다. 실제로 이뤄지면, 테스트기에 뜬 두 줄을 보게 되면 뭐라고 말할지만 상상한다. 언니에게 말하는 나를 상상한다. 지나가는 말처럼, 아 그런데 있잖아—환하게 웃는다— 나 할 말 있어. 로냐한테는 뭐라고 말할까 생각한다.

하지만 이건 아니다. 이렇게 아무것도 아닌 것, 이 과도기적 상태는. 우린 노력하고 있어—그건 뉴스가 아니다. 아무것도 아니다, 공허한 약속이지—아니 그것조차 되기 힘들다.

석 달이 지난다. 여름휴가철이다. 시어머니는 친구들과 이탈리아로 여행을 떠나면서 우리에게 할아버지를 부탁한다고, 매주 한 번쯤은 댁으로 뵈러 가라고 당부한다. 우리는 늦여름의 어느 더운 날 할아버지 집 다락방에서 그를 발견한다.

노르베리로 이사했을 즈음은 우리가 노력한 지 반년째—공교롭게도 평균 임신 시도 기간—다. 나는 많은 커플들이 그보다 더 오래 노력한다는 인터넷 글을 본다. 비자발적 무자녀 상태는 질병이 아니라고 어떤 신문 논설이 강조한다. 나는 그 장을 접어서 버린다. 읽을 수가 없다. 아이가 없는 삶이라고 해서 끝난 게 아님을, 아이 없는 삶이 얼마나 풍요로운지, 지금 가진 것에 얼마나 감사해야 하는지 알고 싶지 않다. 시구르는 미친 듯이 내 상담실을 손보고 있다. 나는 그를 보러 상담실로 간다. 그는 오버올을 입고 보안경을 쓰고 연삭기를 들고 서 있다. 그가 나를 알아챌 때까지 잠깐 동안 나는 말없이 문가에 서서 그를 지켜본다. 그는 고개를 숙인 채 경사진 천장 아래의 나무 바닥을 샌딩하고 있다. 그의 모든 것이 새 마룻바닥에 집중하고 있다. 나는 생각한다. 지금 해야 할까? 그를 유혹해서, 어떻게 보면 꾀어서─침실로 가도록 유도한다. 내가 하려는 게 그건가? 나는 조깅팬츠를, 그는 작업복을 입고 있는 지금? 그는 내가 여기 있는 걸 모르는데, 내가 자기를 지켜보면서 그런 일─사람들이 다른 모든 일들의 사이사이에 사랑을 나눌 시간을 내는 것─자체가 기적이 아닐까 하고 생각하는 걸 모르는데?

그때 시구르가 나를 본다. 기계를 끄고 보안경을 머리 위로 올리고 방음보호구를 벗는다.

"응?"

그의 앞머리에는 샌딩으로 일어난 먼지가 앉아 있다. 여기서 계속 일하느라 입술은 트고 갈라져 있다. 그는 기다리던 메시지를 전하러 내가 왔다고 생각한다―응, 어떻게 됐어? 순간 나는 운동복 바지를 입은 채로 그를 유혹하는 것이 불가능하다고 느낀다.

"아무것도 아냐. 그냥 이제 잔다고 말하러 왔어."

"그래, 잘 자."

시구르는 나를 위해 이 모든 일을 하고 있다. 이 마룻바닥을, 이 상담실을 만들고 있다. 나는 위층으로 올라가 샤워를 하고 침대 속으로 들어간다. 한 시간쯤, 두 시간쯤 자지 않고 누워 있다. 자정이 다 됐다. 시구르는 여전히 오지 않는다.

나는 자다 깨다 한다. 움찔 놀라며 깨서 귀를 기울이기를 반복한다―누군가 여기 있나? 눕기 전에 문 앞에 의자를 끌어다 놨다. 손에는 주방 칼을 쥐고 있다. 삐걱 소리가, 밖의 도로를 지나가는 차 소리가 들린다. 어느 순간 아이의 울음소리도 들린다. 나는 다시 잠들었다가 잠시 후 잠에서 깬다. 잠 속으로 밀려들어갔다가 나왔다가 한다.

여덟 달이 지났지만 여전히 아무 일도 없다. 지난 두세 달 동안 우리의 노력은 미온적이었다. 시구르는 상담실을 완성했지만 여전히 할 일이 산더미다. 주방과 욕실, 침실 작업도 해야 한다. 직장 일도 바쁘다. 그는 6시쯤 집에 돌아와 텔레비전을 보며 저녁을 먹은 다음 주방에서 열심히 작업한다. 나는 개인 상담일을 시작했지만 진척이 느리다. 나는 낮 동안 인터넷으로 임신에 관한 조언을 검색한다. 지방이 많은 생선과 감귤류를 먹어라. 술과 커피를 피해라. 관계 후에 엉덩이에 베개를 받쳐라. 아침에 관계를 가져라.

우리의 삶은 집을 중심으로 돌아간다. 나는 거의 나가는 일 없이 이곳에서 일하고 생활한다. 시구르는 매일 일터로 사라졌다가 오후나 저녁에 돌아와서 밤늦게까지 작업한다. 그는 피곤해서 안색이 잿빛이다.

그 주가, 골든위크가 또 돌아왔다. 시구르는 지하의 자기 서재 벽지를 뜯어내는 중이다. 나는 나이트가운—적절하게 짧고 그런대로 섹시하다—을 입고 머리를 풀어헤치고 그곳으로 내려간다. 뜯어낸 벽지가, 그가 손으로 뜯어낼 수 있는 모든 것이 바닥에 어수선하게 널려 있다. 그는 계속 뜯어내는 중이다—그 소리를 듣자 날붙이가 도자기 그릇에 부딪치는 소리를 들을 때처럼 팔의 털이 곤두선다.

"시구르?"

그가 돌아본다. 보안경을 썼고 머리카락에는 풀이 묻어 있다.

"나랑 위층으로 갈래?"

"이걸 좀 더 해야 할 것 같은데."

"하지만 그 주인걸." 나는 작은 목소리로 말한다. "지금 해야 해."

"알았어."

그는 보안경을 머리 위로 밀어올리고 눈을 비빈다. 스트레칭을 하고 내 쪽으로 다가온다. 그의 발걸음이 무겁다. 그는 멈춰서

더니 한 팔을 문틀에 대고 기댄다. 그가 아주 가까운 곳에 서 있어서 나는 보안경이 그의 얼굴에 남긴 자국을, 그 붉은 고랑을 볼 수 있다. 베르겐에서 아침마다 함께 잠에서 깼을 때 보던 베개 자국 같다.

"생각을 좀 해봤는데." 그가 말한다. "잠시 보류하면 어떨까? 아기 갖는 거 말이야."

갑자기 방의 공기가 다 빨려나간 것만 같다. 나는 나이트가운만 걸친 몸을 떨며 서 있다.

"보류하자고?"

그는 침을 꿀꺽 삼킨다. 왼쪽 밑에 모반이 있는 회청색 눈들이 나를 본다.

"지금 우린 너무 지쳐 있어, 사라. 둘 다 이제 막 혼자서 일하기 시작했고, 집 때문에 할 일도 엄청 많잖아."

"하지만 이 방은." 그렇게 대꾸하는데 목이 메고 눈물이 나올 것 같다.

지금 나는 짧은 나이트가운을 걸치고 머리를 풀어헤치고 서 있다.

"잠시 동안만이야." 그가 말한다. "우리 일이 자리를 잡고 집이 완성될 때까지만. 아니면 지금보다는 좀 더 완성될 때까지만. 응?"

그는 한 손으로 내 뺨을 쓰다듬는다. 나는 눈물을 삼킨다. 가운 차림으로 여기 서서 훌쩍거리는 것만은 하고 싶지 않다.

"피곤해서 죽을 것 같아." 시구르가 말한다. "없는 힘을 쥐어짜내고 있어. 지금 당장은 그럴 기력이 없어."

"알았어." 나는 말한다. "이해해. 조금 미뤄보자. 하지만 너무 오래는 안 돼."

"당연하지." 시구르가 말한다. "한숨 돌릴 때까지만이야."

나는 3층 침실의 침대에 걸터앉아 지금 내가 슬픈지 알아내려 한다. 어떤 안도감 같은 것도 느껴지지 않은 건 아니다. 적어도 그 숱한 의무적인 섹스와 매달 겪는 실패와 성난 파란 줄은 피하게 될 것이다. 한동안 우리는 마음 편히 지낼 수 있다. 원할 때 사랑을 나누고, 집을 완성시키고. 그리고 누가 알겠는가—어쩌면 노력도 하지 않았는데 임신이 될 수도 있다. 수많은 블로그에 그렇게 적혀 있다. 수년간 노력하다가 거의 기대하지 않을 때 갑자기 된다고. 놀라운 일이다. 나는 등을 뒤로 젖힌다. 그것도 괜찮을 것 같아. 나날이 부푸는 배를 하고 새로 리모델링한 집에서 사는 것. 잠깐만 기다려, 아가야. 곧 올 수 있을 거야. 그리고 네가 왔을 때, 모든 것은 너를 위해 준비되어 있을 거란다.

빈 표면들

누군가 또 집에 들어왔다. 나는 계단을 내려가자마자 알아차린 다―뭔가가 다르다. 주방 쪽으로 시선을 돌리자 달라진 것이 보인다. 냉장고다. 시구르와 나는 냉장고에 여러 가지를 붙여놓았다―우리와 조카들의 사진, 엽서 몇 장과 배달 가능한 식당의 메뉴까지. 그것들이 다 없어졌다. 냉장고 문은 아무것도 없이 하얗고 깨끗하다. 거기다 마치 누가 여기 있었다고 강조라도 하듯이 냉장고 자석들이 모조리 냉장고의 오른쪽 위쪽 구석에 몰려 있다. 나는 1, 2초 정도 냉장고 문을 응시하며 상황을 완전히 이해하자마자 비명을 지른다.

그동안 나는 반복적으로 스스로에게―시구르는 살해당했다고―상기시켰지만 내 눈으로 직접 보고 나서야 진정으로 그 사실을 받아들였다. 누군가 간밤에 우리 냉장고 문의 사진들을 치웠고, 이제 나는 그 사람이 시구르가 아님을 확실하게 안다. 그럼 낯선 사람이 그랬다는 건데, 누구겠는가? 시구르를 쏴 죽인 사람 밖에 더 있나? 살인자가 우리 집에 있었다. 지금도 집 안에 있을지 모른다. 그래서 나는 최대한 큰 소리로 비명을 지른다. 그리고 뒤돌아서 계단을 달음질쳐 내려가 현관문을 열고 뛰쳐나간다.

밖으로 나가자 경찰차 한 대가 진입로로 들어오고 있다. 프레들리가 운전석에 앉아 있고, 일요일에 내게 시구르의 사망 소식을 전하러 왔던 여경이 조수석에서 내린다. 내가 전형적인 오슬로 서부 년이라고 생각했던 여자다. 그들은 커피가 든 종이컵을 들고, 내 생각에 뭔가에 대해 얘기를 나누려다가 나를 본다. 둘 다 충격을 받은 표정인데, 내가 드레싱가운 차림에 맨발로 아직 눈덩이가 어수선하게 널린 축축한 잔디밭 위를 달려 그들에게 가고 있다는 사실을 고려하면 별로 이상한 일도 아니다.

나를 구하러 온 건 프레들리다. 그녀는 내가 가까이 오면 무슨 일이 벌어질지 안 것이, 또는 최소한 예리한 직감의 소유자인 것이 틀림없다. 그녀가 커피 컵을 던져버리고―잔디로 떨어진 컵에서 우유를 넣은 커피가 쏟아져 나온다―달려드는 나를 안기 때문이다.

"무슨 일입니까?" 프레들리가 묻는다.

나는 말을 할 수가 없다. 흐느끼고, 숨을 헐떡이고, 눈물은 나지 않지만 울 듯이 꺽꺽대고, 추위와 두려움에 떨며 한 마디도 하지 못한다. 서부 년을 보지는 않는다. 뺨에 닿은 프레들리의 어깨만 느끼면서 덜덜 떨며 안겨 있다가 진정하고 나서 말한다.

"누가 집에 들어왔어요."

"알겠습니다." 프레들리는 그렇게 말하면서 경계하며 주변을 둘러보는 것 같다.

"아직 집 안에 있을지도 몰라요." 나는 흐느낀다.

"저희가 확인해보겠습니다." 프레들리는 그렇게 말하고 서부 년은 지원 요청을 하려는 듯 다시 차에 탄다. "무슨 일이 있었는지 말씀해보세요."

"아침에 아래층으로 내려와서 누가 거기 있었다는 걸 알게 됐어요. 냉장고 문의 사진을 전부 다 가져갔고 냉장고 자석들도 몽땅 옮겨놨어요."

"냉장고 문요?"

"네. 우린 거기 자질구레한 것들을 붙여놓거든요. 사진이랑 엽서랑, 메뉴랑 그런 것들요. 근데 싹 다 없어졌어요."

"그렇군요. 다른 건 없습니까ㅡ그러니까, 뭔가 도둑 맞았다거나요?"

"모르겠어요. 냉장고에 붙어 있던 게 다 없어진 것만 보고 곧바로 뛰쳐나왔어요."

"주무시기 전에 사진들이 거기 있었던 게 확실한가요?" 우리 뒤의 목소리가 묻는다. 젠체하는 서부 암소가 차에서 다시 나와 있다.

"네. 그러니까, 거기 없었다면 제가 알았을 거예요."

"그렇군요."

"무단 침입의 흔적이 있었습니까?" 프레들리가 묻는다.

"모르겠어요." 나는 불편해지기 시작한다. 왜 이런 것들을 묻는 거지? 뭔가를 **할** 생각은 없는 건가?

"현관문은 열려 있었습니까? 자물쇠가 뜯겨져 있다거나 하지는 않았고요?"

나는 되짚어본다.

"아니요. 현관문은 잠겨 있었어요."

그들은 알 만하다는 듯이 서로 짧게 시선을 교환한다. 나는 한 걸음 뒤로 물러나고, 그래서 그때까지 내 어깨를 감싸고 있던 프레들리의 팔에서 벗어난다.

"조사하시지 않을 건가요?"

이제 그들에게서 압박감을 느끼는 듯한―아니, 체념한 듯한 기색이 보인다.

"물론." 프레들리가 상냥하게 말한다. "물론 조사할 겁니다."

그녀의 목소리에 어르는 듯한 기색이 있다. 마치 내가 어린아이인 것처럼, 베이비시터인 그들에게 내가 지하실의 유령을 찾아보라고 부탁한 것처럼.

그들은 집 안으로 들어간다. 나는 경찰차에 기대서서 기다린다. 지원 인력은 전혀 오지 않을 것 같다. 얼듯이 추운 데서 기다리고 있자니 살려고 뛰쳐나오던 중에 잠시 멈춰 서서 운동화를 신었어야 하는데, 싶다. 한 발을 다른 발 위에 올린다. 한 발씩 교대로 냉기를 견디게 할 요량이다. 시간이 좀 흐른다. 프레들리가 아닌 여경이 베란다 문을 열었다가 닫는 것이 보인다. 나는 잔디를 가로질러 가서 현관 안으로 들어간다.

거실로 가니 프레들리가 있다. 그녀의 동료는 3층에서 모든 창문을 확인 중이다. 프레들리는 내게 사진과 종이 한 무더기를 건넨다.

"말씀하신 게 이건가요?" 그녀가 묻는다.

나는 받은 것을 살펴본다.

"네."

없어진 게 있나? 나는 기억하려 애쓴다. 우리가 붙여놓은 사진이 어떤 거지? 마르그레테가 부다페스트에서 보낸 엽서―그걸 이삼 주 전에 떼어냈나, 아니면 계속 냉장고 문에 붙여놨었나?

"무단 침입의 흔적은 없습니다." 프레들리가 말한다.

나는 고개를 끄덕인다. 프레들리와 함께 주방을, 유죄를 입증하는 듯한 냉장고 자석들을 살펴본다. 얼굴에 피가 쏠려 붉고 뜨거워지는 것이 느껴진다. 나는 드레싱가운만 입고 비명을 지르며 맨발로 진창이 된 눈과 진흙탕 위를 달려간 것이다. 고작 냉장고 자석 일곱 개 때문에.

하지만 **정말로** 누군가 여기 있었다. 나는 안다. 누군가 시구르의 랩톱 컴퓨터를 가져갔거나 찬장을 다 뒤졌다 해도 다르지 않을 테지만, 침입자가 냉장고 문에서 사진들을 떼어냈다는 사실에는 웃기는 구석이 있다. 너무 무의미한 짓처럼 보인다. 냉장고 문에는 중요한 것이 아무것도 없었다. 그것만은 분명하다. 시구르를 죽이는 것 역시 무의미해 보인다. 패턴이 있는 게 틀림없다.

"없어진 게 있는지 확인해보십시오." 프레들리가 말한다. "그러니까, 서류와 귀중품 같은 것들을 확인해보시라는 말씀입니다."

프레들리가 상황을 진지하게 보고 있다는 건 느껴지지만 그녀의 목소리는 별로 열성적이지 않다. 냉장고 자석이라니. 살인사건을 조사 중인 사람들한테. 나는 서랍 두세 개—집문서, 소득세신고서—를 열어본다. 그중 하나에 시구르의 다이어리가 들어 있다. 어제 내가 넣어둔 것이다. 앳킨슨. 가슴 속이 조여드는 느낌이 든다. 다이어리를 꺼내 드레싱가운 속에 감춘다. 손은 아직도 덜덜 떨리고 있다.

숨을 쉬고 다시 시작하자. 나는 샤워 부스 안에 서서 뜨거운 물을 맞으며 몸을 덥힌다. 언 발이 마침내 녹기 시작하며 저리듯 따끔거린다. 진정하자. 긴장을 풀어. 있는 그대로 세상을 봐. 두려운 건 당연하다, 나는 평정을 잃었다. 남편이 살해당하고 며칠 안에 두 번이나 주거 침입을 당했다. 하지만 두려움은 믿을 것이 못 된다. 두려움은 감각을 속이고 이성을 압박한다.

지난밤 누군가 또 내 집에 들어왔다. 그것은 부인할 수 없어 보인다. 이제 나는 침입자가 시구르가 아니라는 걸 안다. 내가 뛰쳐나갈 때 현관문이 잠겨 있었다는 것도 안다. 현관문까지 달려간 후 잠긴 문을 여느라 멈춰서야 하는 것에 욕지기가 났던 걸 기억한다. 미친 살인자가 나를 따라오고 있을까 봐 무서웠으니까. 집

266

에는 아무도 없었지만, 그렇다고 누군가 침입하지 않았다거나—이게 더 불안한 가정인데—열쇠를 갖고 있지 않았다는 뜻은 아니다.

내 열쇠는 핸드백 속에 있다. 시구르의 열쇠는 경찰이 갖고 있다. 마르그레테도 열쇠를 갖고 있다. 이게 다다.

하지만 물론 열쇠는 복사가 가능하다. 이 문제를 생각해본다. 시구르와 예전에 살던 아파트에서 나는 열쇠를 잃어버려 새로 만들어야 했던 적이 있다. 아파트 정문을 여는 건 보안키라서 복사할 수 없었지만 우리 집 현관문 열쇠는 그런 보안이 적용되지 않았다. 스토로센테레 쇼핑센터의 열쇠 가게에 갔더니 반 시간도 안 돼서 원하는 개수만큼 복사할 수 있었다. 그러니 시구르도 나 모르게 열쇠를 복사했을 수 있다. 여분의 열쇠를 여기저기 나눠줬을 수도 있다. 어째서 그런 짓을 하겠는가는 내가 알 수 없지만, 그는 내가 생각했던 것보다 비밀이 더 많았던 것 같으니까. 맘모드가 해준 얘기—시구르를 기다리고 있던 여자, 평균 키의 금발 여자. 내 머릿속에는 그녀가, 플레마시 건축사무소 밖의 가로등에 기대서 눈으로 시구르를 좇는 여자가 있다. 시구르는 그 여자한테 열쇠를 준 걸까?

그다음은 냉장고 자석들. 머릿속이 텅 빈다. 내가 기억하는 사진들은 다 있지만 확신할 수 없는 몇 가지도 있다. 마르그레테가 보낸 엽서, 욕실 개조를 위해 막스보에서 사려던 물건들의 목록. 우리가 그 엽서를 버렸던가? 시구르가 그 쇼핑 목록을 버렸나, 아니면 내가 버렸나? 하지만 대관절 누가 마르그레테가 부다페스트에서 우리한테 보낸 엽서에 관심이 있단 말인가? 누가 우리가 사야 할 물건들에 신경을 쓰지? 또 어지러워져서 토르프 옹의 지저분한 타일을 두 손으로 짚는다. 쇼핑 목록 속의 암호, 사실은 마르그레테가 보낸 것이 아닌 의문의 엽서? 말도 안 된다.

수요일이다. 자유로운 하루가 나를 기다린다. 환자들의 예약을 모두 취소했기 때문이다. 뭘 해야 할지 모르겠지만 이 집에, 경찰이 여기저기 들쑤시고 다니고 냉장고 자석들이 내게 비명을 지르는 이 집에 있고 싶지 않은 것만은 분명하다. 시내에 갈까. 산책을 할까―예를 들면 상트한스하우겐 주변을. 시구르의 다이어리는 세면대 옆에 앉은 나의 드레싱가운 속에 있다. 그 마지막 페이지들을, 주소들이 적힌 페이지들을 생각한다. 앳킨슨. 아니, 바보 같은 생각일까? 그 사람 집에 가는 건 잘못된 일에 휘말리는 걸까? 물을 잠근다. 마음을 가라앉히는 게 최고다. 숨을 쉬자. 다시 시작하자.

아래층으로 내려가자 주방에는 아무도 없다. 경찰차도 가고 없다. 창가에 서서 아직 떨어진 자리에 그대로 있는 프레들리의 종이컵을 본다. 냉장고 자석 얘기와 관련해서는 경찰이 손을 뗐다는 걸 안다. 경찰이 보는 나를 상상해본다. 미쳐가고 있는 여자. 나의 신뢰도는 연기처럼 사라져버렸다. 월요일에 우리는 직업적 원칙, 자기의 의료 기록이 공개되지 않을 거라 생각할 환자들의 권리에 대해 얘기했다. 그리고 나는 사샤를 상담했다. 단 며칠 만에 많은 것을 잃었다.

그러나 나는 신변의 안전을 확보하고 싶다. 태블릿을 꺼내 보안 시스템을, 도난 경보 장치를 검색한다. 제일 먼저 뜨는 회사들 중에 아릴스 시큐리티가 있다. 로고는 자물쇠가 달린 사슬에 감겨 있는 집인데 뭔가 안정감이 느껴지는 이미지다. 제대로 된 자물쇠—내게 필요한 게 이거야, 생각한다.

휴대전화로 그곳 전화번호를 누르지만 통화 버튼은 누르지 않고 서 있다. 번호를 보면서 생각한다, 확신해? 어젯밤에 냉장고 자석들이 **정말로** 평소와 같은 곳에 붙어 있었어? 절대적으로 확신할 수 있어? 어젯밤에, 안니카와 저녁을 먹은 후에 주방을 정리할 땐 어땠지? 나는 식기세척기에 접시들을 넣는 나 자신을 떠올린다, 냉장고 문을 그려본다. 그냥 스치듯 봤을 뿐이지만, 그래, 전부 다 평소대로 있었다. 식당 메뉴들, 사진들, 재활용에 관한 메모까지. 그 엽서와 쇼핑 목록도 거기 있었나? 그 디테일에는 초점을 맞출 수가 없다—기억력을 짜내봐도 그것들이 거기 있었는지 없었는지 알 수 없다. 하지만 그 외에는 전부 다 거기 있다. 확실해? 잘못 기억하는 건 아니고? 다른 날을 떠올리고 있는 건가? 이 구체적인 기억 속에 안니카가 있긴 한가? 기억 속에서 내 시선을 주방 전체로 확장하려 애쓰며 언니를 찾아보지만 보이지 않는다. 보이는 건 냉장고 문과 열린 식기세척기뿐이다.

공공보건연구소에서 집으로 돌아온 후의 기억이 거의 없다. 분명 2층으로 올라갔을 텐데. 주방에서 물을 한 잔 마셨을 테고. 뭐든 어질러져 있던 걸 치웠을 거다. 하지만 그런 기억은 불분명하다. 기억 속에서 그런 것들에 시선을 고정하려 할 때마다 그것들은 미끄러지듯 사라져버린다. 내가—언제나 모든 것을 기억하는 내가. 내가 냉장고 자석들을 다른 데로 옮겼을 가능성은 없나? 제정신이 아니라서 나도 모르게 그랬을까? 너무 멍한 상태라 그래 놓고 기억을 못 하는 것일까? 내가 보는 것, 내가 기억하는 것을 여전히 신뢰할 수 있는가?

휴대전화 화면에서 전화번호가 빛나고 있다. 아릴스 시큐리티. 나는 마음을 바꾼다. 그곳의 번호를 휴대폰에 저장한다. 나중에 언제든 연락할 수 있어.

몇 시간 뒤 나는 묘지를 가로지르며 걷고 있다. 이상할 정도로 고요하다. 반사 조끼를 입고 책가방을 멘 학생들 무리도, 없어진 학생이 없는지 확인하려고 계속 세어보는 교사들도 없다. 상트한 스하우겐에는 있을 텐데. 텀블러에 담긴 커피를 마시며 **이** 콘서트와 새로 생긴 **저** 바에 대해 재잘대는 힙스터 커플들이 없다. 유아차를 방패처럼 앞세우고 있는 갓난아기 엄마들이 없다. 묘지에는 사람이 거의 없다. 지팡이를 짚은 노부인 한 명. 목줄을 한 개와 걷는 여자애 한 명. 묘비들. 크고 오래된 나무들.

앳킨슨 부부의 집은 두 개쯤의 스트리트를 더 지나면 나오는 오래되고 클래식한 아파트 건물에 있다. 관리가 잘된 건물이다. 요즘 건물들만큼 세련되지는 않고 그냥 평범하다. 페인트가 벗겨진 부분은 많지 않다. 대문은 열려 있다. 대문 안으로 들어갔더니 뒤뜰이 살짝 보인다. 아동용 좌석이 뒷자리에 설치된 자전거와 분홍색 인형 유아차가 있다. 널찍한 계단통으로 들어선다. 시구르와 그의 건축가 친구들이 디자인한 계단통들과는 다르다— 요즘엔 작은 틈새 공간도 귀하니까. 앳킨슨 부부는 1층에 산다. 현관문에는 녹슨 나사들로 고정된 오래된 놋쇠 팻말에 성만— ATKINSON—표시돼 있다. 나는 용기를 그러모아 무슨 말을 할지 계획하려 애쓴다. 시구르가 내게 말해준 건 남편은 영국인이고 해운업계에서 일하고 부인은 미친년이라는 것뿐이다. 그러나 나는 이제 시구르가 내게 한 얘기들을 믿지 않는다. 앳킨슨 부부? 그들의 어떤 사람들일지는 알 수 없다.

초인종을 누른다. 비명을 지르듯 시끄럽고 공격적인 소리가 집 안에서 울려 퍼진다. 사람이 나오는 소리는 들리지 않지만 기다린다. 문틀의 페인트는 군데군데 벗겨져 있고 내 발 밑의 현관 매트는 오랫동안 털지 않았다. 이것에 무슨 의미가 있는지 아닌지는 모르겠다.

다시 초인종을 누르자 아까와 똑같은 귀청을 찢는 듯한 소리가 난 후 집 안에서 발자국 소리가 들린다. 배 속이 뒤틀린다. 지금 나는 군데르센의 권리를 침해하려는 참일까? 하지만 이제 되돌리기엔 너무 늦었고 그럴 생각도 없다. 자물쇠가 짤깍 돌아가는 소리가 난다. 문이 살짝 열리다가 두꺼운 안전 체인에 걸리고, 공기로 가득 찬 가냘픈 목소리가 말한다.

"네?"

문틈 사이로 볼 수 있는 건 별로 없다. 흰 구름 같은 머리카락, 옅은 파란색 눈.

"네." 나는 그렇게 말하고 목을 가다듬는다. "저는 사라라고 합니다. 플레마시 건축사무소에서 나왔습니다."

침묵.

"네?" 목소리가 다시 말한다.

집 안에서는 달큰한 냄새가 난다. 진하고 숨 막히는, 퀴퀴한 동시에 향긋한 예스런 냄새.

"여쭤볼 게 좀 있어서요."

나는 또 목을 가다듬는다.

"저는 시구르 씨의 조수입니다. 시구르 토르프 씨요."

문이 몇 센티미터 더 열리고 이제 그녀가 보인다. 자그마하고 연로한, 족히 여든 살은 된 여자다. 얼굴 피부는 주름이 별로 없지만 새하얀 머리카락은 두피가 거의 보일 정도로 숱이 적고 목은 힘줄과 주름들을 합쳐놓은 것에 지나지 않는다. 노부인은 파란 꽃무늬 원피스 차림이고, 노인들한테서만 볼 수 있는 놀라우리만치 옅은 빛의, 마치 햇빛에 수십 년간 탈색된 듯한 파란색 눈은 약간 축축하다. 그녀는 그 온갖 냄새에 덧붙여 연기의 냄새를 풍긴다. 조그맣고 얇은 입술을 핥는 혀는 붉다. 목에는 묵직한 금목걸이가 둘러져 있다. 이제 노부인은 나를 보며 웃음을 짓는다. 빤히 보면서 웃음 짓는다.

"그래!" 노부인이 말한다. "시구르 토르프 씨의 조수라고요." 느릿느릿한 말투다─내 상담실에서 만났다면 나는 그녀가 강력한 진정제를 복용한다고 짐작했을 것이다. 나는 내 앞에 선 사람이 머리카락이 어두운 금빛인 의문의 여자가 아니라서 조금 실망한다.

"네. 시구르 씨가 여쭤보고 싶어 하던 것이 있었습니다. 그렇다기보다는 저희가요─사무소에서 궁금해하는데요. 그게…… 그러니까…… 들어가도 될까요?"

그녀는 천천히 고개를 끄덕인 후 문을 닫는다. 체인이 달그락대더니 문이 활짝 열린다. 이제 이 집의 냄새가 나를 향해 흘러온다─짙은 연기와 향수와 노부인의 냄새. 수일 만에 처음으로 신선한 공기가 실내로 들어온 것 같다. 나는 개의치 않고 들어간다. 심호흡을 하며 복도로 성큼 들어선다. 노부인은 맨발이고 홀더에 끼운 담배를 피우고 있다.

"여쭤보고 싶은 게 있어서요." 내가 그렇게 말할 때 노부인은 내 뒤에서 문을 닫고 잠근다.

"일단 들어와요." 노부인이 말한다.

나를 지나쳐 앞장서는 노부인을 따라 거실로 간다. 연기가 자욱하다. 블라인드가 닫혀 있어서 어둡지만 밖의 햇빛이 워낙 쨍해서 틈새로 빛살들이 들어온다. 벽난로를 스치는 빛살에 맨틀피스 위의 장식물들이 반짝인다. 다른 빛살은 거무스름한 마호가니 책장을 비춘다. 거대한 양단 안락의자와 세트인 테이블 위에 놓인 병 모양 유리 덮개에 반사된 빛살은 내 눈을 찌른다. 이 집의 안주인은 반짝이는 어두운 색 나무 의자에 걸터앉는다. 백발은 올려서 플라스틱 핀으로 고정하고 있다. 그녀는 커다란 흑단 재떨이를 톡톡 쳐서 담뱃재를 턴다. 나는 일차적으로는 그녀를 보지 않으려고 주위를 둘러본다. 구식 세트 가구와 벽에 걸린 그림들로 시선을 옮긴다. 세일러복을 입은 어린 아이 두 명이 그려진 얼룩덜룩한 그림, 제복 차림의 엄격해 보이는 남자를 그린 은색 액자 속의 그림.

"차 한잔 마실래요?" 노부인이 묻는다.

"네, 감사합니다."

노부인은 그대로 앉아서 다시 담뱃재를 털어내고 한 모금 더 빤다. 나는 그녀의 맨발을 본다―푸르스름하게 부어 있다. 노부인은 조심스럽게 담배를 끄고는 홀더에서 꽁초를 꺼내 재떨이에 넣는다. 그리고 잠시 담배 홀더를 들어올린다. 복잡한 무늬가 있는 홀더다. 노부인은 그 무늬를 물끄러미 쳐다본다.

"마음에 들어요?" 그녀가 묻는다.

"네." 나는 대답하고 침을 삼킨다.

공기가 건조하다. 마실 물이 한 병 있었으면 좋겠다.

"파리에서 샀지요."

노부인은 탁자 위에 있는 상자에 담배 홀더를 넣고 조금 힘겹게 뚜껑을 닫는다.

"그냥 형편없는 싸구려예요." 그녀는 그렇게 말한 다음 상자를 탁자 저쪽으로 밀쳐둔다.

나는 고개를 끄덕인다. 노부인은 의자에서 일어난다.

"그냥 앉아 있어요. 물을 끓일 테니까."

노부인은 커튼 뒤로 사라지며 거실을 떠난다. 나는 그녀가 앉아 있던 의자를, 이제는 닳아서 얇아진 값비싼 천으로 만든 쿠션을 본다. 그때 뭔가가 다리에 닿아서 소스라치게 놀란다. 뚱뚱하고 털이 부숭부숭한 고양이가 내 종아리에 몸을 비비고 있다. 고양이는 놀라서 움찔하는 나를 올려다보지도 않는다. 고양이의 목구멍에서 낮게 그르렁거리는 소리가 나고, 나는 고양이가 어떻게 그런 소리를 내는지 이해가 가지 않는다—이질적인 소리, 동물이 낼 수 없는 소리 같다. 고양이는 계속 몸을 비빈다. 나는 움직이지 않는다. 고양이는 나한테서 볼일이 끝나자 도도하게 꼬리를 치켜들고 걸어가버린다. 바닥을 반쯤 가로질렀을 때 돌아서서 나를 보는 고양이는 초록색 눈을 가늘게 뜨고 있다. 책장에서 뭔가 움직이는 기척이 느껴진다—빛살이 닿은 곳보다 한 칸 위에 꽂힌 책등이 붉은 책들에 고양이 한 마리가 몸을 비비고 있다. 밖의 주방에서 냄비들이 서로 부딪히는 소리가 들려온다. 고개를 돌려 소파를 보자 내 다리에 몸을 비빈 고양이처럼 뚱뚱하고 털이 길지만 흰색인 또 다른 고양이가 있다. 시구르가 이런 얘기를, 연기 냄새와 이 많은 고양이에 관한 얘기를 한 번도 하지 않았다는 게 믿기지가 않는다.

이 집의 여주인이 미끄러지듯이 거실로 들어온다. 이제 그녀는 머리에 티아라를 하고 있다. 어린 여자아이들이 크리스마스 선물로 원할 법한, 플라스틱 보석과 반짝이로 뒤덮인 싸구려다. 나는 그것에 대해 아무 말도 하지 않는다. 무슨 말을 해야 할지 모르겠다.

"물을 올려놨어요."

"네, 성함이 프루 앳킨슨 씨 맞으세요?"

"네." 그녀는 웃음을 짓는다. 이가 여러 개 빠져 있다. "맞아요―만나서 반가워요."

노부인은 한쪽 다리를 뒤로 빼고 무릎을 굽히며 절을 한다. 잠시 그녀는 아이처럼 보인다.

"사라입니다."

"그래요. 아까 말했잖아요."

"여기." 나는 서툴게 묻는다. "그러니까, 여기가 시구르 씨가 작업하시던 공간인가요? 이 거실이요?"

노부인은 고개를 젓는다. 네 번째 고양이가 그녀의 다리 사이를 통과하더니 주방 쪽으로 사라진다.

"제가 확실하게 아는 건 아니지만." 나는 적절한 말이 떠오르도록 열심히 머리를 굴리느라 말끝을 질질 끈다. "확실히는 모르지만, 시구르 씨가 지하실 확장 작업을 하고 있지 않았나요?"

나는 상대에게 거짓말을 하면서 정보를 얻는 일에 익숙하지 않다. 심리학자들은 거의 모든 사적인 일에 대해 질문할 수 있지만,

건축가의 조수라면 사정이 약간 다를 테니까. 프루 앳킨슨은 작은 구슬 같은 눈을 굴리면서 나를 찬찬히 뜯어본다.

"내 남편은 바다에 있어요. 알고 있었나요?"

"아." 나는 어색하게 대답한다. "아니요, 몰랐습니다."

"그이는 내 평생의 사랑이랍니다."

노부인은 소파 옆의 사이드테이블 위에 놓인 사진을 가리킨다. 신혼부부의 사진 속 남자는 슈트를, 여자는 발목까지 오는 흰 드레스를 입고 있다. 부부는 작은 교회 밖에 서 있다. 사진이 너무 멀리 있어서 생김새는 보이지 않는다. 그들이 젊은지, 매력적인지, 심지어 여자가 내 앞에 서 있는 사람과 동일인인지도 알 수 없다.

"바깥어른께서는 바다에서 뭘 하고 계세요?"

"항해." 노부인은 눈을 감는다. "항해하고 또 항해하죠."

나는 고개를 끄덕인다. 노부인은 잠시 꼼짝도 하지 않고 서 있다가 다시 눈을 뜨고 내 쪽으로 한 걸음 다가온다.

"그 방을 보여줄게요. 따라와요."

그녀는 내 손을 잡는다. 작고 굽었지만 악력이 센 손으로 목숨이라도 달린 듯이 내 손을 꽉 잡는다. 나는 그냥 여기 있고 싶다. 이 집의 더 깊숙한 곳으로 가기 싫고 현관문 가까이에 있고 싶지만 노부인은 나를 끌고 간다. 우리는 커튼을 지나 어두운 복도로 들어선다. 그녀는 나를 이끌고 안쪽으로, 더 안쪽으로, 문을 하나 지나고 또 다른 커튼, 두꺼운 벨벳 재질의 커튼 앞으로 간다. 그리고 나를 잡고 있지 않은 작은 손으로 커튼을 젖힌다. 그러자 나타난 또 다른 문을 연다.

문 너머는 널찍하고 밝은 공간이다―뒤뜰로 난 더러운 창문들이 있는 빈방. 나는 뒤뜰에 있는 여러 대의 자전거를 보고 마치 잠시 동안 이 아파트의 어둠은 끝이 없다고 믿었던 것처럼 안도의 숨을 쉰다. 창밖에는 태양이 빛나고 있다. 뒤뜰에는 플라스틱 미끄럼틀까지 있다.

"계단은 여기서 내려가게 될 거예요." 내 작은 여주인은 내 손을 계속 잡은 채로 말한다. "남편이 돌아오면."

벽에 기대 세워져 있는 판자들이 많다. 일부는 크고 폭이 넓다. 지역의회의 가정 간병 사무실에서 보냈다는 라벨이 붙은 상자도 하나 있다. 이곳에는 건축 현장을 구성하는 요소들이 있지만 어떤 공사도 시작된 것처럼 보이지 않는다.

"최종 설계에 동의하셨나요? 그러니까, 시구르 씨랑요." 나는 말한다.

노부인은 나를 머리부터 발끝까지 훑어본다. 우리는 거의 1분 동안 이렇게 서 있다―그녀는 나를 뜯어보고, 나는 손을 잡힌 채 가만히 있다. 이윽고 노부인이 말한다.

"몰라요?"

"네?"

"시구르 씨는 크리스마스 전에 설계도를 완성했어요. 여기 오지 않은 지 몇 달 됐답니다."

노부인을 따라 거실로 돌아가는데 숨쉬기가 힘들다. 여기 있는 동안 알아내야 할 정보가 더 있을 테지만 지금 나는 이 일을 완수할 만큼 침착하지가 않다. 다행히 노부인은 이제 내 손을 놓아준다. 풀려난 내 손은 떨리고 있다. 나는 그냥 이 집에서 최대한 빨리 나가고 싶지만, 우리가 다시 어두운 복도로 나왔을 때 노부인은 내가 바랐던 대로 주방으로 가지 않는다. 내 앞에서 걸으며 거실로 들어간다. 나는 마지못해 그녀를 뒤따라간다. 숨을 깊이 들이쉬어 그녀의 가구 위에 떠도는 그 달콤하고 맵싸한 연기로 폐를 가득 채운다. 노부인은 아무 말도 하지 않지만 탁자 쪽으로 가서 파리에서 산 담배 홀더가 들어 있는 상자를 열고 새 담배를 꺼낸다. 나는 벽에 걸린 초상화에, 제복을 입은 엄격해 보이는 남자에 시선을 고정한다. **숨을 쉬어.** 나는 나 자신에게 말한다. **숨을 쉬어.** 세일러복을 입은 두 아이는 얼룩덜룩한 그림 밖을 응시하고 있다. 소년과 소녀는 둘 다 금발에 파란 눈이다. 아까 그 고양이가 또 내 다리에 몸을 비빈다. 나는 다시 제복 차림의 남자를 흘깃 본다. 그의 옷깃에 만卍 자가 있다.

"놀란 표정이군요." 노부인이 말한다.

그녀는 다시 자리를 잡고 앉아 담배를 피우고 있다. 나는 아무 말도 하지 않는다. 티아라가 금방이라도 그녀의 이마 위로 미끄러져 내려올 것 같다. 그녀는 티아라를 머리카락에 고정시켰지만 머리숱이 너무 적은 나머지 남은 건 몇 가닥뿐이다. 굽은 손가락들에는 죄다 금반지가 끼워져 있다.

"경찰도 놀랐죠." 노부인이 계속 말한다. "시구르 토르프 씨는 경찰한테 겨울 내내 여기 있었다고 했다더군요. 하지만 설계도는 한 달도 안 돼 완성됐어요. 난 11월이 지나고는 그 사람을 본 적이 없고요."

나는 겨우 고개만 끄덕일 수 있다. 또 다른 오래된—다른 제복을 입은 다른 남자—그림이 저 멀리, 책장 근처에 걸려 있다. 더 가까이에서 보고 싶은 생각이 없다. 그가 어느 전쟁에서 싸웠는지 알고 싶지 않다.

"시구르 씨는 죽었어요." 노부인이 말한다. "경찰이 그렇게 말하더군요."

"네." 나는 대꾸한다.

"당신은 그 사람의 조수가 아니죠."

"네, 그 사람 아내예요."

"아, 그렇군요."

그녀는 고개를 몇 번 끄덕인다. 고개를 끄덕이는 게 아니라 머리를 흔드는 것 같다.

"내 남편은 한 번에 몇 달씩 바다에 나가 있었어요. 어디에 있는 건지 전혀 알 수가 없었죠. 집에 돌아왔는지 안 왔는지도 몰랐답니다."

침묵이 흐른다. 제복 차림의 다른 남자 그림 옆에 단검이 하나 걸려 있다. 칼날은 녹이 슬고 검은 반점들로 덮여 있다. 프루 앳킨슨은 눈을 감고 담배를 피우다가, 안락의자 옆의 유리 시계가 울리자 일어선다.

"차를 가져올게요. 설탕을 넣을 거죠?"

그녀는 커튼 앞까지 가더니 몸을 돌려 나를 쳐다본다. 또 나를 찬찬히 뜯어보는데, 잠깐 동안 그녀의 병적인 파란 눈이 다정해 보일 정도다.

"그쪽은 착한 여자 같아요." 그녀가 말한다. "시구르 토르프는 딱히 내세울 것 없는 사람이었죠. 당신은 그가 없는 게 나아요."

우리는 선 채로 말없이 서로를 쳐다보고, 프루 앳킨슨의 눈 속에 순수한 광기가 깃든다—지나치게 동그랗고 지나치게 꿰뚫어 보는 눈이라서 그녀의 웃음은 위화감을 준다. 내가 말이 없자 그녀는 돌아서서 거실을 나간다. 등 뒤에 커튼이 닫히게 놔둔 채 사라진다. 나는 그녀가 주방에서 달그락거리는 소리를 듣자마자 살며시 출구 쪽으로 가서 현관문 자물쇠를 풀고 계단통으로 나간다. 문을 최대한 조용히 닫고 내달린다. 계단통 밖으로, 대문을 지나 거리로. 최대한 빠르게 달려 도로로 나온 후에도 몇 블록 더 갈 때까지 속력을 늦추지 않는다.

나는 늘 집에 있다. 별일 없는 날에 내가 가는 가장 먼 곳은 노르베리에 있는 키위 슈퍼마켓이다. 그 외에는 상담실이나 집에 있다. 이메일을 읽으면서. 페이스북을 확인하면서. 시구르를 기다리면서. 환자들을 기다리면서. 그들이 나를 찾기를 기다리면서—적극적으로 그들을 좇지는 않으면서, 혹은 충분히 적극적으로 좇지는 않으면서. 목구멍 밑에서 해야 해, 해야 해, 하고 압박을 느끼면서. 우리는 돈이 별로 많지 않다. 나는 더 기여해야 한다. 시구르만큼 많이, 맹렬하게 일해야 한다. 너무 지쳐하면, 너무 좌절하면 안 된다. 그냥 계속 해나가야 한다. 열심히 일해야 한다.

시구르를 기다리면서. 얘기할 사람을, 함께 있을 사람을 기다리면서. 그는 밤늦게 완전히 지쳐서 집에 온다. 아무데도 가고 싶어 하지 않는다. 얘기하고 싶어 하지 않는다. 그저 넓적다리에 랩톱 컴퓨터를 올려놓고 앉아 있고 싶어 한다. 나는 그에게 이것저것 물어본다. 이 모든 건 대체 언제 끝나? 욕실이랑 아래층 복도, 침실은? 계단은? 시구르는 말한다. "모르고 있는 것 같은데, 난 몸이 부서져라 일하고 있어. 그리고 우리한테 그 모든 비용을 댈 돈이 있는 것처럼 말하네." 나의 하루에 대해 그에게 얘기한다. 이 벽들 사이에서 느끼는 외로움을, 한 시간 또 한 시간 대화 상대 하나 없이 이 안에서만 돌아다니는 것이 어떤지 설명하려 애쓴다. 시구르는 말한다. "글쎄, 사업 운영 방식에 관해 온갖 멍청한 제안들을 들이대는 플레밍한테 한번 쪼여볼래? 2학년 때 들은 경영학 수업 내용을 좀 기억한다는 이유로 자기가 사업의 천재라고 생각하는 그 망할 사장 노릇하려는 놈한테 말이야." 우리는 이제 섹스를 거의 하지 않는다.

어느 밤 나는 그의 주머니에서 코담배 한 곽을 발견한다. 뒤진 것이 아니다—집어든 재킷에서 그것이 떨어졌다.

"시구르, 너 코담배 해?"

그는 텅 빈 눈으로 나를 본다.

"응."

"언제부터?"

"몇 달 됐어."

"몇 달 됐는데?"

"몰라. 네다섯 달."

나는 웃기 시작한다. 그는 그냥 보고 있다.

"왜 그래?" 그가 말한다.

나는 웃음을 멈추려고 애쓴다.

"아니, 모르겠어. 그냥—왜 한 번도 말 안 했어?"

그는 어깨를 으쓱한다.

"무슨 말을 해?"

그는 나와 코담배 얘기를 하고 싶어 하지 않는다. 아무 말도 할 필요가 없다. 나는 알아듣는다. 우리는 다시는 그것에 관해 얘기하지 않는다.

내가 같이 살기 편한 사람이라고 말하지는 않겠다. 나는 아침에 욕실에서 폭발한다—너무 추워, 곧 겨울이라고, 샤워기 물이 턱에서 고드름으로 얼 것 같다고! 나는 정말 상냥하고 싶다. 예전처럼 그에게 편안한 말투로 말하고 싶다. 같이 웃고 유머 감각을 발휘하고 싶다. 하지만 나는 어느새 땍땍거리고 미친 사람처럼 군다. 이게 다 망할 외로움 때문이다.

아침마다, 그가 일하러 나가고 나면 나는 노르베리의 이 특권 같은 자리에 앉아 창밖의 피오르를 바라본다—이 집의 안주인. 내가 뭐라고 불평하겠는가?

그러다가 12월의 어느 날 나는 무너진다. 우리는 평소처럼 텔레비전 앞에서 식사를 마쳤다. 나는 같이 영화를 보겠냐고 묻는다. 넷플릭스에 새로 올라온 영화인데 페이스북에서 누가 격찬하더라고. 시구르는 너무 피곤하다고 말한다. 넓적다리에 컴퓨터를 올려놓고 게임을 하거나 무의미한 티브이 시리즈나 우리 중 누구도 챙겨보지 않는 프로그램을 보면서 두세 시간을 때우다가 자러가고 싶을 뿐이다. 무례하게 말하고 싶진 않지만, 그가 원하는 건 그것뿐이다. 알겠어, 나는 말한 다음 커피테이블 위의 접시들을 주방으로 가져간다. 가다가 고르지 못한 마룻장들 사이에 발가락이 걸린다. 아주 걸리진 않았지만 잠시 균형을 잃어 접시 하나가 바닥으로 떨어진다.

"빌어먹을." 나는 그렇게 내뱉는다.

시구르는 아무 말도 없다. 나는 굳이 뒤돌아보지 않아도 그가 어떻게 세상만사에 신경을 끄고 구부정하게 앉아 컴퓨터를 보는 지 안다. 수도 없이 봐왔으니까. 그는 분명 내 말을 들었을 것이다. 10미터 정도밖에 떨어져 있지 않은 데다 접시가 땅에 떨어져 박살이 났으니까. 그런데도 그는 아무 말도 하지 않는다.

누구나 사랑받고 존경받고 싶어 한다—인간이라면 당연한 거다. 하지만 증오의 대상이 되는 것보다 더 나쁜 것은 투명인간이 되는 것이다. 내가 원하는 모습대로 상대가 나를 봐주지 않는 것—그래, 그것도 나쁘다—하지만 내 존재 자체를 부정당하는 것? 숲속에서 비명을 질렀는데 아무도 대답이 없다면, 비명을 질렀다고 할 수나 있을까? 접시가 바닥에 떨어져 박살 나는데도 남편이 아무 말도 하지 않는다면, 그 일이 일어나기는 한 것인가? 내가 차지하고 있는 공간, 나라는 그 작은 존재가 당신이 집과 침대를 공유하는 남자에게 인식되지 않는다는 것이 사실인가? 이건 차원이 다른 고통이다. 그 고통은 내 목구멍 속에서 토사물처럼 부풀어 오르다가 비참한 흐느낌이 되어 입 밖으로 터져 나온다. 나는 울기 시작한다.

그가 내게 오고 있는 몇 초 사이에 나는 들고 있던 다른 접시도 바닥에 내팽개친다. 일부러 힘을 실어 던진 접시는 산산조각이 나서 온 마루에 흩어진다. 나는 털썩 주저앉아 무릎을 꿇고 두 팔로 몸을 감싼 채 더러운 접시 조각들과 날붙이들 사이에서 흐느낀다.

"방금 대체 무슨 일이야?" 시구르가 말한다. 무엇보다도 내가 두 번째 접시를 박살낸 것에 성이 난 것처럼 들린다. 마치 내가 얼마나 큰 고통 속에 있는지 모른다는 듯이. 나는 소리를 지른다.

"미쳤어? 제정신이야? 지금 **접시**부터 챙기는 거야?"

그가 대꾸하지 않자 나는 말한다.

"넌 이제 나한테 신경을 끈 것 같아. 더는 날 사랑하지 않는 것 같다고. 그냥 네가 옆에 두고 살 수밖에 없는 이 집의 또 다른 물건이 된 느낌이야."

그는 무너지듯 내 옆에 앉는다. 우리는 잠시 그렇게 앉아 있다.

그런 다음 우리는 얘기한다. 방금 내가 한 말을 제외한 모든 것에 대해. 힘든 상황이라고. 우리가 지쳐 있다고. 상황이 우리의 예상대로 풀리지 않았다고. 토르쇼브 아파트의 주방에서 새 집에서 새로운 일을 하며 사는 삶을 그리고 계획할 때 우리가 너무 순진했다고.

그가 완전히 지쳤다고.

"내가 널 실망시키고 있는 것처럼 느껴." 그는 말한다. "내가 아주 잘해낼 줄 알았는데."

내가 외롭다고. 그도 알지만 그것에 대해 뭔가를 할 에너지가 없다고.

그래서 우리는 크리스마스부터 새해 첫날까지 떠나기로 결정한다. 그럴 돈은 없지만 어떻게든, 내 아버지와 시구르의 어머니에게 빌리든지 해서 마련할 것이다. 우리 관계를 위해서, 라고 우리는 말한다. 이혼이 훨씬 더 비싸니까, 시구르는 반쯤 웃음을 지으며 말한다. 농담이지만 농담이기만 한 것은 아니다. 우리는 인터넷을 뒤지며 쨍한 햇살이 내리쬐는 새하얀 호텔과 맑고 푸른 사각형 같은 수영장의 사진들을 본다. 어쩌면 저기서, 아마도 저기서. 응급치료다. 벌써부터 가슴속이 따뜻해진 느낌이다.

요새

"아릴스 시큐리티인가요?" 나는 말한다.

"네, 아릴스입니다." 전화기 너머의 목소리가 대답한다.

나는 주방 아일랜드 식탁에 앉아 있다. 어젯밤에도 상담실에서 잤다. 손님용 에어 매트리스를 가져가서 최소한 맨바닥에 눕지는 않았지만, 그럼에도 거의 자지 못했다. 뜬눈으로 누워서 눈과 귀를 어둠에 집중한 채 밤을 새다시피 했다. 두 번 일어나서 의자들 뒤의 통창으로 가 어둠 속에 서서 밖을 응시했다. 집 앞 도로에는 가로등이 켜져 있다. 우리는 진입로에 조명을 설치하지 않았지만 토르프 옹조차 집 외벽에 조명을 하나 설치할 만큼은 현명했고, 그 조명을 둘러싼 작은 원이 내가 밤을 응시할 수 있게 해주는 광원이다. 무슨 소리가 들렸나? 누군가를 봤나? 그 원 너머의 어둠 속에 뭔가가 움직이고 있나? 집의 불 꺼진 창들 속에서 뭔가가 움직이는가? 거실의 커튼이 펄럭이나? 더는 모르겠다. 나는 두 손으로 주방 칼을 꼭 쥔다. 누가 보면 미친 사람인 줄 알겠다.

하지만 뭘 어쩌겠는가? 나는 다시 침대로, 누운 곳이 푹 꺼지고 뒤척일 때마다 어둠 속에서 크고 새된 소리를 내는 에어 매트리스로 돌아간다. 눈을 뜬 채로 누워 있다. 칼을 꼭 쥐고서. 자려고 애쓰지만 사실은 그냥 기다리고 있다. 아침이 오기를. 또는 무슨 일이 벌어지기를. 더 이상 내 감각을 신뢰할 수 없다—늘 어떤 소리가 들린다. 도로를 달리는 차들. 금속과 금속이 맞부딪히는 소리, 현관문의 잠금장치가 열리는 소리. 프루 앳킨슨네 숨 막히는 거실의 소름끼치는 느낌이 몸에 박혀버렸고, 이제 더는 내가 뭘 듣고 있는 건지 확신할 수 없다. 더는 내 집 현관의 소리를 이웃집 현관의 소리와, 혹은 지금 현관문이 열리고 있다는 악몽 같은 불안과 구별할 수 없다.

6시 반쯤 나는 이제 안전하다고, 아침이라고, 침입자가 떠났을 거라고 생각한다. 짐작에 지나지 않지만, 나는 상담실로 쫓겨나 지내면서 갈수록 겁에 질리고 있다. 칼을 들고 진입로를 가로질러 집 현관으로 간다. 현관문의 자물쇠를 열고 안으로 들어간다. 잠시 복도에 서서 냄새를 맡고 귀를 기울인다—침입자의 기척이 느껴지나, 그는 아직 여기 있나? 두 손으로 칼을 꼭 쥔다. 저기요, 하고 소리치는데 어찌나 한심하게 들리는지, 어찌나 무력하고 겁에 질린 목소리인지. 자기 것을 지킬 준비가 된 무장한 집주인의 외침은 결코 아니다.

주방으로 올라간다. 사방을 둘러본다. 커튼이 흐트러져 있고 책장에도 뭔가 달라진 것 같다. 더 이상 내 기억에 확신이 없다. 이런 건 처음이다—기억력은 내 능력의 초석인데. 하지만 이제 나는 커튼의 변화나 책장의 무질서를 가슴속에서 부풀어 오르고 있는 비명과 구분할 수 없다. 내가 뭘 보고 있는지, 뭘 보고 있다고 생각하는지 더는 모르겠다.

침실로 올라간다. 들어가기가 너무 망설여진다. 침대에 누가 누워 있다고 상상한다. 모든 문의 뒤에서 새로운 공포가 나를 기다리지만 특히나 이 문 너머가, 이 집에서 가장 내밀한 공간이 두렵다. 하지만 침실엔 아무도 없다. 협탁들을, 침대 밑을 확인한다.

그대로인 침실에 안도한 다음 다락방으로 올라간다. 토르프 옹의 작업실은 고요하고 아무도 없다. 하지만 누군가 다녀갔다. 누군가 탁자 위의 먼지를 건드렸다. 선반 위에서 지도들을 들어올렸다. 물건들이 치워질 때 먼지에 남은 자국들이 보인다.

어젯밤에 이런 건가? 아니면 그 전날 밤에? 경찰이 수색하다가 그랬을 가능성은? 나는 다락방 밖으로 나갔다가 층계참에서 다시 돌아선다. 뭔가 생각났다. 내가 확인해야 하는 것이, 시구르가 실종된 후로 확인하지 않은 것이 하나 있다. 나는 다시 다락방으로 들어가 제일 안쪽에 있는 책장 앞에 웅크리고 앉아 맨 아래 칸에서 그 과대망상 노인이 보관하던 지도를 몇 장 들춘 끝에 그 작고 납작한 상자를 찾아낸다. 상자 자체는 별것 아니지만, 토르프 옹이 생의 마지막이 다가올 때 상자의 내용물을 시구르와 내게 보여주었다—아마도 당신의 손자가 당신 뒤를 이어 싸워주기를 바란 것 같다. 나는 상자를 연다. 상자는 비어 있다.

토르프 옹이 오래된 리볼버를 보관하던 상자였다. 그의 보물이자 그 자체로도 꽤 가치 있는 물건이다—또는 그런 물건이라고 그 소유자가 우리에게 보여줄 때 눈을 빛내며 말했다. 러시아혁명에서 싸운 남자의 총이었던 것 같다고 했지만, 시구르와 내가 보기에 그 남자는 그보다 훨씬 나중에 구입한 것 같았다. 멀쩡하게 쓸 수 있다고도 했다. "공산주의의 적의 미간에 총알을 박는 데 이것보다 나은 무기가 있겠냐?" 토르프 옹은 수사적으로 물었다. 옹은 탄알도 가지고—상자 속의 총 옆에—있었다. 언제든 쏠 수 있는 무기였다. 내가 마지막으로 확인한 게 언제였지? 마지막으로 여기 올라온 게 언제였더라? 나는 리볼버에 대해 까맣게 잊고 지냈다. 시구르가 실종됐을 때도 확인해볼 생각도 나지 않았다. 스스로를 보호할 수단이 필요한데도 그 총을 가지러 올라올 생각은 전혀 못 했다. 그냥 생각도 나지 않은 물건이었던 것이다.

누군가 그것을 가져갔다. 그날 밤에 집에 들어와 다락방에서 돌아다니던 그 침입자일까? 그가 찾고 있던 게 그거였나? 다락방에는 상자가 수백 개는 되는데, 대부분은 신문 스크랩과 서류, 토르프 옹의 알아보기 힘든 글씨가 잔뜩 적힌 공책들이다. 흥미로운 것이라곤 거의 없다. 그중에서 무기가 든 상자를 열다니 침입자는 얼마나 운이 좋은가! 거의 약간 **지나치다시피** 운이 좋다. 그는 찾아볼 곳을 **알았던** 게 틀림없다. 하지만 토르프 옹은 찾아오는 사람이 별로 없었는데. 마르그레테, 시구르, 나. 어쩌면 하랄도.
몇 년에 한 번 고향에 오는 하랄이긴 하지만.

그 리볼버에 대해 아는 사람은 거의 없다.

나는 다락방의 문을 닫고 나와―열쇠가 어디 있는지 몰라서
잠그고 싶지만 그럴 수가 없다―계단을 뛰어 내려가 주방에서
휴대전화를 찾는다. 전화번호를 누르기 전에 애써 숨을 고른다.
혹시 경찰이 가져갔을까? 군데르센에게 전화를 건다. 받지 않아
서 음성 메시지에 내가 알아낸 사실을 얘기하고, 그의 팀이 가져
간 것이기를 바란다고, 좀 무서우니까 확인해서 알려달라고 부탁
한다. 그러다가 속으로 제기랄, 한 다음 아릴스 시큐리티에 전화
한다.

"그래서 어떻게 도와드리면 될까요?" 아릴이라는 사람이 묻는다.

그는 드람멘 외곽이나 미엔달렌, 호크순, 혹은 그 근처 출신의
사람들이 쓰는 부드러운 억양으로 말하고 있다. 반 박자쯤 느린
듯 다소 느긋한 말투로 도와주겠다고 하는 그의 말은 내게 놀라
우리만큼 효과가 있다. 그는 나를 안전하게 해줄 것처럼 들린다.

"누가 자꾸 집에 들어와서요." 나는 말한다.

그에게 전부 다 얘기한다. 살해당한 시구르와 밤중의 침입에 대
해. 경찰의 무관심과 냉장고 자석에 대해, 프레들리와 잔디밭에
있을 때 경찰이 내가 히스테리증이라고 생각하는 것 같더라는 얘
기까지. "그렇군요." 아릴이 대꾸한다. "그래요, 네, 알겠습니다."

293

그는 단 한 순간도 내게 노이로제의 기미가 보인다고, 혹은 전부 내가 꾸며낸 이야기라고 생각하는 것 같지 않다. 귀 기울여 들어준다. 가끔씩 질문도 한다. 그러니까 현관문은 늘 잠가두시고, 침입한 흔적은 없다는 말씀이지요? 도난 경보 장치는 있습니까? 내가 이야기를 마치자 그는 이렇게 말한다.

"포괄적인 패키지를 추천드리고 싶습니다. 예를 들면 집 안 여러 구역에 동작 탐지기가 딸린 경보기를 설치해서 밤에 침실 밖에서 움직임이 있으면 울리게 하는 겁니다. 모든 문을 커버하는 별도의 외곽 침입 경보기. 자물쇠도 물론 다 바꾸시고요, 강화 자물쇠도 몇 개 하시지요―옵션은 상담 가능합니다. 그리고 집 밖에 동작 감지등을 몇 개 설치하시는 게 좋겠습니다. 최소한 현관 앞에라도요. 이 장치들을 경보기에 연결시킬지는 고객께서 결정하실 수 있습니다."

"전부 다 하고 싶어요."

"네, 그러면 예산이 좀 커질 겁니다."

"상관없어요. 안전하게 지내고 싶어요."

돈 때문인지는 모르겠지만, 아릴은 조수와 함께 그가 직접 작업할 것이며 30분 내로 오겠다고 약속한다. 그동안 마음을 진정시키고 있으라고 한다. 나는 주소를 불러주고, 그는 전화를 끊기 전에 이렇게 말한다.

"곧 뵙겠습니다."

그 말에 나는 말도 못하게 마음이 놓인다. 아릴이 올 것이다.

아릴을 기다리다가 군데르센의 전화를 받고 리볼버에 대해 얘기한다.

"집에 총기가 있는데 여태 그것에 대해 얘기할 생각을 못 하셨다고요?" 그의 말에서 짜증스러움이 확연하게 느껴진다.

"전혀 생각을 못 하고 있었어요. 그러니까, 제가 침입자 때문에 호신용으로 침실 탁자에 올려둘 수도 있었을 텐데, 총의 존재 자체를 완전히 잊어버리고 있었다고요. 작동하는지 어떤지도 몰라요. 시구르의 할아버지는 작동한다고 말씀하셨지만, 그러니까, 너무 오래된 물건이라서요."

"그 어떤 경우에도 호신용으로 침실에 총을 둬서는 안 됩니다." 군데르센이 호통을 친다. "총은 대단히 위험한 물건입니다―총을 맞는 게 **그쪽이** 될 수도 있어요. 아니면 사람을 죽이게 되겠죠. 그런 건 알 정도로 똑똑하잖아요, 사라 씨. 그리고 허가를 받지 않는 한 애초에 총을 소지하는 것도 불법입니다."

"알아요." 나는 한숨을 쉰다. "하지만 제가 말씀드린 게 바로 그래서예요. 총이 거기 있다는 생각조차 못 했다고요."

전화기 너머로 웅웅거리는 소리가 들린다. 그는 차에 타고 있거나 차들이 달리는 곳에 있는 것 같다.

"그 총을 마지막으로 본 게 언제입니까?"

나는 생각해본다.

"이사 와서 남편이랑 대청소를 할 때 봤으니까 작년 8월쯤일 거예요. 아니다, 가을 어느 때쯤에 올라가서 청소를 했어요―그때 그 상자를 열고 총을 봤어요. 그러니까, 할아버지께서 귀한 물건이라고도 하셨고, 손잡이에 새긴 무늬도 있고 해서 그냥 한번 보고 싶었거든요. 하지만 그때 말고는? 아니요, 그때가 분명 마지막이에요. 남편과 나는 다락방을 쓰지 않았어요."

"가을 언제죠?"

"크리스마스 맞이 청소 같은 거였으니까, 11월 말쯤일 거예요."

군데르센은 잠시 말이 없다. 나는 그가 주차하는 모습을, 차를 반듯이 세우려고 운전대를 이리저리 돌리고 후진하면서 어깨 너머로 돌아보는 모습을 상상한다.

"알겠습니다." 마침내 그가 말한다. "그렇다면 시구르 씨가 뭔가 다른 이유로 총을 꺼내 갔을 수도 있겠군요."

"어떤 이유로요?"

"모르겠습니다. 매우 가치 있는 총이었다면 팔고 싶었을 수도 있죠."

"네, 어쩌면요. 모르겠네요. 제가 아는 건 11월 말에는 총이 거기 있었는데 지금은 없다는 것뿐이에요."

군데르센은 또 말이 없다.

"그럼 수사팀에서 가져갔을 가능성은 없는 걸까요?" 나는 희망을 갖고 묻는다.

그런 거였으면 좋겠다. 내가 완전히 잊고 지낸 그 짜증나는 리볼버를 사실은 경찰이 보관하는 중이라면, 군데르센이 보유한 증거로 등록되어 있다면 마음이 편할 것 같다.

"아니요." 군데르센은 단호하게 대답한다. "사라 씨, 제가 알아야 할 사실이 더 없는 게 확실합니까? 다른 무기는 없어요? 사냥용 라이플이나 화염방사기―또 뭐가 있을까요? 멋진 무늬가 들어간 옛날 고문 기구? 복잡한 감시 시스템?"

"아니요." 이제 좀 지친다. "제가 알기론 없어요. 하지만 정말이지, 제가 일부러 총에 대해 숨긴 건 아니에요. 생각도 못 하고 있었을 뿐이에요."

"압니다. 일단 끊어야겠습니다. 무슨 일 있으면 연락 주십시오."

전화를 끊은 후에도 나는 그대로 앉아서 손가락들로 식탁을 두드린다. 내 물건에 감히 손도 못 대겠다. 커피든 차든 한잔 마실 엄두도 나지 않는다. 침입자가 찬장 속의 뭔가를 건드려놨을까봐 무섭다. 그냥 계속 앉아 있다. 군데르센과 통화한 후 배 속이 불편하게 꾸르륵거린다―나에 대한 그의 연민이 곧 바닥날 거라는 생각이 점점 분명해진다.

아릴은 50대로 보인다. 세고 있는 붉은 곱슬머리와 떡 벌어진 어깨, 테디 베어 같은 인상을 주는 땅딸막한 체격. 얼굴 중앙에는 덤불 같은 숱 많은 잿빛 콧수염이 입까지 내려와 있다. 그가 상냥한 태도로 내 손을 잡고 흔들며 만나서 반갑다고 말할 때 나는 그의 품에 와락 안기고 싶은 욕구를 느낀다. 그는 지금 내게 꼭 필요한 류의 사람이기 때문이다. 내 부친과 달리 믿음직하고 든든한 남자 어른이 나를 지켜주려고 여러 장비를 준비해서 와준 것이다.

그는 많아야 스무 살로 보이는 사내애를 데려왔다. 빼빼 마르고 말수 적고 수줍은 그 아이의 이름은 크리스토페르다. 아릴은 그를 '견습공'이라고 소개한다.

"자." 아릴은 두 손으로 엉덩이를 짚은 채 말한다. "그러니까 이곳이 우리가 지켜야 할 집이군요."

"네. 같이 둘러보실래요?"

우리는 현관 복도부터 시작해 한때 아기 방으로 만들려 했던 지하실의 서재를 둘러본다. 그리고 세탁실과 아래층 침실, 저장실. 그 후 2층으로 올라간 두 남자는 주방과 거실을 열심히 둘러본다. 아릴은 견습공을 손짓으로 부르더니 나란히 서서 베란다 문의 자물쇠를 주의 깊게 살펴본다. 나는 그들에게 잠겨 있는 주방 문을 보여주고 열어서 그들이 양쪽을 다 살펴볼 수 있게 한다. 그 후 3층으로 가서 침실—특히 침실 창문—과 욕실을 확인한다. 이어 꼭대기인 다락방으로 올라간다. 나는 그들에게 토르프옹에 대해, 그리고 사라진 리볼버에 대해 얘기한다. 군데르센과 통화한 후부터 그 총에 대한 생각 때문에 심란하기 때문이다. 다시 주방으로 내려와서 아릴은 이 4층 집의 배치도를 재빠르게 그린다.

그는 말한다. "일단 모든 문을 강화해야 것 같습니다. 베란다 문 자물쇠가 상당히 허술하고 그것이 달려 있는 목재도 너무 낡아서 발로 차면 어렵지 않게 들어올 수 있을 정도입니다. 겁주려고 드리는 말씀은 아니고요, 현실적으로 대처해야 한다는 뜻입니다.

언젠가는 그 문을 교체해야 하지만, 당분간은 튼튼한 자물쇠만으로도 효과가 있을 것 같습니다. 니테달에 사는 제 친구가 열쇠공인데 기술이 아주 좋아요. 주방 문도 새 자물쇠를 달아야 하고, 둘 다 보안 자물쇠를 추가로 설치해야 합니다. 말씀하신 침입자는 열쇠를 갖고 있는 것 같습니다. 문과 창문들에 침입한 흔적이 없으니까요. 그러니 문과 창문이 열려 있지 않았다면—잠겨 있었다고 하셨죠—우리가 집중해야 할 곳은 현관문입니다. 하지만 침입자가 현관문으로 들어오려다가 막혔을 때 어떻게 할지 알 수 없기 때문에 모든 출입구에 할 수 있는 건 다 해야 한다고 생각합니다. 침입자가 아주 애를 먹게 만들어야죠, 그렇지 않습니까?"

"네." 내가 고마워하며 말한다. "동의해요."

"좋습니다." 아릴은 그렇게 말하고 콧수염이 텁수룩한 얼굴이 환해지도록 웃음을 짓는다. "현관문의 자물쇠를 교체하겠습니다. 이중 고정에 강력한 최고의 보안 자물쇠를 설치해야 할 것 같습니다. 장난칠 수 없는 것으로요. 니테달의 친구가 여러 종류를 갖고 있는데, 제일 좋은 걸로 했으면 합니다. 더 확실하게 안전 체인과 추가 자물쇠도 하고요. 외곽 침입 경보기를 설치하면 어떤 문으로든 접근 시 주 경보기가 울릴 겁니다. 항상 주 경보기를 켜두셔도 됩니다. 적어도 현재 상황이 해결되기 전에는 들어오고 나갈 때만 끄시면 돼요. 주무실 때는 실내의 동작 감지 경보기를 켜두시고, 원하신다면 침실 창문을 통한 무단 침입 방지 조처를 하고 침실 문에 제대로 된 자물쇠를 달아드리겠습니다. 그러면 경보기가 울릴 때도 침실에서 안전하다고 느끼실 수 있을 겁니다."

"네." 생각만 해도 밤의 불안이 녹아서 바닥으로 떨어지는 듯하다.

"모든 경보 장치는 외케른에 있는 보안센터와 연결됩니다. 24시간 사람이 있는 곳입니다. 보통은 전화를 드려서 출동 여부를 물어보지만, 이 집의 경우엔 '코드 레드'를 발동해야 할 것 같습니다. 선생님께서 전화로 뭐라고 말씀하시든 간에 무조건 출동한다는 뜻입니다. 그러니까, 당분간은요. 선생님의……."

그는 당황한 표정으로 창문 쪽을 본다.

"……선생님 남편분의 사건이 해결될 때까지요."

"좋아요."

"저희 둘은 곧바로 작업을 시작하겠습니다. 전부 다 설치하려면 몇 시간 걸릴 테니 원래 하시려던 일을 하십시오, 저희가 피해서 작업하겠습니다. 현관문 열쇠를 하나 복사해서 저희 보안센터에 보관해도 되겠습니까?"

나는 그들이 요청하는 모든 것을 허락한다. 그들이 집에 있는 동안 나는 안심하여 샤워를 하고 옷을 갈아입는다. 열차를 기다릴 때가 되어서야 내가 인터넷으로 찾은 낯선 이들이 집에 마음대로 드나들 수 있게 해서 스스로를 위태롭게 만들었음을 깨닫는다.

역에서 나오자 멀리서 그들이 보인다. 그들은 나를 기다리며 서 있다. 지금 상황에서는 좀 불안해 보이는 긴 다리와 가냘픈 몸매의 마르그레테 옆에 키가 크고 어깨가 구부정한 남자가 있다. 하랄이겠지. 그 옆에는 키가 작고 마른 여자가 있다―물론 그 유명하신 라나 메이다. 멀리 있어서 자세히 보이지는 않지만 내가 시어머니의 몸 선을 알아보지 못할 리가 없다.

그들은 나를 보지 않는다. 서서 자기들끼리 얘기하고 있다. 하랄과 그의 여자 친구는 바람 때문에 재킷 앞섶을 여며 잡는다. 마르그레테는 그냥 가만히 서 있다. 시어머니를 본 지 며칠이 지났다. 보러 갔어야 하나 싶지만, 모르겠다. 시어머니도 똑같이 나를 보러 올 의무가 있지 않나? 아마 시어머니도 나처럼 혼자 있는 게 나을 것이다. 우리가 서로에게 조금이라도 위안이 될 거라는 생각은 들지 않는다.

나는 잠시 서서 그들―누군가를 기다리는 가족―을 지켜본다. 그들이 기다리는 건 내가 아니라는 생각이 든다―물론 누가 묻는다면 그들은 나를 기다리고 있다고 대답하겠지만―그들은 시구르를 기다리고 있다. 저기 서서 그를 기다리는 그의 가족. 나는 뒤돌아서 집으로 가고 싶다. 물론 시구르는 절대로 오지 않을 것이다. 하지만 어쩌면 그들이 기다리는 건 시구르가 아닐지도 모른다. 그냥 시간이 지나가기를 기다리고 있을 수도 있다. 또는 다시 이동하기를 기다리는 것일 수도.

그들과 나의 거리가 50미터쯤 됐을 때 하랄이 나를 보고 손을 들어 흔든다. 그러자 두 여자가 고개를 돌려 다가오는 나를 본다.

"안녕하세요." 내가 인사한다.

그들은 나를 본다. 마르그레테의 눈은 붉고 흐릿하다. 나는 시어머니를 안아준다. 그녀의 몸에는 힘이 하나도 없다. 하랄을 안아준다. 뻣뻣하고 무뚝뚝하지만 적어도 가볍게나마 내 등을 두드려준다. 그리고 나는 라나 메이 앞에 선다.

누가 봐도 상냥해 보일 여자다. 사진에서 받은 느낌과 같다. 하지만 사진에서만큼 매력적이지는 않은 것 같다. 적어도 여기, 포즈를 취해 보일 사람이 아무도 없는 스메스타의 주차장에서는. 그녀가 내 손을 잡는다.

"만나서 반가워요." 라나 메이는 미국인다운 콧소리로 말하며 억제된 미소를 짓는다. "하지만 지금 같은 상황이 아니라면 얼마나 좋았을까요."

나는 웃음을 지으려고 애쓴다. 나는 시어머니가 시구르와 내게 라나 메이의 사진을 처음 보여준 이후로 그녀를 속으로 계속 미워해왔다. 그때 시어머니는 하랄의 새 여자 친구가 '엄청나게 똑똑'하고 '응용물리학 박사학위'를 받았으며 '기후위기를 해결하고 세상을 구할 캘리포니아에 있는 굴지의 에너지 기업에서 대단한 일'을 한다고 말했다. 하지만 앞으로 서로를 알아갈 일이 결코 없을 것임을 아는 지금에야—나는 라나 메이가 들어가고 있는 가족에서 나오는 중이다—그녀에게 가족의 정 같은 것을 느낀다. 하지만 웃음이 지어지지 않는다.

"자." 하랄이 재킷 자락을 여미며 말한다. "들어갈까요?"

우리를 맞이하는 남자는 내 나이 정도로 보이고 단정한 슈트 차림이다. 그는 우리 모두와 악수한다. 나와 마르그레테의 손을 가장 오래, 같은 시간 동안 잡는다. 그리고 사무실로 우리를 안내한다.

"선택하실 사항이 아주 많습니다." 그가 엄숙하게 말한다. "하지만 제가 옆에서 도와드릴 거예요."

그의 말투는 어찌나 적절한지 놀라울 정도다. 지나치게 슬프지도, 지나치게 심상하거나 싹싹하지도 않다. 그는 거의 중립적으로 보인다. 문득 내가 벌써 그의 이름을 잊어버렸음을 깨닫는다.

그리고 의논이 시작된다. 어떤 관으로, 안감은 어떤 걸로? 어느 꽃으로? 장례식을 어디서 치를지, 종교적인 장례식인지? 묏자리가 있는지, 없다면 어디쯤에 고인을 묻고 싶은지? 터무니없는 질문들이다—나는 심각하게 받아들이지 못한다. 그러나 마르그레테가, 평정을 유지하겠다는 일말의 희망으로 강력한 신경안정제를 복용한 게 분명한 그녀가 갑자기 적극적으로 나서기 시작한다. 이미 다 생각하고 온 것이다. 시어머니는 금으로 장식된 고전적이고 우아한 관을 원한다. 비싸겠지만 당신이 돈을 낼 것이다. 장례식은 베스트레 그라블룬에 있는 화장장에서 하고 싶으며 시구르가 그곳 묘지에, 당신의 부모가 묻힌 묘에 묻히길 원한다.

"나도 거기에 묻힐 거예요." 마르그레테가 말한다. 그녀의 목소리는 뭔가 비극적이지만 조금 연극적이기도 하다.

지도사는—그렇게 불러야 하는 거라면—마치 그것이 신중하게 고려한 고상한 선택인 것처럼 천천히 고개를 끄덕인 다음 내게 묻는다.

"어떻게 생각하십니까?"

"저는 괜찮다고 생각합니다." 나는 탁한 목소리로 대답한다.

내게 물어봐줘서 고맙지만 의견을 생각해낼 수가 없다. 마르그레테는 붉은색과 흰색의 장미냐, 흰 백합이냐라는 난제를 던진다.

"너희들 생각엔 시구르가 뭘 원했을 것 같니?"

나는 가슴속에서 부글부글 솟아오르는 소리를 뱉지 않으려고 입술을 깨물어야 한다. 시구르가 뭘 원했을 것 같냐고? 그는 서른 두 살보다 더 오래 살기를 원했을 것이다. 하지만 그런 말을 입 밖에 내는 건 무의미하다. 장미나 백합 중에 어느 것으로 본인의 장례식을 장식하느냐는 문제로 어느 쪽이든 강력한 의견을 피력하는 시구르는 상상하기 어렵다.

이 과정에서 나는 단 한 번 의견을 낸다. 안건은 음악이다. 마르그레테는 에드바르 그리그의 〈솔베이의 노래Solveig's Song〉와 사이먼 앤드 가펑클의 〈험한 세상의 다리가 되어Bridge Over Troubled Water〉를 제안한다.

"마지막 것은 안 돼요." 나는 말한다. "시구르는 그 노래를 좋아하지 않았어요."

"그 애가 어렸을 때 함께 듣곤 했다." 감정이 상한 마르그레테가 말한다. "내 옆에 꼭 붙어 앉아서 듣곤 했어."

"그이는 그 노래를 싫어했어요. 아는 사람들이 결혼식에서 틀었을 때 그 노래가 클리셰라고 생각한다고 말했어요."

"나한텐 그런 말한 적 없는데."

나는 어깨를 으쓱한다.

"그 노래에 대한 그이의 감정이 얼마나 강했는지는 모르지만, 저는 그이가 저한테 클리셰라고 생각한다고 말한 노래를 장례식에서 들으면서 앉아 있지 않을 거예요. 시구르는 클리셰를 싫어해요."

"맙소사, 사라, 클리셰라는 말 좀 그만해줄래." 마르그레테는 심술궂게 말하고, 잠시 동안 나는 노파 마르그레테가 신경안정제 때문에 만들어진 안개를 헤치고 나타나는 모습이 보인다고 생각한다. "난 그 노래가 좋아. 시구르를 생각나게 한다고."

장례지도사가 목을 가다듬는다.

"저희는 모든 분들이 만족하실 수 있는 곡을 선택하시기를 권해드립니다." 마르그레테는 그렇게 말하는 그를 노려본다.

"우린 지금 내 아들에 관한 일을 논의 중이에요. 그 아인 내가 죽는 날까지 나와 함께일 거라고요. 너도 이렇게 말할 수 있니, 사라?"

순간 내 눈에 눈물이 고인다. 마르그레테는 언제나 적을 쓰러뜨리는 방법을 아는 사람이었고, 여느 독설가와 마찬가지로 진실이 가장 큰 타격을 입힌다는 걸 안다. 10년, 혹은 20년 후에 나는 시구르를 어떻게 생각할 것인가? 내 인생에서 그는 어떤 자리를 차

지하고 있을 것인가, 그것에 대해 말이라도 하게 될까? 아직 거기까지 생각해볼 기회가 없었다. 시구르가 사라진 지 일주일도 채 되지 않았고 그동안 나는 마음을 추스르는 데만 애썼다. 앞으로 남은 그 수많은 세월에 대해 생각하는 건 너무 막막하다. 그 기나긴 시간 동안 나는 무엇을 할 것인가?

그때 하랄이 다리를 바꿔 꼬고 말한다.

"엄마, 시구르가 어릴 때 함께 들은 다른 노래들도 분명 있을 거예요."

나는 그를 곁눈으로 보면서 내 편을 드는 그에게 호감을 느낀다. 곧 이 가족에서 사라질, 그리고 지금껏 잘 모르고 지낸 나를 편들고 있는 것이다. 이제 보니 하랄은 시구르를 조금 닮았다. 이럴 때, 원칙의 문제에서 보이는 어떤 도덕성 같은 것. 어머니의 뜻을 거스를 때 입을 꽉 다무는 방식. 아마도 형제가 부친에게 배운 것이리라.

마르그레테는 흐느끼면서 시선을 돌린다.

"시구르가 어릴 때 우린 밥 딜런을 자주 듣지 않았어요?" 하랄이 묻는다.

"어떤 걸 틀고 싶니?" 마르그레테가 말한다. "〈구르는 돌처럼Like a Rolling Stone〉?"

하랄은 몇 초 동안 뜸을 들이더니 말한다.

"그 감미로운 노래 어때요? 모든 것이 변한다는 노래요."

"〈시대가 변하고 있다The Times They Are a-Changin'〉." 장례지도사가

말한다.

"네, 그거요." 하랄이 말한다. "그건 어때요?"

마르그레테는 잠시 말이 없다. 몸을 앞뒤로 천천히 흔든다. 시구르는 그녀가 가장 아끼는 자식이었다.

"네 아버지가 밥 딜런을 좋아했지." 시어머니는 체념한 듯 말한다.

"장례식에서 노래를 많이 하는 젊은 가수를 압니다." 장례지도사가 말한다. "저도 들어봤는데 정말 잘하더군요. 시디를 트는 것과 분위기가 전혀 달라요. 더 품위 있다고 해야 할까요. 그날 그 가수가 올 수 있는지 알아볼까요?"

마르그레테는 고개를 끄덕인다.

"그분이 그리그의 노래도 부를 수 있나요?" 나는 화해의 제스처로써 묻고, 장례지도사는 그럴 거로 거의 확신한다고 대답한다.

나도 한 곡 골라야 한다고 장례지도사가 말한다. 나는 비틀스의 〈블랙버드Blackbird〉로 정한다. 이유는 모르겠다. 시구르와 내가 좋아했다거나 하는 것도 아니다. 하지만 그 노래엔 단순하고 밝은 무언가가 있다. 나는 시구르가 밝은 사람이었다고 생각한다. 마냥 밝지만은 않았지만, 내가 그의 장례식을 끝까지 견뎌내야 한다면 아마도 좋은 시절을 기억하는 것이 최선일 테니까. **네 부러진 날개로 나는 법을 배워.**

장례식은 월요일이다. 날짜와 시간은 개의치 않는다, 어차피 내겐 아무런 일정도 없으니까. 우리가 월요일을 언급할 때 내가 느낀 거라곤 그날에 뒤따를 기나긴 한 주에 대한 공포뿐이다.

장례업체에서의 회의가 끝나고 나는 지칠 대로 지쳤지만 시간
은 겨우 1시다. 주차장에서 하랄이 콜택시를 부르는 동안 라나 메
이, 마르그레테, 그리고 나는 말없이 그를 쳐다보며 서 있다. 그들
은 모두 마르그레테의 집으로 갈 예정이다. 택시가 오는 동안 하
랄은 내게 어디로 갈 것인지 묻는다—가는 길이면 택시를 같이
타도 된다고. 나는 폐를 끼치기 싫어서, 아빠 집에 들를 거라고 말
한다—바로 이 근처고, 신선한 공기를 좀 마시고 싶다고 말해 그
를 안심시킨다. 하랄은 고개를 끄덕인다—안도하는 표정이다. 나
는 이해한다. 난 이제 외부인이고 그들은 애도 중이다—세 사람
끼리만 시간을 보내는 것이 최선이다. 우리는 작별인사를 한다.
나는 그들을 한 명씩 안아준다. 우리는 다음 주에 보자고 말한다.
아무도 '장례식'이라는 단어를 입에 올리지 않는다. 라나 메이는
내게 만나서 기뻤다고 말한다. 나는 천천히 주차장을 가로지른
후 홀멘으로 가는 길로 들어서기 전에 뒤돌아본다. 그들은 내게
등을 보이고 선 채 택시가 올 도로를 쳐다보고 있다. 하랄은 한 팔
로 어머니를 감싸고 있고 마르그레테는 그의 어깨에 머리를 기대
고 있다. 가슴속에서 뭔가가 뒤틀린다.

사실은 아빠 집에 별로 가고 싶지 않다. 너무 피곤하고 신경도
잔뜩 곤두서 있다. 그냥 주차장의 그 세 사람에게서 달아나 그들
이 갈 때까지 기다렸다가 되돌아가서 열차를 타고 집에 가고 싶

다. 좁은 보도를 걸어 이 지역이 여느 지역과 똑같던 시기에 지어진 오래된, 이호연립주택* 사이에 있는 시끌벅적한 스메스타크리세 교차로를 벗어나 크고 유서 깊은 단독주택들과 신축 건물들이 있는 쪽으로 간다.

쉬르케달스베이엔 거리가 가까이에 있다. 스메스타 주민들은 커다란 나무 판자들을 방어벽 삼아 도로를 향해 대놓았다. 그 교외 사람들은 자신들이 여전히 시골의 환경 속에서 살고 있다는 향수 어린 믿음 같은 것을 보존하려 애쓰는 중이다. 마요르스투아부터 뢰아와 외스트레 베룸까지 이어지는 그 간선 도로가 그들의 현관문 코앞에서 미쳐 날뛰며 아우성치는데도.

마르그레테의 집으로 가지 않아서 좋다―택시 안에서 하랄과 그의 여자 친구 사이에 끼어 앉아 있지 않아서 좋다. 마르그레테의 거실로 들어가 의자를 빼거나 소파 위의 쿠션을 옮길 때 어지르고 있다는 기분을 느끼지 않아서 기쁘다. 그녀의 집에 늘 존재하는, 뭔가 경직된 분위기에 시달리지 않아도 돼서. 그 분위기를 한껏 더 경직시킬 이 거대한 무형의 슬픔은 모두의 주변을 너무나 촘촘하게 둘러싸서, 그것을 들이마시지 않고는 숨 쉬지 못할 것이다. 그래, 난 거기 가지 않아서 좋다. 하지만, 그래도. 그들은 함께 가고 있다. 나는 혼자 걷고 있다.

애도의 방식은 여러 가지다. 나는 어린 시절 엄마가 죽었을 때

＊　단독주택 두 채를 붙여서 지은 집.

분명 슬퍼했으리라 추측하지만, 관련된 기억이 너무 없다. 아빠와 언니가 듣지 못하게 이불로 얼굴을 덮고 밤에 울었던 기억은 희미하게 난다. 하지만 그런 기억 속에는 분명하게 파악하기 힘든 다른 종류의 슬픔이 있다—그래서 그 기억이 **그것**에 관한 거라고, 그 기억 속의 내가 어머니가 그리워서 우는 거라고 확실하게 말할 수가 없다. 그리고 어머니 때문이 아니라 잃어버린 모든 것들—어머니가 돌아가시지 않았다면 존재했었을 모든 것들—때문인 슬픔도 있다. 가장 오래 지속되는 슬픔이다. 결코 누그러지지 않고 불규칙한 간격으로 경고도 없이 다시 나타난다. 5학년 때 방과 후 친구 집에 가서 친구의 어머니가 저녁 먹는 우리를 놀리고 우리가 선생님 말씀을 잘 듣는지 물을 때. 로냐의 엄마가 우리에게 생선뼈 모양으로 머리 땋기를 가르쳐줄 때, 그분이 로냐가 앉은 의자 뒤로 와서 딸의 포니테일을 풀고 다정한 손길로 로냐의 머리를 땋기 시작하며 방법을 설명할 때. 방금처럼 주차장에서 시구르의 형이 어머니를 한 팔로 감싸고 어머니는 그에게 머리를 기대고 있을 때.

내가 걷고 있는 길은 오솔길로 이어지는데, 거기서 두 스트리트쯤 더 가면 내가 자란 동네다. 나는 걸음을 멈춘다. 곧 택시가 시구르의 세 가족을 주차장에서 태울 것이다. 어쩌면 그들은 벌써 떠나고 없을 수도 있다. 나는 뒤돌아서 돌아갈 수도 있다. 하지만 또 한편으로, 내게는 혼자 남은 아버지가 있다. 가서 아빠와 차 한 잔 마실 수도 있다—옛날 내 방에 가서 그냥 앉아 있는 건 훨씬 더 나을 거다. 그 방은 내가 어렸을 때 이후로 거의 손대지 않고 그대로 있다. 침대에는 엄마가 나를 위해 코바늘로 뜬 흰 이불이 덮여 있다. 그 침대에 누우면 그 이불에 얼굴을 대고 있을 수 있다. 엄마가 손수 만든 물건을 뺨으로 느낄 수 있다.

어릴 때 살던 집을 향해 얼음과 타이어 자국, 아직 녹지 않은 더러운 눈이 군데군데 있는 도로를 끼고 걷고 있는데 휴대전화가 울린다.

"군데르센입니다." 그는 내가 받자마자 말한다. "사라 씨, 하나 물어볼게요. 기록을 할 때 얼마나 정직하게 쓰십니까?"

"무슨 말씀이세요?"

"어느 정도로 솔직하게 쓰냐고요. 이를테면, 내담자가 미쳐서 짖어대거나 시비를 걸면 그것도 기록하실 겁니까?"

"쉬운 질문은 아니네요. 저는 늘 정직하지만 전문가기도 하니까요. 그리고 제 환자들은 자신들의 기록을 볼 권리가 있기 때문에 저는 환자들이 읽었을 때 반감을 갖지 않을 방식으로 쓰려고 노력해요."

"그게 무슨 뜻이죠? 윤색한다는 건가요?"

나는 한숨을 쉰다. 장례업체에서부터 계속 진이 다 빠진 느낌이다.

"제가 기록하는 건 제 의견이 아니에요. 저의 전문적인 평가죠. 누군가 미쳐서 짖어댄다면요? 글쎄요—그게 무슨 뜻인지도 모르

311

겠네요. 하지만 누가 시비를 건다면…… 글쎄요, 경우에 따라 다르겠죠. 누군가 자신의 통제하에 있는 어떤 것, 자신에게 바꿀 힘이 있는 것에 대해 불평한다면, 저는 그걸 기록할지도 몰라요. 하지만 그 환자와 그것에 대해 얘기하기도 하죠, 물론."

"흐음, 갑자기 궁금하네요. 여기 '평가'라는 라벨이 붙은 파일이 있거든요."

"제 노트를 보고 계세요?"

"일부만 발췌해서요. 이해하기 위해서요."

"뭘 이해해요?"

짧은 침묵.

"사라 씨의 근무일요. 상담 시간에 어떤 일이 있는지."

"그건 비밀 정보예요." 나는 그렇게 말하지만 예전에 같은 주제로 대화했을 때처럼 분개하지는 않는다. "그 정보에 접근하고자 할 때는 법이 형사님의 편이지만, 형사님에겐 제 환자들의 사생활을 침해하지 않아야 할 윤리적 의무가 있어요. 제 상담 시간에 벌어지는 일에 관해 궁금한 게 있다면 그냥 저한테 물어봐주시면 좋겠네요."

"알겠습니다." 군데르센은 성급히 대답하고, 나는 그가 내 기록을 어떻든 원하는 대로 할 거라는 막연한 느낌을 받는다. "하지만 지금은 이게 궁금합니다. 노트에 어떤 내용을 기록합니까?"

나는 통화하면서 아빠 집으로 가는 길에 들어선다. 해를 등지고 있어서 내 왜곡된 그림자가 앞쪽의 자갈길에 드리워진다.

"환자에 대한 평가. 치료에 대해서도요. 상담이 끝날 때마다 평가를 하려고 노력해요."

"그럼 만약 선생님 생각에 환자가, 예를 들어, 거짓말을 하고 있는 것 같으면요?"

"거짓말요? 그런 생각은 거의 해본 적이 없는데요. 가끔 환자들은 과장하거나, 자기를 괴롭히는 것에 대해 제게 얘기하지 않으려고 하긴 하죠. 예를 들면 어떤 환자가 어린 시절의 기억을, 자기가 겪은 비극적인 일에 대해 얘기하고 나서 '하지만 사실 별일 아니에요.'라고 말할 수 있어요. 그러면 저는 환자가 그 일을 얼버무리고 넘어가려 한다고, 대화 주제를 바꾸려 한다고, 따라서 거기에 뭔가가 있을 거로 생각할 수 있죠. 다섯 살 때 어떤 일이 별일 아니라고 생각하지는 않았을 테니까요. 이해되세요? 그런 경우 저는 그것에 관해 평가해서 적을 수 있어요."

"뭐라고 적습니까?"

"흐음, **그 일의 심각성을 고려할 때 환자는 정동 둔마***인 것처럼 보인다. 그 일에 드러난 것 이상의 뭔가가 있는지 생각할 것, 다음 회기에서 더 알아볼 것.** 이런 식으로요?"

"그렇군요. 고맙습니다, 사라 씨. 또 연락드리죠."

"잠깐만요." 나는 아빠 집 앞의 진입로를 걸으며 말한다. "어떻게 된 건지 좀 알아내셨나요? 그러니까, 범인이 누군지 말이에요."

---

*   flat affect. 심리 정서적 표현이 결여된 상태.

잠시 전화기 저편이 조용해진다. 군데르센이 나와 통화하면서 다른 일을 하고 있는 것인지 궁금하다.

"몇 가지 단서를 따라가고 있습니다. 저희는 시구르 씨가 그날 왜 크록스코겐에 있었는지 알아낸 것 같습니다. 하지만 지금 선생님께 말씀드릴 수 있는 건 여기까집니다. 이 일에 관해서는 생각을 하지 않으려고 노력해주시길 바랍니다. 저희가 맡은 일을 할 수 있게 해주십시오."

"제가 수사팀의 일을 방해했나요?"

"프루 앳킨슨 씨를 만나러 간 걸 압니다. 물론 사라 씨가 원한다면 그 사람 집에 가는 걸 제가 막을 수는 없지요. 하지만 저는 사라 씨가 개입하지 않는 편이 현명하다고 생각합니다, 진심으로요."

그의 경고에 배를 한 대 얻어맞은 느낌이다. 내가 그 노부인을 만나보러 갔음을 그가 알아서, 어쩌면 내가 허둥지둥 그녀의 집을 빠져나왔다는 것까지 그가 알 수 있어서 창피하기 때문은 아니다―물론 **창피하긴** 하지만. 얻어맞은 기분이 드는 건 그의 말이 내가 그와 그의 팀을 방해하고 있다고, 내가 아마추어 탐정놀이를 하며 노닥거리는 멍청한 여자임을 암시하고 있기 때문이다. "개입하지 않는 편이 현명하다." 마치 내가 스스로를 범인으로 몰아가고 있다는 듯이. 군데르센으로서는 내 상담 시간에 벌어지는 일을, 내 근무일이 어떤지 궁금해하는 것이 무리가 아니다. 그래서 나는, 아마도 방어책으로서, 그에게 알리지 않고 나만 알고 싶었던 사소한 정보를 얼른 뱉어낸다.

"남편의 회사 밖에서 남편을 종종 기다리던 여자가 있었어요. 알고 계셨나요? 그이의 회사 동료들과 얘기하면서 들었어요. 그이가 회사를 나가 그 여자를 만나는 걸 봤대요."

군데르센은 또 말이 없다.

"그래요?" 잠시 후 그가 말한다. "아니요, 몰랐습니다. 하지만 흥미롭군요. 그 얘기를 누가 해줬다고요?"

"맘모드 씨요. 플레마시의."

"감사합니다, 사라 씨."

"천만에요."

하지만 그 정보를 군데르센의 면전에 던져줬는데도 만족스럽지가 않다. 그와 동등해지는 기분이 들지 않는다. 그래서 이렇게 덧붙인다.

"저도 어제 들은 얘기예요." 엄청 사과하는 것처럼 들린다.

"이만 끊어야겠습니다. 또 얘기합시다, 사라 씨."

전화기 저편에서 딸깍 소리가 난다. 나는 휴대전화를 주머니에 넣고 초인종을 누른다.

아무도 문을 열지 않고, 나는 밖에서 한참 동안 기다린다. 집에 아무도 없다고 확신한 후 계단을 내려가 입구 옆의 벽을 따라 화분 네 개가 놓여 있는 데로 간다. 이 커다란 토분들은 아마도 엄마가 사서 식물을 심었을 텐데, 엄마가 돌아가시고부터 방치되고 있다. 수년 동안 아무것도 심겨 있지 않고 한 개는 안쪽에 금이 가 있지만 계속 여기에 있다. 받침이 있는 화분 네 개. 세 번째 화분

받침의 안쪽 깊숙한 곳에 여분의 집 열쇠가 숨겨져 있다. 내가 기억하는 한 그렇다. 나는 장갑을 끼지 않은 손으로 더듬어 그 열쇠를 찾는다. 작은 플라스틱 개 인형이 달린 열쇠고리에 열쇠가 매여 있다.

집 안은 고요하다. 다행히 복도에는 앙증맞은 여자 신발이 없다. 아빠 신발뿐이다. 운동화 한 켤레와 스키부츠 한 켤레. 아무래도 제일 좋은 것들은 아닌 것 같다. 그러니 아빠는 스키를 타러 갔거나, 자주 그러듯이 내킬 때마다 시골로 가기 위해 제일 좋은 부츠는 차에 보관하고 있을 것이다. 나는 아빠의 여분의 스키부츠 옆에 내 신발을 놓는다.

"아빠?" 혹시나 해서 불러본다.

아무도 대답하지 않는다. 나는 거실로 간다.

이 집은 내가 태어나기 한참 전에 조부모님이 아빠한테 물려준 것이다. 엄마와 아빠, 언니는 홀멘의 작은 아파트에서 살고 있었는데, 할머니는 노년의 부부보다는 네 식구에게 큰 집이 필요하다고 생각했다. 할아버지의 생각이 어땠는지는 모르지만, 아무튼 그 분들은 몇 가지—리넨 제품 보관장, 앤티크 서랍장, 할아버지의 오래된 책상—를 남겨두고 프롱네르의 아파트로 이사갔다. 엄마는 분명 공들여 인테리어를 했을 테지만 그 후로는 달라진 것이 거의 없다. 아빠는 가구나 벽지, 미술에 무관심하다—아빠의 취향이 되기에는 지나치게 세속적인 것들이다. 이 거실에 있으면 내 가족의 역사를 떠올리게 된다. 그 역사를 아는 사람들은 고고학자처럼 그것을 한 겹 한 겹 벗겨낼 수 있다. 벽난로 위의 치장용 벽토 벽에 걸려 있는 큰 거울은 조부모님의 작품이 분명하고, 얼룩진 회색 소파는 엄마가 놓았을 것이다. 벽에 붙어 있는 서랍장은, 글쎄, 내가 알기로는 할머니의 물건이었다―할머니는 그 서랍장을 당신이 자란 집에서 가져왔으며, 당신이 결혼할 때 물려주겠다고 증조할머니가 약속한 일을 우리에게 이야기해주기를 아주 좋아했다. 당시를 떠올리기만 해도 할머니의 눈에는 눈물이 고였다. 서랍장 위에는 이 거실의 유일한 개인적인 사진인 할머니와 할아버지의 결혼사진이 놓여 있다―다른 사진들처럼 상자에 담겨 지하실로 가지 않은 걸 보면 감상적인 것과는 거리가 먼 아빠의 마음조차 조금 흔들리게 한 사진인 것이 틀림없다. 그 외에는 간소한 분위기다. 서랍장 위에는 그림이 걸려 있다. 나는 그 가구에 대한 이야기 때문인지 오랫동안 그것이 증조할머니의 초상화인줄 알았지만 나중에 보니 그림 속의 인물은 전체주의와 악에 관한 저서를 쓴 유대인 작가 한나 아렌트였다. 아빠가 왜 거실에 한나 아렌트의 그림을 걸었는지는 모르지만 그녀의 시선에는 사람을 안심시키는 뭔가가 있다. 자기 확신에 차 말끄러미 바라보는 눈과 온화한 미소. 그녀가 내 증조모인줄 알았을 때 나는 자주 이 그림 앞에 앉아 말을 걸곤 했다.

소파 위에는 대담한 연두색 배경에 붉은 꽃들이 꽂힌 화병이 그려진 크고 꼴사나운 그림이 걸려 있다. 아빠의 예순 살 생일을 기념하여 학과에서 준 것인데, 아빠는 내가 알던 아빠와는 전혀 다른 사람인 듯 무척 좋아하면서 거실 벽에 걸겠다고 했다. 어찌나 열광하는지 나는 잠시 아빠가 정신이 이상해지기 시작한 건가 했다―"멋지지 않냐." 아빠는 도취된 듯 말했다. "거실에 딱이지 않아?" 어찌나 끔찍한 그림인지 나는 아빠의 동료들이 일부러 그것을 고른 게 아닐까 궁금할 지경이었다. 아빠는 당신이 쓰는 글 때문에 대학에서 친구가 별로 없었다. 아마도 그들 중 일부는 그것이 완벽한 선물이라고, 싫은 동료에게 걸맞은 추한 그림이라고 봤을 것이다. 그리고 만약 아빠가 그 그림을 건 것이 바로 그런 의도를 꿰뚫어봤기 때문이라면 그것은 아빠다운 행동일 것이다. 아빠는 상류사회의 구성원들이 등을 돌리는 것이 탁월함의 증거라고 여기는 때가 많으니까.

서재는 이 집에서 아빠가 사실상 유일하게 신경 쓰는 공간이다. 거실 너머에 있어서 거실을 가로질러야만 갈 수 있다. 아빠가 쓰기 전에는 할아버지의 서재였는데, 할아버지는 벽마다 바닥부터 천장까지 거무스름한 오크나무 선반을 달아 책을 보관했다. 할아버지가 책을 전부 가지고 이사 간 후 아빠는 그 선반들을 본인의 책들로 채웠다. 비슬레트의 아파트가 아빠의 집필 공간이라면 이 서재는 아빠의 도서관이다. 아빠는 할아버지의 책상도 계속 갖고 있다. 광택 있는 체리우드로 만든 그 거대한 책상에는 도금한 열쇠로 잠글 수 있는 서랍이 아주 많이 달려 있다. 나는 어릴때 그 서랍들을 무척 좋아했다―작은 보물 창고 같았다. 하지만 실망스럽게도 아빠는 서랍을 잠그지 않았다. "나는 세상에 숨길 것이 하나도 없다."고 하면서. 서재의 끝에는 벽난로가 있는데, 아빠는 10월부터 4월까지는 하루도 빠짐없이 매일, 봄과 여름에도 종종 불을 지핀다. 벽난로 옆에는 땔나무가 담긴 바구니가 있다. 늘 땔나무를 바구니 가득히 준비해두는 것에 아빠는 자부심을 느낀다. 불을 꺼트리지 않는 것 역시 중요해서, 그리기 위한 여러 도구도 작은 금속 걸이에 매달아놓았다. 풀무 여러 개, 재를 헤치기 위한 부지깽이들, 불이 꺼진 후 밖으로 나온 불씨를 치우는 데 쓰는 작은 쓰레받기와 빗자루까지. 벽난로와 마주 보게 놓인 체스터필드 안락의자도 두 개 있다. 가끔 접견을 허락받은 어린 내가 아빠와 함께 앉아 있던 의자다. 의자 사이의 탁자에는 책들이 놓여 있는데, 언뜻 보니 다그 솔스타*의 소설도 있다. 그의 작품들 중 덜 알려진, 적어도 나는 읽어본 적 없는 책이다.

　서재 장식에 있어 아빠는 자제하지 않았다. 거의 드러내지 않는 일면이지만 아빠는 수집벽이 있다. 창턱에는 클론다이크의 금광부들이 쓴 것 같은 오래된 저울 그리고 시계가 있다. 시계는 아빠의 할아버지―안니카와 내가 버리기로 한 성을 물려준 그 거짓말쟁이 폴란드 사람―가 노르웨이에 가져온 유일한 물건이다. 아빠가 계속 수리를 받기 때문에 지금도 작동한다. 그 옆에는 다윈의 흉상, 아빠가 이란에서 불법으로 들여온 것 같은 물병, 아름답게 새겨진 룬 문자 달력이 있다.

---

* 　Dag Solstad (1941~). 노르웨이의 저명한 소설가, 극작가.

아빠는 스스로를 무엇보다도 과학자로 여긴다. 사회과학자임에도 뉴턴과 다윈, 코페르니쿠스의 직계 자손이라고 생각한다. 자연과학은 아빠가 마음을 바쳐 사랑하는 과학의 여러 분야들 중 하나일 뿐이며, 누군가 그 분야들의 상호의존성에 대해 의견을 달리하면 아빠는 정말로 놀라거나 단호히 무시한다. 아빠가 생각하는 과학은 진실을 추구하는 수단이며 지식에 도달하는 가장 순수하고 드높은 길이다. 그러므로 과학을 상징한다고 보는 물건들에만 책상 위의 공간이 허락된다. 구식 육분의, 푸코 진자 복제품, 운석 조각, 뉴턴의 요람. 아빠는 그것들에 대해 끝도 없이 얘기할 수 있으며, 다른 사람들은 자녀들이 만든 화장지 산타나 스티로폼 눈사람을 볼 때만 보여주는 흐뭇해 마지않는 눈길로 그것들을 본다. 아빠는 언니나 내가 유치원이나 학교에서 만든 것을 간직한 적이 한 번도 없었다. 그래서 언니는 상처를 받았다. 나는 아빠가 그런 것들을 간직하길 바랐는지는 몰라도, 우리를 사랑하지 않아서 그런 것은 아님을 안다. 아빠는 그저 우유갑으로 만든 산타클로스에 무슨 의미가 있는지 이해하지 못할 뿐이다. 이런 생각을 하면서 나는 아빠 책상 위의 보물들을 손끝으로 쓰다듬는다. 언니는 아빠의 단점을 본다. 아빠는 오직 자신의 관점으로만 세상을 보는 사람이자 마음속 깊은 곳에서는 자기 자신만 신경쓰는 사람이라고. 하지만 나는 아빠가 어린 우리에게 해준 소소한 것들도 본다. 서재에 초대해서 신화와 전설을 들려주거나 육분의와 진자에 대해 오랫동안 얘기해주던 일—아빠가 사랑하는 것들을 우리에게 전수하려던 시도들을. 내가 볼 때 할머니가 돌아가신 후 함께 떠났던 끔찍한 크루즈 여행은 아빠가 마음을 쓴다는 증거다. 아빠는 필요하다면 우리를 위해 목숨을 내놓을 테지만 우리가 실제로 사는 삶에서 의미 있는 일들은 하지 못한다. 집에 찾아오거나 손자들에게 관심을 갖거나 우리의 일과 교우관계와 결혼생활에 대해 묻지 못한다. 그건 아빠의 잘못이 아니다. 진심으로 흥미를 느끼지 못하는 것에는 관심을 보이지 못하는 게 천성일 뿐이다.

창밖의 마당은 다른 집 마당들과 경계를 접하고 있다. 10년 전 아빠는 마당을 분할해 한쪽을 개발업자에게 팔았고, 내 스윙세트*가 있던 곳에는 이제 하얀 신축 단독주택이 서 있다. 그 집은 정육면체 모양이고 강철 난간이 있는 루프 테라스가 있다. 그 테라스엔 겨울 내내 걷어 들이는 걸 잊은 듯한 축 처진 회청색 파라솔이 서리와 습기, 눈 때문에 해어진 채 서 있다. 우리 마당과 나란한 다른 쪽 마당의 주인은 내가 어릴 때 옆집에 살던 빙게 가족이다. 그 집 아들은 헤르만이었는데, 나는 같은 학년인 그를 3년 동안 가슴이 터질 듯이 사랑했지만 그 애를 비롯한 누구한테도 그 사실을 말한 적이 없다. 나는 그 아이의 이름을 공책에 적어 내 책상의 비밀 서랍에 숨겨놓았고, 같이 학교까지 걸어가고 싶어서 그 애와 같은 시간에 집에서 나가려고 애썼다.

---

*   swing set. 그네, 미끄럼틀 등이 붙어 있는 아동용 놀이기구.

아빠의 책상은 늘 있던 자리에 있다. 책상 의자를 뒤로 돌려 앉으면 빙게 가족의 집을 잘 볼 수 있다는 걸 내 경험으로 안다. 헤르만 빙게를 볼 수 있기를 바라며 앉아서 지켜볼 수 있다―그 애를 언뜻 볼 수 있을지도 모른다. 하지만 아빠가 창밖을 보려고 돌아앉는 건 상상이 안 된다. 저 단독주택과 마당 들은 아빠에게 아무런 영감도 주지 못한다. 그래서 아빠는 처음부터 창문을 등지고 앉도록 책상을 놓은 것이다.

책상 위에 큼직한 책이 펼쳐져 있다. 표지는 두꺼운 판지고 반짝이는 검은 속지에는 신문 스크랩이 잔뜩 풀로 붙여져 있다. 아빠의 글을 모아놓은 스크랩북이다. 아빠는 발표한 글을, 과학에 관한 글과 신문 잡지 기고문을 가리지 않고 모두 보관한다. 아빠가 마지막으로 붙인 스크랩은―그래서 이 책이 책상에 펼쳐져 있는 거라고 나는 짐작한다―특별한 관심사를 지닌 사람들을 위한 잡지에 실렸던 것 같다. 표제는 '시간과 사회'다. 어떤 종류의 잡지인지는 모르지만 아빠의 글을 게재하려고 하는 잡지들은 대개 논란의 대상이거나 발행 부수가 한정적이다. 글의 제목은 '노르웨이가 완전한 샤리아 율법을 비준하면 개선될 열 가지'다. 나는 스크랩북을 한 장 한 장 앞으로 넘겨보며 여러 다채로운 잡지 스크랩을 훑어본다. 아빠의 글이 두 페이지짜리 펼침 기사로 게재됐다면 스크랩북에도 같은 방식으로 붙어 있다. 두 페이지를 접합부에 어찌나 딱 맞물리게 끼워서 붙였는지 한 페이지짜리라고 해도 믿길 정도다. 아빠는 거의 감동적일 만큼 성실하게 스크랩을 한다. 조금도 비뚤지 않게 잘라서 아주 조심스럽게 풀칠한다. 스크랩 가장자리에 끈적이는 풀 찌꺼기도 없고 접착 면이 운부분도 없다. 나는 아빠가 쓴 글을 대부분 이해하지 못한다. 이런저런 이론가의 이론에 비춰본 이런저런 문단. 하지만 가끔 폭탄이 있다. 수혜 방지 수단으로써의 처벌. 인권—정의에 대한 위협? 내가 아빠의 글을 거의 읽지 않는 건 어쩌면 언니가 한동안 아빠의 글을 읽다가 결국 아빠에게 엄청 화를 내거나 식사 도중 뛰쳐나갔기 때문일 것이다. 언니는 성큼성큼 나가버리고, 침착하고 강퍅한 말싸움꾼 아빠는 주장을 굽히지 않았다. 할머니는, 그 자리에 있는 경우, 둘 사이를 중재하는 평화봉사단 역할을 했다.

"베가르가 도발하는 걸 좋아하긴 하지만 나쁜 뜻으로 그러는 건 아니란다." 할머니는 그렇게 말하곤 했다.

나는 할머니의 말을 믿었다. 지금도 믿는다. 윤리적 고려에 구애됨 없이 어디든 논리가 이끄는 대로 가는 것이 아빠의 트레이드마크다. 인습적 도덕은 제쳐두고 의미심장한 비용편익분석을 수행한다. 당신의 특별한 인생철학—찰스 다윈과 존 스튜어트 밀, 페르 푸겔리*와 레이지 어게인스트 더 머신을 혼자만의 방식으로 섞어 만든 놀랍고 태연자약한 공리주의 같은 것—을 살짝

---

*   Per Fugelli (1943~2017). 노르웨이 베르겐 대학 및 오슬로 대학의 의학교수. 환경오염으로 인해 환자와 같은 상태가 된 지구가 인류를 심각하게 위협할 수 있다며, 의사들이 그에 대한 진단과 치료법을 내놓아야 한다고 주장했다.

첨가해서. 아빠는 천진난만한 눈빛과 가장 부드러운 목소리로 이런 말을 한다. 결백한 피고 한 사람이 오랫동안 고통받는 것이 유죄인 한 사람이 풀려나 무고한 사람 열 명이 고통받는 것보다 낫지 않니?

"아뇨!" 열다섯 살이나 스무 살, 또는 스물다섯 살의 언니는 그렇게 소리를 지르곤 했다. "국가는 잘못이 없는 사람을 처벌해서는 안 돼요―그건 폭력이죠!"

"하지만 안니카, 허니." 아빠는 당신의 가장 다정하고 가장 순진한 말투로 대꾸하곤 했다. "사실 사회의 구성원으로서 우리는 최대한 많은 사람들이 덜 고통받는 해법을 가장 우선시해야 하지 않을까? 그게 논리적이지 않아?"

"베가르는 우리가 의견을 달리하는 주제를 꺼내는 걸 너무 좋아하는구나." 할머니는 말하곤 했다. "하지만 이제 더 기분 좋은 얘기를 하는 게 어떠냐?"

물론 언니가 옳았다. 매번, 한 번도 빠짐없이. 아무 잘못도 하지 않았을지 모를 사람들에게 형량을 나누고 가혹한 처벌을 내려서는 안 된다. 당연히 범죄자에게 채찍질을 해서도 안 되고 엉뚱한 사람을 벌해서도 안 된다. 하지만 난 그냥 할머니가 옳다고 믿고 싶었다. "이제 더 기분 좋은 얘기를 하는 게 어떠냐?"

나는 스크랩북을 넘겨보며 아빠가 이렇게 본인의 글을 스크랩하며 보냈을 수많은 시간을 생각한다. 내가 태어나기 전에 이 자리에 앉아 있었을 아빠의 모습을 상상한다. 엄마가 거실에 앉아 있거나 이곳 서재의, 아마도, 안락의자에 앉아 코바늘뜨기로 내 침대보를 만드는 동안 아빠는 한껏 집중해서 스크랩에 최대한 얇게 풀칠을 하고 딱 맞는 각도를 잡아 붙인 뒤 손바닥으로 문지른다. 아마 내 부모는 서로를 쳐다보았을 것이다. 어쩌면 아빠는 당신의 의식을 누군가 보고 있다는 것을 알고 웃음을 짓고 엄마는 아빠를 놀리거나 그냥 웃으면서 속으로 생각했을지 모른다. 베가르와 스크랩북이라니.

엄마가 돌아가실 즈음에 아빠는 어떤 글을 쓰고 있었을까? 나는 아빠가 그때도 계속 글을 썼을 거라 확신한다. 엄마가 아픈 동안 여기 앉아 자르고 붙이는 일에 열중하고 있었으리라고─엄마의 장례식 전 며칠과 상중인 그 직후에는 그러지 않았을지라도. 나는 지금까지 한 번도 알아볼 생각을 못 했다. 아빠의 일에 관심을 가진 적도 없고 알고 싶지도 않았다─솔직히 말하면 일부러 피하고 있었다. 언니가 아빠에게 소리 지르는 걸 들었고, 밥을 먹다가 눈물을 터뜨리며 뛰어나가는 걸 봤고, 그 후 며칠 동안 언니와 아빠가 서로 말을 하지 않을 때 집 안에 돌던 긴장감을 느꼈으니까. 애써 쾌활하고 아무렇지 않은 척하는 아빠와, 다시 아빠와 같은 공간에 있는 걸 견딜 수 있을 때까지 적개심을 아물리던 언니. 그래서 나는 피하고 있었다. 아빠가 무엇을 신봉하고 쓰는지 모르면 모를수록 좋다고 생각해왔다. 하지만 아빠는 분명 엄마를 여읜 무렵에 글을 쓰고 있었을 것이다. 그리고 지금 나는 여기 있고, 역시 반려자를 잃었다.

나는 아빠가 나머지 스크랩북들을 어디에 보관하는지 안다. 할아버지의 오래된 오크나무 선반 중 맨 아래, 벽난로 바로 옆에 책상 위의 것과 비슷한, 1970년대 말부터 꼼꼼하게 연도 표시가 된 책들이 많이 있다. 엄마는 1988년 6월에 돌아가셨다. '1986~91'을 꺼내 안락의자들 사이의 탁자 위에 놓고 펼친다. 옛날 인쇄기가 찍어낸 활자와 삽화로 가득한 두껍고 무거운 페이지들을 넘긴다. 86-86-86-87-87-87-88. 2월. 그다음 스크랩은 10월이다. 2월, '부패법 제정에 관해'. 10월, '도덕주의와 집단을 위한 최선'. 나는 부패에는 관심이 없지만 도덕주의와 집단에는 흥미가 좀 있을지도 모른다.

글은 아프리카 평원에서 무리지어 사는 들개 이야기로 시작된다. 그 무리에서는, 아빠는 말한다, 무리에 최선인 것이 최고의 정의다. 병들고 늙고 다친 개체들은 무리에 방해가 되지 않도록 떠난다. 그런 들개들은 자기들이 짐이라는 것을 깨닫고 다음과 같은 결말을 받아들인다. 혼자 죽거나, 굶어 죽거나, 다른 포식자에게 잡아먹히는 것. 그 결과 무리는 더 능률적으로 생존할 수 있을 것이다.

특정 문화권의 인간 집단에서도 종종 그런 희생을 찾아볼 수 있다. 그리고 다음과 같이 이어진다.

그러나 개인 중심 사회인 서구에서는 개인의 권리가 집단을 위한 최선보다 우선한다. 우리는 아기 새처럼 입 모아 외쳐댄다. 나! 나! 나!

세상의 종교들이 가르치는 도덕률과 우리가 자녀를 비롯한 다음 세대에게 가르치는 도덕률 덕분에 알려진 가장 고결한 행위는 공동의 선을 위해 개인의 바람을 제쳐놓는 것이다. 이런 고결함을 사회의 가장 중요한 단위인 가족에서보다 분명하게 볼 수 있는 곳이 있을까? 부모와 조부모는 다음 세대를 부양하기 위해 시간, 에너지, 돈 등의 자원을 희생한다. 어머니는 통제 불능의 버스 앞에 몸을 날려 목숨을 잃더라도 자식을 구할 것이다. 우리는 나 자신보다 남을 우선시하는 고결함에 대해 잘 알고 있지만, 이 행동원리를 논리적, 실존적 결론으로 이끄는 데는 망설인다.

건강하지 못한 고령자들은 자녀들이 보살펴주고 수발들고 돌봐주기를 기대한다. 많은 경우 그 자녀들은 이 세상을 물려받을 세대인 그들의 자녀들을 돌보고 이끄느라 이미 바쁜데도 말이다. 그 아픈 개인들은 나을 가망이 전혀 없는데도 병든 몸으로 수년을 더 살기 위해 공동체의 자원을 쓴다. 병이 더 악화되어 천천히 죽어가는 앞날밖에 없는데도 그들은 젊은이들이 더 필요로 하고 더 잘 활용할 수 있는 자원을 자기들이 남용할 권리가 있다고 생각한다. 만약에 노인들이 아프리카 평원의 들개들처럼 행동한다면 사회에—공공 보건과 복지는 물론 각 가정에—경제적으로 더 이롭지 않을까? 그것이 가장 고결한 행위가 아닐까? 이는 불치병 환자들—만성 정신질환 및 퇴행성 뇌질환 환자들—에게도 똑같이 적용될 수 있다.

하지만 그런 개인들이 자발적으로 들개들처럼 행동할 가능성이 낮으니 그들을 도울 기구가 존재해야 하지 않을까? 나는 주변에 지나치게 큰 짐을 지우는 개인이 생겼을 때 우리가 신청할 수 있는 위원회를 상상한다. 가족, 무리의 이익을 위해 친족이 그 개인을 제거해달라고 위원회에 신청할 수 있도록 하는 것이다. 그러면 아이들은 질병의 그늘에서 성장하지 않을 수 있을 것이다. 배우자 및 친족은 병상 옆이나 보호시설의 대기실에 앉아 있는 대신 사회에 기여할 수 있는 사람들을 부양하는 데 자원을 쏠 수 있게 될 것이다. 그런 위원회가 없으면 어떤 사람들은 스스로 처리해야 한다는 책임감을 느끼게 될 것이고, 나는 자문한다―나는 그런 사람들에 대해 도덕적인 판단을 내릴 수 있을까? 어쩌면 결국 가장 고결하고 고귀한 행위를 하는 이들은 그 사람들이 아닐까?

글은 계속 이어지지만 더는 읽을 수가 없다. 나는 스크랩북을 덮고, 가다가 두 번이나 바닥에 떨어뜨린 후에야 제자리에 가져다놓는다. 책상으로 가서 그 위의 스크랩북도 덮어버리고 두 손으로 작은 육분의를 들고 진정하려 애쓴다.

나쁜 뜻으로 그러는 건 아니야. 도발하기를 좋아하는 거야. 이제 더 기분 좋은 얘기를 하는 게 어떨까?

갑자기 스크랩북을 보자고 생각하지 않았다면 좋았을 것을. 특히나 지금, 누가 내 집에 침입하고 남편이 죽은 때에. 경찰이 집 안팎을 드나들고 나는 상담실에서 칼을 든 채 자는 때에. 작은 평화가, 작은 위안이 너무도 절실하게 필요한 때에.

나는 정상적으로 숨을 쉬려 애쓴다. 그 글은 1980년대부터 저 선반 위의 스크랩북에 있었다. 어릴 때 언제든 여기 들어와서 펼쳐 읽을 수도 있었다. 전혀 새롭지도, 갑작스럽지도 않은 일이다.

읽지 않았기를 바라지만 이미 읽어버린 그 글에 관한 생각을 이제 멈출 수가 없다. 가장 중요한 건 공황에 빠지지 않는 것이다. 아빠가 정신 나간 글을 수도 없이 써왔다는 건 이미 오래전부터 알고 있지 않았나.

육분의를 내려놓는다. 운석을 집어 들어 손끝으로 거친 표면을 부드럽게 쓰다듬는다. 숨을 쉬자. 그리고 다시 시작하자.

아빠가 그 글을 쓴 건 엄마가 죽은 지 불과 몇 달 후였다. 엄마는 아빠가 그토록 냉담하게 언급한 '퇴행성 뇌질환'을 앓고 있었다. 아빠의 논리에 따르자면 걸린 사람이 스스로 죽기로 결심해야 하는 질환을. 가족이 그런 비극을 겪은 지 얼마 지나지도 않아 아빠가 감히 그런 글을 쓸 수 있었다는 걸, 그런 걸 써서 지면에 실을 수 있었다는 걸 도저히 믿을 수가 없다. 어디 그뿐인가―아빠는 엄마 같은 사람이 자살을 못 하면 국가가 대신 나서야 한다고 믿는다. 그리고 한 술 더 떠, 국가가 나서지 않고 있으므로 친족을 살해하는 사람들을 옹호한다고 말한다. 나는 내키지 않는 질문을 할 수밖에 없다―그 말은 아빠가 그런 짓을 할 수 있었다는 뜻일까?

하지만 터무니없는 생각이다. 나는 운석을 내려놓는다. 이러려고 여기 온 게 아닌데. 평화로운 기분을, 고향에 온 기분을 느끼려고―안전하다고 느끼려고 아빠 집에 왔는데. 이런 건 필요 없다,

특히나 지금은. 나는 서재를 나가 허둥지둥 계단을 올라 예전의 내 방으로 들어가 문을 닫는다.

모든 것이 내가 이 방을 떠날 때 그대로다. 무늬 벽지. 흰색 레이스 커튼. 벽에 달린 장식 선반, 구석에 있는 고리버들 세공 의자와 거기 놓인 가장자리에 프릴 장식이 있는 쿠션들. 하얀 책상. 내가 아주 어릴 때, 엄마의 병이 그리 깊지 않았을 때의 가족사진. 코바늘뜨기로 만든 이불보. 장식용으로 벽에 걸어놓은 밀짚모자와 책장 위의 도자기 인형. 더 10대다운 것들도 있다—아빠의 스크랩 방식보다는 덜 세심하게 10대용 잡지에서 오려내 문에 붙여둔 레오나르도 디카프리오의 사진. 어린 나의 글씨체로 패션지에 적어 침대 머리맡에 붙인 도로시 파커의 시. 책장에는 10대 때 읽은(물론 성인들을 위한) 책들이 있다—비에느레보*, 도스토예프스키, 플라스, 울프, 카프카. 심지어 장식 선반 위에는 샷 글라스 두세 개도 있다. 하지만 전반적으로 여자아이의 방으로 보인다.

엄마가 나를 위해 꾸며준 방이기에 아무것도 바꿀 수가 없다. 침대에 털썩 앉는데 그것이 또 표면으로 올라온다. 가슴속의 무겁고 텅 빈 덩어리. 존재할 수 있었을 모든 것에 대한 슬픔. 내가 결코 갖지 못한 가족의 삶. 그 애는, 이 방의 주인인 아이는 사랑을 듬뿍 받은 것이 틀림없다. 아이의 어머니는 얼마나 공들여 방

---

* Bjørneboe (1920~1976). 노르웨이의 작가. 노르웨이 사회와 서구 문명 전반을 혹독하게 비판했다.

에 딱 어울리는 꽃무늬 벽지를 발랐는지. 얼마나 고심했는지 ─ 어떤 커튼이 최고일까, 침대는 어떤 걸로? 얼마나 많은 시간을 들여 코바늘뜨기로 이불보를 만들었는지. 딸에게 최고의 방을 만들어주려고. 약을 과다 복용해서 바닥에 쓰러지기 전에.

그러니까, 엄마가 약을 너무 많이 먹었**다면**. 그것이 사고였다면. 나는 등을 기대고 앉는다. 극악무도한 생각이다. 정말로 이런 생각을 계속하고 싶은가? 아빠의 표현대로, 이 논리를 결론까지 끌고 가고 싶은가? 그 길을 가고 싶은가?

하지만 혹시라도 사고가 아니었다면? 혹시 아빠가, 몇 달 뒤 그토록 구체적으로 전개한 주장으로 보건대, 엄마의 목숨을 빼앗기로 한 거라면? 엄마가, 아빠의 말대로라면, 가장 고귀한 희생을 하도록 도운 거라면. 그것은 가능한 일이기는 했었나?

엄마는 약을 많이 먹고 있었다. 그동안 나는 어째서 알츠하이머를 앓는 사람이 너무 위험해서 잘못하면 죽을 수도 있는 약에 손을 댈 수 있었는지 완벽하게 이해한 적이 없지만, 어쩌면 엄마가 겁에 잔뜩 질릴 때가 많아서 사람들이 항불안제를 줬을 수도 있다 ─ 거기다 온갖 종류의 진통제들도 있었다. 나는 지금까지 그 과다 복용 사건이 어떻게 일어날 수 있었는지 스스로에게 물어왔다. 도대체 왜, 혼란과 혼동이 대표 증상인 병을 앓는 사람이 스스로 약을 챙겨 먹어야 했단 말인가?

하지만 물론 그런 것은 아니었다. 간호사들이 이 집으로 출퇴근을 했다. 몇몇 간호사들은 나와 얘기도 했다. 한 명은 내게 씹으라면서 민트 맛 껌을 주기도 했다─걸핏하면 이에 껐다. 나는 그 간호사들을 기억하고 그들의 알약통도 기억한다. 여러 칸으로 나뉜 플라스틱 통─월요일 칸, 화요일 칸, 수요일 칸……. 어린 나는 그 통이 내 방 벽에 있는 장식 선반 같다고 생각했다. 간호사들은 자신들이 없을 때 엄마가 먹을 알약을 세어서 나눠 담았다. 그다음은 가족의 책임, 즉 아빠의 책임이었다.

엄마가 먹어야 할 양보다 약을 더 많이, 혹은 적게 주기란 아빠한테 얼마나 쉬웠을까. 엄마는 아무것도 몰랐다. 엄마에겐 주변의 모든 것이 혼란스럽고 어려웠다. 엄마는 당신이 약을 먹어야 한다는 건 알고 있었으니 남편이 '이 열 알을 먹어야 해'라고 했다면 그냥 먹지 않았을까? 엄마는 아빠가 하라는 건 전부 다 했으니까─아빠가 이제 안전하다고 말하면 길을 건넜고 잘 시간이라고 하면 잤고 일어날 시간이라고 하면 일어났다. 밖에 나가고 싶어도 아빠가 한밤중이라거나 비가 쏟아진다고 말하면 집에 있었고 그밖에 엄마가 이해 못 할 다른 이유를 대도 받아들였다. 왜냐하면 세상은 엄마에게 너무도 이해하기 어려운 곳이 되었으니까. 왜냐하면 엄마는 정말 많은 도움이 필요했으니까. 그냥 그런 거라고 받아들였으니까. 우리는 아빠가 먹어야 한다고 하는 것을 먹는다. 아빠가 쓰라고 하는 식탁용 날붙이를 쓴다. 아빠가 엄마에게 약을 한 움큼 내밀며 먹으라고 하면 엄마는 먹는다. 당연히 먹는다. 엄마가 아빠가 시키는 모든 것에 대해 질문하기 시작하면 결국 어떻게 되겠는가?

어떻게 그 사건이 일어날 수 있었나, 어째서 알츠하이머 환자가 치사량의 약물을 삼킬 정도로 상황이 통제되지 못했나 하는 질문에 대한 답은 이거였다. 인적 오류. 약 보관 방식이나 약통에 문제가 있었을 거라고. 아빠는 아내에게 그날 치 약만 줬다고 맹세했다. 그리고 나가서 몇 가지 볼일을 봐야 했다고. 아내가 혼자서 약장을 연 것이 틀림없다. 갑자기 약을 더 먹어야 한다고 생각했을 거다. 아내는 그런 식이었다. 갑자기 속옷 차림으로 산책을 가고 싶어 하거나 야밤에 식료품점에 가서 장을 보려고 했다. 그 약들은 환자가 접근할 수 없는 잠긴 약장 안에 있었어야 한다―하지만 병이 너무 빨리 악화됐다. 안전 절차가 병의 진행 속도를 따라잡지 못했다. 가끔 그렇듯이 시스템이 실패했다. 어쩌면 간호사들은 다가올 위험을 내다봤어야 하고, 의사는 엄마를 마지막으로 봤을 때 훨씬 더 나빠질 것임을 예견했어야 하고, 아빠는 약장을 잠가놨어야 한다. 그러나 누가 그런 상황에서 손가락질을 하고 싶겠는가? 엄마는 나을 가망이 없는 중병 환자였다. 그 일은 그 끔찍한 병의 비극에 이미 황폐해진 가족 안에서 벌어진 안타까운 사건이었다. 아버지와 어린 두 딸이 편안히 애도할 수 있게 내버려둬야 했다. 사건 수사는 종결되었다. 병원은 절차를 재검토할 터였다, 등등.

사람들의 반응은 평범했다. 사고가 일어날 수도 있다고 인정하는 것. 하지만 그것도 불만이었다. 환자가 그런 일을 할 수 있을 정도로 상태가 나빴다면, 어째서 아무도 알아차리지 못했지?

그러나 아빠가 그런 식으로 되기를 원했다면, 그러면 이야기가 완전히 달라진다. 많은 것이 설명될 것이다.

또 있다. 그때쯤 나는 자다가 이불에 오줌을 쌌다. 아빠가 밤늦게 집에 들어와 결혼반지를 꼈던 때는 엄마가 아직 살아 계실 때였다. 확신한다. 아빠는 왜 결혼반지를 뺐을까? 다른 여자를 만나러 나갔다는 것 외에 무슨 설명이 가능하지? 하지만 아빠는 불륜을 경멸했다―기본적으로 불륜은 가족의 욕구보다 개인의 욕구를 우선시한다고. 그리고 가족은 무리―집단―다. 사회의 가장 중요한 구성 요소. 인간성과 인류의 산실. 개인은 언제나 집단에 최선인 일을 해야만 한다. 영속적인 가족을 개인의 일시적인 만족감 때문에 위험에 빠트리는 건 이기심을 보여주는 단적인 예다. 혼외 관계는 가족에 대한 범죄며, 가족에 대한 범죄를 저지르는 개인은 처벌받아야 한다. 아빠는 그렇게 믿는다고 우리에게 한 치의 모호함도 없이 말했다. 그것도 여러 번. 함께 포장 음식을 먹으면서 내가 질문했을 때 언니는 그것을 떠올리고 있었다.

하지만 아빠가 엄마를 더는 사람으로 보지 않았다면? 내가 떠올린 건 그거였다. 언니에게 정말로 물은 것도 그거였다. 아빠는 아픈 엄마를 더는 가족이나 사회의 일원이 아니라 우리 스스로 제거해야 할 짐으로 생각했던 것은 아닌지. 병든 들개로. 그렇다면 다른 여자를 만나는 것이 기만적이지 않았을 것이다. 아빠의 논리에 따르면, 당신은 전과 마찬가지로 도덕적인 흠결이 없는 사람이었을 것이다.

너무 나간 걸까? 이제는 내가 내린 결론을 스스로 믿어도 될지 확신이 안 선다. 너무 지쳤다는 기분이 들기 시작한다. 벽지의 꽃들이 눈앞에서 움직이고. 빙글빙글 돌기 시작한다. 눈을 감는다. 잠시만, 눈이 좀 쉴 때까지만.

시구르와 나는 스페인의 테네리페 섬으로 떠났다. 크리스마스가 지나고 난 뒤 출발해 1월 초까지 일주일간 머물렀고, 마르그레테가 댄 경비는 나중에 갚기로 했다. 카나리아 제도 패키지여행. 정확하게 우리의 취향이라고는 할 수 없었다.

우리를 데리러 온 호텔 미니버스에는 노르웨이 북부에서 온 가족과 뢰텐에서 온 친구 사이인 60대 여성 두 명이 함께 탔다. 호텔은 오래됐고 그럭저럭 괜찮았지만 1970년대 이후 손본 곳은 건물 정면뿐인 것 같았다. 우리 방은 바닥 전체에 카펫이 깔려 있었다―세상의 모든 방향제를 다 가져와도 거기 밴 담배 냄새를 덮지 못할 것이다. 하지만 바다가 보였고 작은 베란다도 있었다.

호텔비에 모든 것이 다 포함되어 있는 데다 돈도 없었기에 자연스럽게 모든 끼니를 호텔에서 해결했다. 호텔에는 수영장과 테니스코트, 작은 모래사장과 헬스장이 있었다. 스파라고 했던 것은 사우나와 자쿠지 욕조가 다였다. 호텔이 추천한 현지 쇼핑센터에는 싸구려 장신구 가게와 중식당, 빙고게임장, 스칸디나비아 풍 펍밖에 없었다. 첫날에 그 모든 것을 알게 된 우리는 서로의 눈치를 살피며 애써 웃으려고, 우리의 휴가가 눈앞에서 망해가는 꼴을 못 본 척하려고 애썼다.

그런데 결과는 반대였다. 그런 조건들에도 불구하고 우리는 정말 즐거운 시간을 보냈다. 늦게 잠자리에 들었고, 아침마다 사랑을 나눴으며—시구르는 나를 있는 힘껏 껴안았다—아래층으로 내려가 조식 뷔페를 약탈해 방 베란다에 앉아서 아침을 먹었다. 매일 테니스를 쳤다—둘 다 실력이 형편없었지만 눈물이 날 때까지 웃었다. 어떤 날엔 차를 빌려서 섬을 돌아봤고 또 어떤 날엔 호텔에서 자전거를 빌려 타고 해변을 달렸다. 그 황량한 쇼핑센터에도 가서 중식당에서 만두와 새콤달콤한 닭고기 요리를 먹고 빙고 게임을 했다. 대부분의 시간은 풀장 옆에 누워 책을 읽으며 보냈는데, 상대가 관심 있어 할 것 같은 부분을 발췌해서 읽어줬다. 수영도 했다. 헤엄쳐서 서로에게 다가가 물 밑에서 서로를 껴안았다. 시구르는 바에서 맥주 한 병을 슬쩍해서 스파로 가져왔고, 우리는 자쿠지 안에 앉아 약간 취해서 킥킥대며 일몰을 바라봤다. 저녁 식사를 하면서는 길고 깊은 대화를 나눴는데, 나는 식당 안의 모든 사람들이 우리를 부러워한다고 확신했다. 우리가 여기서 서로에게 가장 몰두하는 커플이라고. 저녁을 먹고 나서는 바에서 술을 사서 풀장 옆에 앉아 마시거나 방 베란다에서 카드놀이를 하며 취할 때까지 화이트와인을 마셨다. 대단한 우아함이나 호화로움은 없었다. 세련된 호텔은 아니었다. 하지만 정확하게 우리에게 필요한 것이었다. 바닥 전체에 깔린 카펫부터 시작해 모든 것이.

나는 시구르와 테네리페에 갔던 때를 꿈꾸고 있다. 그러나 이 꿈속의 휴가는 실제와 다르다. 우리는 다른 호텔, 더 하얗고 빛나고 바닥에 카펫이 없는 호텔에 있다. 내 곁에 있는 시구르는 죽은 시구르다. 그는 현실에서 사람들이 죽는 방식으로 죽어 있지 않다―내 옆에서 걸어 다니고 내가 하는 일들을 하지만, 거의 투명할 정도로 창백하고 아무 말도 하지 않는다. 나는 아랑곳하지 않고 계속 휴가를 보내기로 한다. 이 사실을 아무도 눈치 채지 못하게 하겠다고 결심한다. 나는 그를 대신해서, 우리를 대표해서 말한다. 시구르는 나와 함께, 내 옆에 앉아 있고 그가 더는 살아 있지 않다는 사실 때문에 걱정할 이유는 없다. 나는 식당에서 시구르를 위해 주문하고―그이는 스테이크로 할 거예요, 나는 말한다, 레드와인도 한 잔 주시고요―웨이터들은 걱정스런 눈빛으로 우리를 본다. 그들은 아무 말도 하지 않지만 그들의 시선 때문에 나는 위축된다. 시구르가 죽었다는 사실보다 그들한테 우리가 보일까 봐 더 걱정한다. 내가 얼마나 불행한지 그들이 알지 못하도록 최대한 웃음을 지어 보인다. 시구르의 찬 손을 쓰다듬는다. 그의 손은 완전히 진짜인 것도 아니고 온전히 만질 수 있는 것도 아니다. 그는 말이 없다. 짜증이 난 표정이지만 아무리 해도 그와 눈을 마주칠 수가 없다. 그와 결코 대화를 나눌 수 없지만 나는 다 괜찮은 척한다―웃음을 짓고 소리 내어 웃고 그의 역할까지 하면서 대화하여 호텔에 있는 그 누구도 얼마나 지독하게 나쁜 상황인지 모르게 하려 한다.

너무 갑자기 잠에서 깨서 그 짧고 기이한 꿈이 다 기억난다. 휴가 중인 우리. 죽은 시구르. 그리고 마치 그 사실을 모르는 것처럼 행동하는 나.

윙윙거리는 소리가 난다. 꿈속에서 그 소리를 듣는다. 처음에는 그냥 무시하겠다고, 관심을 끄면 소리가 사라질 거라고 생각하지만 윙윙대는 소리가 들린다고 생각하는 순간 그 소리는 점점 더 커지고 이제 늦었다는 기분이 든다. 그것이 내 휴대전화 소리임을 깨닫는다. 나는 잠에서 깬 눈을 깜박거리며 주위를 둘러본다.

나는 어릴 때 쓰던 방의 침대에 누워 있다―조금 지나고 나서야 그것을 깨닫는다. 땅거미가 지고 있다―해는 이미 졌거나 지는 중이다. 벽에 드리운 창문의 그림자가 길고 저녁놀이 나를 감싸고 있는 것 같다. 이리저리 손을 더듬은 끝에 침대 위 내 옆에서 윙윙거리며 진동하는 전화기를 집어 든다.

"여보세요?"

"안녕하세요, 아릴입니다. 아릴스 시큐리티의."

"아, 안녕하세요."

"저기, 설치가 거의 끝났습니다. 예상보다 시간이 조금 더 걸렸네요―자물쇠 제작자를 기다리고 하느라고요―하지만 설치는 다 끝났어요. 이제 저희는 짐을 싸고 있고요. 그런데요, 지금 멀리 계십니까? 시스템 작동 방식을 알려드려야 해서요."

"아, 네." 대답하면서 손목시계를 흘끗 보니 6시가 다 되어간다.
"저는 스메스타에 있어요, 제가—그게, 잠깐 잠이 들었는데—간
밤에 잠을 잘 못 자서요. 아무튼—지금 바로 갈게요. 20분, 늦어
도 30분이면 도착할 거예요."

"네, 좋습니다."

나는 침대에서 일어나 앉아 눈을 비빈다. 시간 감각을 잃어서
심란하다—밤중처럼 푹 자고 일어났는데 초저녁이라니. 아빠가
벌써 돌아왔을 수도 있다. 자기 전에 느꼈던 불쾌함이 배 속을 휘
젓는다. 지금은 아빠를 보지 않는 편이 나을 것 같다. 전화기를 귀
에 댄 채 앉아 있는데 아릴이 아직 전화를 끊지 않았음을 알아차
린다. 그는 망설이고 있는 것 같다.

"하실 말씀이 더 있나요?"

"사실은, 네. 하나 더 있습니다."

그러고는 또 말이 없다. 나는 손등으로 얼굴을 쓸며 기다린다.

"여쭤보고 싶은 게 있어서…… 댁에 감시 장치가 설치돼 있
다는 걸 알고 계셨습니까?"

"네?"

"그러니까, 아시죠—카메라요. 마이크도 있고요. 감시 장치요.
그냥 여쭤봐야 할 것 같아서, 그게, 집주인이 설치한 걸 수도 있으
니까요."

"무슨 말씀이세요? 무슨 말씀인지 전혀 이해가 안 돼요."

"저희가 감시 장치를 발견했습니다." 아릴이 다시 말한다. "현관 복도에 카메라 한 대, 주방에 카메라와 마이크. 선생님이 설치한 게 아니라면 누군가 선생님을 감시하고 있는 것 같습니다."

"맙소사." 나는 더 말이 안 나온다.

"괜찮으십니까?" 아릴이 묻는다.

수백 가지의 사소한 장면들을 떠올린다. 시구르를 기다리는 나. 주방에서 커피를 마시는 나. 어쩌면, 코를 파고 있는 나. 아래층에서 여기저기 기웃대는 율리. 내가 말을 하게 하려고 애쓰는 안니카. 식탁에 수색영장을 탁 하고 올려놓는 군데르센. 온갖 종류의 창피하고 사적인 행동. 속옷 차림으로 먹을 걸 가지러 아래층에 갔었나? 혼자서 노래를 불렀나? 옷 위로 엉덩이 골에 낀 속바지를 빼내거나 사타구니를 긁었던가? 엉엉 울면서 시구르를 불렀나? 화가 나서 소리를 지르거나 물건을 부쉈나?

"얼마나 오래 설치돼 있었는지 아세요?" 마침내 나는 아릴에게 탁하고 메마른 목소리로 묻는다.

"그건 알 도리가 없습니다. 이틀일 수도 있고 두 달일 수도 있죠."

"경찰이 설치한 걸 수도 있겠죠." 나는 그에게라기보다 나 자신에게 중얼거렸지만 아릴은 이렇게 말한다.

"그건 아닌 것 같습니다. 경찰이라면 더 좋은 장비를 쓸 거예요. 이건 아무나 손에 넣을 수 있는 종류입니다. 대개 몇 백 크로네면 살 수 있지요. 취급하는 가게가 오슬로에 여러 곳 있고, 온라인 주문도 가능합니다."

척추를 따라 전율이 인다. 아무나 손에 넣을 수 있는 종류. 나는 목을 가다듬는다. 숨을 쉬고 다시 시작하려 애쓴다.

"아릴 씨, 감시 장치를 찾기 위해 집 안을 다 확인하셨나요?"

"지하실과 1층은 꼼꼼하게 살펴봤습니다."

"부탁 좀 드려도 될까요? 전체적으로 다 확인해주시겠어요? 모든 곳을 최대한 구석구석 확인해주실래요? 추가 작업에 대한 사례를 해드릴게요—아무도 저를 훔쳐보지 못하게 하고 싶어요."

"물론 가능합니다."

"곧 집에서 뵐게요."

"네, 이따 뵙죠."

일어나서 방을 가로질러 가는데 몸이 덜덜 떨리고 금방이라도 넘어질 듯 무릎이 후들거린다. 아까도 아빠를 보고 싶지 않았지만 지금은 더 그렇다. 이틀, 혹은 두 달. 주방에 있는 누군가를 두 달 동안 관찰한다는 건 그 사람의 평생을 훔쳐보는 것과 같다. 두 달 간 몰래 지켜본 그 누군가는 나에 대해, 우리에 대해 얼마나 많이 알게 됐을까? 우리가 얘기하는 모든 것. 우리가 얘기하지 **않는** 모든 것. 그 모든 경직되고 불편한 침묵, 응답받지 못하는 암시—질문인 듯 아닌 듯한 질문, 불평인 듯 아닌 듯한 불평, 표면 아래의 고통과 슬픔을 잘 숨기지 못하는, 대답을 듣지 못하는 반농담. 제안의 뜻으로 시구르에게 묻는 나. "곧 침대로 올 거야?" 컴퓨터에서 눈을 떼지 않고 대답하는 그. "응, 곧 올라갈 거야." 그리고 두 시간이 지나서야 그는 일어나서, 움직인다. 누군가 그 모든 것

341

을 지켜보고 있었다.

나는 살금살금 계단을 내려간다. 아무 소리도 들리지 않지만 아빠가 여기 있다는 걸 안다. 저기 복도에서 보인다. 말쑥한 구두와 운동화, 스키부츠. 거기에 이제 방한화 한 켤레도 있다. 나는 신에 발을 쑤셔넣고 어디선가 들려오는 발자국 소리를 들으며 외투를 집어 들고 현관문을 연 다음 최대한 빠른 걸음으로 떠난다. 진입로를 잰걸음으로 따라간다. 잠깐 프루 앳킨슨의 아파트에서 도망치던 때가 생각난다. 거리로 나오자마자 나는 뛰기 시작한다.

그러나 두려움에게 주도권을 쥐여주는 건 무가치하다. 침착함을 유지하는 것이, 이해하려 애쓰는 것이 중요하다. 그냥 잠시 멈춰 서서 생각하면 많은 것을 알고 있음을 깨닫는 경우가 많다. 예를 들어, 오늘 아침 내가 토르프 옹의 리볼버가 없어졌다고 얘기했을 때 군데르센은 잊어버린 다른 것은 없느냐고 거의 짜증을 내듯 물었다. "다른 무기는 없어요? 사냥용 라이플이나 화염방사기—또 뭐가 있을까요? 멋진 무늬가 들어간 옛날 고문 기구? **복잡한 감시 시스템?**"

난 그 말을 빈정거림으로 해석했다. 그가 나에 대해 인내심을 잃고 있다고 생각하며 전화를 끊었다. 하지만 그건 그냥 들먹이기에는 특이한 예시다. 리볼버에서 시작해 화염방사기와 고문 기구를 거쳐 감시 시스템으로. 어쩌다 그런 예시를 든 걸까? 그것이 무언가와 어떤 연관이 있었나?

스메스타 역에 도착했다. 안내판은 내가 탈 열차가 5분 후에 도착한다고 알린다. 10대 한 무리가 승강장에서 나와 좀 떨어진 곳에서 수다를 떨고 있다. 자기들끼리의 대화에 푹 빠져 있고 그들 외에는 주변에 아무도 없다. 제기랄, 나는 속으로 내뱉고 그에게 전화한다.

"군데르센입니다."

"감시 시스템은 어떻게 된 거예요?"

"사라 씨?"

"왜 내 집에 감시 카메라들이 있죠?"

"잠깐만요."

발자국 소리가 들린다. 이어 문을 열고 닫는 것 같은 소리가 난 후 그는 말한다.

"네, 카메라들요. 네."

"수사팀 건가요?"

그는 한숨을 쉰다.

"아닙니다."

"하지만 그것들에 대해 알고 있었죠?"

"네. 프레들리의 팀이 집을 수색하다가 발견했습니다."

그건 며칠 전의 일이다.

"그래요." 그렇게 대꾸하는데 그것이, 그 일의, 내가 혼자 있다고 생각할 때 누군가 나를 지켜보는 일의 부당함이 내 안에서 천둥처럼 쾅쾅 울려 퍼진다. "그런데도 저한테 말해줘야 한다는 생각은 들지 않았다고요? 누군가 절 지켜보고, 제 말을 듣고 있다는 사실을 제가 알고 싶어 할 거라는 생각이 떠오르지 않았다고요?"

그는 말이 없다. 정확히 표현하자면, 그답지 않게 말이 없다.

"빌어먹을. 이게 뭐냐고요, 군데르센 씨?" 나는 소리를 지른다.

승강장 저쪽의 10대 아이들이 나를 쳐다본다.

"형사님은 제가 계속 전처럼 지내게, 누군가 여러 번 침입한 집에서 돌아다니게 내버려뒀어요—누군가 절 지켜보고 있을 수도 있다는 걸 모른 채 **계속 거기서 지내게 내버려뒀다고요.**"

"화내시는 건 이해합니다."

"화내는 건 **이해한다고요?** 아, 그러세요, 그럼 괜찮아요. 제가 화내는 걸 형사님이 이해하는지 마는지는 빌어먹게 관심이 없어요—제가 알고 싶은 건 누가 저를 훔쳐보고 있었냐는 거예요! 누가 제 집에 망할 카메라들을 설치했는지 알고 싶다고요!"

"사라 씨, 일단 진정하세요. 제 말을 좀 들어보십시오."

"오늘 아침에 저한테 그랬죠, 전화로 없어진 총에 대해 얘기할 때요. 저한테 물었잖아요. 빈정거리듯이요. 저는 거의 농담인 줄 알았어요. '복잡한 감시 시스템은 없습니까?'"

"네." 그는 한숨을 쉬며 대답한다. "제가 바보같이 굴었습니다. 하지만 저로서는 확인하고 싶었습니다. 사라 씨가 그것에 대해 뭔가를 알고 있는지를요."

"그러세요. 전 몰랐고요, 그러니까 형사님은 저를 행복한 무지 상태로 내버려둬도 괜찮다고 생각한 거네요?"

그는 또, 무겁게 한숨을 쉰다. 내 분노도 썰물처럼 밀려나가기 시작한다. 화를 내봐야 의미가 없다.

"저희는 감시 시스템을 발견했습니다. 프레들리가 저한테 전화를 했어요. 저는 결정을 내려야 했죠. 누군가 카메라를 여럿 설치했습니다. 사라 씨가 시구르 씨를 지켜보려고 그랬을 수도 있죠. 시구르 씨가 사라 씨를 지켜보려 그랬을 수도 있고요. 사라 씨나 시구르 씨까지 두 분을 훔쳐보려는 제삼자일 수도 있습니다. 아니면 저희를 위해 설치된 걸 수도 있지요—저희더러 발견하라고 사라 씨가 설치했을 수도 있다는 뜻입니다. 저희한테 누군가 사라 씨를 훔쳐보고 있다는 인상을 주고 싶어서요."

"그래가지고 제가 무슨 이익을 보는데요?" 난 이제 완전히 지쳤다.

"여러 가능성을 생각해볼 수 있지요. 중요한 건 저희가 발견한 카메라들에 여러 의미가 있을 수 있었다는 겁니다. 프레들리는 제게 어떻게 해야 하느냐고 물었죠. 제 생각은 이랬습니다. 사라 씨한테 묻는다면 전혀 몰랐다고 대답할 것이다. 그러면 알아낼 수 있는 것이 별로 없다. 하지만 말해주지 않으면, 무슨 일이 벌어지는지 기다려보면, 그 의미가 저절로 드러날지 모른다."

"그래서 의미가 저절로 드러났나요?"

"글쎄요, 아직은 왜 카메라들이 거기 있는지 100퍼센트 확신할 수는 없습니다. 하지만 몇 가지 시나리오는 배제됐습니다. 그렇게만 말씀드리죠."

"그러니까 형사님이 시나리오 몇 개를 배제하는 동안 제 사생활이 미치광이인지 모를 누군가한테 노출됐다는 거죠?"

"어쩌면요. 그 점에 대해서는 죄송합니다, 사라 씨. 진심으로요."

"네, 뭐." 나는 체념하여 말한다. "형사님의 사과는 저한테 별로 도움이 안 돼요. 하지만 기왕 다 털어놓는 김에 카메라가 몇 개나 발견됐는지 말해주실래요?"

"두 갭니다. 복도에 하나, 침실에 하나."

"침실에요?"

"네. 침실에 있는 건 마이크도 붙어 있습니다."

집으로 가는 열차 안에서 나는 운다. 처음에는 조용히, 하지만 곧 그리 조용하지 않게.

아무도 말하지 않는다. 아무도 내 쪽을 보지 않는다. 나는 아무도 알은 체하고 싶어 하지 않는 여자가 되었다. 공공장소에서 큰 소리로 우는 난감한 여자. 어쩌면 그들은 내가 술에 취했다고 생각하는지도 모른다. 내 남편이 죽은 지 일주일도 되지 않았다는 걸 알면 나를 더 동정해줄지 모른다. 하지만, 가장 걱정스러워해야 할 사실은 그들이 무슨 생각을 하는지에 내가 관심이 없다는 거다. 나는 그저 눈이 빠질 듯이 운다. 스메스타에서 마요르스투아까지, 마요르스투아의 승강장에 서서 계속, 그리고 노르베리로 가는 송스반 라인을 타고 가면서도. 아무도 내 옆에 앉지 않는다.

아릴은 침실의 카메라를 찾았다. 카메라 세 개를 모두 뜯어내서 내가 볼 수 있게 조리대 위에 올려두었다. 셋 다 샤프펜슬 끝에 달린 조그만 지우개 크기에 짧은 전선이 붙어 있다. 기저에는 1크로네짜리 동전만 한 납작하고 둥근 판이 있다. 그게 송신기라고 아릴이 설명한다. 수신자의 컴퓨터나 심지어 휴대전화에 데이터를 보낸다고. 잠시 동안 아릴의 목소리에 감탄의 기미가 느껴진다―현대의 테크놀로지로는 이런 것도 가능하답니다. 이어 그는 카메라들을 고정하는 데 쓴 검정 테이프 조각들을 보여준다. 지하실의 카메라는 천장등 가장자리에, 주방 카메라는 냉장고 환풍구 안에, 침실 카메라는 램프 위에 붙어 있었다. 카메라만큼 작은 마이크도 주방과 침실에 있던 카메라에 붙어 있었다. 이런 카메라를 교묘하게 숨기면 찾기가 매우 힘들다. 아릴은 이 카메라들이 교묘하게 숨겨져 있었는지 확신하지 못했다―반쯤 숨겨져 있었던 것 같다고. 하지만 무엇을 찾아야 하는지 모를 경우 찾지 못하고 그냥 지나치기 십상이며, 뭔가가 숨겨져 있다고 의심하지 않을 때는 더욱 그렇다고 말한다. 아릴은 온 집 안을 철저하게 훑었다. 그는 다락방에 뭔가 있을 가능성을 배제할 순 없지만 지하실과 계단, 1층과 2층에 대해서는, 내가 지내는 방들은 이제 감시당하지 않는다고 확신한다.

그런 다음 아릴은 나의―굉장한 장치들로 구성된―보안 시스템을 보여준다. 현관문 밖에는 동작 감지기가 달린 조명을 달았다. 누군가 감지기의 영역에 들어오면 조명이 켜질 것이다. 테라스 문에도 이런 장치가 있다.

"작동돼도 겁먹지 마십시오." 아릴은 말한다. "대부분 그냥 고양이가 지나간 겁니다. 하지만 침입할 곳을 찾는 사람일 경우 갑자기 머리 위로 밝은 빛이 쏟아지면 아주 깜짝 놀라지요."

바깥에도 카메라가 있는데, 현관문 위의 지붕 밑에 붙어 있다. 이 모든 것들이 너무나 흡족하다. 이제 카메라들을 설치하는 건 나다. 그것들은 쉼 없이 녹화한 장면을 외케른의 보안센터와 내게 보낸다. 아릴은 그 영상을 보는 앱을 내 휴대전화에 다운로드하게 도와준다. 로그인을 하자 아무도 없는 현관 앞 계단이 보인다.

또 현관문에는 자물쇠 중의 자물쇠가 달렸다. 여러 개의 열쇠가 필요한 거대한 자물쇠에 문 안쪽의 아주 굵은 안전 체인까지. 아릴은 복도와 주방, 베란다와 2층으로 가는 계단에 설치된 동작 탐지기도 보여준다. 아릴의 팀은 그것들을 설치하다가 감시 카메라를 발견했다. 아릴은 내 침실 외벽에 카메라를 설치해서 내가 침실 안에서도 계단과 침실 문 밖을 볼 수 있게 했다. 그는 침실 문에 설치된 또 다른 튼튼한 자물쇠의 사용법을 알려준 뒤 건물 관리인이나 들고 다닐 법한 열쇠 꾸러미를 건넨다. 침실 창문에는 강화 경첩을 달아서, 밤에 열고 자더라도 아무도 따고 들어올 수 없다. 경보기가 작동되면 밴시*처럼 요란한 경보음이 온 집 안과, 인력이 상주하는 업체 보안센터에 울려 퍼질 것이다. 크리스토페

---

* banshee. 울어서 가족 중 누군가가 죽게 될 것임을 알려준다는 아일랜드 민화 속 요정.

르나 아릴의 다른 견습공이 보안센터에서 상황을 주시하고 있을 것이다. 경보음이 울리는 순간 당번 견습공은 차로 출동하며 내게 전화를 할 것이다. 아릴은 경보기를 끄는 법을 알려주면서도, 몇 분간 계속 놔둬서 침입자를 쫓아버리는 것이 좋다고 말한다. 크리스토페르가 전화해서 '옥타비아'라고 말하면 나는 '리소토'라고 대꾸해야 한다. 침입자가 내가 생각하는 방식을 알 수도 있으므로 크리스토페르가 정한 암호다. 모든 것이 아주 복잡해 보이고, 그래서 마음에 든다. 전부 다 마음에 든다―열쇠 다발도, 감시 영상 앱도, 암호도. 나는 안전하다고 느낀다.

아릴이 떠날 준비가 됐을 때는 8시가 다 됐다. 그의 통상적인 근무 시간보다 오래 일한 것이 틀림없다.

"많이 신경 써주셔서 감사해요." 내가 말한다.

그는 어깨를 으쓱하는데, 갑자기 젊어 보인다.

"딸이 하나 있어요." 그가 말한다. "그 애 일이라고 생각하니까……."

우리는 작별인사를 하고 그는 차를 타고 떠난다. 나는 집 안으로 들어와 현관문을 잠그고 안전 체인을 걸고 위층으로 올라간다. 요새 같은 내 집에서 주위를 둘러본다.

나는 집에 있다.

이제 이 불꽃놀이가 지중해의 하늘을 빨강, 파랑, 초록으로 칠할 때 우리는 싸구려 샴페인이 든 잔을 들어올린다. 테네리페는 집에서도 계속될 것이다—이 모든 것이, 우리의 진짜 모습이. 이게 진짜 우리다, 우리는 서로에게 말한다. 예전에 우리는 실제로 이랬으니까. 늘 함께 즐거운 시간을 보냈다. 늘 서로에게 신경을 썼다. 그저 지난 1년이 지나치게 다사다난했을 뿐이다—집, 돈, 일. 하지만 이제 다 달라질 것이다.

　"코담배를 끊을 거야." 시구르는 말한다. "어쨌거나 바보 같은 짓이니까."

　"잔소리를 너무 많이 하지 않을 거야." 나는 말한다. "집 전체를 수리하는 데는 시간이 걸린다는 거 알아, 네가 최선을 다하고 있다는 것도."

　"환자를 더 받으라고 괴롭히는 것도 그만둘게."

　"네가 일이 많아서 야근해야 할 때 이해할게."

　"야근을 줄일 거야." 시구르가 말한다. "꼭 그렇게 할게. 앳킨슨하고는 끝났어."

　우리는 키스로써 계약을 체결한다. 이제 다 달라질 것이다. 그러나 우린 벌써부터 두렵다. 너무나 즐겁게 지내고 있는 이 휴양지에서 오슬로의 일상을 언급한 것만으로도 모든 것이 엉망이 될 것 같다. 그 이후로 우리는 같은 주제로 얘기하지 않는다.

　시작은 좋다. 시구르의 야근이 줄고 나는 욕실이 미완성이라는

350

사실을 지적하지 않는다. 가끔 함께 외출한다―사치스럽게는 못해도 펍에서 저녁을 먹고 이따금씩 영화관에 간다. 내 생일에는 시구르가 예약한 중간 가격대의 레스토랑에서 술을 마시고 테네리페의 분위기를 되살려보려 애쓴다. 그럭저럭 성공적이다. 자정이 훌쩍 넘어 집으로 돌아와 사랑을 나누고 잠이 든다.

변한 건 언제지? 시구르의 야근이 다시 잦아질 때? 2월의 어느 날 늦게 귀가한 그는 앳킨슨 일이 다시 시작됐다고 말한다―"그 여자는 빌어먹을 포기라는 걸 몰라." 이제 와서 계단통이 상상했던 것보다 어둡다고 해서 처음부터 다시 작업해야 한다고. 나는 시구르의 재킷 주머니에서 코담배를 발견한다.

"코담배 다시 피워?" 나는 그에게 묻는다. 그는 한숨을 푹 쉬고 대답한다.

"야근할 때 집중력을 유지하게 해줘."

예전처럼은 아닐 것이다, 그는 내게 말한다―잠시 동안만이라고. 나는 샌들을 신고 이를 닦는다. 욕실 콘크리트 바닥이 얼음장처럼 차갑기 때문이다. 문득 이런 생각이 든다. 그는 참지 않는데 왜 나는 참아야 하지?

"예전처럼 말하려는 건 아닌데." 내가 말한다. "욕실이 너무 추워, 얼마나 더 견딜 수 있을지 모르겠어. 이번 주말에 같이 하면 어때―타일이랑 바닥 난방 옵션을 보러 가면? 그냥 시작이라도 해보면?"

"그 돈을 다 어떻게 구할 건데?" 시구르가 말한다. "요즘 내 주머니엔 현금이 넘쳐흐르지 않거든—네 주머니는 좀 다른가 봐?"

예전처럼은 아니다, 우리는 말한다. 뭔가로 기분이 상해서 그걸로 서로를 공격하지 않을 것이다. 일상생활의 문제들을 말할 수 있어야 한다.

우리가 언제 예전으로 돌아갔는지 확실히 모르겠다. 서서히 그렇게 된 건 분명하다. 우리가 크리스마스 전과 후가 어떻게 달랐는지 얘기하기를 서서히 그만둔 것처럼 서서히 변화가 멈추었다.

야근하는 시구르—문자를 보낸다. 나 늦을 거야. 9시나 10시쯤 갈게. 그는 주방에서 남은 음식을 먹거나 내가 음식을 만들지 않은 날에는 샌드위치를 만들어 먹는다. 나는 저녁식사를 제대로 준비하는 때가 점점 줄어든다. 준비해 봐야 무슨 소용인가? 그는 넓적다리에 랩톱 컴퓨터를 올린 채 텔레비전 앞에 앉아 있다. 나는 먼저 침대로 간다. 그는 곧 올라가겠다고 말한다. 그가 침대로 오면 대체로 나는 자고 있다. 깨어 있다고 해도 둘 다 너무 피곤해서 짧은 입맞춤밖에 할 수 없다. 그는 아침에 10분 만에 준비해서 집을 나간다. 나는 아무 데도 가지 않는다. 늘 집에 있다.

그는 친구들과 산장으로 여행을 갈 거라고 말하고 나는 욕실이 아직도 미완성인데 도대체 어떻게 그럴 시간이 있느냐고 묻고 싶은 충동을 억누른다. 로나한테서 이메일이 온다—그녀는 아르헨티나에서 영어를 가르치고 탱고를 배우고 있다. 나는 별장 여행을 함께 갈 사람이 아무도 없다.

그날 아침 그가 떠날 때 밖은 어둡다. 나는 그가 몸을 숙여 이마에 입을 맞출 때 잠에서 깬다.

"나 갈게." 그가 속삭인다. "그냥 다시 자."

나는 계단을 내려가는 그의 발소리를 듣지만, 그가 나가고 현관문이 닫히는 소리를 듣기 전에 다시 잠든 것이 분명하다.

3월 13일 금요일

크록스코겐

울리는 소리가 나를 난폭하게 흔들어 깨운다. 아니, 울리는 소리가 아니다―더 공격적인 소리다. 포효나 울부짖음에 더 가깝다. 나는 벌떡 일어나 앉아 반쯤 눈이 감긴 채 사태를 파악하려고 협탁 위를 더듬으며 휴대전화를 찾다가 포기하고 일단 베개로 귀를 덮는다. 한 팔로 베개를 눌러 양쪽 귀를 다 막아보려 애쓰면서 다른 팔로 휴대전화를 찾는다. 시간은 새벽 4시 반이고 액정에 뜬 글자는 대문자에 잔뜩 성난 느낌표가 붙어 있다. **경보! 경보! 경보!** 머리에 베개를 뒤집어쓴 채로 일어나 맨발로 차가운 바닥을 쿵쿵 걸어가 아릴이 설치한 제어반 앞에 선다. 지문 인식을 하고 암호를 입력해야 하는데, 그러는 내내 분노하고 위협하고 찌르는 듯한 경보음이 어찌나 크게 울려대는지 이제 베개로 덮고 있을 수 없는 귀가 따갑다. 베개가 미끄러지는 바람에 암호를 잘못 입력하자 제어반에서 간격이 짧고 꿰뚫는 듯한 삐 소리가 나는데, 그 소리도 경보음과 경보음 사이에만 들린다. 두 번 만에 암호를 제대로 입력하자 경보기의 울부짖음이 멈춘다.

한바탕 난리가 나고 나니 고요함이 낯설게 느껴진다. 아릴의 승리다―정말이지 제대로 된 경보기다. 지금 노르베리 주민의 절반이 잠에서 깼다 해도 놀랍지 않을 것 같다. 침대에 털썩 주저앉는다. 요란한 사이렌에 귀가 먹어버린 것 같은 느낌이다. 더는 밤의 통상적인 소리―목재의 삐걱거림, 바깥의 바람, 칼 셀센스 도로를 달리는 차나 홀스타인 역을 통과하는 열차―를 듣지 못할 것만 같다. 소음 때문에 청력이 마비됐다. 그때 휴대전화가 웅웅거린다.

"여보세요."

경보음 끝에 남겨진 고요 속에서 나는 작은 목소리로 말한다.

"옥타비아." 상대방이 말한다.

"리소토." 내가 말한다.

"아릴스 시큐리티의 크리스토페르입니다."

"안녕하세요."

"괜찮으십니까?"

미처 확인하지 못했다.

"그런 것 같아요."

"지금 어디 계십니까?"

"침실에요."

"누가 자물쇠를 건드리지는 않았습니까?"

나는 문가로 가서 확인한다. 두꺼운 체인이 어제 잠들기 전과 같이 걸려 있다. 문을 잡아당기니 문틀에서 꿈쩍하지 않는다.

"네, 그런 것 같아요."

"다행입니다. 지금 차고로 내려가는 중입니다. 15분쯤 후에 도착할 겁니다. 계속 침실에 계십시오―제가 가서 집 전체를 확인하겠습니다."

"알겠어요."

너무 어린 견습생이 위기 상황에서 큰 권한을 갖고 있는 것 같다.

"기다리시면서 동영상을 확인해보시면 될 것 같습니다."

할 일이 있다는 게 기분 좋다. 나는 전화를 끊자마자 앱을 연다. 경보기가 작동되기 5분 전부터의 현관문 앞 상황을 침대에 앉아서 볼 수 있다. 아릴의 시스템은 권한을 부여하는 측면이 있다. 그토록 무방비 상태였던, 나를 위해 이렇다 할 대책을 내놓지 않는 경찰에 내맡겨져 있던 내가 이제는 지배력을 갖게 됐으니까. 나는 재생 아이콘을 눌러 아직은 아무 일도 없는 어두운 화면을 보면서 이제 내가 염탐꾼을 염탐하고 있다는 사실에 약간 만족감을 느낀다.

첫 1분 동안은 그냥 빈 화면이다. 그러다 갑자기 조명이 켜진다. 현관 앞 계단, 그리고 거기 서서 문 쪽으로 손을 뻗는 검은 옷을 입은 사람이 보인다. 그는 불이 켜지자 잠시 얼어붙은 듯 가만히 서 있더니 카메라의 가시 범위 밖으로 달아난다. 그 후 몇 분

동안은 아무 일도 일어나지 않는다. 화면 아래쪽에는 이렇게 적혀 있다. **04:33 자동 조명 켜짐.** 2분 후 조명이 자동으로 꺼진다. 나는 기다린다. 또 2분쯤 흐른 후 또 조명이 켜지고 어떤 물체가 거의 보이지 않을 정도로 빠르게 화면을 가로질러 사라지더니 영상 아래쪽에 내 휴대전화에 떴던 것과 같은 서체의 문구가 나타난다. **경보!** 그 후로는 아무 일도 없다. 염탐꾼이 가버린 건지 다른 곳에서 침입을 시도했는지 모르지만 경보음이 다시 울리지 않은 걸로 봐서는 그가 집 안으로 들어오는 데는 실패한 것 같다. 나는 계단 쪽 카메라의 영상으로 전환한다. 아무것도 없다.

한참 후에도 아무 일도 일어나지 않는다. 극에 달한 긴장감이 누그러지기 시작하고, 안전한 제어실에서 휴대전화를 손에 쥐고 앉아 있으니 꽤 안전한 느낌이 든다. 시구르 쪽의 협탁 위에는 주방 칼도 있다. 스스로를 지켜야 할 경우를 대비해 놔둔 것인데 쓸 일은 없을 듯싶다. 문을 고정시키는 안전 체인의 두께만 봐도 그런 상황을 떠올리기가 무색하다. 나는 주변을 요새화했다. 필요한 보호책을 마련했다.

그 영상을 다시 본다. 다시 보니 어두운 화면이 마냥 어둡지만은 않다. 먼 곳의 가로등 불빛 때문에 감지기가 작동되기 전에 검은 옷을 입은 사람의 윤곽이 보인다. 곧 조명이 켜져 화면이 밝아지고, 그는 한 손을 뻗던 동작을 멈추고 달아난다. 재빨리. 뒤쪽으로. 마치 뭔가에 손을 덴 것처럼. 나는 영상을 다시 튼다. 해당 장면은 너무 짧다. 6초밖에 안 된다. 나는 계속 보고 또 본다.

검은 옷을 입은 사람은 무섭지 않다. 일단 그는 조명 때문에 겁에 질렸다―그래서 왠지 좀 한심해 보인다. 내가 상상했던 미치광이 살인자의 모습은 아니다. 또한 그는 내 상상보다 마른 몸에 다리를 약간 절듯이 걷는다. 영상을 거듭해서 볼수록 분명히 보이는 특징이다. 어쩌면 그는 미성년 남성이거나, 여성일지도 모른다. 얼굴은 전혀 보이지 않는다. 모자를 푹 눌러쓰고 있고 조명이 켜진 순간부터 계속 고개를 숙이고 있다. 카메라에 얼굴을 찍히지 않기 위한 영리한 행동일 수도 있지만 또 한편으로는 비겁하다. 고개를 숙이고 도망치다니.

그렇다―영상을 보면 볼수록 안전하다는 느낌이 강해진다. 그러니까 나는 이런 사람을 시구르가 실종된 때부터 계속 무서워한 것이다. 이 삐쩍 마른 겁쟁이 때문에 거의 피해망상이 되어 내가 제정신인지 두려워하기 시작했다니. 이런 사람―불빛이 내리쬐자마자 그 자리에 얼어붙어버리는 남자 혹은 여자 때문에. 야단맞은 개처럼 고개를 수그린 채 뒷걸음질로 도망치는 사람 때문에. 이제 내가 통제하는, 내가 겁을 줘서 쫓아버린―카메라로 포착한 사람 때문에.

처음에는 큰 소리로 웃고 싶어진다. 나는 그 검은 형체가 뒤쪽으로 한 걸음 내딛는 순간 영상을 일시 정지한다. 그때 갑자기 속에서 솟구친 분노가 배에서 목구멍까지 올라온다. 두 팔과 두 다리는 기력과 의지로 가득 차고 호흡은 가빠지고 거칠어진다. 나는 시구르의 협탁에 놓인 칼을 집어 들고 침대에서 일어나 경보를 해제하고 방문의 자물쇠를 푼다.

집 안은 어둡고 고요하다. 나는 손에 칼을 쥔 채 재빨리 계단을 내려간다. 거실과 주방에 침입자가 오지 않았음을 보아서 알기에 용감해진 나는 그야말로 쿵쿵대며 계단을 달음질쳐 내려간다. 너무 열중해서 헐거운 계단 판들에 대해 잊어버려 그중 하나에 왼발 발가락을 세게 찧는다.

시구르가 현관문에 끼워 넣은 불투명 유리가 산산조각 나 있다. 입을 벌리고 있는 그 둥근 구멍 너머로 진입로 아래쪽의 나무들이 보인다. 차가운 밤공기가 스며든다. 바닥에 널린 깨진 유리 조각들 사이에 어떤 물건이 놓여 있다. 나는 그쪽으로 가서 쭈그리고 앉아 물건을 집어 든다.

그것은 유리로 만든 가른쿨레다. 열쇠와 종이 라벨이 붙어 있다. 열쇠는 반짝거린다. 라벨에는 마르그레테의 신중하고 비스듬한 글씨로 '크록스코겐'이라고 적혀 있다.

식탁 앞에 앉아 있을 때 크리스토페르가 도착한다. 그가 주차를 하고 집 안으로 들어와 아래층을 가로지르며 문 두세 개를 여는 소리가 들린다. 그런 다음 그는 위층으로 올라와 나를 보고 흠칫 놀란다.

"안녕하세요." 내가 인사한다.

"안녕하세요, 별일 없으십니까?"

"네."

"아래층에 피가 있던데요?"

"아." 나는 내 발을 보면서 대답한다. "내 피예요. 발을 찧었거든요. 걱정하지 않아도 돼요."

그는 고개를 끄덕인다.

"침실에 계속 계실 줄 알았는데요?"

"그들이 집 안으로 뭔가를 던져 넣었어요. 그게 뭔지 확인해야 했어요."

그가 납득하지 못한 표정을 지어서 나는 이어 말한다.

"소이탄이나, 그 뭐라더라―몰로토프 칵테일*이었을 수도 있잖아요."

"뭐였습니까?"

나는 식탁 위에 놓여 있는 열쇠를 몸짓으로 가리킨다. 그는 다가와서 몸을 기울여 눈을 가느다랗게 뜨고 자세히 살펴본다.

"이게 뭐죠?"

"가른쿨레예요. 고기잡이 그물을 띄우는 데 쓰죠. 여러 가지 크기가 있어서 그물 무게에 맞게 골라 쓸 수 있어요."

그렇게 말하는데 시구르의 목소리가 들리는 듯하다. 부친의 것이던 기념품에 대한 그의 어긋나고 불가해한 자부심. 마치 나를 포함해 그 누구도 자신의 이야기를 이해 못 한다는 것처럼. 크리스토페르는 당혹스러운 표정으로 나를 본다.

---

*   Molotov cocktail. 화염병을 뜻함.

"우리 산장 열쇠가 달려 있어요." 나는 덧붙인다.

"아, 그렇군요."

크리스토페르는 안전 조치를 하러 간다. 위층과 아래층, 다락방과 지하실, 벽장들과 저장실을 살펴본다. 30분밖에 걸리지 않는다. 나는 아주 침착하다—평정을 잃지 않고 있다. 앞에 놓인 가른 쿨레를 응시한다—마치 거기에서, 바다를 떠올리게 하는 그 암녹색 유리 속에서 답을 찾을 수 있을 것처럼.

"경찰에 연락하셨습니까?" 안전 조치를 마치고 온 크리스토페르가 묻는다.

"아니요." 나는 계속 그 유리구球를 쳐다보면서 대답한다.

"해야 할 것 같은데요."

"좀 이따가요."

나는 계속 그대로 있다. 열쇠가 내게 돌아왔다, 침입자가 창으로 던져 넣었다. 식탁 위에 놓인 열쇠는 지극히 무고해 보인다. 그냥 불어 만든 유리 제품에 삼끈, 산장 현관문 열쇠다. 무슨 뜻이지? 왜 그런 식으로 되돌려줬지? 일종의 도전, 혹은 초대? 아니면 힌트?

난 두렵지 않다. 크록스코겐. 너무 쉽고 간단한 것 같다. 삼끈을 떠서 만든 그물망 속의 구체 내부에서 뭔가가 언뜻 보인 것도 같지만 순식간이고 곧 사라진다.

"네, 알겠습니다." 견습공이 말한다.

그는 나를 보고 나는 유리구슬을 본다.

"저는 사무실로 돌아가야 합니다."

"그래요."

그는 기다린다. 내가 뭐라고 더 말해주기를, 그를 봐주기를 원하지만 나는 그가 아주 먼 곳에 있는 듯한 기분이 든다. 그가 나를 지켜보고 있는 것이, 두 손을 허리에 짚고 서서 내가 정신을 차리기를 기다리고 있는 것이 시야의 가장자리에서 보이고, 어딘가에서, 내 마음 깊은 곳에서 이것이 분명해진다―집에 손님이 왔을 때 지켜야 하는 사회적 규범―손님의 말에 귀를 기울이고 그의 말에 반응을 보이고 문까지 배웅해야 한다. 하지만 내겐 그럴 시간이 없다. 가른쿨레에 충분히 오래 집중하면 그 어렴풋이 이해하게 되는 느낌이 다시 들지도 모르니까.

"경찰에 꼭 연락하세요." 크리스토페르가 말한다.

"흐음."

"그러실 수 있겠어요?"

"네." 나는 식탁 위의 물건에서 잠깐 시선을 거두며 대답한다. "네, 경찰이 깨어 있을 시간에 전화할 거예요."

"지금도 당직하는 사람들이 있을 겁니다―당장 연락하셔도 돼요."

"군데르센 씨 말이에요." 나는 다시 가른쿨레로 시선을 돌리며 대꾸한다. "몇 시간 있다 군데르센 씨한테 전화할 거예요. 그 사람이 일어난 게 확실한 시간에요."

서두를 것 없다. 나는 준비가 됐을 때 경찰에 전화할 것이다. 그들은 결국 알게 되겠지만 내가 적당한 때라고 느끼고 나서야 그렇게 될 것이다. 그리고 지금 나는 세상 한가한 사람이다.

"알겠습니다." 크리스토페르가 말한다. 그는 1, 2분쯤 가만히 서 있지만 내가 더 말이 없자 양손을 호주머니에 찔러 넣고 떠난다. 그가 작별인사를 하나? 모르겠다. 나는 신경 쓰지 않는다. 그의 차가 출발하는 소리가 들린다. 창밖의 하늘이 밝아지기 시작한다.

6시쯤에 의자에서 일어나 아침식사를 준비해 양껏 먹는다. 옆에 놓여 있는 가른쿨레를 간간이 쳐다본다. 냉장고 문 위는 이제 비어 있지만—내가 자석을 다 떼버렸다—봐도 두려운 기분이 들지 않는다. 되레 만족스럽다. 열쇠가 돌아왔다. 거기에는 뭔가 위협적인 측면이 있음을 부인할 수 없지만, 곧 뭔가가 확실해질 것 같은 느낌도 든다. 마치 이제 답이 너무 뚜렷하고 분명해져서 손만 뻗으면 만질 수 있을 것 같다. 나는 내가 해야 할 일을 안다.

주스를 큰 컵에 따라 마신다. 샤워를 하고 옷을 입는다. 침대를 정리하고 접시와 컵을 식기세척기에 넣는다. 복도 벽장에서 배낭을 꺼낸다. 거기에 만일을 대비해 주방 칼을 넣는다. 가른쿨레도 가져간다. 하지만 그것을 배낭에 넣기 전에 눈높이까지 들어올린다. 냄새 맡는다. 뭔가 떠오르나? 모르겠다. 나는 잠시 그렇게, 그 성긴 그물을 코에 대고 앉아 있다가 결국 그냥 소금물 냄새만 난다고 생각한다.

7시에 경보를 설정하고 나가 문을 잠근다. 차분하게, 등에 배낭을 멘 채 전철을 타러 간다.

여름이 코앞인 듯 느껴지는 이른 봄날이다. 렌터카를 몰아 도시를 빠져나가고 있다. 선글라스를 낀 채 차량의 흐름을 따라간다. 운전을 하니 기분이 좋다—차는 내 명령에 따른다. 음악을 좀 챙겨 왔어야 하는데, 그게 유일하게 아쉽지만 라디오에서 흘러나오는 소프트록으로 만족한다. 음악에 맞춰 콧노래를 흥얼거린다. 전신에 활력이 도는 느낌이다. 내가 해야 하는 일을 안다. 위험을 감수하고 있다는 것도—검은 옷을 입고 모자를 쓴 호리호리한 사람은 분명 친구가 아니라 적일 것이다. 그렇게 보면 크리스토페르가 옳다—나는 경찰에 연락해야 한다. 하지만 다른 한편으론…… 나는 무슨 일이 벌어졌던 건지 알아야 한다. 어떤 대가를 치르더라도. 튀리피오르덴 호수를 따라 달리는 지금 도로는 햇빛을 받아 환하고 바위가 많은 산비탈에는 헐벗은 자작나무들이 있다. 그 앞쪽, 숲의 꼭대기에는 아직 눈이 쌓여 있다.

약 일주일 전 시구르가 이 도로를 지나갔다—내가 왜 이제야 이곳에 와볼 생각을 했는지 믿을 수가 없다. 내가 시구르라고 상상하는 동시에 가슴 아리는 불확실한 기분이 느껴진다. 하지만 그에게 점점 더 가까워지는 느낌이다. 내가 이해하기 시작하고 있는 것 같은 느낌.

클레이브스투아를 조금 앞두고서 도로가에 차를 세우고 배낭을 멘 후 숲속으로 걸어 들어간다. 많이 걸어야 하는 건 아니고 15분쯤, 천천히 걸으면 20분쯤 걸린다. 일단 경사가 급하지 않은 오르

막길이 나온다. 길은 곳곳이 초목으로 거의 가려져 있고 이따금
씩 한복판에 바위가 있다. 그럴 때면 옆으로 비켜가거나 길에서
벗어나는 수밖에 없다. 길에만 눈이 없어서—길 주변에는 아직
있다—반쯤 녹은 눈 더미에 여러 번 발을 디디게 된다. 숨이 조금
찬다.

　나는 오랜만에 여기 왔다. 여기 온 것을 다 합해도 서너 번째에
불과할 것이다. 사실 그 산장에 가는 게 별로 즐겁지 않았다. 수돗
물도 나오지 않아 얼듯이 추운 바깥의 헛간 같은 화장실에서 볼
일을 봐야 하는 곳이다. 약 15분 후 길을 잘못 들었나 의심하기 시
작한다—지금 옆에 보이는 돌무더기는 예전에 본 기억이 없다.
나무들이 이렇게 빽빽하지도 않았던 것 같은데—그리고 습지가
나와야 하지 않나? 차를 달릴 때 느꼈던 자신감이 슬슬 바닥나기
시작한다. 땀까지 흘리고 있다. 이건 내 상상과, 예측과 다르다.
나는 숲을 헤치고 나아갈 거로 생각했다. 저 앞에, 쏟아지는 햇살
속에 산장이 서 있을 거라고, 산장 문손잡이에 손을 대자마자 깨
달음이 밀려들 거라고. 군데르센은 내가 여기 오게 놔뒀을 리 없
고, 그래서 나는 그에게 전화하지 않았다. 지금은 그래도 그에게
내 계획을 알렸어야 하나 싶다. 휴대전화를 꺼내 그에게 전화를
할까 생각해본다. 지피에스를 확인해봐도 되고. 하지만 그때 저
멀리 산허리에, 길로부터 건물을 차단하듯 키 큰 가문비나무 몇
그루가 앞에 서 있는 산장이 보인다. 내 기억이 맞았다.

　크록스코겐의 숲은 빽빽하지만 산장은 둔덕 위의 빈터에 있고

전망이랄 것이 없지는 않다―적어도 베란다에서는 튀리피오르
덴 호수가 조금 보인다. 시구르의 아버지, 부드러운 웃음을 짓는
그 신조 있는 숲 애호가는 시구르가 태어나기 전에 이 산장을 지
었다. 작고 간소한 집이다. 전기를 공급하는 태양 전지판은 시아
버지 사후에 설치됐다. 산장의 목재는 얼룩덜룩한 갈색이고 전국
의 산장들에서 흔히 볼 수 있는 작은 사각형 창문들이 있다. 나는
작은 돌출 현관으로 올라가 난간에 기대서서 잠시 숨을 고른다.

　너무 조용하다. 산장은 고립되어 있다―보이는 건 나무들과 우
듬지 사이사이의 피오르뿐이다. 도로의 소음도 새소리도 들리지
않는다. 덤불을 부드럽게 흔드는 산들바람이 아니었다면 정말이
지 아무 소리도 들리지 않았을 것이다. 가문비나무들은 너무 거
무스름하다―나는 늘 그 나무들을, 산장을 에워싼 두꺼운 벽 같
은 숲을 싫어했다. 하지만 지금 여기 서서 나무들 사이로 반짝이
는 튀리피오르덴 호수의 수면을 바라보고 있자니 아름다운 숲일
지도 모른다고 인정하지 않을 수 없다. 시구르에게도 그렇게 보
였기를 바란다―그의 마지막 몇 시간이 아름다웠기를.

　배낭을 뒤져 가른쿨레를 꺼낸다. 손에 쥐자 기분 좋게 묵직하
다. 열쇠는 그 유리구에 딸린 작은 부속물에 지나지 않는다. 나는
가른쿨레를 쳐다보면서 이른 아침부터 느꼈던 차분함을 다시 느
껴보려 하지만 뜻대로 안 된다. 조금 불안하다. 숲의 어둠이 내 가
슴에 자리 잡았다. 하지만 열쇠는 마찰 없이 부드럽게 자물쇠로
들어간다. 기름을 바른 잘 관리된 경첩으로 고정된 묵직한 문이

367

활짝 열린다.

산장 안도 고요하기만 하다. 거실에는 가구들이 토론이라도 하는 것처럼 서로 마주 보게 놓여 있다. 내 앞쪽 벽의 주방 조리대 위에는 접시 한 개와 빈 유리컵 한 개가 놓여 있다. 식탁 의자 하나가 마치 조금 전까지 누가 앉아 있었던 것처럼 밖으로 나와 있다. 경찰 대여섯 명이 무거운 부츠를 신고 돌아다닌 흔적은 전혀 없다. 그들은 사물을 다시 제자리에 두느라 진땀을 뺐을 것이다. 나는 현관문을 등지고 서서 망설이다가 곧 정신을 가다듬는다.

실내 공기는 의외로 탁하지 않다. 나는 현관문 옆에 가방을 내려놓고 거실을 가로지른다. 낡아가는 중인 마룻장들이 삐걱거린다. 주방으로 가서 나와 있는 의자 옆으로 간다. 시구르가 그날 아침 여기 앉아 있었을까? 아니면 경찰이 여기 앉았다가 가기 전에 다시 넣는 걸 잊었나?

좁은 통로가 주방에서부터 침실 두 개로 이어지는데, 하나는 마르그레테를, 다른 하나는 그녀의 아들들을 위한 방이다. 나는 마르그레테의 방으로 들어간다. 소나무 프레임의 불편한 더블베드에 조각보를 기워 만든 누비이불이 덮여 있다. 소나무 옷장과 체크무늬 갓이 달린 작은 벽등들도 있다. 손으로 이불을 쓸어본다. 움푹 들어간 곳이 없다. 아무도 이 침대에 앉지 않았다는 뜻이다.

형제 방의 문은 잠겨 있다. 손잡이를 당겨보지만 꿈쩍하지 않는다.

나는 놀란다. 이 문이 잠기는 문인지도 몰랐고 자물쇠에 열쇠가 꽂힌 걸 본 적도 없으니까—하지만 열쇠구멍이 있으니 당연히 열쇠도 있을 것이다. 문에 체중을 실으며 두세 번 더 열려고 해본다.

이게 왜 잠겨 있지? 시구르가 잠갔나? 아니면 경찰이?

나는 거실로 돌아간다. 딱 꼬집어낼 수 없는 것, 내가 놓치고 있는 어떤 디테일이 있다. 주위를 돌아본다. 손가락으로 벽난로 위를 훑는다. 먼지 한 톨 없다.

주방 조리대 위의 접시는 사용한 것이다—접시 위에 부스러기들이 있다. 개수대 안에 물방울이 약간 튀어 있다. 접시 위의 우유 컵은 얼마 전까지 우유가 담겨 있었던 듯 가장자리에 흰 고리 모양 얼룩이 있고 컵 표면에는 물방울도 살짝 맺혀 있다. 컵 안에 아직도 우유의 냉기가 서려 있는 것 같다. 손가락으로 접시 위의 빵 부스러기 하나를 눌러 찍어 엄지에 대고 문지른다. 거칠거칠하다. 옆에는 작은 치즈 조각도 있다. 그것도 손가락으로 눌러본다. 부드럽게 으깨진다. 딱딱한 표면도 배어나온 수분도 없다. 차갑다, 방금 냉장고에서 꺼낸 것처럼. 나는 치즈를 접시에 문대 완전히 으깬다.

여기서 나가야 한다. 배낭을 들고 도망쳐야 한다, 그것도 최대한 빨리. 하지만 나는 그냥 가만히 서 있다. 조리대에서 시선을 뗄 수 없는 것처럼 부스러기들을 응시하고 있다. 몸이 너무 무겁다, 이 몸을 움직이려면 무한한 에너지가 필요한 것처럼. 아니, 어쩌면 그저 그 순간이 너무 짧았던 것 같다. 왜냐하면 내가 알아차린 순간 이미 늦어버렸기 때문이다.

고요한 가운데 벽들 사이로 작은 진동음이 울린다. 형제 침실 문의 자물쇠가 딸깍 열리는 소리다.

도망치기엔 너무 늦었다. 복도를 걸어오는 발자국 소리가 들리는 이 순간이 영원히 계속될 것만 같다. 부엌 조리대 옆에서 거실을 등지고 선 나는 마치 기다리고 있는 것 같다.

발소리가 내 뒤에서 멈춘다. 열에 들뜬 듯 가쁜 숨소리가 들리더니 여자가 말한다.

"뒤로 돌아."

나는 여자를 마주 보고 싶지 않지만 어쩔 수 없다. 최대한 천천히 돌아선다. 그리고 본다. 광이 나는 나무 바닥을 디디고 선 스타킹을 신은 두 발을, 스웨터의 다 해진 소맷부리를, 작은 진주가 달린 은팔찌를, 어떤 금속성 물체를 감싸 쥔 두 손을. 포니테일로 묶은 금빛 머리카락을. 나는 놀랐는가? 내가 누구를 보게 될 거라고 기대했는지 모르겠다. 머릿속이 아주 자욱하고 끈적끈적한 느낌이다.

"베라?" 나는 말한다, 문득이 말한다. 눈앞에서 벌어지는 일을 믿을 수 없다는 것처럼.

우리는 서로를 응시하며 서 있다. 베라는 집중하고 있다. 아이의 턱이 경직돼 있다. 아이는 곧 두 손을 천천히 들어올린다. 두 손에 쥐여 있는 금속 물체는 리볼버다. 확신할 수는 없지만 토르프 옹의 리볼버 같다. 그걸 보자 오한이 든다―이유는 잘 모르겠다. 내게 겨누어진 무기를 처음 봤다. 이 얼어붙는 듯한 느낌은 지금까지 한 번도 겪어보지 못한 것이다. 얼음처럼 차가운 산속 호수에 가라앉고 있는 것 같다. 그 느낌이 외부가 아니라 내부에서 온다는 것만 다르다.

"베라?" 나는 다시 부른다. 아이는 말이 없다. 입술을 앙다물고 있다. 나는 아이의 모든 디테일을 받아들인다. 누군가를 이렇게까지 집중해서 관찰한 적이 없다. 아이의 포니테일에서 빠져나와 관자놀이를 덮은 곱슬곱슬한 머리카락, 꽉 다문 턱 때문에 살짝 홍조를 띤 양볼. 콧날 옆에는 여드름 흉터 같은 것이 있다―오랫동안 그 자리에 있었던 게 분명한데, 왜 이제야 보이는 걸까? 리볼버를 꽉 쥐고 있는 손끝의 손톱들은 생살이 다 드러나도록 물어뜯겨 있지만 자세히 보기가 힘들다. 리볼버를 똑바로 쳐다볼 수가 없기 때문이다―태양을 맨눈으로 보려고 애쓰는 것 같은 느낌이다. 하지만 아이는 내게 총을 겨누고 있다, 그건 보인다. 단순한 위협 이상의 것, 그저 관심을 받기 위한 연극을 넘어서는 것이다. 아이는 총의 수평을 유지하는 데 집중하며 나를 정확히 사선射線에 둔다. 아이는 겨우 열여덟 살의 고등학생이다. 나를 쏴서 이 아이에게 좋을 게 뭐가 있는지 상상조차 되지 않는다.

"잠깐만."

나는 그렇게 말하며 한 손을 앞으로 내민다. 무슨 말이라도 하고 싶다. 아이를 말리고 싶다. 이 상황에서 우리를 구하고 싶다.

"움직이지 마." 아이는 말한다.

가끔씩 아이의 속에서부터 불길처럼 솟아오르던 완고하고 신랄한 말투다. "친구가 있기는 해요?" 나는 손을 거둔다. 아이는 이미 마음을 굳혔다.

아이가 공이치기를 당긴다. 손목의 은팔찌가 팔을 지나 스웨터의 소맷부리까지 흘러내린다.

지금 나는 영리해야 한다, 어른다워야 한다. 심리치료자다워야 한다. 빠져나갈 틈을, 이 순간에 들어맞는 말을 찾아야 한다. 정답을 찾아야 한다. 분명 탈출구가 있을 것이다, 아이에게 가닿을 말이 있을 것이다. 나는 숨을 들이마신다.

"아니." 내가 뭐라고 말하기도 전에 아이가 말한다. "오늘은 당신이랑 빌어먹을 대화를 하지 않을 거야."

베라는 총을 겨눈다. 집중한다. 눈을 가늘게 뜬다. 아이의 턱이 떨린다. 아이도 두려워하고 있다―틀림없다, 아니면 최소한 초조하거나―하지만 아이는 이 상황에서 구조되기를 원치 않는다. 내가 구해주는 것은 더더욱. 아이는 다른 누구보다도 똑똑하다, 아무도 필요 없다.

내 호흡이 점점 가빠지고 얕아진다. 뭔가를 해야 한다는 걸 안다. 아이의 동정적인 측면에, 총 뒤에 있는 사람에게 호소해야 한다. 하지만 나는 통제력을 잃고 있다―말이 내게서 바닥나고 있는 것 같다. 생각할 수가 없다―이런 상태로는, 리볼버가 내게 겨눠진 상태로는. 무릎의 힘이 풀린다. 나는 너무 약하다. 아무 말도 할 수 없다.

"베라." 나는 다시 말한다.

그 외에는 할 수 있는 게 없다. 이렇게 다 끝나는 건가? 나는 눈을 감는다.

기다림, 회전

잠에서 흠칫 깨니 목이 아프다. 자려던 건 아니었는데. 피곤해서 불편한 소파에나마 누워 있으려고 했다. 문 옆의 벽시계를 보니 오전 12시 10분이다. 엄밀히 말하면 토요일이다. 소파 팔걸이를 베고 자느라 목이 꺾여 있었다. 이상적인 수면 자세는 아니다. 하지만 나는 거의 아홉 시간째 이 방에 있었다. 소파에 가만히 앉아 있어도 보고 안락의자에 널브러져 있기도 했다. 이리저리 서성이고 스트레칭을 하고 드러눕기도 했다.

그 누구에게도 집에 가도 되느냐고 묻지 않았다―대답을 듣기가 두렵다. 그들은 경찰이다. 나를 감옥으로 이송시키기로 할지도 모른다. 그렇게 나는 이 방에, 림보에 남겨져 있었다. 구금된 것도 아니지만 마음대로 나갈 수도 없다.

한낮에 심문을 받았다. 나를 면담한 경찰관은 두 명이었는데,

잘라놓은 식빵처럼 평범한 은발의 60대 남자와 동남아시아계로 보이는 그보다 젊은 여자였다. 프로들이었다. 진지했다. 그들은 내게 어떻게 된 일인지 말해달라고 했고 나는 그렇게 했다. 아릴스 시큐리티 얘기부터 시작했다. 주거 침입 때문에 얼마나 괴로웠는지, 이 시의 경찰들이 얼마나 건성으로 대응했는지 얘기했다. 그들은 인상적으로 무표정했고 알아들었다는 뜻으로 고개를 끄덕였지만, 이제 내가 갖고 있는 침입자의 사진이라는 증거를 보고도—처음부터 내가 옳았음을 알고도—그들의 조직을 대표하여 그 어떤 당혹감도 표시하지 않았다. 나는 그들에게 작동된 경보기에 대해, 검은 옷을 입고 내 집 현관 앞 계단에 서 있던 사람에 대해, 크록스코겐 산장의 열쇠에 대해 얘기했다. 내게 시구르의 할아버지의 리볼버를 겨눈 베라에 대해서도. 그들은 그 부분에 관해서는 별로 흥미를 보이지 않았지만 주거 침입에 대해서는 후속 질문을 몇 가지 했다.

정확히 말하면 주거 침입 미수다. 나는 경찰이 아릴스 시큐리티에서 동영상을 받아보도록 하는 동의서에 서명한다. 그들은 뭐든 원하는 걸 가질 수 있다. 여경이 나를 이 방으로 데리고 온다. 나는 그녀에게 군데르센이 어디 있냐고 묻는다.

"수사가 현재 결정적인 단계에 있습니다. 그래서 지금까지 선생님께서 정보를 별로 얻지 못하신 겁니다."

그것은 내 질문에 대한 대답이 되지 않는다. 아니, 어쩌면 되려나. 모르겠다, 더 질문할 엄두가 안 난다. 난 이미 너무 지쳤다, 머리가 너무 무겁다. 계속 생각을 하고 있었다, 이른 시간부터—주방에서, 내게 리볼버를 겨눈 베라 앞에 서 있던 순간부터—정신이 질주하고 있었다. 이렇게 생각을 많이 하는 건 고된 일이다—이제 더는 논리적으로 생각할 수 없다. 굳은 표정의 그 수사관들은 아무런 의견도 생각도 말해주지 않았다. 여경이 가고 나자 내 몸이 떨리기 시작한다. 그들은 내가 시구르를 죽였다고 생각할까? 물어볼 엄두도 못 냈다.

베라가 총의 공이치기를 당기고 내가 눈을 감을 때, 베라가 곧 방아쇠를 당길 거라고 생각한 바로 그때 현관 베란다에서 발소리가 들리더니 내가 잠그지 않고 들어왔던 현관문이 활짝 열렸다. 베라와 나 둘 다 그쪽을 쳐다봤다. 산장 안으로 뛰어 들어온 건 프레들리였다. 빨갛게 상기된 얼굴로 이마에는 땀이 맺혔으며 어두운 적갈색 곱슬머리가 관자놀이를 덮고 있었다. 타이를 비롯해 제복을 제대로 갖춰 입은 모습이었다. 우리 셋이 그대로 서서 서로를 쳐다본 순간은 100분의 1초도 되지 않았겠지만 내게는 시간이 멈춘 것처럼 느껴졌다. 지금도 그 순간으로 돌아가 주위를 둘러보며 모든 디테일을 떠올릴 수 있다. 프레들리의 피부와, 그녀의 콧구멍이 어떻게 벌름거렸는지, 휘둥그레진 눈으로 우리를 어떻게 노려봤는지. 그리고 베라. 여드름 흉터, 포니테일. 커다란 눈, 벌어진 입, 그러나 아이는 숨을 쉬고 있지 않다. 얼어붙은 듯 서서 숨을 멈추고 있었다.

프레들리는 손을 엉덩이께로 내리더니 총을 꺼내 공이치기를 당기고 베라에게 겨눴다.

"총 버려." 프레들리가 소리쳤다.

프레들리의 뒤로 경찰복을 입은 두 사람이 나타났다. 나는 베라의 얼굴 위로 무언가가 맹렬한 속도로 휙 스치는 것을 보았지만, 너무 순식간이어서 나만 그것을 봤을 것이다. 왜냐하면 죽음을 직감한 내게는 시간이 빙하처럼 천천히 흐르기 시작했기 때문이다. 나는 베라가 다시 생각하는 것을 보았다. 아이는 이제 어떻게 할지 생각했다. 그러더니 토르프 옹의 리볼버를 손에서 놓았다―총은 마르그레테의 러그에 떨어져 한 번 튕겨 오르고는 다시 떨어졌다. 베라의 눈이 슬픈 듯 가늘어졌다. 아이는 입술을 일그러뜨리더니 외쳤다.

"맙소사, 저 사람 좀 막아주세요!"

베라는 프레들리를 향해 몸을 돌리고 두 걸음쯤 앞으로 갔다. 프레들리에게 안기려고 하는 것처럼 보였지만 프레들리는 베라에게 겨눈 총을 거두지 않았다.

"그대로 있어!" 프레들리가 소리쳤다.

베라는 멈칫하더니 방 한가운데서 멈춰 섰다. 갈 곳 잃은 빈 양손을 몸 옆에 늘어뜨리고. 아이는 딸꾹질을 하는 것처럼 두 번 흐느꼈다. 나는 미동도 없이 가만히 서 있었다. 프레들리 뒤의 경찰 두 명이 산장 안으로 들어왔는데, 한 명이 아직도 바닥에 놓여 있던 내 배낭을 밟았다. 둘 다 무장했다. 그들은 내게 총을 겨눴다.

프레들리는 우리를 격리시켰다. 나는 그녀의 동료 한 명과 함께 마르그레테의 침실로 들여보내졌다. 20대 중반 같은 그는 초조해 보였다. 나는 그가 내게 수갑을 채우게 내버려뒀다—거부할 수 있었다는 건 아니지만, 아무 저항 없이 그의 지시대로 두 손을 앞으로 내밀었다. 그의 얼굴은 점들로 뒤덮여 있었다. 여드름이라면 불쾌했을 테지만 일단 점이라는 걸 알고 나자 별로 보기 싫지 않았다. 그의 손은 차갑고 습했다. 그런 다음 그는 총을 들고 방 안에서 계속 왔다 갔다 했다. 한시도 내게서 눈을 떼지 않았는데, 그래서 우리 둘 모두가 불편했다.

나는 생각했다. 베라는 내게 총을 쏘려고 계획을 짰다. 화가 났던 걸까? 두려워서였을까? 아이가 프레들리에게 "맙소사, 저 사람 좀 막아주세요!"라고 한 건 진심이었을까? 하지만 베라가 내게 총을 겨눈 행동에는 뭔가, 단호함이 있었다. 그리고 그 말, "오늘은 당신과 빌어먹을 대화를 하지 않을 거야." 그래. 베라의 계획은 내게 총을 쏘는 거였다. 내 집 현관문의 유리창으로 열쇠를 던져 넣은 건 베라가 틀림없다, 내가 여기로 오게 만들려고. 베라는 두려워하는 표정이 아니었다. 화가 난—하지만 준비가 된 표정이었다. 아이에겐 해야 할 일이 있었다. 경찰이 나타나지 않았다면 아이는 그 일을 했을 것이다.

프레들리가 방으로 들어왔다.

"사라 씨, 좀 어떠세요?" 그녀는 그렇게 묻더니 대답을 듣기도 전에 점 난 경관을 쳐다봤다. "수갑을 채웠어?"

그는 불분명한 상황이 어쩌고 하며 중얼거렸다.

"사라 씨한테 무기가 있어?" 프레들리가 물었다.

"모릅니다." 그가 대답했다.

"그럼 확인해!"

남자 경관은 수갑을 풀어주고 내게 팔을 벌리라고 한 다음 공항 보안 수색을 연상시키는 방식으로 내 몸을 토닥거렸다. 꼼꼼했다. 나는 가만히 서 있었다. 프레들리가 휴대전화에서 뭔가를 확인했다. 남경은 할 일을 끝낸 후 창가로 가서 밑틀에 기대섰다. 프레들리는 계속 휴대전화를 봤다. 나는 다시 앉아서 프레들리가 말하기를 기다렸다. 남경도 그것을 기다렸다.

"선생님께서 최대한 빨리 여기서 나가실 수 있게 하겠습니다." 프레들리가 말했다. "지금 저희는 지원을 기다리는 중입니다."

나는 고개를 끄덕였다. 프레들리는 능률적이었다. 이곳저곳을 재빨리 훑어보면서 예기치 못한 요소들을 찾고 전체적인 시야를 확보하려 애썼다. 나는 그녀가 뭔가 안심되는 말을 해주기를 바랐다. '범인을 잡았으니 사라 씨는 이제 안전합니다'나 '저희가 드디어 사건을 해결했습니다' 같은 말을. 그러나 곧 그녀의 휴대전화가 진동했다.

"나중에 더 말씀드리죠." 프레들리는 그 말을 끝으로 방에서 나갔다.

점 난 경관은 다시 방 안을 서성대기 시작했지만 내게 수갑을 채우지는 않았다. 그로부터 한 시간이 흐른 후에야 우리는 산장을 떠날 수 있었다.

프레들리를 뒤따라 산장으로 뛰어 들어온 경관 두 명이 내가 탄 차를 몰고 도시로 돌아와 경찰서까지 동행했다. 그들은 앞좌석에 나는 뒷좌석에 탔다. 또 다른 경찰관이 내 렌터카를 반납했다. 그 과정 내내 나는 한 마디도 하지 않았다.

경찰서에 도착한 나를 얀네라는 여성이 안내했다. 그녀는 사복 차림이었다―내 생각에 그녀는 접수원인 듯싶다. 스웨터에 안전핀으로 단 작은 배지에 이름이 적혀 있었다. 얀네는 내게 청량음료와 바게트를 줬다.

"로스트비프와 대하가 있어요." 얀네가 말했다. "저라면 대하를 먹을 거예요." 나는 얀네의 추천을 따랐다.

"뭐든 꼭 드세요. 얼마나 오래 계실지 모르니까요."

나는 얀네가 신경 써주는 것에 고마워하며 바게트를 먹었다. 메마른 빵이지만 꾸역꾸역 삼켰다. 처음 한 시간 동안은 프레들리가 내게 수갑을 채운 경관을 질책했다는 사실에서 위안을 얻었다.

그러나 심각한 표정의 수사관들과의 대면 이후에는 그 생각에서 위안을 얻기가 점점 힘들어졌다. 수사관들은 너무나 무표정했다. 그들이 무슨 생각을 하는지 도통 알 수가 없었고 안심되는 말이라고는 전혀 해주지 않았다. "마음 편히 가지세요, 곧 댁으로 돌아가시게 될 겁니다." 하는 대사와 비슷한 말은 전혀 듣지 못했다. 죽기 직전까지 간 사람한테 그런 말 정도는 해주는 게 합당하지 않나?

그렇게 몇 시간이 흐른다. 여기서는 할 일이 아무것도 없다. 얀네가 가져다준 오래된 잡지들을 뒤적이며 아기를 낳았거나 이혼한 유명 인사들에 대해 읽지만 아무것도 나의 흥미를 끌지 못한다. 눈에 들어오는 게 없다. 군데르센이 여기 있으면 좋겠다. 프레들리가 오면 좋겠다. 누군가 내게 무슨 얘기라도 해줬으면 좋겠다. 베라의 외침이 내 의식의 가장자리에 떠 있다. 그것은 규칙적인 간격으로 불쑥 튀어나온다. "맙소사, 저 사람 좀 막아주세요!"

얀네가 커피를 한 잔 갖다준다. 4시쯤엔 표지에 꼬불꼬불한 서체로 제목이 적힌 소설을 한 권 주면서 꼭 읽어보라고 한다. 마구간지기와 사랑에 빠지는 영국 귀족 여성의 이야기인데 여자의 가족들이 거세게 반대한다고, 그러다가 1차 세계 대전이 발발한다고 얘기한다. 나는 책을 받는다. 읽고 싶은 생각도 없고 읽지도 않겠지만 누군가 내게 친절하게 대해준다는 게 그저 기쁘다. 나는 얀네에게 솔직하게 물어보고 싶다―내가 어떤 처지인지, 내가 얼마나 오래 여기 있을 것 같은지. 아니면―그녀의 경험에 비춰보건대―이런 사건은 대체로 어떻게 결말이 나는지. 하지만 나는 아무 말도 하지 않는다.

5시쯤 얀네와 교대한 더 나이 많고 뚱한 여자는 얀네보다 배려심이 훨씬 적다. 나는 이러한 사태 전환을 해석하려 애쓴다―이제 난 더 엄격한 감시를 받는 건가, 감방에 한발 더 가까워진 걸까? 그러나 그건 아무런 의미도 없다. **숨 쉬고 다시 시작해.** 별로 효과가 없다. 8시 반, 나는 얀네가 준 소설을 읽기 시작한다. 솔직히 꽤 흡입력 있는 책이다, 이건 인정할 수밖에 없다.

베라가 왜 시구르를 죽이고 싶어 했을까? 왜 우리를 훔쳐보고 카메라를 설치하고 집에 침입한단 말이지? 나는 왜 쏴 죽이려 하고? 군데르센은 내게 환자들에 대해 물었다. 나를 싫어할 수도 있는 사람, 나에게 반했을지 모르는 사람이 있냐고. 나는 없다고 대답했다. 하지만 나는 그 후 속으로 한 사람 한 사람씩 떠올려보았고, 잠깐이나마 몇 명에 대해서는 생각을 좀 해봐야 할까, 싶었지만 그중에 베라는 없었다.

베라와는 지금까지 여덟 번 정도 상담했을 것이다. 그 애는 일주일에 한 번 오고 상담을 취소한 적이 한 번도 없다. 상담을 받는 이유에 대해 베라는 모든 것이 무의미하게 느껴져서라고 했다―그리고 인간관계의 어려움. 연상의 유부남 애인. 그게 시구르였나?

시구르가 불륜을 저지르고 있었나? 베라가 젊고 머리카락이 어두운 금발이라는 생각이 내 머릿속에서 떠나지 않고 있다. 베라는 애인의 아내를 찾아내서, 그 사람 남편의 애인으로서 맞닥뜨리는 문제들에 도움을 얻으려고 한 걸까? 나는 일어나서 방 안을 서성거린다. 그것에 관해 생각하고 싶지 않다, 하지만 멈출 수가 없다.

그들은 바에서 처음 만난다. 베라는 아직 바에 갈 수 있는 나이가 아니지만 들어가는 데 성공한다―아무도 베라에게 신분증을 보여달라고 하지 않았다. 아이는 들뜬 기분으로 바 자리에 앉아 과도한 자신감에 취해 주위를 둘러본다. 시구르는 친구와 함께 있다. 시간을 때우면서. 그 친구는—아마 얀 에리크일 거다, 그 래, 물론 얀 에리크지—집에 가고 싶은데 시구르는 아니, 더 있자 고, 딱 한 병만 더 마시자고 말한다. 그는 집으로 가고 싶지 않다. 해야 할 일이 산더미처럼 쌓인 미완성 상태의 집으로 가고 싶지 않다. 내가 있는 집으로 가고 싶지 않다. 그래서 마지막 맥주를 한 병 더 마시러 바에 가고, 거기에 베라가 있다.

시구르가 말을 건다, 나는 그렇게 생각한다. 그는 어쩌면 바에 대해 얘기했을 것이다—"여기 너무 어둡지 않아요? 저 벽을 없애 고 좀 더 큰 창문들을 설치하면 채광이 훨씬 좋을 텐데." 같은 말. 베라는 고개를 끄덕인다, 시구르가 비상하게 통찰력 있는 말을 하기라도 한 것처럼. 아이는 동의한다. 그런 쪽으로 많이 아시나 봐요? 아 네, 시구르는 대답한다—사실 건축가예요. 그는 순진한 체하는 수줍은 웃음을 짓는다—그는 지금 작은 회사의 비참한 톱니바퀴에 불과하지만 요즘 트렌드를 읽을 줄 안다. 그는 바가 어떻게 더 잘 설계될 수도 있었는지에 대한 의견을 말한다—아 마 2분도 지나지 않아 효율적인 상호작용을 위한 공간 창조에 관 한 공허한 얘기를 떠벌이고 있을 것이다. 얀 에리크가 다가와서 난 이제 집에 갈게, 하고 말한다. 시구르는 고개를 끄덕이고 얀 에 리크는 떠난다. 이제 시구르와 베라 둘뿐이다. 얘기하는 시구르. 듣는 베라. 베라는 나보다 잘 들어주지 않는가? 오래전에 귀를 닫은 나와 달리 정말 열성적으로 듣지 않나? 그가 제 풀에 지치기만을 바라는 나와 달리 이것저것 물어보지 않나? 시구르가 그것을 보지 못할까, 베라가 입술을 벌린 채 집중하는 눈빛으로 고개를 끄덕이는 모습을, 마치 그가 방금 한 말을 아직도 되새기고 있는 것처럼—베라는 얼마나 쉽게 그의 말에 사로잡히는가? 시구르는 베라가 지적이라고 생각한다. 단지 아이가 자기 말을 듣는다는 이유만으로. 어쩌면 그는 아이에게 이 말도 할 것이다—그쪽은 똑똑해요, 본인도 알죠? 그 말은 분명 베라의 가슴속 깊은 곳을 건드릴 것이다. 아이는 그에게 최고의 웃음을 지어 보인다. 네, 고마워요, 사실 꽤 똑똑해요.

내가 너무 못되게 굴고 있나? 그들을 희화화하고 있나—자기중심적인 남자와 순진한 어린 여자의 틀에 박힌 만남으로? 어쩌면 그런 일이 아예 없었을 수도 있다. 베라의 부모가 마르그레테의 친구들일지 모른다. 그래서 시어머니가 빌렸던 한쾨의 여름 별장에서 만난 걸지도 모른다. 시구르 혼자서 갔던 그 주말에.

하지만 그들이 어떻게 만났는지는 중요하지 않다. 내가 상상하는 모든 시나리오들은 다음에 벌어지는 일의 서막에 불과하다. 그들은 바와 가까운 호텔에 방을 잡는다. 한쾨 별장의 별관으로 들어가서 문을 잠근다. 콩글레베이엔의 우리 집 침실로 같이 올라가거나, 한시도 서로에게서 손을 떼지 못한 채 크롤스코겐 산장으로 가는 오솔길의 마지막 구간을 걷는다. 산장에 들어가서 마침내 서로에게 달려들어 황급히 옷을 벗긴다. 그런 생각을 하자 내 온몸이 불타는 것 같다. 어찌나 활활 타는지 작은 방 안을 왔다 갔다 하는 발걸음이 저절로 빨라진다. 이 쓸모없는, 박동하는 기력을 소모하려고. 왜 그 애야, 시구르, 왜 그런—어떻게 그런 짓을 할 수 있어? 어떻게 나를 배신할 수 있어? 어떻게 그 수많은 밤에, 프루 앳킨슨한테 가기로 했던 때마다 다른 사람을 만날 수 있지? 그래, 알아, 나도 완벽하게 결백하진 않다는 걸—베르겐에서의 불운한 하룻밤이 있지—하지만 시구르, 그건 딱 한 번이었고 난 대가를 치렀어. 나는 소파에 털썩 주저앉는다, 다시 일어설 기력이 없다. 눕는다. 눈을 감는다. 그냥 자고 싶지만 그럴 수 없다. 실내가 너무 밝고 소파는 너무 딱딱하고 속이 뒤틀려서, 거의 고통에 겨운 사람처럼 웅크리고 누워 있는 수밖에 없다. 시구르, 시구르, 무슨 짓을 한 거야?

9시쯤에 뚱한 여자가 젊은 남자와 교대한다. 남자는 들어오지도 자기소개를 하지도 않지만 나는 그가 앉아 있는 접수계 옆의 식수통에서 물을 한 잔 받으러 가다가 그를 본다. 책을 읽던 그는 내가 나올 때 한 번 흘깃 보기만 한다. 아무 말도 하지 않고 어느 쪽으로든 암시를 주지도 않는다—이 대기 상황은 곧 끝날 것인가, 누가 나를 데리러 올 것인가? 남자는 다시 책을 내려다본다. 하지만 내가 대기실의 문을 열고 들어가다가 돌아봤을 때 그는 나를 쳐다보고 있다.

일주일 전 금요일에 베라는 내 상담실에서 신뢰에 대해 얘기했다. 내게 소리를 질렀다. "친구가 있기는 해요?" 그때 나는 아이가 나한테 화가 났다고 생각했다. 첫 상담 날 베라는 악수하면서 내 손을 꽉 잡았다. 대다수의 환자들은 들어와서 상담실을 전체적으로 둘러본 뒤 큰 창문과 의자들을 쳐다본다. 새로운 장소에서 사람들이 흔히 하듯이. 하지만 베라는 달랐다. 아이는 나를 응시했다. 좀 이상할 정도로 오래 내 손을 꽉 잡고 있었다. 너무 오래 잡고 있어서 나는 손을 빼내지 않으려고 신경 썼다. 내 결혼반지가 짜부라진 손가락들을 파고들었다.

그 후 다른 때에 첫날 같은 불편한 기분을 느낀 적이 또 있었던가? 날씨가 궂은 날 베라가 몸이 젖은 채 추위에 떨면서 온 적이 있었다. 나는 아이에게 티슈를 몇 장 건네고 히터를 더 세게 틀면서 열기로 몸을 빨리 말려야 감기에 걸리지 않을 거라는 식의 말을 했다. 베라는 탁자에 티슈를 집어던지고 떨리는 목소리로 말했다. "어이없어."

"뭐가?" 내가 물었지만 대답이 없었다.

나중에 아이의 몸이 좀 마른 후 나는 아까 한 말이 무슨 뜻이냐고 물었다. 아이는 어깨만 으쓱했고 나는 아이 대신 해석해서 말해줬다. 내가 너한테 신경을 써주니까 화가 난 것 같았다고.

"그냥 몸이 젖어서 추웠을 뿐이에요." 베라는 말했다.

"어이없다고 했잖아."

"날씨 얘기였어요."

베라와의 상담은 매우 까다롭고 힘들었다―우울감이 있는 환자와의 상담에서 이상한 일은 아니다. 우울의 무게와 절망적인 기분은 심리치료자에게 전이될 수 있고, 그 결과 환자와 치료자 모두 결국 아무것도 도움이 되지 않는다고 느낄 수 있다. 하지만 베라의 경우는 달랐다. 우리가 어떤 결론에도 다다르지 못하는 것 같다는 느낌에 더 가까웠다. 베라는 애인에 대해서만 얘기하고 싶어 했다. 혹은 사랑이나 인생의 의미 같은 큰 질문들에 대해서만. 그 외에는 얘기하고 싶어 하지 않았다―부모, 학교, 친구들, 본인의 **실질적인** 생활에 대해서는. 아이는 나와 계속 거리를 두었다. 나를 시험하고 있었을까? 내가 어떤 사람인지 알아내려고 했을까? 나에 대해, 시구르와 함께하는 내 삶에 대해 뭔가를 알아내고 싶었을까? 나는 약간 겁에 질린 채로, 생각하려고 애쓴다. 나는 환자들에게 내 얘기를 별로 하지 않는 편이다―그런 정보는 치료에서 배제한다―하지만 가끔 이런저런 것들을 언급할 때도 있다. 베라에게 내 삶에 대해 어떤 얘기를 했지?

그리고 이번 주에 베라는 내게 전화했었다. 자동 응답기의 메시지. "드릴 말씀이 있어요. 전화해주실래요?" 베라답지 않았다. 아이는 왜 예정된 다음 상담 말고 당장 나와 얘기하고 싶어 했을까? 마침내 내 충고를, 힘들 때 다른 사람의 지지를 구하라는 말을 따르려고 했던 걸까? 나중에 내가 전화했을 때 베라는 아니라고, 전혀 중요하지 않은 일이라고 말했다. 그 말에 나는 신경이 쓰였지만 내게 닥친 일들 때문에 곧 잊어버렸다.

하지만 결국 이런 상황에 다다른 지금 나는 똑바로 생각할 수가 없다. 너무 고통스럽다. 피곤하다, 끝도 없이 대기하느라 지쳐버렸다. 그리고 두렵다. 11시쯤에 이 소파에서 잠든 게 틀림없다. 목이 꺾인 채로 한두 시간 잔 게 분명하다. 지금은 자정이 넘었고 나는 여전히 이 방에 유배되어 있다.

이 방 밖의 복도에 대부분 문이 닫혀 있는 여러 방들이 면해 있다―사무실 같은 방들, 회의실들. 어쩌면 이 방 같은 대기실이 더 있고 그 안에 나 같은 사람들이 얼마나 더 기다려야 누군가가 데리러 올까 궁금해하고 있을지 모른다. 복도 중간쯤의 접수계로 보이는 곳에 야간 근무 중인 그 젊은 남자가 앉아 있다. 나는 그에게 간다. 바닥은 이상하리만치 매끄러워서 그 부드러운 표면에 발을 디디는데 소리가 나지 않는다. 나라는 존재가 완전히 지워져버린 건 아닐까 의심이 든다.

내가 앞에 서자 남자가 올려다본다. 그는 책을 읽고 있다―그의 앞에 펼쳐진 책은 장정으로 보건대, 확신할 수는 없지만, 교재 같다.

"화장실 좀 갈게요." 내가 말한다.

남자는 고개를 끄덕이고 맞은편의 문 두 개를 가리킨다. 거의 열두 시간 동안 여기 있는 내가 화장실 위치를 알아내지 못했으리라는 듯이.

세면대 위 거울 속의 나를 본다. 창백하고 지쳐 보인다. 눈이 좀 이상하다. 퀭하고 동공이 확장돼 있다. 어쩌면 이곳의 지나치게 밝은 조명 때문이겠지만 정말 끔찍한 무언가를 본 사람 같다. 볼일을 보고 잠을 깨려고 얼굴에 물을 끼얹는다. 지금은 한밤중이고 어제 새벽 4시 반에 경보기가 울린 이후 제대로 잠을 자지 못했지만, 언제 침대에서 잘 수 있게 될지는 아무도 모른다.

대기실 문 앞에 제복을 입은 경관이 있다. 숱 많은 갈색 머리카락에 동그란 안경을 쓴 40대 남자다.

"사라 라투스 씨?"

"네."

"이제 보내드릴 준비가 됐습니다."

나는 숨을, 한숨을 크게 내쉰다.

"너무 오래 계시게 해서 죄송합니다." 그는 몇 안 되는 소지품─스웨터, 재킷, 배낭─을 챙기는 내게 말한다. "밝혀야 할 세부사항이 몇 가지 있었지만 이제 모두 정리됐습니다."

"다행이네요." 나는 힘없이 대꾸한다. 갑자기 좀 만사가 귀찮은 기분이 든다─내가 원하는 건 침대뿐이다.

그는 나를 밖으로 안내한다. 나는 발을 질질 끌면서 그를 따라간다.

"별로 많은 정보를 듣지 못하신 걸로 압니다." 걸으면서 그가 말한다. "하지만 곧 알게 되실 겁니다. 제가 약속드리죠. 현 수사 단계에서는 저희의 패를 계속 숨기는 것이 중요해서 그럴 뿐입니다."

"결정적인 단계요." 내가 웅얼거린다.

"그렇습니다. 하지만 곧 선생님을 모시고 상황을 설명해드릴 겁니다─더 자세하게, 그러니까, 오늘 면담에서 말씀드린 것보다 더 자세하게요."

"네."

우리는 승강기를 타고 말없이 1층에 도착한다. 정문에 다다랐을 때 그가 말한다.

"아─저기, 며칠 동안은 댁으로 가시지 않는 게 좋습니다. 수사팀이 댁을 좀 조사해야 하거든요. 댁 말고 머무실 데가 있습니까?"

"네."

"잘됐네요. 그럼 연락드리겠습니다. 택시를 불러드리죠."

그는 돌아서서 건물 안으로 들어가고 나는 계속 서 있다. 추워서 재킷을 단단히 여민다. 그에게 베라가 지금 어디 있냐고 묻지 않았다는 걸 깨닫는다.

잠시 후 택시가 도착한다. 나이 많은 파키스탄 남자가 운전석에 앉아 있다. 나는 반짝이는 가죽 시트에 몸을 기댄다.

"어디로 갈까요?"

"노르스트란요."

노르스트란

내가 원하는 건 조카들과 노는 것뿐이다. 더는 시구르와 베라에 대해, 경찰 수사나 감시 장치나 리볼버에 대해 생각하고 싶지 않다. 장난감 집을 짓고 싶다. 레고와 소방차와 해적선을 갖고 놀고 싶다.

조카들과 사탕 가게에 간다. 막내는 유아차에 타고 있고 첫째와 둘째는 내 양옆에서 와글와글 앞 다투어 떠든다. "그거 알아요? 그거 알아요? 그거 알아요? 이 거리에 마녀가 산다는 거 알아요?" 나는 깜짝 놀란 표정을 짓는다. 아니—진짜? 마녀라고? 조카들은 신이 나서 손가락으로 가리키며 설명한다. 자전거로 어느 집 앞을 달리는데 마녀가 계단으로 나와 자기들을 불렀다고 한다. 너무 좋다. 이 사랑스러운 아이들. 아이들의 관심사—자전거 타기와 축구와 마녀나 마법사일지도 모르는 이웃사람들—가 이렇게 다양한지 그동안 미처 몰랐다.

　나는 조카들에게 푹 빠진다. 바닥에 앉아 탁자를 둘러 가는 복잡한 기찻길을 깐다. 공작용 점토와 펄러비즈와 종이와 펜을 꺼내 아이들과 나란히 앉는다. 소싯적 재주를 되살려내고 스스로 놀란다―나는 종이접기도 잘하고 개를 잘 그린다. 조카들을 재우겠다고, 잠들 때까지 아이들 곁을 지키겠다고 언니와 형부에게 쉬라고 말한다. 첫째와 둘째가 같이 자는 방에서 침대에 걸터앉아 책을 읽어주고 이야기를 들려준다. 평소보다 오래 그렇게 한다. 언니 부부는 보통 한 권만 읽고 불을 끄지만 나는 아이들이 원하는 만큼 계속 얘기해준다. 솔직히 말하자면 조카들이 잠들지 않았으면 좋겠다. 언제까지고 여기 앉아서 이야기를 들려주고 같이 떠들고 싶다. 하지만 결국 아이들은 졸려하고 나는 아이들의 머리카락을 잠시 쓸어준 후 방에서 나온다.

　밤은 힘들다. 잠이 오지 않아 텔레비전 앞에서 완전히 지쳐 거꾸러지다시피 할 때까지 앉아 있지만 막상 지하의 소파베드 위에 누우면 정신이 말똥말똥하다. 마구 휘도는 생각들을 멈출 방법을 찾으려 애쓴다―100부터 거꾸로 세면서 세 번째 숫자마다 건너뛰기, 각 알파벳으로 시작하는 도시 이름 최대한 많이 떠올리기. 스스로를 속여서 잠들려고 하지만 실패하고 만다. 피곤해질수록 시구르가 더 쉽게 내 의식의 전면에 등장한다. 그리고 베라도―그 애 생각을 멈출 수가 없다. 겨우 잠이 들어도 자다 깨다 한다. 일어나면 쉬었다는 느낌이 없고 어깨는 뻣뻣하고 머리도 둔하지만 조카들이 달려와 안긴다. 나는 언니와 형부에게 더 자라고, 내가 애들을 보겠다고 말한 뒤 바닥에 앉아 아이들이 내게 주는 일시적 유예를 고마워한다. 둘째 날 밤에는 목이 말라서 자다가 깬다. 안니카와 헨닝의 집은 어두울 때 낯설고 이상해 보인다. 너무 조용하다. 가족들이 꼭대기 층에 잠들어 있는 동안 물을 마시러 지하에서 올라올 때 들리는 건 내 발자국 소리뿐이다. 아무도 침대에서 뒤척이지 않는 건가? 자면서 코를 골거나 기침을 하지도 않아? 저 위에 사람들이 있음을 알려주는 것이, 생명체의 흔적이 없어? 바깥 어딘가의 도로를 달리는 자동차 소리와 내가 만드는 소음 말고는 아무 소리도 들리지 않는다.

물을 마시려고 하는데 누군가 나를 지켜보고 있다는 느낌이 든다. 수도꼭지 밑에 컵을 대고 서 있으면서 그걸 어떻게 아는지는 모르겠다—하지만 시선의 가장자리에 뭔가가 잠깐 보인 것 같다. 오한이 오는 5초 동안 나는 꼼짝하지 않고 서서 창문을 노려본다—시커먼 유리, 바깥 나무들의 윤곽, 가로등과 이웃집의 조명들. 나는 생각한다. 베라일까? 눈을 가늘게 뜨고 어둠 속을 노려보지만 보이는 건 조리대 위쪽의 전등 불빛을 받고 있는 나뿐이다. 창문 쪽으로 두세 걸음 다가갈 때 펄럭이는 내 가운을 보고 아까 내 시선을 끈 것이 움직이는 나 자신이었음을 깨닫는다. 웃어보려 하지만 완전히 마음이 놓이지 않는다. 계속 창문을, 가운을 입고 선 내 모습을 쳐다본다. 내 눈을 보면서, 처음에 베라라고 생각했던 것이 사실은 나였다는 사실이 기분이 참 이상하다고 생각한다.

경찰이 아직 내 집에서 바쁘게 일하는 중이라서 장례식에 입고
갈 검은색 옷을 언니에게 빌려야 한다. 엉덩이 부분이 헐렁하지
만 어쩔 수 없다.

노르스트란 집의 욕실에서 외출 준비를 하는데 휴대전화가 울
린다.

"군데르센입니다. 내일 와주실 수 있을까요? 경찰서로요. 10시
어떠십니까?"

"네." 나는 팬티스타킹의 허벅지와 허리 부분을 정리하면서 대
답한다. "갈 수 있어요."

별로 가고 싶지 않다. 무슨 얘기든지 간에 지금 전화로 해주면
좋겠다.

"좋습니다. 그럼 내일 뵙죠. 그리고—행운을 빕니다. 오늘 장례
식요. 그러니까, 식 잘 치르시라는 뜻입니다."

"고맙습니다." 그 인사를 끝으로 우리는 전화를 끊는다. 그제야
나는 이상하다고, 그답지 않은 말이라고 생각한다.

베스트레 그라블룬의 장례실은 사람들로 붐빈다. 마르그레테
는 남은 아들에게 기대고 있다. 관 앞쪽의 공간은 꽃들로 가득하
다. 그 외에는 별로 할 말이 없다. 다만 장례업체 남자의 말이 옳
았다—〈솔베이의 노래〉는 좋다. 젊은 여자 가수는 머리가 부스스
하고 음색은 힘찬 저음이다. "겨울이 가고 봄도 가겠지." 장례식을

통틀어 가장 우아한 순간이다.

식이 끝난 후 우리는, 마르그레테와 하랄, 라나 메이와 나는 바깥의 계단 위에 선다. 그리고 와준 모든 사람들과 악수한다. 플레밍과 맘모드, 토마스와 율리와 얀 에리크. 아빠와 안니카와 헨닝. 시구르의 학창 시절 친구들―내게 그들의 이름은 이제 서로 뒤섞여 기억나지 않는다. 뒤쪽에서, 사람들 틈에서 프루 앳킨슨을 보았다고 잠깐 생각하지만 확신할 수는 없다. 어쨌거나 우리에게 와서 인사하지는 않는다.

베네딕테와 이다가 와서 인사한다. 이 친구들이 올 줄은 몰랐다. 나는 그들에게 소식을 전하지 않았다, 어떻게 말해야 할지 몰라서. 아마 안니카가 전화했을 것이다―아빠에게 소식을 전한 것도 여느 때처럼 해결사인 언니였다. 베네딕테는 교회 계단 위에 서 있는 내게 달려와 나를 안고 두 손을 꼭 잡았다. "사라, 허니." 친구는 내 머리칼에 대고 속삭이고, 그제야, 그녀의 힘찬 포옹과 익숙하고 사랑스러운 향기에 파묻히고 나서야 나는 울기 시작한다. 베네딕테가 나를 놓아준 후 나는 와줘서 정말 기쁘다 같은 얘기를 하려 애쓰지만 입에서 나오는 건 두서없는 중얼거림뿐이다. "당연히 와야지." 이다도 나를 안아주며 말한다. 그들은 이해하지 못한다. 내가 그들이 와줄 거라는 기대를 거의 하지 못했음을 모른다.

가장 의외의 조문객은 프레들리다. 그녀는 나와 짧게 악수하고 주변을 둘러본다. 여전히 전체적인 상황을 눈에 담으려 노력하는 것 같다. 프레들리는 내 편이다. 눈을 보면 알 수 있다. 그녀는 내게 뭔가 말하고 싶은 것처럼 쳐다보지만 막상 말할 때가 오자 애도만 표한다.

나는 장례식 내내 베라가 왔는지 궁금했다. 시작 전에는 보이지 않았지만 베라라면 슬그머니 들어와서 어둑한 구석이나 잘 안 보이는 자리에서 우리를 지켜볼 터였다. 여러 차례, 앉아 있는 우리에게 신부가 말할 때, 하랄이 말할 때, 빨강머리 여자가 노래할 때, 나는 사람들 속에서 베라의 얼굴을 발견하려 애썼다. 실내에서 그 애의 존재를 느꼈다―보이지 않지만 여기 있다고 확신했다. 경찰이 그 애를 구금하고 있지 않다면. 어떤 상황인지 모르겠다. 군데르센에게 물어보지 않았다. 하지만 붙잡혀 있지 않다면 베라는 오늘 여기 와서 나를 지켜보고 있었을 것이다. 확실하다.

마지막 손을 잡고 흔든 후 우리는 주차장으로 가서 연회장으로 출발한다. 조카들이 다툰다. 아빠는 한 팔로 내 어깨를 감싼다. 나는 그것이 위로하는 행동임을 확신하지만, 아빠도 나도 좀 어색해서 어쩔 줄 모르겠다. 아빠의 무거운 팔이 내 어깨 위에 가만히, 죽은 짐승처럼 놓여 있다―아빠가 팔을 치우자 나는 안도한다. 나는 아빠에게 최대한 웃음을 지어 보이고 아빠도 내게 웃어준다. 내게는 조금 근심 어린 미소처럼 보인다. 언니가 아빠에게 나한테 마음을 쓴다는 걸 행동으로 보여주라고 말해서 이러는 걸 수도 있다.

나중에 레스토랑에서 열린 연회에서 하랄이 다시 말한다. 어린 시절의 일화들을 들려준다—모르는 사람의 인생에 대해 듣는 것 같다. 나는 뭐라도 말해보려 애쓰지만 잘되지 않는다—하려던 얘기의 맥락을 놓쳐서 최대한 빨리 마무리하고, 내가 바랄 수 있는 최고의 남편인 시구르를 위해, 하고 건배 제의를 한다. 안니카가 다시 자리에 앉는 내 손을 잡아주고, 사람들은 어쨌든 박수를 치고 건배한다. 이상한 분위기다. 시구르의 학창 시절 친구들 중 몇 명이 그를 기리고 싶어 하는 기색이 역력하다. 한 명이 말한다. "시구르의 죽음을 애도하기보다는 시구르의 삶을 찬양하자." 나머지 친구들이 환호한다. 우리, 가족들은 잠자코 있다. 나는 맘모드와 눈이 마주친다. 그도 가만히 있다—사실 그는 조금 당황한 표정이다.

우리는 곧 그곳을 떠난다.

확증 편향

그는 나를 기다리고 있었던 것이 분명하다. 접수원이 연락하자 곧바로 나타났기 때문이다. 빛바랜 셔츠와 낡은 청바지를 입고 이름과 사진이 들어간 플라스틱 명함 같은 것을 끈에 연결해 목에 걸고 있었는데, 그걸 걸고 있는 것은 처음 본다. 그 외에는 평소 모습 그대로지만, 나는 그를 따라 건물 안으로 들어가, 그처럼 편하게 돌아다니려면 수년은 걸릴 복도들의 미로를 통과하면서, 그가 평소보다 아주 조금 더 창백해 보이지는 않는지 자문한다. 지칠 대로 지친 사람처럼 보인다. 여러 날 밤잠을 설쳐가며 격무에 시달려서 그런 거겠지.

우리는 칸막이가 없는 사무실들과 칸막이한 작은 구획들 사이, 이 건물이라는 짐승의 배 속 깊은 곳에 있는 작은 간이주방에 들러 커피를 가져간다. 군데르센이 찬장에서 머그를 찾고 있을 때

셔츠와 블레이저 차림의 여자가 다가와 내 손을 잡고 자신을 경찰검사라고 소개한다.

"이 사건을 담당하고 있습니다." 여자는 말한다. "여기 있는 군나르 씨가 선생님께 다 말씀드릴 겁니다. 유감스럽게도 저는 그 자리에 함께하지 못하지만, 군나르 씨가 빠짐없이 설명드리고 궁금하신 것들에도 대답을 드릴 겁니다. 혹시 더 필요하신 것이 있으면 나중에 언제든 제게 연락 주십시오."

나는 고개를 끄덕인다. 군데르센과 나는 그녀가 알아채지 못하게 아주 잠깐 시선을 교환하지만, 우리 둘 다 그녀가 그를 이름으로 불러서 조금 당황한 것 같다. 그의 어떤 면 때문인지는 몰라도 나는 그의 어머니조차 아들을 군데르센이라고 부를 것 같다고 생각한다.

그는 내가 금요일에 대기했던 곳처럼 간소한 회의실로 나를 데려간다. 1990년대 초 기관들에서 애용하던 것 같은 모직 커버를 씌운 분홍색 의자들, 강철 다리가 달린 탁자, 그 위의 싸구려 같은 탁상용 스탠드, 그리고 강철선 두 개에 매달린 기다란 직사각형의 천장등. 구석에 놓인 가짜 같은 고무나무 화분 잎에는 먼지가 겹겹이 앉아 있다. 군데르센은 자리에 앉더니 맞은편에 앉으라는 손짓을 한다. 거기에는 의자가 두 개 있어서 나는 잠시 내 상담실을 떠올린다. 나는 별생각 없이 오른쪽 의자에 앉는다. 군데르센은 내 앞에 커피를 내려놓는다.

"시작할까요." 그가 말한다.

"시작하죠." 내가 말한다.

우리는 서로를 쳐다본다.

"생각을 좀 해보셨을 테지요." 그가 말한다. "금요일에 있었던 일에 대해서요."

나는 고개를 끄덕인다.

"혹시 — 시작하기 전에 — 질문 하나 해도 되겠습니까?" 그가 묻는다.

"물론이죠."

"만나게 될 사람이 베라라는 걸 알고 계셨습니까? 금요일에 크록스코겐으로 갈 때 말입니다."

"아니요. 정말이에요. 베라일 줄은 꿈에도 몰랐어요."

"그러니까, 만나러 가는 사람이 숲속으로, 범죄 현장으로 사라 씨를 초대한 미치광이 살인마일 수도 있다는 걸 아셨다는 거네요?"

"베라인 줄은 몰랐어요." 나는 두 손을 내려다보면서 설명하려 애쓴다. "하지만 전 감시카메라 동영상에 찍힌 사람을 봤고…… 글쎄요. 그 사람은 전혀 위협적으로 보이지 않았어요. 오히려…… 무엇보다 비루해 보였어요."

금요일에 이런 상황을 떠올리지 않은 건 아니다. 그런데도 설명하기가 어렵다. 나는 심호흡을 한다. 다시 해보자.

"그동안 제가 얼마나 무서웠는지 알고 계신지 잘 모르겠어요. 물론 위험해질 수 있다는 건 알았어요. 하지만 전 단지…… 저는 이해해야 했어요. 그래서 어떤 식으로든 일이 전개되게 놔두자고 결심했죠. 오만함 같은 것도 작용했어요―그리고, 그러니까, 지금도 제가 잘했다고 생각하는 건 아니에요. 하지만 전 혼자 집에 있으면서 미쳐가고 있는 기분이었어요. 카메라에, 다락방의 발소리에, 냉장고 자석까지. 시구르한테 무슨 일이 벌어졌는지 알아보려는 것만은 아니었어요. 제게는 생존의 문제처럼 느껴졌어요."

그는 고개를 한쪽으로 기울인 채 나를 보다가 말한다.

"뭐, 결국 다 무탈하게 끝나긴 했죠. 하지만 딱 한 가지만 말씀드리자면, 사라 씨는 그 보안회사 청년한테 영원히 감사해야 합니다. 아릴스 시큐리티? 거기 일하는 그 새파란 젊은이 말입니다. 그 청년이 이른 아침에 저희한테 전화해서 말해줬습니다. 사라 씨가 거기 갈 것 같다고요. 저희한테 연락하기로 결정하고는 무척 갈등하는 것처럼 들렸습니다―본인이 비밀 유지 원칙을 어기는 걸까 봐요. 사라 씨도 저랑 얘기할 때 환자들과 진료 기록 때문에 비슷한 갈등을 하셨죠. 어쨌거나 그 청년이 저희한테 알려준 겁니다. 프레들리가 곧바로 차를 타고 가서 회네포스의 경관 두세 명의 지원을 받을 수 있었습니다. 신께 감사드릴 일이지요. 험악하게 끝날 수도 있었던 상황이었습니다."

군데르센은 의미심장한 눈빛으로 나를 본다. 나는 고개를 끄덕인다. 그는 오랫동안 경찰로 일했다. 봐야 할 것들은 다 봤을 것이다. 스스로를 사지로 내몰아서는 안 된다는 경고는 가볍게 넘길 것이 아니다, 특히나 그의 입에서 나온 경고라면.

"아무튼." 그는 탁자 위의 서류 몇 가지를 정리하며 말한다. 폴더 하나에 엑셀 스프레드시트와 일반 문서로 보이는 것들이 들어 있다. 모두 여백에 작고 알아보기 힘든 손 글씨로 빽빽하게 메모가 되어 있다. "처음부터 시작해봅시다. 베라. 베라에 대해 어떻게 생각하십니까? 그러니까, 이 모든 일에서 그 애의 역할이 뭐라고 보십니까?"

"글쎄요. 제 생각엔—모르겠네요. 가장 그럴듯한 설명은 두 사람이 만나고 있었다는 거죠."

군데르센은 고개를 끄덕인다.

"네, 그렇습니다. 유감입니다."

내게 그 소식은 배를 맞을 거라는 사실을 미리 알고서 얻어맞는 것과 같다. 당장의 고통은 둔탁하지만 나중에 다시, 금요일 밤 대기실에서 느꼈던 것만큼 강렬하게 느끼게 될 것이다. 하지만 그건 나중의 일이고 지금은 이렇게만 느껴진다—내 의혹을 확인시키며 횡격막을 강타하는 주먹. 나는 두 번 정도 느리고 깊게 숨을 쉰다.

군데르센은 서류 너머로 나를 쳐다본다. 그가 얼마나 오래 알고 있었는지 궁금하다. 우리가 나눈 대화들을 떠올린다. 상담실에서 그가 시구르와 내게 문제가 없었냐고 물었을 때 나는 이렇게 대답했다. "우리의 결혼 생활은 괜찮았어요." 군데르센은 그때도 알고 있었을까?

"두 사람이 처음 만난 건 시구르 씨가 베라네 부모 집의 증축 공간을 설계할 때였습니다." 군데르센은 말한다. "송에 있는 이호연 립주택이지요. 시구르 씨는 베라의 부모가 부재 중일 때 측량 때 문에 몇 번 방문해야 했는데, 그들은 딸이 문을 열어줄 거라고 했 지요."

그다음에 일어난 일에 대해 생각하고 싶지 않다. 그 일이 어떻 게 벌어졌는지 상상하고 싶지 않지만, 결국 오늘밤 늦게 침대에 누워 자려고 애쓸 때 상상하게 되겠지—한동안 매일 밤 그러겠 지. 지금은 시구르와 베라를 제외한 모두를 생각한다. 월요일에 내가 무기력하게 앉아 무슨 일이 벌어진 건지 이해하려 애쓰는 동안 서랍이란 서랍은 다 뒤지면서 집을 수색하던 경찰에 대해. 그들은 알았을까? 얀 에리크와 토마스는 알았나? 시구르가 산장 에 나타나지 않은 그날 밤 내게 전화했을 때 그들은 시구르가 바 람을 피우고 있다는 걸 알았을까? 그들이 알았다면, 율리는?

군데르센이 목을 가다듬는다.

"그리고 저는 알고 있습니다, 사라 씨—이런 말씀을 드린다고 불쾌해하지 않으시면 좋겠군요—사라 씨의 결혼 생활이 여러 가 지로 힘들었다는 것을요. 그런 상황에서 무엇이 옳고 그른지 판단 하는 건 저의 일이 아닙니다. 결혼이 그저 힘든 것 이상이라는 걸 신은 아시겠지만, 저는 두 사람의 관계가 발전한 과정을 이해하기 위해 자문할 수밖에 없었습니다. 시구르 씨가 이 관계에 뛰어들 게 만든 건 무엇인가? 성인 남성, 그것도 유부남이? 고등학생과? 그러니까, 베라는 열여덟 살이라 성관계 승낙 연령을 넘었고 법적으로는 성인입니다―하지만, 어쨌거나, 아직 10대죠.

그 이유를 제가 정확히 알 수는 없지만, 혹시 제 생각을 알고 싶으시다면, 시구르 씨는 좌절하고 있었던 것 같습니다. 결혼이 기대와 달랐던 거지요. 그런 경우를 많이 봤습니다―특히 남자들한테서요. 아시겠지만, 결혼이란 할 일과 처리할 일로 가득하지요. 상대방 부모와 부동산과 일과 급여명세서. 부부는 수많은 방식으로 서로를 실망시킬 수 있죠. 자기 자신한테도 실망할 수 있고요. 그때 다른 사람이 다가옵니다. 젊고 너그러운, 아무것도 요구하지 않는 사람이요. 당신이 그냥 당신이라서 대단하다고 생각하는 사람, 당신이 훌륭하다고 생각하며, 돈을 더 벌거나 일을 더 하거나 더 잘하라고 요구하지 않는 사람. 오랫동안 스스로 무능하다고 느껴온 사람에게 자신을 더 관대히 해석해주는 누군가는 너무나 유혹적입니다. 더구나 그 사람이 젊고 예쁘다면, 네."

이것이 시구르에 대한 군데르센의 분석이다. 나도 외부인으로서 그를 봤다면 그렇게 생각할까? 모르겠다. 지금은 그냥 두 손에 얼굴을 파묻고 싶을 뿐이다. 토마스와 얀 에리크와 동행한 지난 산장 여행들을 생각한다. 밤, 흥분한 시구르는 맥주 두세 병과 장작 난로의 열기 때문에 벌게진 얼굴로 말한다. "야, 비밀 얘기 해줄까? 사라한테 아무 말도 하지 않겠다고 약속한다면 말이지……." 그들은, 두 사람 다 싱긋 웃는다―그래, 해봐, 사라 씨한텐 아무 말도 안 할게.

군데르센이 계속 얘기한다.

"처음에는 육체적인 관계였습니다, 베라의 부모가 없을 때 송의 그 집에서요. 그러다 연애로 발전됐습니다. 이메일과 문자가 오갑니다. 동료들이 퇴근한 밤늦은 시간에 그의 사무실에서 만나고 차 안에서 만나기도 하다가 결국에는 크록스코겐의 산장에서 주로 만납니다. 방해받지 않을 수 있는 장소죠. 베라는 시구르 씨에게 푹 빠집니다. 오래지 않아 그들이 천생연분이라고 확신하게 되지요. 소통의 기회가 거의 무한한 우리 시대의 한 가지 장점은 모든 것이 흔적을 남긴다는 겁니다. 모바일 테크놀로지는 제 직업을 완전히 바꿔놓았습니다. 죄증이 될 만한 편지의 존재 유무는 이제 중요하지 않습니다. 요즘 연애하는 사람들은 항상 족적을 남깁니다. 연인들은 비밀 메일 계정을, 스카이프와 페이스북 계정 같은 것들을 만들죠. 저희는 이미 두 사람의 이메일 주소와 스카이프 계정을 확보하고 있었지만, 베라가 다른 두세 가지 플랫폼의 대화 기록도 보여줬어요. 그 양이 어찌나 방대하던지, 저는 실습 중인 학생 세 명에게 처음부터 끝까지 다 확인하라고 시켰습니다. 무수한 페이지의 대화 기록이었습니다. 그것을 통해 우리는 베라와 시구르의 관계가 어느 정도였는지 가늠할 수 있습니다. 전개 양상을 지켜볼 수 있죠.

처음 만나고 얼마 지나지 않아 첫 메일을 주고받습니다. 베라는 시구르 씨를 사랑한다고 맹세합니다. 베라에게 망설임이라고는 없습니다. 시구르 씨 같은 사람은 만난 적이 없다고, 그들의 관계는 유일무이하다고 씁니다. 우리의 사랑은 특별하다, 등등. 처

음에 시구르 씨는 장단을 맞춰줍니다. 화답하죠―그렇게 요란한
방식으로는 아닌 것 같지만 어쨌거나 베라가 이끄는 대로 따라갑
니다. 가끔은 베라를 부추겨 그 이상을 유도하려고 애씁니다. '내
가 보고 싶을 때 무슨 생각을 해?' 그러면―그냥 이렇게만 말씀
드리죠, 베라는 상대가 원하는 대답을 할 줄 안다고요."

나는 고개를 끄덕인다. 머리가 무겁다. 시구르, 내게 사랑한다
고 말하기 위해 암호가 필요했던 사람. "헤이, 러브." 그리고 나―
같은 것이 필요했던 사람.

그러니까 베라는, 자기가 남들보다 더 똑똑하다고 스스로 평가
하는 그 애는 인생 경험의 중요성을 과소평가했다. 아이는 자신
만만하게 이 어른의 일에 뛰어들었을 것이다. 어쩌면 그냥 그게
어떤 건지 알고 싶어서. 가질 수 없는 사람과 사랑에 빠지는 다른
사람들보다 자기가 더 강하다고 생각했을 것이다. 자기가 처한
잠재적 상황을 이해했을 때는 이미 늦었다. 시구르가 살해된 금
요일의 상담에서 베라가 내게 마지막으로 했던 말, "사랑만 있으
면 돼요." 나는 생각한다. 그건 분명 아이가 시구르에게 총을 쏘러
크룩스코겐으로 가기 직전이었다고.

"하지만 시구르 씨 쪽에서는 조금씩 식어가는 듯이 보입니다."
군데르센이 말한다. "베라에게 그만하라고 하지는 않지만 더는
아이의 온갖 사랑의 맹세에 반응하지 않습니다, 아이가 반응을
요구할 때만 빼고요. 이렇게 된 것이 몇 달 전, 11월쯤일 겁니다.
아이가 하는 맹세의 말은 이제 더 구체적으로 변합니다. 베라는

두 사람이 함께 달아나고 싶다고 하는데, 그냥 비유적인 표현이 아닙니다—아이는 실제로 실행에 옮길 방법을 구상합니다. 예금 계좌, 런던에 아파트가 있는 가족의 지인, 그런 것들요. 베라는 시구르 씨가 사라 씨와 이혼하고 자신과 결혼하길 원합니다. 이것은, 이건 꼭 말해야겠군요, 아무것도 요구하지 않는 젊은 여자와 사랑에 빠진 남자의 이야기에서 흔한 전개입니다. 더욱이 베라는 유독 진지했지요. 아이는 시구르 씨에게 액세서리를 선물받고 감사 편지를 쓸 때 그것을 '가장 깊은 사랑의 상징'이라고 부릅니다. 시구르 씨는 다르게 느낄 수도 있다는 생각을 아이는 잠깐이라도 해보지 못한 것 같습니다."

"그 액세서리는 뭐였어요?" 나는 중얼거리듯 묻는다. 이미 답을 알고 있지만, 그의 말로 들어야 한다.

"선물 말입니까? 진주가 달린 팔찌입니다."

나는 이제 말하지 않는다. 이것의 진짜 무게 또한 나중에 느끼게 될 것임을 안다.

"두 사람의 대화 내용을 본 사람이라면 누구든지 가을이 깊어가는 동안 시구르 씨의 열의가 사그라들었음을 알 겁니다. 학생들 세 명 모두 그 점에 동의했습니다. 크리스마스를 앞두고 시구르 씨는 베라가 재촉할 때만 사랑한다는 말을 합니다. 그리고 12월 중순에 그는 베라와의 관계를 끝냅니다."

그 시기는 우리가 관계 회복을 시도하려 크리스마스부터 새해까지 떠나기로 한 직후가 틀림없다고 나는 생각한다. 테네리페의 불꽃놀이를 올려다보며 우리는 새 사람이 되자고 약속했고 시구르는 이렇게 말했다. "앳킨슨하고는 끝났어." 그 말을 듣고 고개를 끄덕인 나는 그것이 건축 이야기인 줄만, 일 이야기인 줄만 알았다. 그가 실제로 무슨 뜻으로 하는 말인지 몰랐다.

"결별 자체는 통신 수단으로 하지 않았습니다." 군데르센이 말한다. "하지만 대화 기록을 통해 그 여파를 알 수 있습니다. 베라는 시구르 씨에게 다시 받아달라고 빌고, 사랑을 맹세하고, 자살하겠다고 협박합니다. 시구르 씨는 자기 입장을 해명하려 애쓰고, 힘들면 누군가와 얘기를 해보라고 부탁하는데, 갈수록 대답이 짧아집니다.

그 시기에 관해 저와 얘기할 때 베라는 모든 게 사라 씨의 탓이라고 합니다. 시구르 씨가 자기한테 헤어지자고 한 건 사라 씨를 걱정했기 때문이라고요. 베라는 시구르 씨가 어떻게 지내는지 걱정했습니다―심지어 그의 목숨까지도요. 두 분이 12월에 휴가를 떠났을 때 베라는 사라 씨 집에 소형 무선 카메라들을 설치했습니다, 시구르 씨가 '잘 지내는지' 확인하기 위해서요. 관계 초반에 시구르 씨의 집 열쇠를 복사했다고도 말했습니다. 그 과정에 대한 설명은 좀 엉성해서, 제 생각엔 아이가 시구르 씨의 주머니에서 열쇠를 슬쩍한 것 같습니다."

그다음이 무엇인지 나는 너무나 잘 안다. 우리의 심리치료 상담 시작. 상담 내내 나 자신이 베라의 정신분석의라고 믿었다. 내가 치료자로서 소임을 다하는 동안 베라는 나에 관한 온갖 사적인 것들을 아는 채로 그 자리에 있었다. 내가, 거의 문자 그대로, 벌거벗은 것을 보고서. 침실을 찍은 영상을 볼 수 있었으니까. 시구르가 아래층에서 계속 컴퓨터를 하는 동안 내가 침대에 누워 우는 것도 보고서. 내가 시구르에게 외롭다고 말하는 것을 듣고서. 그리고 화가 났을 때 그 말을 토대로 내 면전에 대고 이렇게 말했다. "친구가 있기는 해요?" 제일 아픈 데를 때릴 수 있었다. 베라와의 상담을 앞둔 내가 자주 불편한 기분이 들었던 건 놀랍지 않다. 베라는 내가 남편에게 배신당했음을 알면서 내 상담실 의자에 앉아 있었던 것이다. 내가 무슨 말을 할 수 있었을까, 삶과 사랑에 관한 어떤 지혜를 제공할 수 있었을까? 내 앞에 앉은 아이는 고개를 끄덕이며 내 조언을 받아들이는 내내 내 남자의 가장 내밀한 면면을 알고 있었는데?

"1월에 두 사람이 다시 연락하기 시작합니다." 군데르센이 말한다. "채팅에서 베라의 말투가 달라집니다, 더 침착해요. 아이는 그냥 친구가 되고 싶다고, 그 이상은 원치 않는다고 말합니다. 그러나 몇 주가 지나면서 두 사람은 연애 관계로 돌아갑니다. 그때 베라는 사라 씨에게 전화해 약속을 잡습니다. 당신이 어떤 사람인지 알고 싶었다고 하더군요. 시구르 씨가 사라 씨한테서 무엇을 보는지 알기 위해서였다고요."

그 일에 관해 군데르센에게 말할 힘이 없다. 내가 그 애를 믿었던 것이 아무리 이해할 만하다고 해도, 그 애의 속임수에 넘어간 것 같은 기분을 지울 수 없다. 잘 속아 넘어가는, 속을 지나치게 드러내는 사람이 된 것 같은 기분. 그런 설명을 하고 싶지 않기에 나는 재빨리 말한다.

"그런데 그 애는 왜 시구르를 죽였어요? 그이가 다시 헤어지려고 했나요? 아니면ㅡ뭣 때문에 그런 짓을 한 거예요?"

"아." 군데르센은 그렇게 말하고는 앞에 있는 서류를 정리한다. "글쎄요."

그는 잠시 침묵을 지킨다. 서류를 보면서 아무 말도 하지 않는다. 그러다가 고개를 들고 이따금씩 그의 얼굴에 스치는 표정, 정직하고 수정처럼 맑은 눈을 하고 나를 바라본다. 나는 그것이 일종의 기술인지, 경찰학교에서 배운 것인지, 아니면 그냥 자연스럽게 나오는 것인지 확신할 수 없지만 확실히 인상적이다ㅡ맞닥뜨리게 되면 저항하기가 불가능한 정직함이다. 그가 말한다.

"유감스럽지만, 사라 씨, 저는 베라가 시구르 씨를 죽였다고 생각하지 않습니다."

지난 주말 나는 언니네 거실 바닥에 앉아 첫째, 둘째 조카들과 장난감 기차 세트를 가지고 놀았다. 의자 다리들을 비껴가는 기찻길 위로 다리를 만드는 데 푹 빠져서 다른 생각은 조금도 하지 않았다. 아이처럼 생각하며 언니의 어린 두 아들과 함께 있었다. 그때 나는 단순한 세계의 일부였다. 아이스크림과 동화와 마녀일지 모르는 이웃 사람으로 이루어진 세계. 그리고 이제 군데르센이 하는 말의 여파가 여실히 느껴지기 시작하자, 나는 노르스트란에서의 그날 밤 주방 창문에 비친 겁먹은 내 눈을 떠올리면서 **사실은** 바깥의 뭔가를 본 게 아닐까—누군가가 여전히 저 밖에서 나를 노리고 있는 게 아닐까—하는 의문이 들기 시작한다. 지금 내가 원하는 건 이것뿐이다. 조카들과 거실 바닥에 앉아 놀던 순간으로, 어떻게 해야 열차 선로가 러그의 가장자리를 평탄하게 넘어가게 할까 하는 것만이 중요했던 때로 돌아가는 것.

"무슨 말씀을 하시는 건지 모르겠어요." 내가 말한다.

군데르센은 거의 미안해하는 듯한 표정을 짓는다. 콧수염 밑의 입술을 얇게 앙다물면서도 정직한 눈빛은 그대로 유지하고 있다.

"그 앤 우릴 지켜보고 있었어요." 내가 말한다. "우리 집 현관문 창으로 산장 열쇠를 던져 넣었고, 저를 거기로 꾀어냈어요. 그리고 저는 **알아요**, 그 애가 나를 죽일 생각이었다는 걸. 그러니까, 물론 그 앤 지금 정당방위였다거나 그런 말을 하고 있겠지만, 형사님, 형사님이 그때 걔를 못 봐서 그래요."

"무슨 말씀인지 압니다. 위안이 될지 모르겠지만, 잉빌 프레들리가 사라 씨 편을 들고 있습니다. 프레들리도 같은 말을 하더군요—베라가 범인이라고, 그 애는 분명 크룩스코겐에서 사라 씨를 총으로 쏘려고 했다면서요."

"하지만." 이제 내 목소리는 떨리고 있다. 눈물이 나려는 걸 참기가 너무 힘들다. "하지만 달리 누가 범인이겠어요? 왜냐하면, 그러니까, 뢰아 출신의 평범한 건축가인 시구르를 죽이고 싶어 하는 사람이 하나도 아니고 **두 명**이나 될 리가 없잖아요?"

"그렇게 생각하시는 것도 이해합니다. 하지만 베라가 시구르 씨를 죽였음을 뒷받침하는 사실들이 없습니다. 그 애가 살인을 하는 건 불가능에 가깝습니다."

"하지만 당연히, 어떤 식으로든 베라가 그랬을 가능성도 있잖 아요? 형사님이 고려하지 못한 방식으로요."

군데르센은 잠시 말이 없다―내가 진정하기를 기다리고 있는 거라고 생각한 나는 통제력을 되찾으려 한다.

"사라 씨, 저는 단순한 사람입니다. 제 앞에 있는 것들을 보고 스스로에게 묻죠. X가 그랬을 가능성이 있는가? X에게 그 행위 를 할 실질적이고 물리적인 기회가 있는가? 만약 없다면, X가 **사 실은** 그런 기회를 가질 수 있는 방식을 찾아야 하는가, 아니면 그 런 가정을 제쳐놓아야 하는가. 제 일을 하다 보면 가장 명백해 보 이는 답 때문에 장님이 되기 쉽습니다. 처음에 어떤 의혹을 품게 되면, 그것을 뒷받침하는 증거만 보이게 되죠. 자신이 실수했음을 뜻하는 모든 것들을 무시하고 자신이 옳다고 암시하는 디테일만 선별적으로 찾게 됩니다."

"확증 편향." 내가 말한다. "그걸 그렇게 불러요. 자기가 이미 아 는 걸 확인해주는 증거나 정보를 찾으려는 경향을요."

"저지르기 아주 쉬운 실수지요." 그가 말한다. "기본적인 실수 임에도 불구하고, 노련한 수사관들조차 잘못된 결론으로 돌진하 는 경우가 있습니다. 베라가 범인이면 딱일 겁니다, 그렇지 않습 니까? 하지만 문제는 앞뒤가 맞지 않다는 겁니다."

그는 앞에 있는 서류를 뒤적이더니 엑셀 스프레드시트를 한 장 꺼낸다.

"3월 6일 금요일에 대해 저희가 아는 것부터 말씀드리죠. 꽤 간단하게 요약할 수 있습니다. 봅시다. 시구르 씨는 아침 5시 30분에 일어납니다. 샤워를 하고 옷을 입고 소지품을 챙기고 커피를 한 잔 들이켠 다음 사라 씨에게 작별인사를 합니다―베라의 카메라 동영상을 보면 그가 6시 10분에 집을 떠났음을 알 수 있습니다.

그런 다음 그는 6시 30분쯤에 플레마시에 도착한다는 걸 저희는 압니다. 연석 쪽에 차를 대는데, 회사 입구의 카메라에 아주 잘 잡히는 곳이죠. 그는 거기서 한 시간 반쯤 머물렀고, 7시 53분에 차로 돌아가는 것이 그 카메라에 찍힙니다.

8시 2분쯤에 그 차는 마요르스투아의 유료도로에 들어섭니다, 서쪽 방향입니다. 시구르 씨는 8시 44분에 클레이브스투아로 가는 도로의 톨게이트를 통과합니다. 이것이 저희가 갖고 있는 그의 위치에 관한 확실한 마지막 증거입니다.

하지만 그의 휴대전화 지피에스를 따라갈 수 있지요. 이건 100퍼센트 믿을 수 없는 것이, 휴대전화가 사람의 신체의 일부는 아니기 때문입니다. 그러나 저희한텐 증인이 있고―사라 씨요―그에 따르면 시구르 씨는 9시 40분에 휴대전화를 지니고 있었습니다. 지피에스에 따르면 시구르 씨는 톨게이트를 통과하고 9분 뒤에 클레이브스투아 아래쪽의 도로에 차를 대고 15분쯤 걸어 숲을 통과한 후 9시가 조금 지나서 산장에 도착합니다. 이 시점부터 휴대전화는 계속 산장 안에 있습니다.

베라는 11시나 12시쯤에 산장에 도착하기로 시구르 씨와 약속한 상태였습니다. 9시 좀 지나서 시구르 씨는 스카이프로 베라에게 메시지를 보내 자신이 도착했음을 알리고, 차로 버스정류장에 데리러 갈 테니 버스를 타기 전에 메시지를 보내달라고 합니다. 그런 다음 9시 40분에 그의 휴대전화에서 사라 씨의 전화로 발신 통화가 있고, 이는 그 음성 메시지에 관한 사라 씨의 진술과 부합합니다. 유감스럽게도 통신사는 그 메시지를 복구하지 못했습니다. 그래서 저는 지금도 사라 씨가 그 메시지를 삭제하기로 한 것이 마음에 들지 않습니다. 하지만 현재 정황상 메시지의 내용에 관해 사라 씨의 말을 믿는 쪽으로 마음이 기웁니다. 그러나 그 삭제된 음성 메시지는 시구르 씨가 남긴 마지막 흔적입니다. 병리학자와 저희 측 법의학자는 그가 3시 이전에 살해됐다는 데 동의하고, 즉 시구르 씨는 그 메시지를 남기고 몇 시간 후에 살해된 것이지요.

베라는 사라 씨와의 상담을 끝낸 후 홀스타인 역까지 걸어가서 전철을 타고 예른바네토르게까지 가서, 크룩스코겐으로 갈 준비가 됐다고 시구르 씨에게 연락하려 했다고 합니다.

베라는 그날 공교롭게도 휴대전화를 집에 두고 왔다고 하고, 이는 시구르와 달리 저희가 베라를 지피에스로 추적할 수 없다는 뜻입니다. 프레들리는 그것이 **아주 편리한** 핑계라고 여러 차례 지적했고, 사라 씨도 비슷한 결론을 내리기 전에 이 말은 하게 해주십시오. 베라의 대화 기록을 보면 아이는 확실히 휴대전화와 지갑, 열쇠를 여기저기 흘리고 다니는 버릇이 있습니다—하지만, 네, 염두에 두고 있습니다. 그래서 베라는 다른 방식으로 시구르 씨에게 연락하려 애씁니다—역에 있는 인터넷 카페에서 컴퓨터를 빌려 쓰고 옷 가게에 들어가 전화를 빌려 통화하려 애쓰죠. 하지만 그에게 연락이 닿질 않습니다. 버스를 한 대 보내고, 너무 오래 기다린 후 다음 버스도 보냈을 때, 그러니까 한 시간쯤 지난 후에 베라는 학교로 돌아갑니다. 그러니까, 11시 45분쯤에 뉘달렌 고등학교에 도착합니다.

베라로서는 운이 좋게도 그날은 그 학교 학생들이 사진을 찍는 날이었습니다. 이미지 파일에는 사진이 찍힌 정확한 시간 정보가 포함되어 있죠. 베라가 사라 씨와 상담한 후 크록스코겐에 가서 시구르 씨를 죽이고 돌아오려면 두 시간 반이 걸립니다. 운이 좋아서 그 여정 동안 아무런 지체도 겪지 않는다면 12시 15분까지 학교로 돌아오는 것이 가능할 수 있습니다. 가장 빨리 온다고 해도 그 시간입니다.

그러나 베라가 속한 학급의 첫 번째 사진이 찍힌 시간은 12시 3분이고 그 사진에는 베라도 있습니다. 평범한 학생들 속에 서서 카메라를 향해 힘없이 웃으며 서 있죠."

군데르센은 탁자 위에 두 손을 얹고, 나는 그의 손을 보면서 반박할 거리를 떠올리려 애쓴다.

"지금." 그가 나를 위해 설명한다. "사라 씨는 그 두 시각이 별로 차이가 나지 않는다는 생각을 하고 계실지도 모릅니다. 첫 번째 사진이 12시 3분에 찍혔다면, 지금 우리는 겨우 12분 차이에 대해서 얘기하고 있을 뿐이지요. 하지만 저는 그 여정의 모든 단계에서 필요한 시간을 최소한으로 계산했습니다. 두어 번의 빨간불, 솔리회그다의 교통체증 속에서 한 차례 대기, 시구르를 숲으로 꾀어내기 위한 대화, 튀리피오르덴 호수 근처 도로에서 조금이라도 정체되거나 뉘달렌의 주차장에서 빈자리를 찾으려 한 바퀴 더 돌기—이중 단 한 가지만 추가해도 그 타임라인은 박살납니다. 저는 베라가 크룩스코겐에 갔다면 12시 15분까지 학교에 도착하기 힘들다고 봅니다, 설사 그것이 기술적으로 가능하다고 해도 말이죠. 그리고 저는 사진사와도 얘기했습니다. 첫 사진이 12시 3분에 찍혔다면, 모든 학생들은 그보다 몇 분 전에 사진을 찍기 위해 대형을 갖추어 서 있어야 하는 거라고 하더군요. 베라는 그 무리의 가운데에 있었습니다. 마지막에 도착해서 헐레벌떡 가장자리에 선 것이 아닙니다.

그러니 저는 모르겠습니다. 제가 검사라면 그걸로 사건을 성립시킬 수 있을지도 모르죠. 하지만 제 의견을 물으신다면, 저는 베라가 살인을 했다고 생각하지 않습니다. 그 애한테는 그럴 시간이 없었습니다. 아주 희박한 가능성은 있어 보입니다. 하지만 그걸로는 부족합니다. 유감스럽게도."

"하지만." 나는 말한다. "3시 전이라고 하셨잖아요. 베라가 학급 사진을 찍은 후에 그랬을 수도 있어요."

"네, 그렇지만 그 학급 사진이 마지막이 아니었습니다. 12시 24분부터 12시 29분까지 사진사는 베라의 사진을 최소 네 장 찍었습니다. 그리고 2시 19분부터 2시 30분까지 전교생을 모델로 한 다양한 사진을 찍었고요. 그 마지막 전교생 사진을 찍은 후 베라가 범행현장에 갔다면 시구르 씨가 이미 사망한 시각인 3시를 한참 넘긴 후에야 도착했을 겁니다.

게다가 베라가 오슬로 도심에서 시구르 씨에게 여러 차례 연락하려고 시도한 흔적은 추적이 가능합니다. 모든 로그인 기록과 그에게 건 모든 전화―모두 베라의 이야기와 일치합니다."

"하지만 베라가 다른 사람이 범행하도록 시켰을 수도 있잖아요." 나는 말한다. "친구나, 그 애가 조종한다든지 하는 누군가한테요."

"글쎄요." 그는 어깨를 으쓱하며 말한다. "물론 그랬을 **수도** 있지요. 하지만 그럴 만한 사람을 저희가 확보하기 전까지는 사건을 성립시킬 것이 아무것도 없습니다. 베라가 살인청부업자와 연락했다고 믿을 만한 근거가 전혀 없고, 친구라고 하면―베라는 가까운 친구가 없는 것 같습니다. 살인하는 걸 도와달라고 할 사람이 아무도 없어요. 게다가 시구르 씨의 몸에서 발견된 탄환은 사라 씨가 도난당한 리볼버의 것이 아닙니다. 물론 베라가 다른 총이 또 있어서 그걸로 시구르 씨를 죽였을 수도 있지만―정말 죽였다면 그렇게 했겠지요―이것 역시 사라 씨의 가설을 뒷받침하지 않습니다."

나는 한숨을 푹 쉬고 구석의 먼지 낀 고무나무를 흘낏 본다.

"그래서 결론이 뭔가요?" 내가 말한다. "제가 아직 용의자라는 뜻이에요?"

"아니요." 군데르센은 그렇게 대답하더니 희미하게나마 웃음을 짓는다. "당연하게도 사라 씨는 감시 카메라 때문에 사생활을 심각하게 침해당했다고 느끼셨지만, 사실 그것이 사라 씨의 혐의를 벗겨줬어요. 엄밀히 말해 사라 씨도 상담과 상담 사이에 크록스코겐으로 가서 시구르 씨를 죽이는 것이 가능합니다. 그 환자들 이름이 뭐더라?"

그는 서류를 뒤적인다.

"크리스토페르와 트뤼그베요. 하지만 베라의 감시 카메라 덕분에 그 시간에 사라 씨가 거실에서 빈둥거리고 식사 준비를 하고 인터넷을 하고 식기세척기를 비우고 하는 모습이 찍혔죠. 지금 당장은 사라 씨가 베라에 대해 그 어떤 고마움도 온정도 느낄 수 없겠지만, 혹시라도 언젠가 그 애와 화해하고 싶어진다면 이 사실을 떠올리십시오. 베라가 사라 씨의 알리바이를 제공했다는 것을요."

'확증 편향'은 자신이 이미 믿는 것을 입증하는 정보를 좇는 행위다. 경찰서에서 대기하던 내가 금요일에 했던 것처럼. 자신이 믿는 것을 뒷받침하지 않는 정보는 무시한다. 지금 내가 딱 그렇다. 머릿속의 모든 것이 군데르센의 말을 무시하고 싶어 한다.

군데르센이 설명을 이어갈수록, 그의 말을 무시하기가 힘들어진다. 군데르센이 계속 얘기하는 동안 내 정신은 그가 말해준 것들을 내가 원하는 대로 억지로 짜맞춘다. 물론 베라가 시구르를 죽이는 건 가능하지. 공범이 있었던 거야. 베라는 그를 다른 곳에서 죽인 다음 시신을 옮겼어. 우리가 생각하지 못한 뭔가가 있는 게 틀림없어. 당연히 그 애가 시구르를 죽였지 — 왜냐하면, 달리 누가 그랬겠냐고?

내가 그의 말을 믿으려 하지 않자 군데르센은 베라가 그 주를 어떻게 보냈는지 들려준다. 베라 쪽의 이야기를 수용한다면, 하고 그는 말한다. 베라는 그날 학교에서 집으로 돌아가 저녁 내내 시구르가 전화해서 왜 약속을 어겼는지 말해주길 기다렸다고 한다. 그에게서 연락이 없자 걱정이 되기 시작했다고. 베라는 감시 장비를 통해 나를 지켜보았고 내가 토마스와 통화하는 것을 들었으며, 다음 날 경찰에 시구르가 실종됐다고 신고하는 것도 들었다. 토요일 오후 베라는 허락 없이 모친의 차를 타고 산장으로 갔다. 시구르의 물건들을 발견했지만 산장은 비어 있었다. 군데르센에 따르면, 마치 방금까지 누가 있다가 잠시 나간 것 같았다고 한다. 시구르의 휴대전화는 탁자 위에 놓여 있었다. 도면이 든 그의 도면통은 창문에 기대 세워져 있었다. 그의 가방은 열려 있었으며, 조리대 위에는 반쯤 먹은 샌드위치가 담긴 접시가 있었다. 금방이라도 그가 돌아와서 나머지를 먹을 것처럼 보였다고 한다.

군데르센은 베라가 시구르의 휴대전화와 도면통을 가져갔다고 말한다. 산장 열쇠도. 물론 내 집에 도면통을 도로 갖다놓은 것도 베라였다. 시구르의 휴대전화를 우리 집 마당에 놓아둔 것도. 베라는 내가 의심받게 하려고 애썼다고 한다. 혹은, 그 애의 표현을 빌리면, 경찰을 도우려고. 베라는 **내가** 시구르를 죽였다고 확신하고 있다. 군데르센은 그가 그것이 사실일 **수 없는** 모든 이유—그 애가 직접 찍은 감시카메라 영상을 비롯해—를 대며 반박하자 아이가 코웃음을 쳤다고 말한다. 내게 공범이 있는 게 분명하다고. 시구르가 다른 사람을 만나는 걸 알게 되어 내가 질투가 난 거라고, 베라는 질문받았을 때 확신에 차 대답한다. 그에 대한 보복으로 그를 죽인 거라고. 아이는 내가 카메라들에 대해 알고 있었던 게 틀림없다고 말하고 있다. 내가 배우자를 걱정하는 척하며 집 안을 돌아다니는 동안 공범이 크록스코겐으로 갔다고. 군데르센이 반론을 제기하자 아이는 일축했다. 아이는 일이 그런 식으로 전개될 수 없다는 그의 말을 믿지 않는다. 아이는 이렇게 대꾸한다. "글쎄요, 그럼 누가 그랬겠어요?"

내 저항감이 점점 약해진다. 그것을 유지하기가 너무 어렵다.

군데르센은 베라가 내 집에 침입한 일을 시인했다고 말한다. 토르프 옹의 리볼버도 가져갔다—예전에 시구르한테 그 총에 대해 들은 적이 있어서 대충 어디에 있는지 알았다고 한다. 그래서 그 애는 내 집 다락방에서 리볼버를 찾고 있었고 그날 밤 나는 발자국 소리를 들은 것이다. 설치한 마이크를 통해 아이는 경찰이 어떤 식으로 대화하는지도 엿들었다. 이 부분에서 군데르센은 약간 당황해한다.

"저희가 때때로 전문가답지 않게 얘기했던 것 같습니다—인정하겠습니다. 저를 비롯해 팀원들도요. 누군가 저희를 지켜보고 있다고 알기 전의 일입니다. 사라 씨가 진료 기록을 보여주려 하지 않았을 때, 그리고 시구르 씨의 음성 메시지를 삭제한 일을 두고서요. 그때 제가 좀 짜증이 났다는 것도 인정하겠습니다. 저는, 어, 팀원들에게 그런 제 기분이 반영된 말을 했습니다, 누가 엿듣고 있는 줄 몰랐을 때요. 하지만 베라가 듣고 있었지요. 그 말이 아이에게 영향을 미쳤을 수 있습니다."

그러다가 경찰은 **그 여자를** 발견했다. 즉 시구르의 컴퓨터를 해킹해서 그가 어린 여자와 외도를 하고 있었음을 알아낸 것이다. 군데르센의 팀이 그 여자를 면담했고 그녀는 자기 입장을 해명했다. 3월 6일 금요일 특정 시간대의 베라의 행방을 확인해줄 사람이 아무도 없었기 때문이다. 이제 그 애가 의심을 받게 됐다. 아이는 다시 내가 의심받게 만들고 싶었다. 그래서 개입하기 시작했다. 아이는 내가 집에 침입자가 있었다고 알게 될 때 두려워한다는 것을 알았다. 나를 지켜보고 있었으니까. 내가 경찰에게 하는 말을 들었고, 경찰이 나를 무심하게 대한다는 것도 알았다. 아이는 경찰과 나의 관계를 악화시키길 원했다.

"냉장고 자석은 영리한 아이디어였습니다." 군데르센이 말한다. "그것으로 인한 소동은 정말 어리석어 보였지요. **정말로** 그랬습니다. 전문가들에게, 수십 년 동안 살인사건을 수사해온 사람들한테 그런 일은 너무 하찮게 들립니다. 무의미하고, 히스테리 증상이라고 치부해버리기 쉽죠. 그 사람이 통제력을 상실한 탓이라고요. 또한 그 일은 사라 씨를 겁에 질리게 만들었지요."

"하지만 이해가 안 돼요." 내가 마음이 상해서 말한다. "어째서 아무도 그런 생각을 못 한 건지가요. 누군가 나를 못 믿을 사람으로 만들고 싶어 한다면, 그건 그런 목적에 효과적인 방식이었잖아요."

"글쎄요." 군데르센이 말한다. "저도 그런 생각을 하기는 했다고만 말씀드리겠습니다. 여러 가능성이 있었습니다. 사라 씨가 미쳤고 피해망상일 수도 있었고, 피해자처럼 보이려고 애쓰고 있는 걸 수도 있었습니다—그랬다면 아주 멍청한 방법이긴 하지만요. 또는 누군가 정말로 사라 씨를 못 믿을 사람으로 만들려고 한 것일 수도 있었죠. 그래서 저는 사라 씨 집 앞에 경관 한 명을 심어놨습니다. 신중을 기하려고요. 3월 13일 금요일 밤에 베라는 사라 씨의—아니, 그러니까, 아릴스의—감시 시스템에만 포착된 것이 아니었습니다. 우리 경관도 그 애를 봤습니다. 그가 달아나는 베라의 뒤를 쫓았지만 아이는 칼 셸센스 도로 옆의 정원으로 들어가 달아났습니다."

그날 밤의 내 기억 위로 희미한 안도감이 드리운다. 결국 누군가 나를 지켜보고 있었던 것이다. 나는 완전히 혼자서 스스로를 지키도록 내버려진 것이 아니었다.

군데르센은 베라가 자신이 수사 대상이 되었음을 깨닫기 시작했다고 추측한다. 아이는 감시 영상을 통해 경찰이 나를 덜 찾아오는 것을 알게 됐고, 프레들리가 카메라들을 발견하기 전까지 누가 엿듣고 있는 줄 모르던 경찰이 '내연녀'를 비롯해 다른 요주의 인물들에 대해 얘기하는 것을 들었다. 베라는 부검보고서도, 날짜와 시간을 포함한 디지털 이미지도 없었기에 자기가 혐의를 벗은 상태임을 몰랐다. 물론 내가 살인죄로 기소됐다 해도 그 애로서는 알 바 아니었다. 하지만 시간이 지나면서, 베라는 내가 살해당한다면 그리 나쁘지 않을 거라고 생각한 것이 분명하다. 군데르센에 따르면 베라는 내가 자기한테서 시구르를 두 번 빼앗아 갔다고 믿는다고 한다. 시구르가 자기가 아닌 나를 여러 번 선택했고, 그다음엔 내가 그를 살해했기 때문이라는 것이다. 아이는 나를 쏴 죽인 후 정당방위였다고 주장하면 시구르를 죽였다는 의심이 자기한테서 내게로 다시 옮겨갈 거라고 생각했다. 내가 이의를 제기하지 못할 거라는 사실은 자신의 주장에 신빙성을 더해주기만 할 터였다. 또한 죽음은 내가 두 가지 방식으로 자기한테서 시구르를 빼앗아 간 것에 합당한 벌일 것이다—혹은 베라는 그렇게 생각했을지 모른다.

산장은 그 범죄에 적합한 장소였다. 베라는 나를 집 밖으로 끌어내야 했다—아이가 내 집으로 올 이유는 없었다. 아이는 운에 맡기고 내게 초대장을 보내봤다. '여기 열쇠가 있어, 당신이 찾고 있는 답이 크록스코겐에 있어.'

"하지만 이건 다 추측입니다." 군데르센이 말한다. "우리는 베라가 사라 씨를 죽이려고 덫으로 유인했다고 추측할 수 있습니다. 하지만 아이의 의도가 그랬다고 입증할 수가 없습니다.”

나는 한숨을 쉰다. 그는 무엇이 필요한가? 베라가 계획을 휘갈겨 쓴 노트? 자백?

“베라가 하는 이야기는, 산장 열쇠를 돌려주러 사라 씨 집에 들어가려고 했지만 경보기가 울리는 바람에 겁에 질렸다는 겁니다. 사라 씨가 크록스코겐의 산장에서 자기를 보더니 격분했다고 하더군요. 사라 씨가 그곳 주방에서 자기를 위협했다고요. 사라 씨가 자기를 죽일 거라고 생각했답니다.”

“말도 안 돼요.” 내가 말한다. “**그 애가 나**한테 총을 겨눴어요.”

“네.” 군데르센이 말한다. “하지만 쏘지 않았죠.”

“**쐈을** 거예요! 프레들리 씨가 나타나지 않았으면 베라는 날 죽였을 거라고요.”

“사라 씨는 그렇게 말씀하시겠지요.” 군데르센이 동요하지 않고 말한다. “그럼 그 애의 변호사는 사라 씨한테 얼마나 확신할 수 있냐고 물을 겁니다. 변론은 오래된 수법대로 하겠죠. 피고는 열여덟 살이다, 전과도 없다, 총을 들어본 적도 없다, 어쩌고저쩌고.”

“그래서, 뭐죠?” 나는 울음기 섞인 탁한 목소리로 말한다. “시도조차 안 하겠다고요? 그 앤 날 죽이려고 했지만 아무것도 증명할 수 없으니 ‘아 그래요, 안 됐네요.’ 하고 말겠다고요? 그리고 그 앨 풀어준다고요?”

이제는 그가 한숨을 쉰다. 갑자기 그의 얼굴에 지친 기색이 역

427

력하다. 그가 눈을 비빈 후 손을 떼자 그 흔적이 얼굴에 계속 남아 있는 것처럼 보인다. 눈 밑 주름 아래 부어오른 얇은 피부가 미세하게 떨리고 있다.

"저희가 어떤 혐의로 베라를 기소하려 하든 모든 것은 공공검사가 결정할 것입니다." 군데르센이 말한다. "아까 만난 경찰검사가 권고문을 제출할 거예요. 사라 씨가 그 사람을 어떻게 봤을지는 모르지만, 일처리가 끝내주는 검사입니다. 만약 그 사람이 베라를 살인미수로 기소할 것을 권고하고 그쪽에서 그렇게 하기로 결정한다면 그 사람이 이길 겁니다."

"**만약**이라고요."

"네. 그리고 만약 그것이 안 된다 해도 베라를 기소할 혐의는 많습니다. 불법침입, 스토킹, 불법사찰. 총기절도. 협박 및 괴롭힘."

"전과 없는 열여덟 살짜리가 그런 죄목으로 보통 어떤 처벌을 받죠?"

"징역형이 가능합니다." 군데르센이 대답한다. "하지만 아무래도 집행유예를 받을 가능성이 높지요. 사회봉사와 꽤 많은 벌금도 가능하고요."

우리는 한참 동안 침묵을 지킨다. 나는 베라와의 첫 만남을 생각한다. 나를 '닥터'라고 부르던 아이의 말투. 앞으로 내가 새 환자들을 보기 시작하면 어떻게 될지 모르겠다. 그들 한 명 한 명—절실한 도움을 받을 거라는 희망을 품고 내 차고 위 상담실로 이어진 계단을 용감하게 올라올 힘든 청소년들—을 보면서 그들이 품고 있을지도 모를 숨은 저의를 궁금해하게 될까? 내가 다시 임상 일을 할 수 있을까? 그렇게 하는 것이 윤리적으로 책임감 있는 행동이기는 할까?

우리는, 군데르센과 나는 길의 끝에 다다랐다. 내가 떠나기 전에 그는 이 사건이 여전히 최우선 순위라고 단언한다. 그는 일주일 후에도 용의자가 없으면 범인을 영영 찾지 못할 가능성이 있음을 인정하면서도 아직 사건을 해결할 가능성이 있다고 확언한다ㅡ그가 개인적으로 최선을 다할 것이며, 수사팀이 이미 다른 가능성들을 검토하고 있다고. 예를 들어, 플레마시. 그곳에서 시구르가 소유하는 지분. 마르그레테의 지인들도 수사하는 중이며, 베라와 관련된 특정 인물들도 계속 확인하고 있다고 한다. 그는 기존의 것을 백지로 돌리고 다시 시작하면 많은 것이 나올 수 있다고 말한다ㅡ상당히 낙관적으로 말하지만, 그의 말투의 뭔가가 내게 너무 많이 기대해서는 안 된다고 암시한다. 그를 따라 복도와 잠긴 유리문들의 미로에서 탈출해 접수계로 돌아오면서 나는 이렇게 중단되는구나, 생각한다. 시간이 좀 흐른 후에 나는 서신이나 전화로 수사가 축소되고 있다는 통보를 받게 될 것이다. 그 다음으로는 사건이 종결되거나 새로운 증거ㅡ새로운 각도, 결정적인 증거, 죄를 입증하는 이메일ㅡ가 나올 때까지 수사가 중단될 것이다. 그리고 십중팔구 그런 건 나오지 않겠지. 아마 나는 시구르에게 무슨 일이 있었는지 영원히 알지 못할 것이다.

내가 마지막 유리문을 통과하기 직전에 군데르센이 말한다.

"사라 씨? 충고 하나 해도 되겠습니까?"

"뭔데요?"

그는 목을 가다듬고는 손등으로 입가를 닦는다.

"지금부터는 사라 씨의 행복을 바라는 분들과 시간을 보내십시오. 가족과 함께하세요. 사라 씨의 아버지. 언니요. 언니 분은 무슨 일이 있어도 사라 씨 편에 설 것 같습니다. 멋진 여성입니다, 제가 이렇게 말해도 될지 모르겠지만요. 그분들과 우선적으로 시간을 보내십시오."

나는 고개를 끄덕인다. 그리고 충고에 감사한다. 우리는 악수를 하고, 나는 유리문으로 나간다. 뒤에서 문이 닫히는 소리를 듣고 그가 돌아가는 걸 보려고 돌아서지만 이미 그는 사라지고 없다.

5월의 어느 일요일

어둠 속에 앉아

손에 흙을 묻히지 않을 수가 없다. 장갑을 꼈어야 하는데. 나는
더러운 손으로 보라색 오스테오스페르뭄—아프리카데이지—을
쥐고 있다. 손톱 밑이나 아직 끼고 있는 결혼반지 안쪽처럼 솟아
오르거나 꺼진 모든 부분에 흙이 끼어서 더럽다. 아프리카데이지
는 노르웨이의 봄 날씨를 견디기엔 지나치게 섬세하고 아름다워
보이는 꽃이다. 언니나 엄마와 달리 나는 원예에 흥미를 느낀 적
이 없다. 아빠와 비슷하다—시간이 흐르다 갑자기 겨울이 되고
나서야 아직 잔디를 깎지 않았음을 깨닫는다. 시구르도 마찬가지
였다. 하지만 플란타센 원예용품점의 남자에 따르면 아프리카데
이지는 제대로 돌봐주면 노르웨이의 땅에서도 잘 자란다고 한다.
그래서 나는 퇴비와 모종삽을 사 왔고 이제 작업을 해야 한다.

은회색 차 한 대가 나타나는 것을 눈 가장자리로 보면서, 파놓

431

은 구멍에 조심스럽게 꽃을 넣으려 한다. 이 가련한 것의 뿌리가 다치지 않게 조심하면서 식물이 자랄 화분용 배양토와 흙의 혼합물로 구멍을 다시 메워야 한다. 이것—이 균형—을 요즘 연습하고 있다. 나에게는 낯설지만 최선을 다하고 있다. 시야의 가녘에서 은회색 차가 도로 옆, 내 집 진입로의 입구에 멈추는 것이 보인다. 엔진이 꺼진다. 차문이 쾅 닫히는 소리에 나는 아프리카데이지를 땅에 버려두고 일어선다. 더러운 손에서 흙을 털어내려다 포기하고 이마에 손갓을 대고 도로 쪽을 본다. 유난히 화창한 5월의 날씨인 오늘은 여름의 맛보기처럼 푸근하다. 옷을 여러 겹 벗고 너무 오래 밖에 있는 그런 날이다. 자신의 옷차림에 대해 자만하지 않기가 거의 불가능한 날—그러다 나중에 감기로 앓아눕는 그런 날. 손차양으로 가린 눈에 그가 보인다. 그는 망설이다가 손을 들어 내게 흔들지만, 내 쪽으로 걸어오기 전에 필요 이상으로 오래 그 자리에 서 있다. 마치 다시 차를 타고 떠나고 싶은 것처럼.

"안녕하세요." 그가 결국 내게 와서 인사한다.

"안녕하세요, 토마스."

나는 두 손으로 엉덩이를 짚고 있다. 아래쪽을 보니 티셔츠의 허리쯤에 군데군데 흙이 묻어 있다.

"정원을 좀 손보고 있나 봐요?"

"네. 하고 싶어서 하는 건 아니에요. 부동산 중개인이 하면 좋겠다고 해서요. 가정적인 분위기라나, 뭐 그런 걸 내는 데 도움이 될 거라네요."

우리는 살짝 웃음을 짓는다.

"집을 파시나 보군요."

"네. 결국, 그게 최선이겠다 싶더라고요. 그 모든 일이 있었던 곳에 계속 살고 싶지가 않네요."

"다시 마음 편히 지내기는 확실히 어려울 것 같군요."

"네."

우리는 둘 다 집 쪽을 올려다본다. 햇빛을 받는 창문들이 눈 부시게 반짝이고 있다. 이런 식으로 바라보면 집은 근사해 보인 다―장엄해 보이기까지 한다. 토르프 옹에 대해 뭐라고 하든, 그 는 위엄 있는 사람이었다. 그의 집도 위엄이 있다. 하지만 난 이제 이 집과 끝났다.

"시구르의 어머니는 뭐라고 하세요?" 토마스가 묻는다.

"좋아하지 않으시죠. 하지만 뭐 어쩌시겠어요? 내 집인걸요. 내 마음대로죠."

그는 생각에 잠긴 듯한 표정으로 고개를 끄덕인다. 그는 스웨터 를 입고 있다, 나보다 현명하다―진짜 여름이 올 때까지는 티셔 츠만 남기고 다 벗어던지기를 보류하는 것이다. 머리카락은 단정 하다. 모양 유지를 위해 속에 뭔가를 대고 뒤로 빗어 넘겼다. 그는 너무―뭐라고 해야 할까?―너무 번듯해 보인다. 조금이라도 부 정적인 뜻으로 하는 말이 아니다. 따분한 사람으로 보인다는 뜻 이 아니다―비록 율리는 그가 따분해 보이도록 최선을 다하겠지 만. 그저 그가 바위처럼 단단해 보인다는 뜻으로 하는 말이다. 의지할 수 있고 믿을 수 있어 보이는 사람. 호들갑 떨지 않는 사람.

"그래서, 어떻게 지내고 있어요?" 그가 묻는다.

"잘 지내요. 아니, 내 말은, 좋았다 나빴다 하죠. 하지만 그럭저
럭 잘 지내요."

우리는 잠시 말없이 서서 우리의 발들 사이에 놓인 아프리카데
이지를 쳐다본다. 토마스가 하고 싶은 말이 있는 것 같다. 나는 최
대한 빨리 꽃 심기를 끝내고 들어가 여전히 미완성인 욕실에서
추위에 떨며 샤워를 해 손에서 흙을 씻어낸 다음 옷을 입고 아빠
집으로 가서 최근 매주의 전통이 된 일요일 저녁의 가족 식사에
참석해야 하는데. 하지만 나는 기다린다. 그에게 시간을 준다. 그
것이 옳은 일 같다. 토마스는 내게 뭔가를 말하기 위해 먼 길을 달
려왔으며, 뜬소문을 전하거나 주제넘은 말을 하는 사람이 아니다.

"그 일에 대해서." 마침내 그가 말한다. "사과하고 싶었을 뿐입
니다. 미안합니다."

"뭐가 미안해요?"

"그게, 아시죠―그 여자애 일요."

알죠, 나는 생각한다. 아주 잘 알죠.

"시구르는 그 일에 관해 우리한테―얀 에리크와 내게―얘기
했습니다. 그런데 우리는 사라 씨에게 아무 말도 하지 않았지요.
우리는 말하고 싶었습니다―아니, 최소한 나는 말하고 싶었습니
다. 옳지 않다고 생각했어요, 시구르의 행동이요. 그러니까 내 말
은―그렇게 **어린** 여자인 줄은 정말 몰랐습니다. 하지만…… 네.

434

시구르가 누군가를 만나고 있다는 건 알고 있었어요. 사라 씨한테 말했어야 하는데."

　나는 눈을 감고 고개를 들어 얼굴에 햇빛을 받는다. 그 일에 대해 생각하고 싶지 않다. 나는 그들이 알고 있다고 처음부터 거의 확신하고 있었다. 시구르가 실종된 날 밤에 그들과 나눈 대화를 머릿속에서 천 번은 되새김질했다—그들의 뭔가 얼버무리는 듯한 말투, 뭔가를 숨기고 있는 듯 어떤 것이 나를 슬쩍 지나치는 느낌. 그들이 내게 전화하기를 망설인 것은 놀랍지 않다. 시구르가 그 여자와 같이 있을지도 모르니까—그들은 그 명백한 거짓말을 축소시키려고 애썼다. 시구르가 거짓말한 이유를 알았기 때문이다. 그런데도 그들은 내게 아무것도 말해주지 않았다—심지어 시구르가 죽었다는 걸 알고 나서도. 나는 그가 바람을 피우고 있었다는 걸 혼자서 알아내야 했다. 이제 와서 사과해 봤자 별로 와닿지 않는다.

　우리는 한동안 이렇게, 말없이 서 있다. 토마스에 대해 뭐라고 하든 이것만큼은 사실이다—그는 말을 멈춰야 할 때를 안다, 침묵을 견딜 줄 안다. 토마스가 왜 그랬는지 내가 이해할 수 없는 것도 아니다. 시구르는 그의 친구였다. 무엇보다도 난 그냥 너무 피곤하다. 더는 그 일에 신경 쓰고 싶지 않다. 오늘은 화창하고 아름다운 날이고, 곧 여름이 올 것이며, 부동산 중개인은 이 집이 비싸게 팔릴 거라고 장담했다. 감정가가 1400만 크로네지만 1600만 크로네 넘게 받을 거라고. 난 부자가 될 것이다. 원하는 건 뭐든지

할 수 있는 돈이 생길 것이다. 잠시 후면 집으로 들어가 샤워를 한 다음 아빠 집에서 저녁을 먹을 것이다. 다음 주에는 새 동료들과 만날 것이다. 그런 것들에 대해 생각하고 싶다. 내가 정말로 신경 쓰는 것들. 나는 심호흡을 한 다음 다시 눈을 뜬다. 토마스는 내 옆에 서 있다. 우리는 데이지를 내려다본다.

"미안합니다." 토마스가 마침내 말한다.

"괜찮아요. 시구르의 친구였잖아요."

"네. 하지만 시구르가 한 짓은 역겨운 행동이었습니다."

착한 토마스. 나는 얀 에리크를 좋아한 적이 없고 율리는 신경에 거슬리지만 토마스에게는 어느 정도 연민이 느껴진다. 어떤 면에서 토마스는 나와 비슷하다─사교에 서툴고 말수가 적다. 하지만 나보다 믿음직스럽다. 나는 베르겐의 파티에서 만난 사람이 토마스였다면 훨씬 더 행복해졌을지도 모른다는 생각을 종종 했다. 하지만 모르겠다. 어쩌면 나는 그에게 반하지 않았을 것이다. 그는 내게 반하지 않았을 것이고.

"시구르는 그 여자를 만나던 중에 내게 출구를 찾고 있다고 말했습니다. 불과 몇 주 전이에요, 모든 것에 질렸다고 말하더군요. 실수라고요. 자기가 원하는 건 사라 씨라고 했습니다."

나는 한숨을 쉰다. 숨을 깊이 들이마신다. 그 말을 해줘서 고맙다고 해야 하나?

"사라 씨가 듣고 싶은 이야기인지는 모르겠습니다. 하지만 나는 말하고 싶었습니다. 혹시 모르니까요."

"고마워요." 나는 그렇게 말하고 지저분한 손으로 이마를 비비며 짜증을 떨치려 한다.

"이제 뭘 하실 건가요? 집을 팔고 나면요. 어딘가에 사무실을 임대해서 계속 진료하실 거예요?"

"아니요, 그건 포기했어요. 마무리할 환자가 두어 명 있는데 그 일만 정리하고 나면 심리치료 일은 그만둘 거예요."

"그럼 뭘 하실 건데요?"

"글쎄요." 나는 이것이 얼마나 좋은 기분인지 즐기면서 대답한다. 세상이 열린 기분. "심리학 저널에 파트타임 일을 구했어요―글을 읽고 저자에게 피드백을 주거나 하는 거예요. 아니면―글쎄요, 여행을 하려나요. 늘 프랑스 성에서 한번 살아보고 싶었거든요."

토마스가 웃음을 짓는다.

"이제 그럴 수 있겠네요." 그가 말한다.

"네."

잠깐 동안 우리는 또 말이 없지만 이번에는 침묵이 조금 더 편안하고, 나는 솔직히, 그가 나를 보러 와줬다는 사실이 좀 흡족하다. 지금까지 시구르의 친구들은 아무도 오지 않았다―얀 에리크와 토마스도, 맘모드와 플레밍도. 시구르의 형도. 마르그레테만 어린 시절 집을 판다고 격분해서 찾아왔다. 시어머니는 벌어진 모든 일에 격분하며, 내게 시구르의 외도에 대한 도의적인 책임이 있다고 생각하는 것 같다. "네가 더 좋은 아내기만 했어도." 하고 말했다. 좀 취해 있기는 했지만. 그전에 안니카는 이런 일이 있을 수 있다고 경고했다. 내게 차분히 대응하고 되도록 말을 아끼라고 충고했다. 나는 언니 말대로 했다. 이제 마르그레테와도 끝이다.

"토마스 씨는요?"

"아, 아시다시피 늘 똑같죠, 늘 똑같아요. 아, 그게—율리가 임신했어요."

"정말 잘됐네요. 축하해요."

"고맙습니다."

그는 미소를 짓는다. 마치 자기 자신에게 웃어주는 것 같다. 그는 좋은 아버지가 될 거라고 나는 생각한다. 그러기 위해 해야 하는 일은 뭐든지 하겠지. 육아휴직을 쓰고 한밤중에 잠에서 깨고. 축구팀의 심판이 되고 아이 학교 자원봉사자들을 조직하는 일도 할 것이다. 적극적으로 참여할 것이다.

"율리 씨와의 일은 미안했어요." 내가 말한다.

"맙소사, 그런 생각은 하지도 마세요. 사과할 사람은 율리죠. 좋은 뜻으로 그러는 거지만…… 그냥 아내가 가끔 지나칠 때가 있다고만 해두죠."

나는 웃음을 짓는다. 그가 그렇게 말하니 기분이 좋다. 나를 관대하게 봐주는 말이다.

"율리 씨한테 꼭 안부 전해주세요. 축하한다고도요."

"그러겠습니다."

"토마스 씨, 난…… 와줘서 고마워요."

"내가 할 수 있는 최소한의 성의지요." 그는 그렇게 말한 다음 나를 살짝, 나와 몸이 거의 닿지 않도록 안아준다. "스스로를 잘 돌보세요."

나는 앞으로 그 충고를 따르려고 한다.

저녁 식사 자리에서 아빠와 언니는 어느 신문 기사에 관해 언쟁을 벌이고 형부는 소금통과 후추통 때문에 다투는 조카들을 진정시킬 때 나는 토마스가 해준 말도 고맙다는 생각이 든다. 시구르가 나를 택했다는 말. 하루가 끝날 즈음이 되니 그 사실을 알게 되어 다행이라는 생각이 든다.

언니와 아빠는 식탁을 치운다. 내가 돕겠다고 하지만 언니는 괜찮다고, 둘이면 충분하니 가서 앉아 있으라고 말한다.

"서재에 가 있지 그러니? 찻물을 올리마." 아빠가 말한다.

형부와 조카들은 거실에서 어린이용 텔레비전 프로그램을 보고 있다—아빠의 서재에 있는 내게 배경음처럼, 흥겨운 노래들과 고양이, 개, 코끼리로 분해 아동 친화적인 말투를 쓰는 성인 배우들의 목소리가 들린다. 조카들은 텔레비전의 마법에 홀린 듯 쥐처럼 조용하고 형부는 늘 그렇듯 말이 없다. 아마 휴대전화를 보고 있을 것이다. 주방에서는 냄비와 보관용기가 달그락대는 소리, 아빠와 언니가 뒷정리하는 소리가 들린다. 두 사람의 목소리는 들리지 않지만, 식탁에서 얘기하던 문제로 아직도 설전을 벌이고 있을 것이다. 내가 있는 곳, 아빠의 오아시스는 조용하다.

나는 아빠가 가르쳐준 대로 벽난로에 장작을 약간 넣는다. 목재를 짜 맞춰 오두막을 짓는 것처럼 사각형 모양으로 쌓아올린다. 사각형 안쪽에 종이와 나무 조각을 넣는다. 불을 붙여야 하나 고민한다. 아직 따뜻하고 해가 완전히 지지도 않았지만 곧 냉기가 들이닥칠 것이다. 나는 그 영광은 아빠가 차지해야 한다고 생각하고 일어서다가 신문 스크랩북들을 보게 되고, 3월의 그 목요일에 그것들을, 아빠의 강경한 글들을 읽은 기억이 떠오른다. 그때 나는 얼마나 겁에 질렸던가. 하지만 오늘은 좋은 날이니 그런 생각은 하지 않을 것이다.

아빠 책상 뒤에 난 창문 쪽으로 간다. 넓적한 창틀을 두 손으로 짚고 바깥을, 작년의 낙엽이 아직도 새 잔디 위에 흩뿌려져 있는 방치된 마당을 내다본다. 이웃집들을 본다. 아빠가 분할해서 판 땅에 지어진 새 집과 빙게 가족이 살았던 오른쪽의 낡은 집. 헤르만 빙게—얘기해본 적도 거의 없지만 내가 사랑에 빠졌던—가 아침마다 나와 앞 베란다에 서서 다운재킷의 지퍼를 올리고 학교로 가던 집.

나는 때때로 밤에 여기서, 아빠의 서재에 서서 헤르만을 살짝이라도 보려고 그 애의 집을 바라보곤 했다. 서재의 불을 다 꺼서 빙게 가족 중 누구도 어둠 속에서 그들을 훔쳐보는 나를 보지 못하게 하고서. 가끔은 헤르만을 보기도 했다. 때로는 아빠의 쌍안경까지 빌렸다―지금 생각하면 얼굴이 화끈거린다.

이제 그 집에 누가 사는지 궁금하다. 마당에 파란색 트램펄린이 있다. 어쩌면 헤르만의 것일지도. 이제 가족을 꾸려 저 집을 물려받은 걸지도 모른다. 하지만 아무래도 저 집은 팔렸을 가능성이 높다. 아빠가 내게 그런 말을 한 적은 없지만, 어차피 내가 궁금해할 거라고는 상상도 못 할 테니까.

나는 일시적인 기분에 이끌려 옛날에 그랬던 것처럼 서재의 조명을 다 끄고 책상 위의 독서용 램프까지 끈다. 어둠 속에서 창턱을 짚고 기대선다. 헤르만 빙게의 오래된 집을 쳐다본다.

나는 아무도 나를 볼 수 없게 이곳에 서 있다.

그렇게 계속 서 있는데 뭔가 언뜻 보이는 것 같다. 저 밖에 뭔가 움직이는 게 있나, 그냥 창에 비친 내 모습일까? 나는 빙게 가족의 집에 초점을 맞추고 응시한다. 초점을 바꾸자 나와 내 뒤의 텅 빈 서재만, 유리에 비친 거울 이미지만 언뜻 보인다. 그리고 다시 초점을 바꿀 때 뭔가를 깨달은 나는 서재의 공기가 모두 빨려나가는 듯한 기분에 휩싸인다. 그 싸늘한 1, 2초 동안 나는 두 초점 사이에 시선을 고정한 채 서서 양쪽을―바깥의 마당과 서재 안의 나를―동시에 본다. 나는 내가 안다고 깨닫는다. 그리고 나 말고는 아무도 같은 생각을 하지 못하리라는 것도.

너무 조용하다, 모든 소리가 진공에 빨려 들어간 것 같다. 들리는 거라곤 창에 가 닿는 낮고 리드미컬한 내 숨소리뿐이다.

아빠의 집필용 아파트에서는 시구르의 회사 앞 인도가 보인다. 시구르는 베라를 회사로 부를 때 분명 그 사실을 떠올렸을 것이다. 틀림없이 조심스럽고 신중하게 행동했을 것이다.

그러나 아빠는 늘 일반적인 근무 시간을 벗어난 시간에 일한다. 주말에, 저녁에, 밤에 일한다. 밤늦은 시간에 조명을 다 끈 채 그 가구 없는 아파트에서 서성이는 아빠를 어렵지 않게 상상할 수 있다. 창밖의 가로등 불빛에만 의지해도 잔에 위스키를 따르고 창턱에 앉을 수 있다. 거리를 내려다보며 가로등이 비추는 저 밑의 세상을 음미한다. 수요일 밤 11시 반에 비슬레트를 돌아다니는 사람들은 거의 없다. 그때 시구르와 베라가 나타난다. 그들은 시구르의 사무실로 가는 중이다. 함께.

덜덜 떨리는 손에 더는 체중을 싣고 있을 수 없다. 아빠는 시구르가 바람을 피운다는 걸 알게 되자 어떻게 했을까? 나는 책상 옆의 의자에 털썩 주저앉는다. 아빠는 가족이 유일하게 신성한 것이라고 생각한다. 불륜을 처벌해야 한다고 믿는다. 자경주의와 이웃 간의 감시와 무리를 보호하려 개인이 직접 손쓸 권리를 신봉한다. 어스름이 깔린 서재에서 나는 스크랩북들을 쳐다본다. 극단적인 수단을, 들개의 방식을 신봉하는 아빠.

온기 없는 벽난로 옆의 안락의자들은 잠자는 큰 짐승 같다. 나는 스메스타에 온 그날 아빠와 저기에 앉았지만 시구르가 죽었다고 말하지 못한 채 떠났다. 우리는 책 이야기를 했다. 아빠는 읽고 있는 책이 어둡긴 하지만 많은 것을 배웠다고 말했다—"어둠 속에 앉아서 잠시 세상을 지켜보면 배울 수 있는 게 많다고 생각해."
나는 예전만큼은 내 기억력을 신뢰할 수 없을지 모르지만 이 말
은 정확하게 기억하고 있다. "그런 행위는 꼭 필요한 것 같구나."
아빠는 그렇게 말했다. 그리고 지금, 문자 그대로 어둠 속에 앉아
있는 나의 시선은 기록 보관용 스크랩북들에서 책장을 지나 안락
의자로 돌아간다. 푸코의 진자에서 빙게 가족의 집과 창밖의 세
상으로, 그리고 마침내 벽난로의 맨틀피스에 안착할 때 나는 깨
닫는다. 그때 아빠는 당신이 한 일을 내게 말한 거라고.

아빠는 시구르와 베라에 대해 알고 있었다. 군데르센의 사무실
에서 느낀 것과 똑같은 굴욕감에 내 배 속이 뜨거워진다—나만 빼
고 다들 알고 있었던 거다, 심지어 아빠도. 하지만 아빠는 어깨를
으쓱한 뒤 다른 곳으로 눈을 돌리지 않았다. 아빠는 그들을 관찰했
다. 3월 6일 새벽에 시구르가 비상등이 켜진 차를 연석 쪽에 댈 때
아빠는 아파트에 있었다. 창밖을 내려다보고 있었다. 시구르 차의
대시보드 위에 놓인 가른쿨레를 보았다. 그리고 이해했다.
　내가 어렸을 때 그린 그림을 단 한 장도 보관하고 있지 않은 아
빠. 목공 강좌에서 만든 도마와 도예 강좌에서 만든 장식품을 크
리스마스 선물로 받은 직후 내다버린 아빠. 내 친구들의 이름을
하나도 기억 못 하고 내 생일에 전화한 적도 없으며 6년 전 딱 한
번 베르겐의 내 집에 왔던 아빠. 그럼에도 불구하고—당신이 나
서야 한다고 생각하면—나를 위해 무엇이든 할 사람.

아빠는 기회가 오기를 기다렸을 것이다. 어둠 속에 앉아 시구르의 이중생활을 지켜보면서. 서두르지 않고. 그러다가 3월의 그 금요일에 기회를 붙잡았다. 아침 일찍 차를 대는 시구르. 차 앞유리 너머로 똑똑히 보이는, 대시보드 위의 가른쿨레. 아빠는 일어나서 아파트를 내려가 차를 타고 도시 밖으로 나갔다. 크록스코겐으로? 어쩌면. 하지만 다른 곳으로 갔을 가능성도 충분하다. 쇠르케달렌으로. 아빠는 누가 뭐라든 스키와 가장 좋은 스키부츠를 늘 차에 보관한다. 누군가는 의아해하겠지만 아빠는 그저 종종 그러듯이 갑자기 스키를 타러 간 것이다. 하지만 누가 아빠의 행동에 의문을 품겠는가? 아빠의 동료들은 물론 학생들도 아빠가 뭘 하면서 시간을 보내는지 모른다. 벽난로 앞에 같이 앉아 있던 날 아빠는 내게 일주일 동안 매일 스키를 타러 나갔다고, 차로 쇠르케달렌에 가면 눈이 충분히 많아서 그랬다고 말했다. 그때 나는 아무 생각도 없었다—이미 머릿속이 복잡했으니까. 하지만 아빠는 왜 그곳으로 갔을까, 외스트마르카에서 스키 타는 걸 가장 좋아하는 아빠가? 그리고 그렇게 구체적으로 말한 것도 아빠답지 않다. 아빠는 보통 여간해서는 당신의 행선지를 내게 말해주지 않는다.

그래, 아빠는 쇠르케달렌으로 갔다. 스키를 신고 눈밭을 가로질러 크록스코겐으로 갔다. 통행료 징수소의 카메라들에 찍히지 않도록. 아무도 당신의 차가 클레이브스투아로 가는 도로가에 세워져 있는 걸 볼 수 없도록. 스키를 타고 그렇게 이동하는 데 시간이 얼마나 걸리지? 주기적으로 스키를 타는 건강한 남자가? 세 시간, 세 시간 반?

나는 손가락을 꼽으며 계산한다. 10시, 10시 반. 군데르센의 타임라인을 떠올린다. 베라는 10시 반이 조금 지났을 때 시구르와 통화하려 애썼다. 그가 처음으로 전화를 받지 않은 때가 그때였다.

나는 상상한다. 스키를 타고 그 산장 앞으로 미끄러져 들어가는 아빠. 밖에서 인기척을 느끼고 베라가 도착한 거라고 생각하며 산장 앞 계단으로 나온 시구르. 느긋한 말투로 말하는 아빠. "아 시구르, 여기서 자네를 만날 줄은 몰랐는데, 금요일 오전에 말이야." 시구르를 산장에서 나오게 하는 건 세상에서 제일 쉬운 일이었으리라. 시구르의 머릿속에는 베라가 나타나기 전에 장인을 다른 곳으로 데려가야 한다는 생각밖에 없었을 테니까. 물론 시구르는 산장에 휴대전화를 놓고 갔다—내 아버지와 있는데 베라한테서 전화라도 오면 어쩌겠는가?

두 사람은 함께 숲속의 빈터로 간다. 아빠는 스키를 타고 시구르는 눈이 녹은 곳을 따라 걸어간다. 아빠는 시구르가 뭔가를 가리키느라 그가 등을 보일 때 총을 쐈을까? 아니면 당신이 뭘 하려는지 말해준 후 숲 쪽으로 돌아서라고 시켰을까?

시구르는 살려달라고 빌었을까? 총을 맞을 때 두려웠을까, 아니면 죽음이 실제로 오기 전까지 그것이 임박했음을 몰랐을까?

만약 베라가 산장에 있었다면 아빠는 어떻게 했을까? 스키를 타고 산장 앞뜰로 미끄러져 들어갔을 때 그 애가 시구르와 함께 있었다면? 생각을 못 하겠다—여기까지가 한계다. 그 이상은 갈 수 없다.

그 후 아빠는 왔던 길로 되돌아간다. 총은 어느 호수의 얼지 않은 곳에 던져 넣었을 수도, 집으로 되가져갔을 수도 있다. 나는 아빠에게 총이 있다고 확신한다. 개인의 직접 처벌을 신봉하는 아빠니까. 내가 알기로 아빠는 아무 클럽에도 소속되어 있지 않으니 총은 아빠 명의로 등록되어 있지 않을 것이다. 총은 이 집의 지하실에 숨겨져 있거나 지금 내 앞에 있는 책상 서랍 속에 있을 수도 있다. 비밀로 가득한 이 집에는 숨겨진 방들과 깊숙한 벽장들과 헐거워진 판자들이 있다. 아빠는 언제까지고 마음대로 이곳에 리볼버를 숨겨둘 수 있을 것이다. 혹시라도 불현듯 초조해지면 여름밤에 배를 빌려 분네피오르에 총을 던져 넣으면 된다. 하지만 아빠는 불현듯 초조해질 사람이 아니다.

아빠는 숲을 통과해 차로 돌아가 차 지붕에 스키를 묶고 집으로 간다. 한껏 들뜬다. 난 아빠가 두려워하지 않았을 거라고 확신한다—두려워할 이유가 없지 않나? 3월의 금요일 아침에 그 오솔길들에는 사람이 거의 없고, 설사 스키를 타는 사람들을 지나쳤다 해도 그들은 아빠가 누군지도 모를 테니까—더욱이 며칠이 지난 후 아빠를 기억해내기란 훨씬 더 어렵다. 유일하게 아빠가 두려워했을 가능성은 내가 혐의를 받게 되는 거겠지만 아빠는 내가 하루 종일 환자들을 줄줄이 봤으리라 생각했을 것이다. 나는 나의 직업적인 상황에 대해 아빠에게 솔직하게 말한 적이 한 번도 없기 때문이다. 나는 늘 아빠에게 똑똑하고 성공한 딸로 보이고 싶어 했다.

밖에서 냄비들이 덜그럭대는 소리가 들리다가 발자국 소리, 안니카의 목소리, 헨닝과 조카들의 목소리가 들린다. 곧 아빠가 나와 마실 차를 들고 들어올 것이다. 이제 서재 안은 조금 춥다. 벽난로에 불을 붙이면 좋을 것이다, 그 앞에서 몸을 덥힐 수 있다면. 하지만 나는 움직이지 않는다. 도저히 다른 설명이 불가능하다. 그날 오후 불가에서 아빠가 한 얘기만 아니라면 그저 나 혼자만의 상상으로 치부할 수 있을지도 모른다. 우리는 여기에, 저 안락의자에 앉아 있었다. 아빠는 어둠 속에서 세상을 바라보는 일에 대해 얘기함으로써, 시구르가 하고 있는 짓을 알게 됐다고 내게 효과적으로 전달한 것이다. 시구르가 사라진 날에 쇠르케달렌에서 스키를 타고 있었다고 조심스럽게 말하여 당신이 어떻게 그 일을 했는지 밝힌 것이다. 어둠 속에 갇혀 있지 않는 것이 중요하다고 말한 것이다. 해야만 하는 일을 해야 한다고, 그런 다음 앞으로 나아가야 한다고, 아빠는 말했다. 아빠에게 한 사람을 처리하기란 그 정도로 쉬운 일이었다.

나는 아빠의 말을 웃어넘기며 이렇게 말했었다. "네, 뭐, 어둠에 갇히는 바로 그때가 우리 심리치료자들이 개입하는 순간이죠."

주방에서 발소리가 들린다. 이제 곧, 불과 몇 초 후면 아빠가 여기로 올 것이다. 이제 난 어떻게 해야 하지?

그냥 아빠한테 물어볼까? 나는 아빠가 부인하는 것을 듣기를, 그래서 안심하게 되기를 너무나 간절히 원한다—내가 틀렸다, 아빠는 그날 거기 없었다, 증명할 수 있다. 아빠가 한 말에는 아무런 의미도 없다. 그래서 내가 이 모든 걸 뒤로하고 두 번 다시 생각하지 않을 수 있기를 원한다.

하지만 내 아버지는 타협 없는 정직의 신봉자다. 갑자기 내가 조금도 자라지 않았다는 기분이 든다—아직도 잠옷 바람으로 계단 꼭대기에 앉아 있는 소녀인 것만 같다. 아빠가 한밤중에 집에 들어오는 것을 보고도 어디 갔다 왔느냐고 물어볼 엄두도 내지 못하는 아이. 그 질문의 무게를—질문이란 위험한 대답을, 자신이 평생 알고서 살아야 할 뭔가를 감수하는 것임을—아는 아이. 아버지에 대한 나의 기억은 모두 이런 느낌으로 얼룩져 있다. 너무 많이 묻지 않는 것이 최선이라는, 모르는 것이 최선이라는 느낌.

왜냐하면 그 금요일에 어디에 있었냐고 아빠에게 묻고 그 대답을 들으면 나는 아빠를 잃게 될 것이기 때문이다.

아빠가 문을 열자 불빛이 서재 바닥을 가로지른다.
어스름 속에서도 아빠의 미소를 볼 수 있다. 너무 어두워서 자세히 보이지는 않지만 나는 아빠 얼굴의 주름을, 가죽 같은 거친 피부에 감싸인 숲속의 작은 호수 같은 녹색 눈을 너무나 잘 알고 있다.

"아, 사라." 아빠는 특유의 거친 목소리로 말한다. "이 어둠 속에 앉아 있는 거냐?"

옮긴이 강선재

부산대학교 영어영문학과와 이화여자대학교 통번역대학원 한영번역과를 졸업하고
전문 번역가로 활동 중이다. 옮긴 책으로 《우리 사이의 그녀》, 《마스터스 오브 로마》
시리즈(공역), 《나를 찾아줘》, 《타인들의 책》, 《세 길이 만나는 곳》이 있다.

테라피스트

첫판 1쇄 펴낸날 2020년 7월 31일
　　2쇄 펴낸날 2020년 9월 7일

지은이 헬레네 플루드　**옮긴이** 강선재
발행인 김혜경
편집인 김수진
책임편집 유예림
편집기획 이은정 김교석 조한나 이지은 김수연 유승연 임지원
디자인 한승연 한은혜
경영지원국 안정숙
마케팅 문창운 정제연
회계 임옥희 양여진 김주연

펴낸곳 (주)도서출판 푸른숲
출판등록 2003년 12월 17일 제406-2003-000032호
주소 경기도 파주시 회동길 57-9, 우편번호 10881
전화 031)955-1400(마케팅부), 031)955-1410(편집부)
팩스 031)955-1406(마케팅부), 031)955-1424(편집부)
홈페이지 www.prunsoop.co.kr
페이스북 www.facebook.com/prunsoop　**인스타그램** @prunsoop

ⓒ푸른숲, 2020
ISBN 979-11-5675-834-1 (03850)

* 이 책은 저작권법에 의해 한국 내에서 보호를 받는 저작물이므로
무단 전재와 복제를 금합니다. 이 책 내용의 전부 또는 일부를 사용하려면
반드시 저작권자와 (주)도서출판 푸른숲의 동의를 받아야 합니다.
* 잘못된 책은 구입하신 서점에서 바꾸어 드립니다.
* 본서의 반품 기한은 2025년 9월 30일까지입니다.

이 도서의 국립중앙도서관 출판시도서목록(CIP)은 e-CIP 홈페이지(http://www.nl.go.kr/ecip)와
국가자료공동목록시스템(http://www.nl.go.kr/kolisnet)에서 이용하실 수 있습니다. (CIP2020028883)